AMIGA DO DIABO

PETER ROBINSON

AMIGA DO DIABO

tradução de
ALEXANDRE RAPOSO

EDITORA RECORD
RIO DE JANEIRO • SÃO PAULO
2010

CIP-Brasil. Catalogação-na-fonte
Sindicato Nacional dos Editores de Livros, RJ

R556a
Robinson, Peter, 1950-
Amiga do Diabo / Peter Robinson ; tradução de Alexandre Raposo. - Rio de Janeiro : Record, 2010.
(Negra)

Tradução de: Friend of the Devil
ISBN 978-85-01-08135-3

1. Romance americano. I. Raposo, Alexandre. II. Título. III. Série.

09-3348 CDD: 813
CDU: 821.111(73)-3

Título original em inglês:
Friend of the Devil

Publicado mediante acordo com Lennart Sane Agency AB.

Editoração eletrônica: Abreu's System

Texto revisado segundo o novo Acordo Ortográfico da Língua Portuguesa

Direitos exclusivos de publicação em língua portuguesa somente para o Brasil adquiridos pela
EDITORA RECORD LTDA.
Rua Argentina, 171 – Rio de Janeiro, RJ – 20921-380 – Tel.: 2585-2000
que se reserva a propriedade literária desta tradução

Impresso no Brasil

ISBN 978-85-01-08135-3

PEDIDOS PELO REEMBOLSO POSTAL

Caixa Postal 23.052 – Rio de Janeiro, RJ – 20922-970

Para meu agente, Dominick Abel, com gratidão.

CAPÍTULO 1

Talvez ela olhasse para o mar, para a linha difusa onde as águas cinzentas se encontram com o céu cinzento. O mesmo vento salgado que empurrava as ondas para o litoral levantou um cacho do cabelo ressecado da mulher e o fez cair sobre seu rosto. Mas ela nada sentiu. Apenas ficou ali, sentada, o rosto inexpressivo, pálido e inchado, olhos negros e opacos bem abertos. Um bando de gaivotas disputava um cardume junto à costa. Uma delas fez um voo rasante e pairou sobre a forma imóvel à beira do penhasco. Em seguida, grasnou e voltou ao bando. Ao longe, no mar, um navio cargueiro a caminho da Noruega deixava uma mancha vermelha no horizonte. Outra gaivota aproximou-se da mulher, talvez atraída pelo movimento de seu cabelo ao vento. Algum tempo depois, cansado de disputar os peixes, o resto do bando começou a circulá-la. Finalmente, uma delas pousou no seu ombro, em uma grotesca paródia do papagaio do pirata Long John Silver. Ainda assim, ela não se moveu. Girando a cabeça, a gaivota olhou ao redor, em todas as direções, como um menino culpado, certificando-se de que ninguém a observava, e então cravou o bico no ouvido da mulher.

As manhãs de domingo raramente eram sagradas para o inspetor-chefe-detetive Alan Banks. Afinal, ele não ia à igreja e raramente acordava com uma ressaca tão forte que o impedisse de se mover ou de falar. Na verdade, na noite anterior ele assistira a *Dália negra* no DVD e bebera duas taças de Cabernet chileno comprado na Tesco, acompanhadas por uma pizza de funghi requentada. Mas, assim como todo mundo, ele gostava de ficar na cama por mais uma ou duas horas, em paz, lendo os jornais. À tarde, planejava ligar para a mãe e desejar-lhe um feliz Dia das Mães, ouvir um concerto de cordas de Shostakovich que baixara recentemente pelo iTunes e continuar a leitura de *Pós-Guerra*, de Tony Judt. Deu-se conta de que lia cada vez menos ficção ultimamente. Tinha o desejo renovado de compreender o mundo de uma perspectiva diferente. Os romances eram muito bons para se ter um sabor do tempo em que transcorriam, mas ele precisava de fatos e interpretações, de uma visão mais ampla das coisas.

Entretanto, naquele domingo, dia 3 de março, não poderia se dar a tal luxo. Tudo começou de modo inocente, como de costume, por volta das 8h30, com um telefonema do sargento-detetive Kevin Templeton, de plantão na sala da Divisão de Crimes Hediondos da área oeste naquele fim de semana.

— Chefe, sou eu. Sargento-detetive Templeton.

Banks sentiu uma pontada de desagrado. Ele não se dava bem com Templeton e ficaria feliz quando sua transferência finalmente saísse. Houve um tempo em que tentara se convencer de que Templeton era simplesmente muito parecido com ele, mas não era o caso. Templeton não apenas era relapso no trabalho, mas também tripudiava sobre os sentimentos de muita gente e, pior, parecia gostar daquilo.

— O que houve? — resmungou Banks. — Tomara que seja importante.

— E é, senhor. Vai gostar de ouvir.

Banks podia sentir uma empolgação contida na voz de Templeton. Desde a última discussão entre os dois, o jovem sargento-detetive vinha tentando se redimir de diversas formas. Mas aquele tipo de falsa deferência era muito Uriah Heep* para o gosto de Banks.

— Por que não fala logo? — disse Banks. — Preciso me vestir?

Ele afastou o telefone do ouvido enquanto Templeton gargalhava.

— Senhor, acho que deve se vestir e vir à Taylor's Yard o quanto antes.

Taylor's Yard, Banks sabia, era uma das estreitas passagens que levavam ao Maze, no lado sul do centro da cidade, atrás da praça do mercado de Eastvale. Era chamada de "yard" não porque lembrasse um pátio ou um jardim, mas porque algum espertinho certa vez viu que o lugar não tinha mais que uma jarda de largura.

— E o que encontrarei lá? — perguntou ele.

— O corpo de uma jovem — disse Templeton. — Verifiquei pessoalmente. Na verdade, estou no local.

— Você não...

* Personagem do livro *David Copperfield*, de Charles Dickens, que tem como característica ser manipulador. (*N. do T.*)

— Não toquei em nada, senhor. O policial Forsythe e eu isolamos a área e mandamos chamar o médico.

— Bom — disse Banks, afastando as palavras cruzadas do *Sunday Times* que mal começara e olhando com tristeza para a xícara de café ainda fumegante. — Ligou para a superintendente?

— Ainda não. Achei que seria melhor o senhor olhar primeiro. Não quis me precipitar.

— Tudo bem — disse Banks.

Talvez a superintendente Catherine Gervaise ainda estivesse na cama, após ter assistido a *Orfeu* no Opera North, em Leeds, na noite anterior. Banks assistira à ópera na última quinta-feira com a filha, Tracy, e gostara muito. Não sabia se Tracy tinha a mesma opinião. Ela parecia muito introvertida ultimamente.

— Estarei aí em meia hora — disse Banks. — Em 45 minutos, no máximo. Ligue para a inspetora-detetive Cabbot e para o sargento-detetive Hatchley. E chame também a detetive Jackman.

— Cabbot ainda está emprestada à área leste, senhor.

— Claro. Droga.

Se aquilo era um homicídio, Banks gostaria de ter a ajuda de Annie. Podiam ter problemas pessoais, mas ainda trabalhavam bem em equipe.

Banks subiu, tomou banho e vestiu-se rapidamente. Então, voltou à cozinha e encheu de café a sua caneca para viagem, certificando-se de que a tampa estava bem fechada. Mais de uma vez tivera acidentes com canecas de café. Desligou tudo, trancou a casa e foi até o carro.

Dirigia o Porsche do irmão. Embora ainda não se sentisse particularmente confortável em um carro tão luxuoso, gostava cada vez mais dele. Não havia muito, pensara em dá-lo para o filho, Brian, ou para Tracy, ideia que ainda tinha. O problema era que não queria que um dos dois se sentisse desprezado ou menos amado: a escolha estava se revelando um dilema. A banda de

Brian passara por uma mudança de integrantes recentemente, e ele estava ensaiando com alguns músicos novos. Os resultados das provas de Tracy a haviam desapontado, embora não a Banks, e ela então ficara bastante infeliz, trabalhando em uma livraria em Leeds e dividindo uma casa em Headingley com algumas antigas colegas de escola. E agora, quem merecia o Porsche? Ele não poderia cortá-lo ao meio.

O tempo ficara frio e ventava, o que obrigou Banks a voltar em casa para trocar a jaqueta por um casaco de couro com zíper. Se tivesse de ficar na rua, nos becos de Eastvale, enquanto os oficiais de cena do crime, ou OCCs, o fotógrafo e o cirurgião da polícia trabalhavam, precisaria se agasalhar o melhor que pudesse. Uma vez dentro do carro, ligou o motor, atravessou Gratly, desceu a colina até Helmthorpe e pegou a estrada para Eastvale. Ligou seu iPod na função aleatória, e a música "All She Wrote", de Ray Davies, começou a tocar. Gostava particularmente daquela canção, em especial do verso que falava da atendente de bar australiana corpulenta. Aquilo caía bem durante uma viagem a uma cena de crime numa manhã de domingo, pensou. Muito apropriado, por sinal.

Gilbert Downie não gostava de passear com a cadela. Ele o fazia, mas era uma tarefa tediosa. Fora uma dessas decisões familiares que dão errado: sua filha, Kylie, queria um animal de estimação e desde os 8 anos não falava em outra coisa. Até que Gilbert e Brenda cederam e lhe deram um cão de aniversário, embora ela não gostasse muito de cães e estes às vezes a fizessem espirrar. Alguns anos depois, porém, Kylie perdera o interesse por cães e passara a se interessar por rapazes e música pop. Restara a ele cuidar de Hagrid.

Naquela manhã de domingo o vento estava forte, mas Gilbert não podia se queixar. Ao menos Hagrid era uma desculpa para que ele saísse de casa enquanto Brenda e Kylie, agora com 14 anos, tinham a sua discussão habitual da manhã de domingo sobre onde ela estivera e o que fizera até tão tarde na noite de sábado. Para Gilbert, não havia passeios decentes perto do povoado, ao menos nenhum do qual não estivesse farto. Como gostava do mar, pegou o carro e percorreu o curto trajeto até o litoral. O lugar era ermo, o que lhe agradava. Era todo seu. Ultimamente, preferia a solidão de sua própria companhia, de seus próprios pensamentos. Perguntava-se se era por causa da idade, embora tivesse apenas 46 anos. Aquilo ainda não era ser velho, exceto para Kylie e seus amigos.

Gilbert ergueu o colarinho do casaco impermeável e estremeceu quando o vento úmido o atingiu. A grama estava molhada pela chuva que caíra durante a noite anterior. Hagrid não parecia se importar. Logo estava farejando o chão e os arbustos, com Gilbert caminhando mais atrás, mãos nos bolsos, olhando para o mar revolto e perguntando-se como seria embarcar em um baleeiro em Whitby. As tripulações se ausentavam durante meses, e as mulheres esperavam pelos maridos caminhando dia após dia ao longo do West Cliff, na esperança de avistar uma vela e a mandíbula de uma baleia pregada ao mastro, sinal de que todos a bordo estavam bem.

Foi quando Gilbert viu uma figura ao longe, sentada à beira do penhasco. Hagrid, curiosa, correu naquela direção. Para Gilbert, o inusitado eram as gaivotas empoleiradas em seus ombros. A cena o fazia lembrar de uma velha que vira certa vez num banco de praça, absolutamente coberta pelos pombos que alimentava. Quando Hagrid se aproximou e latiu, as gaivotas levantaram voo suavemente e seguiram em direção ao mar, como se quisessem dizer, pelos círculos estreitos que faziam ao redor do penhasco e pelos olhares que lançavam para trás, que voltariam em breve. Gilbert gostava de pensar que elas grasnavam debochando de animais terrestres como ele e Hagrid, que não poderiam segui-los aonde fossem.

Hagrid logo perdeu o interesse pela novidade e foi em direção a alguns arbustos mais afastados, onde provavelmente farejara um coelho. Gilbert caminhou em direção à figura imóvel para ver se ela precisava de alguma ajuda. Era uma mulher, intuiu, a julgar pelo modo como estava sentada e pelo cabelo que caía em cachos sobre o colarinho. Chamou, mas não recebeu resposta. Então, percebeu que ela estava em uma cadeira de rodas, enrolada em um cobertor, a cabeça apoiada em alguma coisa. E se não pudesse se mover? Nada havia de estranho em uma mulher de cadeira de rodas em Larborough Head — o asilo não era longe dali, e os parentes de vez em quando levavam pais e avós para passear no litoral. Mas o que diabos ela estaria fazendo ali, sozinha, justo no Dia das Mães, abandonada em um lugar tão arriscado? Não faltava muito para sua cadeira despencar pela beira do penhasco. Bastava uma mudança nos ventos. Onde estaria a enfermeira ou os parentes daquela mulher?

Quando se aproximou, Gilbert notou duas coisas muito estranhas. A primeira foram os ferimentos sem sangue ao redor das orelhas, o que percebeu ao se aproximar por trás dela. Ao dar a volta para olhá-la de frente, viu que a parte de cima de seu corpo, do pescoço às coxas, incluindo o cobertor, estava encharcada de sangue. Antes mesmo de olhar nos olhos dela, sabia que estava morta.

Contendo o gosto amargo de bílis que lhe afluiu à garganta, Gilbert assobiou para Hagrid e começou a correr de volta ao carro. Sabia que não teria sinal para o celular ali e que teria de dirigir alguns quilômetros antes de poder chamar a polícia. Não queria deixá-la à mercê das gaivotas, mas o que mais podia fazer? Como se lessem sua mente, duas das gaivotas maiores voltaram pousar sobre a mulher assim que Gilbert deu-lhe as costas e correu.

* * *

Banks desligou o iPod na metade da música "Low Down", de Tom Waits, guardou-o no bolso e saiu do conforto do Porsche para se expor ao vento, que agora soprava chuva e neve em sua direção. A praça do mercado estava lotada de cidadãos com roupas domingueiras, a caminho da igreja normanda no centro da praça, as mulheres segurando os chapéus contra o vento e os sinos tocando como se tudo no mundo estivesse em paz. Entretanto, um ou dois curiosos já estavam na entrada da Taylor's Yard, fechada por fitas de isolamento. Em uma esquina havia um pub chamado Fountain e, na outra, a loja de artigos de couro Randall. Entre elas, uma rua estreita coberta de seixos levava ao Maze, o labirinto de vielas — chamados por lá de ruelas ou becos —, pequenas praças, pátios, cantos, passagens e depósitos que eram os mesmos desde o século XVIII.

Afora derrubar tudo e construir outros prédios no lugar, não havia muito que se pudesse fazer com aqueles espaços apertados e inconvenientes. Por isso, ou ficavam vazios ou eram usados para o armazenamento de mercadorias. Os becos não eram atalhos para parte alguma, mas, se você conhecesse o caminho, poderia sair no estacionamento do castelo de Eastvale, sobre os jardins em declive que davam no rio. Além de uma fileira de quatro pequenos chalés perto do estacionamento, os prédios não eram habitados nem mesmo por posseiros. Como eram tombados, não podiam ser demolidos, e o Maze permanecia intocado, um esconderijo ideal para uma transa rápida, uma dose de metadona ou um tapa em um baseado antes da balada.

Os garis já haviam notificado à polícia que frequentemente recolhiam ali agulhas, pontas de cigarros de maconha, preservativos usados e sacos plásticos principalmente com cola de sapateiro, nos fundos do Bar None Club ou em Taylor's Yard, junto ao Fountain. Contudo, embora o Maze ficasse perto da delegacia, eles não podiam vigiá-lo 24 horas por dia. O detetive Rickerd e seus policiais de apoio comunitário, os "policiais de plástico", como os cidadãos os chamavam, faziam o que podiam, mas não eram suficientes. As pessoas evitavam o Maze após escurecer, mesmo porque quem respeitava a lei não tinha o que fazer por lá. Também havia rumores de que o lugar era assombrado e que algumas pessoas haviam se perdido ali e nunca mais conseguiram sair.

Banks tirou o avental de proteção da mala do carro, assinou a lista do guarda de plantão e passou por baixo da fita azul e branca de isolamento. Pelo menos a chuva com neve não penetrava no Maze. Assim como o Shambles, em York, os prédios ali eram tão altos e colados que, com exceção de uma faixa estreita e acinzentada, bloqueavam o céu completamente. Se alguém morasse nos andares de cima, poderia facilmente apertar a mão do vizinho do outro lado da rua. Os blocos de calcário usados para construir o Maze estavam escurecidos pela chuva e pairava no ar um aroma de fumaça de turfa vindo dos chalés ao longe. Aquilo fez Banks pensar em Laphroaig e perguntar a si mesmo se estaria voltando a gostar de malte uísque da ilha de Islay. O vento assobiava e gemia, mudando de tom, volume e timbre como se soprasse através de uma flauta de madeira. No caso do Maze, porém, era uma flauta de pedra, pensou Banks.

Como prometido, o sargento-detetive Kevin Templeton estava de guarda no prédio onde o corpo fora encontrado, na esquina da Taylor's Yard com a Cutpurse Wynde. Não era muito mais que um prédio anexo, um abrigo de pedra que Joseph Randall, o proprietário da loja de artigos de couro, usava para armazenar retalhos. A fachada era de calcário e não tinha janelas. Geralmente, se um prédio no Maze tinha alguma janela no térreo, estas eram bloqueadas com ripas de madeira.

Como sempre, Templeton estava bem-vestido, o cabelo negro com gel, a calça cara de algodão úmida nos joelhos e um casaco de couro brilhante molhado de chuva. Os olhos estavam avermelhados pelos excessos da noite anterior, e Banks o imaginou em uma rave, dançando ao som de uma batida technopop ou de alguma mixagem de Elvis com Eminem. Se Templeton usava drogas ou não, Banks não tinha certeza. Não tivera nenhuma confirmação, mas passara a ficar de olho nele desde que o excessivamente ambicioso sargento-detetive tentara se insinuar para a nova superintendente. Aquilo lhe saíra pela culatra, com alguma ajuda de Banks e Annie, mas não parecera ter arrefecido o ardor de Templeton em seu aparente gosto pelo puxa-saquismo. O cara não sabia trabalhar em grupo, isso era certo.

— O que temos aqui? — perguntou Banks.

— O Dr. Burns está lá dentro com ela — respondeu Templeton.

— OCCs?

— A caminho.

— Então é bom darmos uma olhada antes que assumam.

Templeton deu um riso forçado.

— Não é algo bonito de se ver.

Banks olhou para ele. Na galeria de comentários inúteis que já tinha ouvido, aquele não teria muito destaque, embora não fosse desprezível. Templeton deu de ombros e nem se deu ao trabalho de simular constrangimento. Banks perguntou a si mesmo se, somado à falta de escrúpulos, senso de humor ou empatia, aquilo não seria um indício de psicopatia.

Usando luvas e avental de proteção, Banks empurrou a porta de madeira pintada de verde. As juntas enferrujadas rangeram quando se abriram e revelaram o Dr. Burns ajoelhado sobre um corpo à luz de uma lâmpada. Por uma fração de segundo, Banks lembrou-se de um filme que assistira, algo a ver com Jack, o Estripador, curvado sobre uma de suas vítimas. Bem, o Maze certamente tinha um pouco da Whitechapel do Estripador, mas Banks esperava que as semelhanças acabassem por aí.

Ele se virou para Templeton.

— Sabem se a porta estava trancada antes da garota ter sido posta ali?

— Difícil dizer, chefe. A madeira é tão velha e podre que uma pancada mais forte bastaria. Poderia já estar quebrada há muito tempo.

Banks voltou-se para o interior do depósito. A primeira coisa que notou, afora a poeira, as paredes caiadas e as teias de aranha, foi o cheiro misto de couro, vômito e sangue, este último mais suave, um distante odor doce e metálico, mas ainda assim discernível. A vítima estava deitada sobre uma pilha de retalhos de couro. Pelo que Banks podia ver na penumbra, os retalhos eram de diversas cores — verde, azul, vermelho, marrom —, triangulares ou retangulares, em sua maioria. Banks ergueu um. Era um pedaço de couro muito macio e flexível, útil para a produção de uma cotoveleira ou de uma bolsa de moedas, por exemplo.

O Dr. Burns olhou por cima dos ombros e recuou para ficar ao lado de Banks. O cômodo era alto apenas o bastante para que pudessem ficar de pé.

— Olá, Alan. Veja, mexi o mínimo que pude. Sei como são os OCCs.

Banks também sabia. Os peritos gostavam de "marcar território" no trabalho e reclamavam de todos que se intrometessem em seu caminho, inspetor-chefe-detetive ou não.

— Teve oportunidade de determinar a causa da morte? — perguntou.

— Para mim, parece ter sido estrangulamento manual, a não ser que haja alguma causa oculta — respondeu Burns, curvando-se e erguendo cuidadosamente um cacho de cabelo louro e apontando para a marca escura entre o queixo e a orelha da vítima.

Pelo que Banks podia ver, ela era jovem, mais ou menos da mesma idade de sua filha, Tracy. Vestia um top verde e uma minissaia branca com um largo cinto de plástico com brilhos prateados. A saia fora levantada para expor a parte superior de suas coxas. O corpo parecia estar posando. Estava deitado sobre o lado esquerdo, de pernas cruzadas, como se estivesse correndo durante o sono. Algo brilhava sobre sua pele pálida pouco acima do joelho, e Banks achou que poderia ser sêmen. Neste caso, havia uma boa chance de obterem uma amostra de DNA. A calcinha vermelha, fina como um barbante, estava enroscada no tornozelo esquerdo. Usava salto alto de couro preto e brilhante e uma tornozeleira de prata na perna direita. Pouco acima, tinha tatuada uma pequena borboleta. O top fora erguido para expor seus seios pequenos de mamilos intumescidos, e seus olhos estavam abertos, olhando para a parede oposta. Dois ou três retalhos de couro saíam de sua boca.

— Bela jovem — disse o Dr. Burns. — Que vergonha.

— Era tudo o que ela vestia? Está muito frio.

— Jovens de hoje. Devia vê-los.

Banks já tinha visto. Grupos inteiros, meninas em particular — embora muitos rapazes só vestissem camisetas e jeans —, correndo pela cidade de pub em pub no meio do inverno, vestindo tops finos sem mangas e saias curtas. Ele sempre havia achado que era porque queriam mostrar o corpo, mas talvez fosse algo de fundo prático. Tornava as coisas mais fáceis na hora de irem embora: sem acessórios, nada a se lembrar além da bolsa. Facilitava a movimentação, e talvez também fosse um sinal de juventude, indiferença ao frio, desprezo aos elementos.

— Ela não teria ficado naturalmente nesta posição ao morrer, certo? — perguntou Banks.

— Não se foi estuprada e estrangulada — disse Burns. — Estaria de costas com as pernas abertas, mas não há sinal de desmaio.

— Então ele a moveu ao terminar, virou-a de lado, virou-lhe o rosto, deixando-a um tanto mais decente, como se estivesse dormindo. Talvez também a tenha limpado.

— Bem, se o fez, esqueceu alguma coisa, não é mesmo? — disse o Dr. Burns, apontando para o ponto brilhante na coxa da jovem.

O Dr. Burns se moveu e bateu acidentalmente com a cabeça na lâmpada, que começou a balançar. No canto, junto à porta, Banks viu algo refletir a luz. Ali, no chão de pedra empoeirado, havia uma bolsa de lamê dourado com alças finas. Com cuidado, Banks a pegou com as mãos enluvadas e a abriu. Batom, pó compacto com espelho, três preservativos, quatro Benson & Hedges, isqueiro Bic roxo, uma caixa de fósforos do Duck and Drake, lenços de papel, paracetamol, lixa e cortador de unha, um absorvente, uma caneta azul, um iPod com capa cor-de-rosa, carteira de motorista, um vidro sem rótulo com quatro pílulas brancas de ecstasy, cada uma com a figura de uma coroa gravada, uma pequena bolsa com 20 libras em notas e 65 pence em moedas. Finalmente, uma agenda telefônica com capa da William Morris e o nome Hayley Daniels, o mesmo que aparecia junto à fotografia em sua carteira de motorista, com um endereço em Swainshead, um povoado a cerca de 50 quilômetros a oeste de Eastvale.

Banks anotou os detalhes em seu bloco e colocou tudo de volta na bolsa para os OCCs. Chamou Kevin Templeton e pediu que ligasse para a polícia de Swainshead para que avisassem os pais. Eles teriam que vir a Eastvale para identificar o corpo. Não deveriam saber mais detalhes do que o necessário.

Então, Banks olhou para o corpo da jovem.

— Algo sobre o ato sexual? — perguntou ao Dr. Burns. — Além do óbvio?

— Nada certo ainda, mas parece ter sido brutalmente estuprada — disse Burns. — Estupro vaginal e anal. A Dra. Wallace poderá dizer mais quando fizer a autópsia. Mas tem uma coisa estranha.

— O quê?

— Bem, ela foi raspada. Lá embaixo.

— Pelo assassino?

— É possível. Mas algumas jovens fazem isso... Quero dizer, foi o que ouvi falar. E há uma tatuagem onde deveriam estar os pelos. Não dá para ver direito nessa posição, e não quero mexer no corpo mais do que o necessário até os OCCs terminarem. Mas parece indicar que talvez ela tenha se raspado há algum tempo. Há também uma tatuagem no tornozelo.

— É.

O Dr. Burns era o cirurgião da polícia local e, como tal, seu trabalho se resumia a comparecer à cena do crime, declarar a morte da vítima e liberar o corpo para o legista. Depois disso, era a Dra. Wallace, a nova patologista do quartel-general, quem geralmente fazia a autópsia. Mas Burns fora útil a Banks no passado. Apesar de ser como todos os médicos, que não gostam de se comprometer, vez ou outra acabava deixando escapar um palpite sobre a causa e a hora da morte, o que, devido à precisão, ajudava Banks a economizar bastante tempo. Foi o que ele perguntou em seguida.

Burns olhou para o relógio.

— São 9h30 — disse ele. — O frio deve ter retardado a rigidez, e ela parece jovem e saudável. Quer dizer... você sabe.

Banks sabia. Com o passar dos anos, habituara-se a ver gente morta ser descrita como "saudável".

— Estou apenas supondo, claro — prosseguiu Burns. — Mas penso que foi após a meia-noite, talvez às 2 horas, mas não depois disso.

— Foi morta aqui?

— Assim parece — disse Burns.

Banks olhou ao redor.

— É um lugar bem escondido — disse ele. — Isolado, também. Paredes grossas. Duvido que alguém tenha ouvido alguma coisa, se é que havia algo para ser ouvido. — Ele olhou para os retalhos de couro na boca da jovem. — Mesmo que tenha dado um grito forte no início, isso deve tê-la silenciado.

O Dr. Burns não disse nada. Apenas pegou seu bloco e fez algumas anotações que, presumiu Banks, seriam: hora, temperatura, posição do corpo etc. Precisava que o fotógrafo chegasse logo. Os OCCs teriam de esperar que ele terminasse, é claro, o que os desagradaria. Ficariam esticando as correntes como um bando de dobermanns que não comem carne há um mês.

As dobradiças rangeram, e Peter Darby, o fotógrafo da polícia, chegou com sua velha Pentax e uma câmera de vídeo digital. Como o lugar era pequeno, Banks e Burns saíram. Banks sentiu vontade de fumar. Não sabia por que, uma vez que ninguém por perto estava fumando. Talvez fosse por causa dos Benson & Hedges que vira na bolsa da vítima. Ou da chuva, que agora substituíra o granizo. Ele tinha lembrança de um cigarro muito saboroso que fumara na chuva, certa vez, quando ainda era jovem. Afastou a lembrança, e a vontade passou. Achou ter ouvido a multidão na igreja da praça do mercado cantando "There Is a Green Hill Far Away", e aquilo que o lembrou de que faltavam poucas semanas para a Páscoa.

— Ela também passou mal — acrescentou o Dr. Burns. — Não sei se é significativo, mas vi resíduos de vômito tanto lá dentro quanto no muro do lado de fora.

— Sim — disse Banks. — Senti o cheiro. Há também a chance de ser do assassino. Nem todo mundo tem estômago para esse tipo de coisa, graças a Deus. Vou me certificar de que os OCCs prestem atenção a esse detalhe. Obrigado, doutor.

O Dr. Burns meneou a cabeça e se afastou. Templeton aproximou-se, mudando o pé de apoio diversas vezes e esfregando as mãos.

— Gostosa, hein, chefe? — disse ele. — Bem como eu disse.

Banks fechou os olhos, virou o rosto para a faixa de céu acinzentado, sentiu algumas gotas de chuva sobre as pálpebras e suspirou.

— É uma jovem morta, Kev — disse ele. — Estuprada e estrangulada. Eu, tanto quanto qualquer outro tira, gosto de algum senso de humor na cena do crime, mas você poderia conter um pouco as suas piadas, não acha?

— Desculpe, chefe — disse Templeton, num tom de voz que indicava total falta de consciência de por que estava se desculpando.

— Vamos entrevistar todos os moradores locais condenados por abuso sexual, todo mundo que esteja fichado e aqueles que achamos que deveriam estar.

— Sim, chefe.

— E ligue para a superintendente — disse Banks. — Ela tem de saber.

Templeton pegou o celular.

Por um breve instante, Banks desfrutou da paz, da música do vento, da água pingando de uma calha e de um coro distante cantando um hino. Fazia muito tempo que não ia à igreja. Então, ouviu um som diferente. Era a detetive Winsome Jackman e o sargento-detetive Stefan Nowak, coordenador de cena do crime, descendo a Taylor's Yard seguidos de um bando de OCCs vestidos como homens do espaço. Logo iluminariam o depósito como um estúdio de cinema, e suas diversas ferramentas e aparelhos estariam aspirando ou iluminando pequenos vestígios de substâncias suspeitas e praticamente invisíveis. Tudo seria cuidadosamente ensacado, etiquetado e armazenado para ser usado no caso de haver um julgamento ao fim do processo. Algumas dessas provas poderiam até ser usadas na identificação do assassino da jovem. Se tivessem sorte, encontrariam material genético, que talvez coincidisse com alguma amostra do Banco Nacional de DNA.

Banks deu as boas-vindas a Stefan Nowak e explicou o que sabia do caso. Nowak trocou algumas palavras com a equipe e, quando Peter Darby saiu, eles entraram. Demorariam um pouco para se prepararem antes de começar, explicou Nowak, e queriam todos fora de seu caminho. Banks verificou a hora. Que pena, pensou, pois, apesar do atual relaxamento com a hora de fechamento, nenhum dos pubs locais estaria aberto às 10 horas de uma manhã de domingo.

Banks mandou Winsome a Swainshead, para entrevistar os pais da jovem antes de trazê-los ao Hospital Geral de Eastvale para identificarem o corpo. Precisava que ela descobrisse tudo o que pudesse sobre onde e com quem a jovem estivera na noite anterior. Havia muito o que fazer e, quanto mais cedo, melhor. As pistas costumavam sumir rapidamente.

Após cerca de 45 minutos, Banks teve outro breve momento de paz para avaliar a situação. Ao que parecia, a jovem estivera passeando pela cidade, muito provavelmente com um namorado ou um grupo de amigos, que deviam ser identificados e entrevistados. Alguém também teria de recolher todas as fitas gravadas pelas câmeras de segurança. Atualmente, a maior parte da praça do mercado é vigiada por câmeras, embora haja alguns pontos cegos. Como ela acabou ficando só? Teria saído com alguém, ou o assassino estaria espreitando no Maze, esperando uma vítima? Por que fora até lá sozinha? Infelizmente, não havia câmeras de segurança no Maze.

Uma voz interrompeu seus devaneios.

— Tomara que seja algo muito importante, inspetor-chefe-detetive Banks. Tive de interromper minha cavalgada, e meu filho e a mulher dele estão me esperando para almoçar — disse, aproximando-se pelo beco, a pequena, porém bela e poderosa figura da superintendente Catherine Gervaise, resplandecente em sua calça de montaria, suas botas e seu boné, batendo levemente com o chicote na coxa.

Banks sorriu.

— Devo dizer que está muito elegante, senhora. Aceita um café? Podemos conversar enquanto o sargento-detetive Nowak cuida das coisas por aqui.

Teria sido a imaginação de Banks ou a superintendente Gervaise corara ao ouvir o elogio?

Em algum lugar ao longe, mais forte que sua dor de cabeça e que o som de gaivotas e de sinos de igreja, a inspetora-detetive Annie Cabbot ouviu o celular tocar. Atualmente, celulares não tocam, pensou, enquanto tentava recuperar a consciência. Eles têm ringtones: tilintam, tocam músicas. O dela tocava "Bohemian Rhapsody", o que a estava deixando maluca. Uma brincadeirinha do vendedor, que ela teria de aprender a desfazer. Quando finalmente conseguiu abrir os olhos parcialmente e alcançar a mesa de cabeceira, o toque parou. Droga, pensou, depois de não encontrar nada. *Não* havia mesa de cabeceira. Onde fora parar? Ela teve um momento de pânico absoluto, sem saber onde estava ou quem era. Certamente não estava na pousada da Sra. Barnaby, onde deveria estar. Então se deu conta de que havia algo quente e pesado apoiado sobre seus quadris.

Quando conseguiu abrir os olhos por completo e olhar em volta, imediatamente percebeu três coisas: não estava em sua cama (daí não haver mesa de cabeceira), estava com uma tremenda dor de cabeça, e a coisa quente e pesada sobre seus quadris era o braço de um homem. Por sorte — ou não, dependendo do caso — ainda estava ligado ao resto do corpo.

Pouco a pouco, como se juntasse imagens para formar um filme quadro a quadro, fragmentos da noite anterior voltaram à sua mente. Eram vagos e indistintos ao vivo, com lacunas entre eles, mas finalmente ela se lembrou de cerveja, música alta e dança, bebidas azuis gasosas decoradas com guarda-chuvas, luzes brilhantes e gente rindo. Lembrou-se de estar caminhando por ruas ventosas e mal iluminadas, subindo uma longa colina, uma escadaria íngreme... então as coisas ficavam mais indistintas. Uma ou duas bebidas a mais, talvez, cambalear e cair numa cama. Naquela cama. Delicadamente, Annie livrou-se do braço. O homem espreguiçou-se e resmungou enquanto dormia, mas, por sorte, não despertou. Então Annie se sentou e ficou chocada.

Estava nua. Suas roupas estavam espalhadas pelo chão de madeira numa bagunça que sugeria entrega devassa e desesperada, a calcinha de seda preta pendurada no pé da cama como uma espécie de troféu obsceno. Ela a pegou, foi até o lado da cama e a vestiu. Então, passou as mãos no cabelo desgrenhado. Sentia-se um lixo. Idiota, disse para si mesma. *Idiota.*

Ela olhou para as partes do corpo do homem que o lençol não cobria. Cabelo preto e curto, espetado aqui e ali pela noite de sono, um cacho sobre o olho direito, maxilar forte, ombros largos, um belo peitoral, sem muitos pelos, mas bastante másculo. Graças a Deus não era um colega, alguém da delegacia. Não podia ver a cor de seus olhos, pois estavam fechados, e ficou com vergonha por não lembrar. Ele precisava fazer a barba, embora alguns anos antes isso não fosse necessário. Qual seria a idade dele? Uns 22 ou 23 anos, no máximo, pensou. E qual a idade dela? Acabara de fazer 40. Pelo estado do apartamento, ao menos não era casado. Ela geralmente se envolvia com homens mais velhos e casados.

Com um suspiro, recolheu o resto de suas roupas e se vestiu. O quarto era agradável, com paredes azul-claras, uma reprodução de um nu de Modigliani e uma veneziana que não filtrava muita luz. Na parede oposta, havia também o pôster de uma banda de rock que ela não conhecia. Pior, havia uma guitarra elétrica encostada em um pequeno amplificador. Ela se lembrava dele ter dito que tocava em uma banda. Droga, teria realmente ido parar na casa de um músico? Veja pelo lado positivo, disse a si mesma. Ao menos era um guitarrista, não um baterista ou um baixista, como dizia sua velha amiga Jackie. E, principalmente, não tocava saxofone.

"Nunca saia com um saxofonista, querida", dissera-lhe Jackie. "A única coisa em que eles pensam é o próximo solo."

Que lugar-comum.

Será que à luz do dia ele pareceria ainda mais jovem do que ela imaginava? Olhou para ele outra vez. Não. Tinha ao menos 22 anos. Mas era mais jovem que Brian, o astro de rock filho de Banks. Talvez devesse se sentir bem pelo fato de alguém tão jovem e bonito ter gostado dela, orgulhar-se por ter tal poder de atração, mas, por algum motivo, não sentia nada disso. Aquilo fazia com que ela se sentisse uma prostituta velha. Um homem mais velho com uma mulher mais jovem seria perfeito: o homem se sentiria orgulhoso do feito. Mas ela, não.

Annie fechou o zíper de seus jeans. Meu Deus, estavam apertados. Engordara mais ultimamente, e o tamanho daquilo que outrora fora uma barriga plana a desanimava. Hora de mais ginástica e menos cerveja.

Annie encontrou o celular na bolsa e verificou a chamada. Era da delegacia. Não sabia se conseguiria encarar o trabalho sentindo-se assim. Levou a bolsa para o banheiro e fechou a porta. Primeiro, usou o vaso sanitário. Depois, encontrou aspirinas no armário sobre a pia, lavou-se o melhor que pôde — seria aquilo que chamavam de "banho checo"? — e aplicou um pouco de maquiagem. Não havia chuveiro, e ela não estava disposta a se despir outra vez para tomar banho. Melhor simplesmente ir embora. Encontrar o carro, responder à mensagem, depois ir para casa — ou o que vinha sendo a sua casa nos últimos dias —, para tomar um banho demorado e se autoflagelar escrevendo mil vezes: "Não devo ir para a casa de jovens guitarristas que encontro em boates." Ao menos lembrava ter deixado o carro em algum lugar perto da boate. Não fora idiota o bastante para dirigir. Ao menos tinha *algum* juízo. Talvez pudesse se lembrar do clube em que haviam estado.

O ar no quarto cheirava à fumaça de cigarro e a coisa pior, e Annie viu pontas de cigarro e algumas baganas em um cinzeiro sobre uma mesinha junto à porta. Ao lado, viu seus brincos e um pequeno saco plástico cheio de maconha. Meu Deus! Embora tivesse fumado alguns baseados, se lembrara de tirar os brincos e... bem, o que mais fizera? Não adiantava pensar a respeito. Ela pôs os brincos.

O rapaz se mexeu quando ela abriu a porta, mas apenas para puxar o lençol, cobrir-se e se encolher como uma criança. Annie fechou a porta e desceu a escada para encarar o novo dia em um lugar estranho. Assim que saiu, sentiu a maresia no vento frio e ouviu o grasnar das gaivotas. Ao menos tinha um casaco.

Enquanto descia a colina em direção à boate para encontrar o carro, pegou o celular e ouviu o correio de voz. Acabou recompensada pela voz severa do superintendente Brough, do quartel-general da área leste, pedindo que ela fosse a Larborough Head imediatamente. Acontecera um homicídio e os policiais locais precisavam dela. O fato de estar "emprestada", pensou, às vezes a fazia se sentir como se fosse uma prostituta. Então percebeu que tivera o mesmo pensamento duas vezes em apenas meia hora, sob circunstâncias diferentes. Decidiu que era hora de mudar de metáfora. Nada de "prostituta". Talvez, um "anjo de misericórdia". Annie Cabbot, *anjo de misericórdia*, ao seu dispor. Encontrou o Astra roxo no estacionamento ao lado da boate, pensando pela centésima vez que era hora de comprar um carro novo. Em seguida, consultou seu mapa rodoviário AA, engatou a marcha e partiu rumo a Larborough Head, no extremo norte da área leste.

Ao menos os cafés na praça do mercado estavam abertos. Banks escolheu um a apenas três portas de Taylor's Yard, no andar de cima da loja Age Concern, onde sabia que o café era bom e forte, e sentou-se com a superintendente Gervaise. Ela estava muito bonita, percebeu, com seu nariz arrebitado, olhos azuis, lábios de arco de cupido e o ligeiro brilho que o exercício matinal emprestara ao seu rosto pálido. A pequena cicatriz ao lado de seu olho esquerdo era quase uma imagem invertida da dele. Provavelmente a superintendente devia ser uns dez anos mais jovem que ele, de modo que teria uns 40 e poucos anos. Assim que fizeram seus pedidos — café para ele, chá Earl Grey para ela e biscoitos para os dois —, começaram a falar de trabalho.

— Parece que temos um homicídio particularmente perverso em mãos — disse Banks.

— As coisas andavam tranquilas demais ultimamente — disse Gervaise. Ela pousou o chicote sobre a mesa, tirou o capacete, balançou a cabeça e passou a mão sobre o cabelo curto, que estava amassado. — Desde aquele negócio com o grupo de rock — disse, olhando para Banks.

Banks sabia que, embora ela tivesse lhe dado liberdade para resolver aquele caso, não ficara satisfeita com o desfecho. Banks também não. Mas não tinha jeito. Às vezes as coisas simplesmente não funcionam como queremos. Banks adiantou-se, contando o que soubera por meio do sargento-detetive Templeton e do Dr. Burns.

— O corpo foi encontrado às 8h15 desta manhã por certo Sr. Joseph Randall, 55 anos, de Hyacinth Walk.

— E o que ele fazia no Maze àquela hora em um domingo de manhã?

— Ele é dono da loja de artigos de couro na esquina — explicou Banks. — Aquele é o depósito dele. Disse que foi até lá para buscar algumas peças, viu a tranca arrombada e a garota caída ali. Jurou não ter tocado em nada. Disse que saiu de lá e foi direto à delegacia no outro lado da praça.

— Será que devemos acreditar nele?

— Ele disse que abriu a porta do depósito às 8h15, mas uma pessoa na praça do mercado disse ao sargento-detetive Templeton que viu Randall entrar no Maze às 8h10, de acordo com o relógio da igreja, que é bastante preciso. A testemunha se lembra disso porque estava atrasada para a missa e levantou a cabeça para ver as horas. O sargento de plantão tomou o depoimento de Randall às 8h21.

— São 11 minutos. — Gervaise apertou os lábios. — Parece muito em cima. Onde ele está agora?

— O sargento-detetive Templeton mandou-o para casa com um policial. Aparentemente, o Sr. Randall estava muito perturbado.

— Sei. Entreviste-o você. Pegue mais pesado da próxima vez.

— Sim, senhora — disse Banks, fazendo uma anotação em seu bloco de notas.

Se havia alguém que gostava de obviedades, esta era Gervaise. Contudo, era melhor que ela pensasse estar no controle da situação. Os pedidos chegaram. O café era bom como ele se lembrava, e os biscoitos tinham bastante manteiga.

— O que essa jovem fazia sozinha no Maze? — perguntou Gervaise.

— É algo que teremos de descobrir — disse Banks. — Mas, por enquanto, não sabemos se estava sozinha. Pode ter ido até lá com alguém.

— Para usar drogas?

— Talvez. Encontramos algumas pílulas de Ecstasy na bolsa. Ou será que ela se separou dos amigos e alguém a atraiu até lá prometendo drogas? Embora você não precise se esconder no Maze para tomar E. Pode fazê-lo em qualquer pub da cidade. Ela podia estar pegando um atalho para o estacionamento ou para o rio.

— A mulher tinha carro?

— Ainda não sabemos. Mas tinha carteira de motorista.

— Investigue.

— Investigaremos. Provavelmente estava bêbada — disse Banks. — No mínimo estava alta. Havia cheiro de vômito no depósito; ela pode ter passado mal, se é que não foi o assassino quem vomitou. Mas a perícia deve esclarecer isso. Talvez ela não pensasse em sua segurança; duvido que haja algum grande mistério sobre como ou por que estava sozinha no Maze. Há diversas possibilidades. Pode ter discutido com o namorado, por exemplo, e fugido.

— E havia alguém ali, esperando por ela?

— Por ela ou por alguém como ela. O que indica que pode ser um assassino que conhece os hábitos dos moradores de Eastvale após a hora de fechamento no sábado à noite.

— Então, é melhor verificarmos os suspeitos de sempre. Estupradores, clientes assíduos de prostitutas.

— Está sendo providenciado.

— Alguma ideia de onde ela esteve?

— A julgar pelo modo como estava vestida — disse Banks —, parece que estava fazendo a ronda dos pubs da praça do mercado. Programa típico de sábado à noite. Vasculharemos todos os pubs assim que abrirem. — Ele olhou para o relógio. — O que não vai demorar.

Gervaise olhou-o com olhos semicerrados.

— Não fará isso pessoalmente, espero.

— Lamento, mas é trabalho demais para mim. Pensei em deixar o sargento-detetive Hatchley cuidando disso. Ultimamente, ele tem passado muito tempo em casa. Vai fazer bem para ele sair e espairecer.

— Então, mantenha-o com rédeas curtas — disse Gervaise. — Não quero que ele saia por aí ofendendo todas as minorias da cidade.

— Ele melhorou um bocado.

Gervaise olhou-o com desconfiança.

— Algo mais?

A superintendente limpou a boca com um guardanapo de papel após algumas delicadas mordidas no biscoito.

— Vou mandar alguns policiais assistirem a todas as filmagens feitas pelas câmeras de vigilância da praça do mercado na noite passada. Vários pubs têm câmeras agora, e sei que o Bar None também tem. Deve haver muitas, e você sabe como é a imagem; portanto, vai demorar. Mas acho que descobriremos alguma coisa. Também faremos uma busca cuidadosa no Maze, nos edifícios vizinhos, no estacionamento, e uma visita porta a porta no entorno. O problema é que há entradas e saídas que não são cobertas por nenhuma câmera. A saída para o estacionamento junto ao rio, por exemplo.

— Certamente deve haver câmeras no estacionamento.

— Sim, mas não cobrem aquele ângulo. Estão direcionadas para o outro lado, para o *interior* do estacionamento. É fácil evitá-las. O lugar é apenas um beco estreito e raramente é usado. A maioria das pessoas usa a saída de Castle Road, que *é* vigiada. Mas vamos tentar de qualquer modo.

— Verifique as câmeras o melhor que puder.

Banks reportou o que o Dr. Burns dissera sobre a causa e a hora aproximada da morte.

— Quando a Dra. Wallace poderá fazer a autópsia? — perguntou ela.

— Amanhã de manhã, espero — disse Banks.

O Dr. Glendenning se aposentara havia um mês, "para jogar golfe", segundo suas próprias palavras, e Banks ainda não vira sua substituta trabalhando porque não ocorrera nenhuma morte suspeita até então. Pelo que pudera perceber dos breves encontros que haviam tido, parecia ser uma patologista dedicada e eficiente.

— A foto na carteira de motorista que encontrei na bolsa parece ser da vítima — disse Banks. — Conseguimos um endereço na sua agenda telefônica. Hayley Daniels, de Swainshead.

— É tida como desaparecida?

— Ainda não.

— Então talvez ninguém a esperasse em casa — disse Gervaise. — Alguma ideia de quantos anos tinha?

— De acordo com a carteira de motorista, 19.

— Quem está cuidando disso?

— A detetive Jackman foi a Swainshead falar com os pais da vítima. Já deve ter chegado lá.

— Melhor ela do que eu — disse Gervaise.

Banks se perguntou se alguma vez na vida ela tivera a dura tarefa de dar a má notícia para os pais de uma vítima.

— Sei o que está pensando — disse Gervaise com um sorriso. — Está pensando se eu, com toda a minha educação superior, cursos universitários, carreira brilhante e tudo o mais, sei alguma coisa a esse respeito, não é?

— De modo algum — respondeu Banks, impassível.

— Mentiroso — disse Gervaise, bebeu um gole de chá e olhou para um ponto acima da cabeça de Banks. — Aconteceu na minha primeira semana de experiência como policial. Eu trabalhava em Poole, Dorset. Geralmente preparando chá e café. Na sexta-feira pela manhã, encontraram o corpo de um estudante de 11 anos em um terreno baldio na periferia da cidade. Fora estuprado e espancado até a morte. Família proletária. Adivinhe quem mandaram?

Banks nada respondeu.

— Meu Deus, fiquei nauseada — disse Gervaise. — Antes mesmo de ir. De verdade, fisicamente nauseada. Tinha certeza de que não conseguiria.

— Mas conseguiu?

Ela encarou Banks.

— Claro. E sabe o que aconteceu? A mãe ficou furiosa. Atirou um prato com ovo, feijão e batatas fritas em cima de mim. Abriu um talho na minha cabeça. Tive de algemá-la para contê-la. Temporariamente, é claro. Ela acabou se acalmando. Levei dez pontos. — Gervaise balançou a cabeça. — Que dia. — Ela consultou o relógio. — É melhor eu ligar para o meu filho e desmarcar o almoço.

Banks olhou pela janela. O vento soprava mais forte, e as pessoas que saíam da igreja tinham dificuldade em manter o chapéu na cabeça. Pensou no corpo sobre a pilha de couro.

— Acho que sim — disse ele. — Hoje não está sendo um bom dia.

Então se levantou e foi ao balcão pagar a conta.

Swainshead, ou Head, como era chamado pelos moradores, começava em uma praça triangular que dividia a estrada principal na junção em T com a Swainsdale Road. Ao redor do triângulo ficavam a igreja, a prefeitura e algumas lojas. Aquilo, Winsome sabia, era chamado de Lower Head, e era a parte mais visitada pelos turistas. A família Daniels morava em Upper Head, onde as duas ramificações da estrada se juntavam, separando duas fileiras de chalés de pedra voltados uns para os outros. Atrás dos chalés, em ambos os lados, os pastos se erguiam suavemente, separados por muros de pedra solta, que finalmente se transformavam em encostas íngremes que culminavam nas charnecas.

A área era assim chamada porque a nascente* do rio Swain localizava-se em algum lugar nas colinas ao redor. Começava como uma simples poça brotando da terra, transformava-se em um fino curso de água que se alargava mais à frente, para finalmente despencar da borda de uma colina em Rawley Force e abrir caminho ao longo do vale. Certa vez, Banks mencionou para Winsome que investigara um caso naquele lugar, muito antes de ela chegar a Eastvale. O caso levou-o até a distante Toronto, em busca de um expatriado desaparecido. Ao que Winsome soubesse, nenhum dos envolvidos naquele caso ainda vivia em Swainshead, mas os moradores se lembravam do ocorrido. Tornara-se parte do folclore local. No passado, as pessoas escreveriam canções sobre aquilo, ao estilo das músicas folclóricas que Banks tanto apreciava. Atualmente, com os jornais e a TV devassando tudo, não restava nada para ser cantado.

O som da batida da porta do carro de Winsome quebrou o silêncio e espantou três corvos gordos que estavam pousados em uma árvore retorcida. Eles voaram contra as nuvens cinzentas semelhantes a guarda-chuvas pretos invertidos pelo vento.

Winsome verificou o endereço enquanto passava pelo pub e por algumas casas que anunciavam serviços de POUSADA, com cartazes nas janelas onde se lia: VAGAS. Apesar do tempo ruim, três velhos grisalhos apoiados em bengalas conversavam sobre uma antiga ponte de pedras. Quando ela passou, porém, eles se calaram e acompanharam-na com os olhos. Winsome intuiu que negras de 1,80m não deviam ser muito comuns em Swainshead.

---

* "*Head*", em inglês. (*N. do T.*)

O vento com chuva e neve parecia soprar de todas as direções, ferindo-lhe os olhos e encharcando sua calça jeans até as coxas. A chuva também não faria muito bem ao casaco de camurça, pensou; desejou ter vestido algo mais prático. Mas, com a pressa, aquilo fora a primeira coisa que encontrara no armário do corredor. Como poderia adivinhar o que aconteceria?

Winsome encontrou a casa e tocou a campainha. Um policial circunspecto atendeu, tentando sem sucesso esconder a surpresa ao vê-la, e levou-a à sala de estar. Uma mulher, que parecia jovem demais para ser mãe da vítima, estava sentada, olhando para o nada.

— Sra. Daniels? — perguntou Winsome.

— McCarthy — disse a mulher, erguendo a cabeça. — Donna McCarthy. Mas Geoff Daniels é meu marido. Mantive o nome de solteira por razões profissionais. Estava explicando a este policial que, no momento, Geoff está em uma viagem de negócios.

Winsome se apresentou e percebeu que Donna McCarthy não demonstrou estar nem surpresa nem intrigada com a sua aparência.

Os olhos da Sra. McCarthy encheram-se de lágrimas.

— É verdade o que ele me disse? Sobre a nossa Hayley?

— Achamos que sim — disse Winsome, pegando o saco plástico com a agenda que Banks lhe dera. — Pode me dizer se isso pertence à sua filha?

Donna McCarthy examinou a capa com estampa de William Morris, e as lágrimas rolaram pelo seu rosto.

— Ela não é minha filha de verdade — falou, a voz abafada pelo lenço. — Sou a segunda mulher de Geoff. A mãe de Hayley foi embora há 12 anos. Estamos casados há oito.

— Entendo — disse Winsome, enquanto anotava. — Mas você garante que esta agenda é de propriedade de Hayley Daniels?

Donna assentiu.

— Posso dar uma olhada?

— Infelizmente não poderá tocá-la — disse Winsome. — Deixe que eu mesma faço isso.

Ela calçou as luvas de látex que trouxera, tirou a agenda de dentro do saco e abriu-a na folha de rosto.

— Esta é a caligrafia de Hayley?

Donna McCarthy levou o lenço ao rosto outra vez e assentiu. Winsome folheou algumas páginas, e a mulher continuou a menear a cabeça. Por fim, Winsome guardou a agenda, tirou as luvas e cruzou as pernas molhadas.

— Alguma chance de conseguirmos um chá? — perguntou ela para o policial, que olhou para ela com uma expressão de desagrado por estar sendo encarregado de uma tarefa tão banal, por uma negra de igual escalão, embora detetive. Ele saiu, provavelmente em direção à cozinha. Cretino. Winsome tocou delicadamente a mão da mulher.

— Lamento — disse ela. — Mas preciso lhe fazer algumas perguntas.

Donna McCarthy assoou o nariz e disse:

— Claro. Compreendo. — Parecia uma pessoa insignificante, sentada naquele sofá. Mas Winsome podia ver que ela estava em boa forma e que tinha ombros e braços musculosos. Tinha olhos verde-claros e cabelos castanhos. Vestia roupas simples: jeans e uma camiseta branca que revelava o contorno do sutiã sobre seios pequenos e firmes. A camiseta terminava alguns centímetros acima da cintura da calça, expondo uma barriga enxuta.

— Você tem uma fotografia recente de Hayley? — perguntou Winsome.

Donna McCarthy levantou-se e remexeu uma gaveta, voltando com a fotografia de uma jovem junto à cruz do mercado.

— Foi tirada há um mês — explicou.

— Pode me emprestar?

— Sim. Mas vou querer de volta.

— Claro. Quando viu Hayley pela última vez? — perguntou Winsome.

— Ontem à noite. Por volta das 18 horas. Ela ia pegar o ônibus para Eastvale para encontrar alguns amigos.

— Ela fazia isso frequentemente?

— Aos sábados. Como deve ter percebido, não há muito o que fazer por aqui.

Winsome lembrou-se da aldeia onde crescera, nas montanhas Cockpit, na Jamaica, sobre a baía Montego. Lá, *nada a fazer* era eufemismo. Tudo o que havia era uma escola com uma única sala e um futuro como operária na fábrica de salgadinhos de banana, como fizeram sua mãe e sua avó. A não ser que você descesse até a baía, como Winsome havia feito a princípio, para trabalhar em um resort turístico.

— Pode me dar os nomes dos amigos dela? — perguntou ela.

— De alguns deles, talvez. Apenas os primeiros nomes. Ela não falava sobre os amigos e não os trazia até aqui para que os conhecêssemos.

— Eram amigos do trabalho? Da escola? Da faculdade? O que Hayley fazia?

— Estudava na universidade de Eastvale.

— Ia de ônibus todo dia? É um longo trajeto.

— Não. Ia de carro. Ela tinha um velho Fiat usado que Geoff conseguiu para ela. Ele trabalha com carros usados.

Winsome lembrou-se da carteira de motorista que Banks encontrara na bolsa da jovem.

— Mas ela estava de carro na noite passada?

— Bem, não. Não devia estar, não é mesmo? Saiu para beber. Ela sempre foi cuidadosa a esse respeito. Não bebia antes de dirigir.

— Como ela planejava voltar para casa?

— Não planejava. Foi por isso que... Quero dizer, se eu a esperasse em casa, teria notificado seu desaparecimento, certo? Posso não ser a mãe biológica, mas fiz o possível para amá-la como se fosse, para que ela se sentisse...

— Claro — disse Winsome. — Alguma ideia de onde ela planejava ficar?

— Com uma de suas amigas da faculdade, como sempre.

— O que ela estava estudando?

— Turismo. Curso técnico. Era tudo o que ela desejava fazer: viajar pelo mundo. — Donna McCarthy voltou a chorar. — O que houve com ela? Ela foi...?

— Não sabemos — mentiu Winsome. — O médico a examinará logo.

— Uma garota tão bonita.

— Hayley tinha namorado?

O policial voltou trazendo uma bandeja, que pousou na mesa diante das duas mulheres. Winsome agradeceu.

— Algo mais? — perguntou ele, a voz repleta de sarcasmo.

— Não — disse Winsome. — Pode ir agora, se quiser. Obrigada.

O policial resmungou, ignorou Winsome, cumprimentou para Donna McCarthy e então se foi.

Donna esperou um instante até ouvir a porta se fechar e disse:

— Ninguém em particular. Não que eu saiba. Os jovens de hoje preferem andar em grupo em vez de ficar com uma única pessoa, não é mesmo? Não posso culpá-los. Não querem estragar a diversão começando a sair seriamente com uma só pessoa, não é mesmo?

— Não pretendo ser indiscreta — disse Winsome —, mas Hayley tinha alguém...? Quero dizer, ela era sexualmente ativa?

Donna McCarthy pensou um instante e respondeu:

— Ficaria surpresa se não fosse, mas não creio que fosse promíscua ou algo assim. Tenho certeza de que já tinha feito sexo. Uma mulher percebe essas coisas.

O aquecimento central estava ligado, e estava muito quente na pequena sala. O suor brilhava nas sobrancelhas de Donna.

— Mas você não sabe o nome do rapaz?

— Não. Lamento.

— Não tem problema. — Winsome achava que já tinha o bastante para prosseguir. Ela procuraria os amigos de Hayley na faculdade e seguiria dali. — Você disse no começo que manteve o nome de solteira por motivos profissionais. Posso perguntar quais seriam esses motivos?

— Como? — Ela passou a mão sobre os olhos, borrando a maquiagem. — Ah, eu era personal trainer. Boa forma. Nada especial. Mas as pessoas me conheciam por aquele nome, eu tinha cartões de visita impressos, o logotipo da empresa, tudo. Pareceu mais prático manter o nome. E Geoff não se importou. Na verdade, foi assim que conheci Geoff. Ele era meu cliente.

— O que aconteceu com o seu negócio?

— Fechei-o há seis meses. Geoff ganha mais que o suficiente para vivermos, e tenho muita coisa com que me ocupar. Além disso, estou ficando velha para fazer exercícios pesados.

Winsome duvidava.

— O que fez ontem à noite, sozinha? — perguntou casualmente.

Donna deu de ombros. Se achou que Winsome a estava sondando em busca de um álibi, não demonstrou.

— Fiquei em casa. Caroline, que mora do outro lado da rua, trouxe um DVD. *Casino Royale.* O novo, você sabe, com aquele gato, o Daniel Craig. Bebemos algumas taças de vinho, pedimos pizza, ficamos "alegres"... essas coisas.

— Noite das meninas, então?

— Acho que sim.

— Você tem como entrar em contato com seu marido? — perguntou Winsome. — É importante.

— Sim. Ele está no hotel Faversham, em Skipton. Em uma convenção. Deve voltar amanhã.

— Você ligou para ele?

— Ainda não. Eu... o policial estava aqui e... simplesmente não sei o que dizer. Geoff é louco por Hayley. Vai ficar arrasado.

— Ele tem de saber — disse Winsome delicadamente. — Ele é o pai. Quer que eu o avise?

— Você faria isso?

— Tem o número?

— Sempre ligo para o celular dele — disse Donna, antes de dar o número para Winsome. — O telefone fica na parede da cozinha.

Winsome foi até lá e Donna a seguiu. A cozinha era voltada para as colinas nos fundos da casa. Havia um grande jardim e um pequeno armário de ferramentas apoiado na cerca pintada de verde. O granizo chocava-se contra o vidro das janelas cobertas por cortinas de renda. Winsome pegou o telefone e discou o número que Donna lhe dera. Enquanto esperava que atendessem, tentou decidir o que dizer. Após alguns toques, a chamada foi encaminhada à caixa de mensagens de Geoff.

— Você tem o número do hotel? — perguntou Winsome.

Donna negou com a cabeça.

— Tudo bem. — Winsome ligou para a telefonista e se conectou com o hotel Faversham.

Quando alguém na recepção respondeu, ela pediu para falar com Geoffrey Daniels. A recepcionista pediu que ela esperasse na linha. Houve um longo silêncio no outro lado, então a voz voltou.

— Desculpe — disse a mulher —, mas o Sr. Daniels não está atendendo ao telefone.

— Ele pode estar em reunião? — perguntou Winsome.

— Ele está na convenção. A de vendedores de automóveis. Pode verificar?

— Que convenção? — perguntou a recepcionista. — Não há convenção aqui. Não fazemos convenções neste hotel.

— Obrigada — disse Winsome, antes de desligar.

Ela olhou para Donna McCarthy, percebendo a expressão aflita em seu rosto. O que diabos diria agora? Bem, fosse o que fosse, teria algum tempo para pensar enquanto levava Donna para o Hospital Geral de Eastvale para identificar o corpo da enteada.

CAPÍTULO 2

Não demorou muito para Annie ir de Whitby a Larborough Head, onde estava emprestada temporariamente à delegacia de polícia de Spring Hill, Distrito de Scarborough, na área leste, cuja equipe de detetives fora dizimada por doença ou por férias. Geralmente dormia na pensão da Sra. Barnaby, em West Cliff, que tinha tarifas especiais para policiais visitantes, um quarto bonito, embora pequeno, no terceiro andar, cujos luxos se resumiam a um banheiro, vista para o mar, telefone e máquina para fazer chá. Na noite anterior, porém... bem, a noite anterior fora diferente.

Era sábado, ela trabalhara até tarde e não tinha uma bela noitada havia muito tempo. Ao menos foi o que dissera para si mesma quando as colegas da delegacia a convidaram para beber no bar local e, depois, esticar em uma ou duas boates. Ela perdera contato com o resto das colegas em algum momento durante a noite e esperava apenas que não soubessem o que havia acontecido depois. A culpa e a vergonha embrulhavam seu estômago quando estacionou no acostamento da estrada, a uns 100 metros da borda do penhasco. Ficou decepcionada quando viu o corpulento superintendente Brough caminhando em sua direção.

— Boa tarde, inspetora-detetive Cabbot — disse ele, embora ainda fosse de manhã. — Fico feliz que tenha podido se juntar a nós.

Considerando quão rapidamente chegara ali, Annie considerou o comentário idiota e insensível, mas não respondeu. Estava acostumada com Brough, conhecido como um sujeito preguiçoso e oportunista, que só se preocupava com sua aposentadoria iminente, com rodadas de golfe intermináveis ou em tirar longas férias em Torremolinos. Mesmo sendo um policial, não tivera paciência ou disciplina para guardar dinheiro, como faziam os demais. Por isso, não tinha uma casa de campo, por exemplo. Possuía apenas um apartamento alugado com paredes de gesso e uma espanhola velha e devassa, maníaca por joias, perfumes baratos e bebidas mais baratas ainda. Ao menos era o que diziam os boatos.

— Estou surpresa de encontrá-lo de pé e ativo em uma manhã de domingo, senhor — disse Annie, o mais animada que pôde. — Achei que estivesse na igreja.

— Sim... bem, ossos do ofício. Dever, Cabbot, dever — disse ele. — A palavra mágica. Algo que fazemos bem em acatar. — Apontou para a ponta do penhasco, onde Annie pôde ver uma figura sentada cercada de policiais. — Está ali — disse, como se lavasse as mãos. — O sargento-detetive Naylor e a detetive Baker explicarão tudo. Devo voltar à delegacia e começar a coordenar.

Já tivemos de espantar alguns repórteres locais e acreditamos que isso atrairá mais interesse da imprensa. Vai saber o que quero dizer quando vir o corpo. Até logo, inspetora-detetive Cabbot. E espero 120 por cento neste caso, 120 por cento. Lembre-se.

— Sim, senhor. Até logo, senhor — disse Annie, enquanto ele se afastava.

Depois, murmurou alguns palavrões e começou a andar contra o vento em direção ao penhasco com alguma dificuldade, pisando sobre tufos de grama escorregadios. Sentia os lábios e os olhos arderem por causa do sal. Pelo que podia enxergar através das pálpebras semicerradas, a pessoa estava sentada em uma cadeira de rodas, olhando para o mar. Quando se aproximou e a viu de frente, percebeu que era uma mulher, a cabeça firmada por um suporte. Abaixo do queixo, uma grande mancha de sangue escuro que se espalhava até o colo. Annie teve de segurar a ânsia de vômito que crescia. Cadáveres geralmente não a incomodavam, mas algumas canecas de Sam Smith's na noite anterior, seguidas daquele drink azul borbulhante com guarda-chuva, não ajudavam muito.

Naylor e Baker estavam ao lado do corpo enquanto o médico da polícia o examinava e o fotógrafo trabalhava. Annie cumprimentou-os.

— O que temos aqui? — perguntou a Naylor.

— Morte suspeita, senhora — disse Naylor, vago como sempre.

A detetive Baker sorriu.

— Estou vendo, Tommy — disse Annie, olhando para o corte de orelha a orelha, a cartilagem exposta e o sangue derramado. — Algum sinal da arma?

— Não, senhora.

Annie apontou para o despenhadeiro.

— Alguém verificou lá embaixo?

— Tenho alguns policiais fazendo a busca neste instante — disse Naylor. — Mas terão de se apressar. A maré está subindo rapidamente.

— Bem, na ausência de uma arma, acho que podemos supor que ela não cortou a si mesma — disse Annie. — Acha que foram as gaivotas?

— Talvez — disse Naylor, olhando para o bando barulhento. — Estão ficando mais ousadas; com certeza pousaram no corpo. Vê estas marcas ao redor das orelhas? — Ele apontou. — Acho que não há sangue porque ela já havia sangrado o que podia quando começaram a bicá-la. Cadáveres não sangram.

O médico ergueu a cabeça.

— Vai acabar virando médico, Tommy — disse ele.

O estômago de Annie voltou a se revirar, e ela sentiu gosto de vômito na garganta outra vez. Não, ela não faria aquilo. Não vomitaria na frente de Tommy Naylor. Mas por que gaivotas? Ela sempre as detestara, chegava mesmo a temê-las, desde a infância em St. Ives. Não foi preciso assistir a *Os pássaros* para se dar conta da ameaça que um bando de gaivotas podia representar. Certa vez, chegaram a atacá-la em seu carrinho de bebê, e seu pai estava a uns 20 metros de distância, desenhando um grupo particularmente pitoresco de velhos carvalhos. Era uma de suas memórias mais antigas. Ela estremeceu e se recompôs.

— Já tem alguma coisa para nós, doutor?

— Não muito, lamento dizer. Ela morreu há uma ou duas horas, e a causa mais provável é hemorragia, como pode ver. Quem quer que tenha feito isso é uma pessoa muito pervertida. A mulher era seriamente incapacitada, ao que parece. Provavelmente não podia erguer um dedo para se defender.

— Qual arma?

— Algum tipo de lâmina muito fina e afiada, como uma navalha ou até mesmo um instrumento cirúrgico. O patologista poderá lhe dizer com mais certeza depois. De qualquer modo, foi um corte limpo, suave, sem erro.

— Destro ou canhoto?

— Normalmente é impossível determinar com ferimentos assim, sobretudo se não houve hesitação durante o corte, mas eu diria que pode ter sido um golpe por trás, da esquerda para a direita.

— O que faria do assassino uma pessoa destra?

— A não ser que estivesse tentando disfarçar. Apenas *em tese*, veja bem. Não me comprometa.

Annie sorriu.

— De modo algum — disse, voltando-se para Naylor. — Quem encontrou o corpo?

Naylor apontou para um banco a uns 200 metros de onde estavam.

— O cara está logo ali. Chama-se Gilbert Downie. Estava passeando com o cachorro.

— Coitado — disse Annie. — Deve ter vomitado seu rosbife com pudim de Yorkshire. Alguém sabe quem ela é?

— Ainda não, senhora — disse a detetive Baker. — Nenhuma bolsa ou carteira, nada.

Helen Baker era uma mulher corpulenta, com um tronco largo ou, como diziam alguns, de cabine sanitária, mas notavelmente ágil e lépida para alguém com sua forma e compleição física. E tinha cabelo ruivo espetado. Entre seus amigos e colegas era chamada carinhosamente de "Ginger"* Baker. Ela olhou em torno e acrescentou:

— Nem mesmo uma pulseira, como usam às vezes. Este é um lugar muito isolado, note bem, especialmente nesta época do ano. O povoado mais próximo fica a quase 7 quilômetros ao

* Gíria inglesa para pessoa ruiva. (*N. do R.*)

sul e quase 1 quilômetro terra adentro. O lugar mais próximo é o asilo residencial a uns 2 quilômetros ao sul. Mapston Hall.

— Asilo residencial para quem?

— Não sei. — Ginger olhou para a cadeira de rodas. — Para pessoas com problemas como o dela, talvez.

— Mas não há como ela ter chegado aqui sozinha, não é?

— Duvido — intrometeu-se Naylor. — A não ser que estivesse se fazendo de Andy.*

Annie não conseguiu evitar um sorriso. Ela era fã de *Little Britain*. Banks também. Assistiram a série juntos algumas vezes, após um longo dia de trabalho, comendo comida indiana e bebendo uma garrafa de vinho tinto. Mas não queria pensar em Banks naquele momento. Com o canto do olho, viu a van dos OCCs estacionar junto à grama.

— Bom trabalho, Tommy e Ginger — disse ela. — Melhor sairmos do caminho e deixarmos os OCCs fazerem o trabalho deles. Vamos para o carro nos proteger deste vento maldito.

Foram até o Astra de Annie, parando no caminho para uma breve conversa com o coordenador da cena do crime, o sargento-detetive Liam McCullough, e sentaram-se dentro do carro com as janelas ligeiramente abertas para deixarem entrar um pouco de ar. Ginger acomodou-se no banco de trás. A cabeça de Annie doía e ela teve de fazer força para prestar atenção no assunto em discussão.

— Quem desejaria matar uma velha indefesa presa a uma cadeira de rodas? — perguntou em voz alta.

— Não é tão velha — disse Naylor. — Esse tipo de deficiência faz as pessoas parecerem prematuramente idosas, mas se você conseguir ver além do cabelo e da compleição macilenta,

* Personagem de uma famosa série de TV inglesa que finge ser deficiente físico. (*N. do T.*)

verá que ela provavelmente não tem mais de 40 anos. Talvez 30 e tantos. E provavelmente era atraente. Maçãs do rosto proeminentes, belos lábios.

Quarenta, pensou Annie. A minha idade. Meu Deus. Não era nada velha.

— De qualquer modo — acrescentou Naylor —, tem gente de todo tipo neste mundo.

— Oh, Tommy, não venha com seu cinismo para cima de mim. Pode combinar com seu aspecto desleixado, mas não nos leva a parte alguma. Você a viu, viu a cadeira, o suporte de cabeça e tudo o mais, e ouviu o que o médico disse. Ela provavelmente não conseguia se mover. Talvez nem mesmo pudesse falar. Que tipo de ameaça poderia representar para alguém?

— Aposto que não passou toda a vida em uma cadeira de rodas — disse Ginger no banco de trás.

— Boa ideia — disse Annie, voltando-se. — Muito boa ideia. E assim que descobrirmos quem ela é, começaremos a investigar o seu passado. O que acha do sujeito que a encontrou, Tommy?

— Se foi ele quem fez isso, é um ótimo ator. Mas acho que está dizendo a verdade.

Tommy Naylor era um veterano de 50 e poucos anos, sem interesse no alpinismo social ou na promoção profissional. No breve período em que haviam trabalhado juntos, Annie passara a respeitar as opiniões dele. Ela não sabia muito a respeito do colega ou sobre sua vida particular, exceto um boato de que sua mulher estaria morrendo de câncer. Ele era taciturno e reservado, um homem de poucas palavras, e Annie não sabia se ele gostava dela ou não. Mas fazia o seu trabalho sem questionamentos, demonstrando iniciativa quando necessário. E ela confiava na opinião dele, o que era o máximo que poderia desejar.

— Então alguém a trouxe até aqui, cortou a garganta dela e a deixou sangrando até a morte? — perguntou Annie.

— É o que parece — disse Naylor.

Annie pensou por um instante, então disse:

— Certo. Ginger, vá preparar a sala de trabalho. Também precisaremos de uma unidade móvel aqui. E, Tommy, vamos nós dois a Mapston Hall para ver se descobrimos se ela veio de lá. Talvez, se tivermos sorte, até nos ofereçam uma xícara de chá.

Enquanto a superintendente Gervaise ia até a delegacia para dar início a uma investigação de homicídio e lidar com a imprensa, os diversos especialistas cuidavam de suas tarefas. O sargento-detetive Hatchley investigava os pubs do centro da cidade, enquanto Banks fazia uma visita a Joseph Randall, o dono da loja de couro que descobrira o corpo de Hayley Daniels.

Hyacinth Walk era uma rua comum de casas de tijolos vermelhos do pré-guerra, perto da King Street. Ficava na metade do caminho colina abaixo, entre a praça do mercado e o mais moderno Leaview Estate, uma caminhada de 15 ou 20 minutos do Maze. A casa de Joseph Randall era muito bem mobiliada e limpa, com papel de parede coral. Um grande aparelho de TV, desligado naquele momento, ocupava o centro da sala.

Randall ainda parecia chocado com o ocorrido, pensou Banks, o que era natural. Não é todo dia que você topa com um cadáver parcialmente nu de uma jovem. Enquanto a maioria das pessoas preparava seu almoço de sábado, Randall não parecia pensar no assunto. A Radio 2 tocava ao fundo: Parkinson entrevistando alguma celebridade cabeça oca em seu programa *Sunday Supplement*. Banks não conseguiu identificar quem era o entrevistado, ou o que estavam dizendo.

— Sente-se, por favor — disse Randall, empurrando os óculos de lentes grossas sobre o cavalete do nariz longo e fino.

Atrás das lentes, seus olhos cinzentos pareciam congestionados. O cabelo grisalho e ralo estava despenteado, amassado em alguns lugares e espetado em outros. Essa aparência, somada ao casaco surrado que usava sobre os ombros, fazia com que parecesse mais velho que deveria, aos 55 anos. Talvez o trauma daquela manhã também tivesse algo a ver com tudo aquilo.

Banks sentou-se em uma poltrona de couro marrom que se revelou mais confortável do que parecia. Havia um espelho com moldura dourada pendurado sobre a lareira, e ele podia se ver refletido ali. Sentiu que a imagem o distraía. Tentou ignorá-la o máximo possível enquanto falava com Randall.

— Só gostaria de esclarecer algumas coisas — disse ele. — Você falou que encontrou o corpo quando foi ao depósito buscar algumas amostras. Certo?

— Sim.

— Mas era manhã de domingo. O que diabos queria com algumas tiras de couro em uma manhã de domingo?

— Quando se é dono do próprio negócio, Sr. Banks, acaba-se trabalhando nas horas mais incomuns. Estou certo de que acontece o mesmo com você.

— De certo modo — disse Banks, pensando que não tinha muita escolha, especialmente quando se tratava de uma investigação de assassinato. — Para quem eram as amostras?

— Para mim.

— Por quê?

— Alguém me pediu para fazer uma bolsa feminina para o aniversário da esposa; queria saber que opções tinha.

— Você não tem amostras na loja?

— Algumas, mas não as que eu queria.

— Por que estava com tanta pressa?

— O aniversário é na terça-feira. Era um trabalho urgente. Achei que, caso começasse logo... — Fez uma pausa e voltou a ajeitar os óculos. — Veja, Sr. Banks, posso entender por que isso parece estranho para você, mas não é. Não vou à igreja. Não sou casado. Não tenho hobbies. Afora meu trabalho, não tenho muito o que fazer a não ser assistir à TV e ler os jornais. Esse projeto estava na minha cabeça, a loja não fica muito longe daqui, e decidi começar a trabalhar em vez de assistir ao *News of the World*.

Aquilo não demoraria muito, pensou Banks, mas entendia a posição de Randall.

— Muito bem — disse ele. — Pode me dar o nome e o endereço da mulher? Aquela cujo aniversário é na terça-feira?

Randall franziu o cenho, mas deu a informação para Banks.

— Há alguma entrada lateral ou nos fundos de sua loja?

— Não, só na frente.

— Há como entrar no depósito por dentro da loja?

— Não. Você tem de descer até a Taylor's Yard. Aluguei o lugar muito barato. Esse é apenas um pequeno inconveniente.

— Muito bem. Agora, conte-me exatamente como aconteceu — prosseguiu Banks. — Como se aproximou do prédio? O que viu?

Randall fez uma pausa e olhou para a janela molhada de chuva.

— Aproximei-me do lugar como costumo fazer sempre — disse ele. — Lembro que estava aborrecido com o tempo. Caiu uma chuva rápida. Meu guarda-chuva quebrou perto do topo da King Street, virou do avesso, e eu me molhei.

— Você notou algo estranho na praça do mercado, alguém se comportando de maneira suspeita?

— Não. Estava tudo normal. Você não acha que...

O Dr. Burns dissera que Hayley Daniels fora assassinada no fim da noite anterior, mas aquilo não impedia que o assassino voltasse à cena do crime.

— Alguém saindo do Maze?

— Não. Apenas pessoas atrasadas para a igreja. E uma pequena fila para pegar o ônibus de Darlington.

— Isso foi tudo?

— Sim.

— Muito bem. Prossiga.

— Bem, como eu disse, eu estava aborrecido com o tempo, mas não podia fazer nada. De qualquer modo, a chuva parou quando cheguei ao depósito.

— O que notou a princípio?

— Nada.

— Não percebeu que a porta estava arrombada?

— Não. A porta parecia fechada como sempre. Abre para dentro. Tem apenas uma fechadura Yale e uma maçaneta.

— E estava fechada?

— Pelo que pude ver, sim, mas eu não estava prestando muita atenção. Essa é uma rotina que repeti centenas de vezes. Eu estava em piloto automático, acho. Devia estar um pouco aberta caso a fechadura estivesse arrombada, mas não percebi.

— Compreendo — disse Banks. — Prossiga.

— Quando fui abrir, a porta cedeu. É claro que não estava completamente fechada, porque a fechadura estava arrombada, como se alguém a tivesse forçado por fora.

— Na sua opinião, seria preciso fazer muita força para isso?

— Não. A madeira era velha, os parafusos estavam frouxos. Realmente não dei importância... Bem, tudo o que tenho lá são restos e retalhos. Não são valiosos. Quem os roubaria? Como acho que já disse, geralmente são pedaços que sobram de diversos projetos, mas que são muito usados como remendos e amostras. Eu sempre os guardo ali quando a cesta fica muito cheia. Tenho uma oficina nos fundos da loja, onde faço a maior parte do trabalho de corte, costura e reparos.

— Você tem algum empregado?

Randall riu alto.

— Você deve estar brincando. Na maior parte do tempo mal tenho trabalho suficiente para pagar o aluguel, quanto mais para pagar um empregado.

— Trabalho suficiente, porém, para estar lá bem cedo em uma manhã de domingo.

— Já disse, foi uma encomenda especial. Um trabalho urgente. Veja, estou ficando cansado disso. Tive um tremendo choque há algumas horas, e agora você está aqui quase me acusando de ter atacado aquela pobre menina. Eu devia estar sedado a essa altura. Meus nervos estão em frangalhos.

— Perdoe-me se lhe dei a impressão errada — disse Banks. — Acalme-se. Só estou tentando saber o máximo possível sobre o que aconteceu esta manhã.

— Nada aconteceu esta manhã! Fui ao depósito e vi... Eu vi... — Levou as mãos à cabeça e seu peito começou a arfar, como se ele tivesse dificuldade para respirar. — Oh, meu Deus... Eu vi...

— Quer que lhe traga alguma coisa? — perguntou Banks, com medo de que Randall estivesse tendo um ataque cardíaco.

— Pílulas — ofegou. — Estão no bolso do meu casaco.

Ele apontou, e Banks viu um casaco azul-marinho pendurado atrás da porta. Pegou um vidro com um rótulo onde se lia "Ativan sublingual", prescrito por certo Dr. Llewelyn, e o passou para Randall, que o abriu com as mãos trêmulas e colocou uma pílula sob a língua.

— Água? — perguntou Banks.

Randall balançou a cabeça em negativa.

— Vê o que quero dizer? — perguntou ele algum tempo depois. — São meus nervos. Estão em frangalhos. Nunca foram bons. Tenho ataques de ansiedade.

— Perdão, Sr. Randall — disse Banks, sentindo sua paciência se esgotar. Não que desprezasse os sentimentos de alguém que encontrasse um cadáver, mas, nesse caso, Randall parecia estar exagerando um pouco. — Talvez possamos voltar ao seu relato do que aconteceu a seguir, se não for muito doloroso.

Randall olhou feio, para mostrar que percebera o sarcasmo.

— Isso *é* doloroso, Sr. Banks. É o que venho tentando lhe dizer. Não posso tirar a imagem da minha mente, de minha memória. Aquela pobre menina. Ela parecia estar... adormecida.

— Mas você sabia que ela estava morta?

— Sim. Dava para ver. Quero dizer, havia algo... faltava alguma coisa, entende? Ninguém em casa. Apenas uma casca.

Banks conhecia a sensação; costumava descrever os mortos do mesmo modo.

— A imagem vai sumir com o tempo — disse ele, embora duvidasse, pois nenhuma das suas sumira. — Apenas me diga exatamente o que aconteceu. Tente visualizar a cena. Concentre-se nos detalhes. Tem de haver algo importante que você tenha esquecido.

Randall parecia ter se acalmado.

— Está bem — disse ele. — Está bem, vou tentar.

— Quão escuro é o depósito?

— Bastante escuro. Quer dizer, não consegui ver coisa alguma até acender a luz. É apenas uma lâmpada sem cúpula, como provavelmente deve saber, mas foi o bastante.

— E você a viu logo?

— Sim. Sobre a pilha de retalhos.

— Você a conhecia?

— Claro que não.

— Já a vira antes?

— Não.

— Você a tocou?

— Por que eu a tocaria?

— Talvez para ver se ainda estava viva?

— Não, não toquei. Isso jamais me ocorreu.

— Então, o que fez a seguir?

Randall remexeu-se na cadeira e afrouxou o colarinho.

— Eu só... Acho que fiquei ali em pé alguns segundos, em choque, tentando entender. A princípio tudo parecia irreal. Eu achei que ela se levantaria e sairia dali correndo, rindo, e que aquilo fosse algum tipo de brincadeira.

— Alguns dos jovens da vizinhança já fizeram brincadeiras assim com você antes?

— Não. Por quê?

— Nada, esqueça. Você disse antes que sabia que ela estava morta.

— Isso foi depois. Essas coisas passam na cabeça ao mesmo tempo. Acho que foi o choque.

— Você tocou em alguma coisa na sala?

— Só na porta. E no interruptor. Não passei do vão da porta. Assim que a vi, parei onde estava.

— E quando passou o susto?

— Achei que devia ir à loja e ligar para a polícia, então lembrei que a delegacia era do outro lado da praça e que faria mais sentido ir até lá. Foi o que fiz.

— Pode me dar uma ideia de quanto tempo levou entre você encontrar o corpo e ir à delegacia?

— Não. Não tenho noção do tempo. Quer dizer, apenas agi. Atravessei a praça correndo.

— Você disse que encontrou o corpo às 8h15.

— Sim. Verifiquei meu relógio quando cheguei. É um hábito.

— E falou com a polícia às 8h21. Confere?

— Se é o que diz.

— Seis minutos, então. Seu relógio está certo?

— Ao que eu saiba, sim.

— Veja — disse Banks, ajeitando-se na cadeira —, temos uma testemunha que o viu entrando no Maze às 8h10, de acordo com o relógio da igreja, e sabemos que não se leva mais que 30 segundos da entrada de Taylor's Yard até o seu depósito. O que acha disso?

— Mas isso daria... uns 11 minutos. Com certeza eu não demorei tanto.

— Seu relógio poderia estar adiantado?

— Acho que sim.

— Incomoda-se de me mostrar?

— O quê?

Banks apontou para o pulso dele.

— Seu relógio. Incomoda-se se eu der uma olhada?

— Oh, claro que não.

Ele virou o mostrador para Banks: 12h27, a mesma hora que mostrava o seu, ele sabia, e o da igreja.

— Parece certo.

Randall deu de ombros.

— Bem...

— Tem alguma explicação para esses 11 minutos?

— Não sabia que haviam se passado 11 minutos — disse Randall. — Como disse, não faço ideia de quanto tempo tudo durou.

— Certo — disse Banks, levantando-se. — Foi o que você disse. E, afinal de contas, são apenas cinco minutos de diferença daquilo que você nos relatou, não é? Quer dizer, o que pode acontecer em cinco minutos, não é? — Banks fixou o olhar em Randall, que o evitou. — Fique por perto, Sr. Randall. Vou mandar alguém para tomar o seu depoimento mais tarde.

Mapston Hall era uma pilha de pedras escuras, empoleiradas como um lagarto em seu promontório. Atrás do portão, o caminho de cascalho serpenteava através de uma área arborizada até a frente do prédio, onde havia um estacionamento para cerca de dez carros. A maior parte das vagas já estava ocupada por visitantes, pensou Annie. Mas ela encontrou um lugar com facilidade e aproximou-se das imponentes portas de madeira. Tommy Naylor caminhava ao seu lado, descontraído como sempre, observando a paisagem. Apesar das aspirinas, a dor de cabeça ainda a incomodava, e ela sentia a desesperada necessidade de um longo e restaurador banho de banheira.

— Deve custar uma grana cuidar deste lugar — presumiu Naylor. — Imagino quem paga a conta.

— Certamente não é o Serviço Nacional de Saúde — disse Annie, embora na placa do lado de fora se lesse que o Estado cuidava de parte da administração e que Mapston Hall era um lugar especializado em cuidar de pessoas com danos na coluna vertebral.

— Gente rica em cadeiras de rodas — disse Naylor. — Havendo um testamento... Eu estava pensando. Será que algum parente não quis esperar que ela morresse para ficar com o dinheiro? Ou teria sido uma morte misericordiosa?

Annie olhou para ele.

— Maneira estranha de resolver isso, cortando-lhe a garganta — disse ela. — Mas não esqueceremos essa tese.

Será que ela se deu conta de que sua vida estava se esvaindo?, perguntou-se Annie. Talvez seu corpo fosse incapaz de sentir dor, mas quais emoções teria sentido naqueles momentos finais? Alívio? Horror? Medo?

O interior do lugar era tão antigo e escuro quanto o exterior. Tinha um chão de tábuas corridas, paredes revestidas de madeira, uma escadaria larga e sinuosa, teto alto com candelabros de cristal e pinturas a óleo de dignitários do século XVIII nas paredes — sem dúvida do clã dos Mapston. Mas o computador atrás da mesa da recepção era bastante moderno, assim como o elevador da escadaria. O lugar estava surpreendentemente movimentado, com gente entrando e saindo, enfermeiras correndo de lá para cá, empregados empurrando carrinhos. Caos sob controle.

Annie e Naylor apresentaram suas credenciais à recepcionista — que parecia uma estudante trabalhando no fim de semana —, dizendo que estavam ali para saber sobre uma de suas pacientes. Talvez a menina quisesse trabalhar com deficientes e adquirir alguma experiência, pensou Annie. Certamente era uma pessoa séria, com aquele temperamento ligeiramente mandão, intrometido, passivo-agressivo que costumam ter as assistentes sociais. Em seu crachá lia-se "Fiona".

— Não posso dizer nada — disse ela. — Sou apenas uma prestadora de serviços.

— Então com quem devemos falar?

Fiona mordeu o lábio inferior.

— Estamos com pouco pessoal. Hoje é domingo. Dia das Mães.

— Isso quer dizer o quê? — perguntou Annie.

— Bem, é um dia atribulado para nós. Muitos visitantes. A maioria vem nos fins de semana, e domingo pela manhã é o horário mais concorrido, especialmente sendo...

— Dia das Mães. Sim, compreendo — disse Annie. — Há *alguém* que possa nos atender?

— O que exatamente querem saber?

— Já disse. É sobre uma paciente, uma possível paciente.

— Nome?

— Isso é uma coisa que estamos tentando descobrir.

— Bem, eu não...

— Fiona — interrompeu Annie. — Isso é realmente importante. Por favor, poderia chamar alguém que saiba o que está fazendo?

— Você não precisa levar...

— Por favor!

Fiona encarou-a por alguns segundos. Annie sentia a cabeça pulsar. Fiona fungou, pegou o telefone e chamou certa Grace Chaplin pelo sistema de alto-falantes. Pouco depois, uma mulher com mais ou menos a mesma idade de Annie, vestindo um elegante uniforme branco, desceu o corredor com o prontuário sob o braço. Foi até Fiona e perguntou qual era o problema. Fiona olhou nervosa para Annie, que apresentou sua credencial.

— Há algum lugar onde possamos conversar, Sra. Chaplin?

— Grace, por favor — disse a mulher. — A propósito, sou diretora do serviço de atendimento aos pacientes.

— Um tipo de enfermeira-chefe? — perguntou Annie.

Grace Chaplin sorriu.

— Mais ou menos — disse ela. — E a sala de reuniões é logo ali, se quiserem me acompanhar. Deve estar vazia.

Annie olhou para Tommy Naylor e ergueu as sobrancelhas quando Grace Chaplin deu-lhe as costas e os guiou em direção às portas duplas.

— Dê uma olhada por aí, Tommy — disse ela em surdina. — Eu cuido disso. Converse com algumas enfermeiras. Com pacientes também, se puder. Use seu charme. Veja se consegue descobrir alguma coisa.

— Devo procurar algo em particular?

— Não. Apenas dê uma olhada e tente sondar o ambiente. Veja como as pessoas reagem a você. Anote o nome de qualquer pessoa que julgue ser útil... ou não. Você sabe o que fazer.

— Certo, senhora — disse Naylor, afastando-se pelo corredor ladrilhado.

A sala de reuniões tinha uma mesa redonda sobre a qual havia uma jarra de água e uma bandeja com copos. Grace Chaplin não ofereceu, mas Annie serviu-se assim que se sentou. Quanto mais água pudesse tomar, melhor.

— Você parece um tanto abatida, inspetora — disse Grace. — Está tudo bem?

— Estou bem — disse Annie. — Um pouco gripada, talvez.

— Entendo. Em que posso ajudar?

Annie explicou sobre o corpo encontrado na cadeira de rodas, e a expressão de Grace ficou mais séria enquanto ouvia a explicação.

— Afinal — disse Annie —, achamos que aqui seria um lugar adequado para começarmos a fazer perguntas. Alguma ideia de quem possa ser?

— Acho que não — disse Grace. — Mas se não se importar de esperar um instante, talvez eu possa descobrir para você.

— Obrigada.

Annie bebeu um gole de água. Pela janela, pôde ver Grace voltar à recepção e falar com Fiona, que pareceu perturbada. Por fim, Fiona pegou um livro na escrivaninha e entregou-o para Grace, que olhou para a página aberta e voltou à sala de reunião trazendo-o consigo.

— Isto deve ajudar — disse ela, colocando o livro sobre a mesa. — É um registro de todos os pacientes que entraram e saíram daqui. Qualquer pessoa que deixa o prédio com um amigo ou parente tem de assinar esta lista.

— E há alguém registrado? — perguntou Annie.

— Apenas uma pessoa. Geralmente temos mais gente em uma manhã de domingo, mas hoje o tempo está muito instável, granizo em um momento, vento com chuva e neve no outro. A maioria dos visitantes preferiu ficar aqui dentro com seus entes queridos. Organizamos um almoço especial de Dia das Mães, e a maior parte das pessoas vai permanecer aqui para o evento.

— E quem saiu?

Grace virou o livro para que Annie pudesse ler o único nome que havia: KAREN DREW, levada às 9h30. Não havia registro de retorno. Junto ao nome, havia uma assinatura ilegível cuja primeira parte, com alguma imaginação, poderia ser Mary.

— Tem certeza de que ela não voltou? — perguntou Annie.

— Não sei. Erros acontecem. Terei de pedir para alguém verificar no quarto dela para ter certeza.

— Faria isso, por favor?

— Só um instante. Vou pedir para Fiona chamar Mel, que é quem cuida dessa paciente. Vai querer falar com ela de qualquer modo, eu presumo.

— Sim, por favor — disse Annie, que voltou a pegar a jarra de água quando Grace saiu para falar com Fiona.

Quando Banks chegou ao Queen's Arms para um almoço de negócios, o sargento-detetive Hatchley e o novo detetive em experiência, Doug Wilson, já estavam lá. Tiveram a sorte de conseguir uma mesa surrada com tampo de cobre junto à janela que dava para a igreja e a cruz do mercado. O pub já estava lotado, e as pessoas atravessavam a praça carregando buquês de flores e plantas em vasos. Aquilo fez Banks se lembrar de que ainda não ligara para a mãe.

Os detetives estavam de serviço, no início de uma investigação séria e, sob o novo regime totalitário da superintendente Gervaise, bebidas alcoólicas estavam absolutamente fora de questão. A comida, porém, estava liberada. Até mesmo um tira em serviço precisa comer. Hatchley bebia uma Coca diet quando Banks chegou e pediu rosbife e bolinhos Yorkshire. Depois, todos se concentraram no trabalho.

Embora ainda estivesse na casa dos 40 anos, Hatchley estava começando a envelhecer, pensou Banks. O fardo da paternidade provocara-lhe olheiras e bolsas sob os olhos. A falta de exercício lhe garantira um pneu de gordura ao redor da cintura. Até mesmo seu cabelo cor de palha estava escasso no topo da cabeça, o que era ressaltado pelo penteado descuidado. Hatchley nunca fora muito de dar atenção à própria aparência, mas, ainda assim, a coisa mais triste a seu respeito era a sua incapacidade de assustar o mais covarde dos vilões. Embora lento, era um policial teimoso e persistente, e Banks valorizava a sua presença na equipe, sempre que conseguiam afastá-lo de sua pilha de documentos no Comando de Investigação Criminal. Já o detetive Wilson acabara de sair da escola de treinamento de detetives e dava a impressão de que estaria mais à vontade jogando futebol com os colegas.

Aparentemente, Hayley Daniels estivera por ali. Diversos proprietários e funcionários de bar reconheceram a fotografia que Winsome conseguira com Donna McCarthy, embora ninguém admitisse conhecê-la de fato. Ela fazia parte de um grupo muito variado de frequentadores de sábado à noite, formado por estudantes universitários, em sua maioria. Às vezes, havia oito ou nove deles; em outras, cinco ou seis. Hayley tomava Bacardi Breezers e, no fim da noite, sempre havia alguém que se recusava a servi-la. Ninguém se lembrava de tê-la visto entrar no Maze.

— A atendente do Duck and Drake a reconheceu — disse o detetive Wilson. — Na verdade, ela também estuda na faculdade e trabalha meio expediente, como muitos estudantes. Disse que já viu Hayley no campus, mas que não a conhecia bem.

— Algo mais? — perguntou Banks.

— Ela me deu alguns nomes de pessoas que estiveram com Hayley na noite de sábado. Lembra-se de que eram um grupo de oito, talvez nove, quando os viu. Encontraram-se no Duck and Drake por volta das 19 horas, tomaram alguns drinques e foram embora. Não estavam muito exaltados na ocasião, mas ainda era cedo.

— Você perguntou se alguém estava de olho neles?

— Sim. Ela respondeu que o bar estava tranquilo na ocasião, mas que havia um sujeito sozinho que estava olhando para a jovem. Com toda a franqueza, a atendente disse que não o culpava, considerando o quão precariamente ela estava vestida.

— Nome?

— Não sabe — respondeu Wilson. — Disse que lhe era vagamente familiar e que já o vira antes, mas não lembra onde. Achou que podia ser algum lojista tomando um drinque após o expediente. De qualquer modo, dei-lhe o número de meu celular para o caso de ela se lembrar.

— Bom trabalho, Doug — disse Banks.

O pub estava se enchendo de gente e começando a ficar barulhento. Não era um dia de turistas, mas um ônibus estacionara na praça do mercado e todos entraram correndo no Queen's Arms com as capas sobre a cabeça; em sua maioria, mães levadas até lá pelos filhos.

— O detetive Wilson encontrou um lugar onde o grupo esteve. Eu encontrei três — disse Hatchley. — Esquecemos de verificar em algum lugar, meu rapaz?

Hatchley olhou para Wilson, que não precisou ouvir duas vezes. Levantou-se da poltrona e correu até o balcão na frente dos turistas.

— Ele vai ficar bem — disse Hatchley, piscando para Banks.

— Descobriu mais alguma coisa sobre Hayley? — perguntou Banks.

— Bem — disse Hatchley —, tinha uma boca muito suja, de acordo com Jack Bagley, do Trumpeter's, especialmente quando ele se recusava a servi-la. Jack ficou surpreso com o linguajar vulgar daquela bela jovem, embora estivesse acostumado com essas coisas.

— É a bebida — disse Banks. — Deus sabe que eu não me importo em tomar umas e outras, mas hoje em dia os jovens não sabem quando parar.

— Isso não é de agora — disse Hatchley, coçando o lado do nariz. — Eu poderia lhe contar uma ou duas histórias do clube de rúgbi que o deixariam de cabelo em pé. E, pensando bem, o que é beber em excesso? Cinco drinques seguidos, três vezes ou mais por mês. É como os chamados especialistas definem beber demais. Mas, diga-me, qual de nós nunca fez isso? Mas você está certo. Atualmente, a bebida é um problema de ordem social, principalmente em Eastvale, considerando o tamanho da cidade. E ontem era dia de St. Patrick. Você conhece os irlandeses. Alguns drinques, uma briga, algumas canções e outra bebida.

— Ora vamos, Jim — disse Banks. — Prometi à superintendente Gervaise que você não ofenderia ninguém.

Hatchley pareceu magoado.

— Eu? Ofender?

O detetive Wilson voltou para perto deles. Parecia satisfeito.

— Estiveram aqui tarde da noite — disse ele.

— E Cyril os serviu?

— Cyril não estava aqui ontem à noite. Mas o rapaz lá no canto, sim. Disse que estavam comportados. Talvez um pouco bêbados, mas ninguém parecia tão bêbado a ponto de ele se recusar a servi-los. Cada um tomou uma bebida, apenas uma, e foram embora comportados, meia hora antes de fechar.

— Então, foi por volta das 23h30 — disse Banks.

— Ele viu aonde foram? — perguntou Hatchley.

— Foram ao Fountain.

O Fountain era o pub do outro lado da praça, na esquina da Taylor's Yard, conhecido por ficar aberto até pouco depois da meia-noite.

— Os outros devem ter acalmado Hayley depois da discussão no Trumpeter's, para que pudessem beber mais — disse Hatchley. — Pergunto-me se foram ao Bar None quando o Fountain fechou. Eles têm sido mais seletivos com quem servem depois do que aconteceu na última vez, mas lá ainda é o único lugar na cidade onde é possível beber depois da meia-noite, a não ser que você goste do curry e da lager do Taj.

O celular do detetive Wilson tocou e ele atendeu. Fez algumas perguntas e franziu o cenho ao ouvir o que a pessoa do outro lado da linha dizia.

— O que foi? — perguntou Banks quando Wilson desligou o telefone.

— Era a atendente do Duck and Drake — disse ele. — Ela lembrou onde tinha visto o sujeito que estava sozinho. Ela rasgou sua jaqueta de couro há alguns meses e alguém recomendou aquela loja na esquina da Taylor's Yard para fazer o conserto. Não sabia o nome do sujeito, mas disse que era ele, o cara da loja de couro.

Mel Danvers, a pessoa encarregada de cuidar de Karen Drew, era uma jovem esbelta de 20 e poucos anos, com olhos de corça e cabelos castanhos. Enquanto Grace Chaplin demonstrava estar calma, Mel parecia nervosa, mexendo no anel do dedo. Talvez porque estivesse diante da supervisora. Annie não sabia o que estaria causando tanto nervosismo, mas esperava descobrir logo. Alguém trouxera sanduíches, biscoitos digestivos e um bule de chá. As coisas estavam melhorando na sala de reuniões.

Mel dirigiu o olhar de Annie para Grace.

— Não posso acreditar — disse ela. — Karen? Assassinada?

Ela procurara Karen no quarto e seus colegas haviam vasculhado o resto de Mapston Hall, apenas para o caso de Karen ter voltado sem que ninguém soubesse, mas a paciente não fora encontrada em parte alguma. Karen se encaixava na descrição que Annie dera a Grace e Mel. Tommy Naylor estava ocupado revistando o quarto.

— Diga-me o que aconteceu — disse Annie. — Você estava lá quando ela saiu?

— Sim. Cheguei a aconselhá-la a não ir. O tempo estava ruim. Mas a amiga dela foi insistente. Disse que um pouco de vento e chuva não a incomodariam, e que demoraria muito tempo até ela poder voltar outra vez. Não pude impedi-la. Quero dizer, ela não era uma prisioneira.

— Tudo bem — disse Annie. — Ninguém a está culpando. Como era o nome da amiga dela?

— Mary.

— Nenhum sobrenome?

— Ela não disse. Deve estar no registro de saída — disse Mel, olhando para Grace. — Todos têm de assinar o livro.

Annie mostrou-lhe a assinatura. Mel estreitou os olhos e balançou a cabeça.

— Não consigo ler — disse ela.

— Ninguém consegue — disse Annie. — Acho que era essa a intenção.

— Mas você não quer dizer que... Oh, meu Deus! — exclamou ela, levando a mão à boca.

Grace tocou-lhe o ombro gentilmente.

— Calma, Mel — disse ela. — Seja forte e responda às perguntas da inspetora.

— Sim — disse Mel, recompondo-se e ajeitando o uniforme.

— O horário está certo, 9h30? — perguntou Annie.

— Sim — respondeu Mel.

Bem, pensou Annie, aquilo já era alguma coisa.

— Vocês exigem algum tipo de identificação das pessoas que saem com os pacientes? — perguntou.

— Não — respondeu Grace. — Por que pediríamos? Quem desejaria... — Deixou a pergunta no ar ao se dar conta do que estava prestes a dizer.

— Compreendo — disse Annie. — Então, de certa forma, qualquer um pode entrar e levar um de seus pacientes para passear?

— Bem, sim — disse Grace. — Mas geralmente são amigos ou parentes, a não ser os assistentes sociais ou voluntários, claro, que podem levar quem quer que os requisite. — Ela fez uma pausa. — Nem todos os nossos pacientes têm parentes que se importem se estão vivos.

— Deve ser difícil — falou Annie, sem saber ao certo o que dizer; virou-se para Mel outra vez. — Você já tinha visto essa Mary antes?

— Não.

— Tem certeza de que era uma mulher?

— Acho que sim — respondeu Mel. — Principalmente por causa da voz, você sabe. Não pude ver muito do rosto dela porque usava um chapéu e óculos escuros; além disso, usava uma capa de chuva comprida com o colarinho levantado, que escondia o rosto, o corpo e o pescoço. Mas tenho certeza de que era uma mulher.

— Como era a voz dela?

— Comum.

— Algum sotaque?

— Não. Mas não era de Yorkshire nem de Newcastle. Era neutro. Não disse muita coisa, apenas que era uma amiga e que viera buscar Karen para dar um passeio.

— O que você *notou* a respeito dela?

— Ela era bem magra. Você sabe, esquelética. Não muito alta.

— Conseguiu ver a cor do cabelo?

— Não. Acho que devia estar debaixo do chapéu.

— Que tipo de chapéu?

— Não sei. Um chapéu. Com aba.

— De que cor?

— Preto.

— Alguma ideia da idade dela?

— Difícil dizer. Não olhei atentamente para o rosto. Mas era velha. Pelo jeito de andar e pela aparência, diria que tinha entre 30 e 40 anos.

Annie deixou passar.

— Algo diferente a respeito dela?

— Não, realmente era uma pessoa comum.

— Tudo bem. Você viu o carro dela? Ela não pode ter vindo até aqui a pé.

— Não — disse Mel. — Quero dizer, estive aqui dentro todo o tempo. Mas alguém deve ter visto no estacionamento.

— Vocês têm câmeras no estacionamento?

— Não. Não temos câmera alguma aqui. Bem, os pacientes não são vigiados... Você sabe, não podem fugir ou algo assim.

— Como Karen reagiu à ideia de um passeio com Mary?

Mel mexeu no anel e corou.

— Ela não reagiu. Quer dizer, nem podia, certo? Karen era tetraplégica. Além disso, não podia se comunicar.

— Ela tinha algum amigo mais íntimo no asilo? — perguntou Annie. — Alguém com quem passasse muito tempo?

— É difícil quando a pessoa não pode se comunicar — disse Mel. — Você fica confinado a uma existência muito solitária. É claro, as pessoas aqui providenciam tudo que o paciente precisa. Conversam com ele, contam o que está acontecendo. São pessoas realmente maravilhosas. E, claro, havia uma televisão no quarto dela. Mas... Bem, tudo entrava e nada saía. — Mel deu de ombros.

— Então você não tem como saber se ela reconheceu Mary ou não? Ou se *queria* sair com ela?

— Não. Mas por que essa Mary... Quero dizer... — Mel começou a chorar. Grace passou-lhe um lenço e voltou a tocar-lhe o ombro. — Por que alguém desejaria levar Karen para sair se não a conhecia? — prosseguiu Mel. — Qual seria o objetivo?

— Bem, acho que temos a resposta para isso — disse Annie. — Alguém a queria sozinha em um lugar isolado para matá-la. O que não sabemos é por quê. Karen era rica?

— Acho que ganhou algum dinheiro com a venda da casa — disse Grace. — Mas a quantia seria usada para financiar seu tratamento. Eu não acho que ela fosse rica.

— A propósito, como Karen ficou assim? — perguntou Annie.

— Dirigia bêbada — disse Grace. — Bateu com as costas. Área delicada. Dano na coluna. Acontece com mais frequência do que você imagina. Caso trágico.

— Tinha um seguro, então?

— Se tinha, seria usado no tratamento.

— Há quanto tempo ela está aqui?

— Uns três meses.

— De onde veio?

— De um hospital chamado Grey Oaks, perto de Nottingham. Especializado em danos na coluna.

— Como ela veio parar aqui? Qual o processo?

— Varia — disse Grace. — Às vezes as famílias ouvem falar sobre nós. Em outras, vêm pela assistência social. Karen recebeu alta do hospital. Nada mais poderiam fazer por ela e precisavam liberar alguns leitos. Então, a assistência social a trouxe para nós. Tínhamos um quarto disponível e cuidamos dos detalhes.

— Sabe os nomes dos assistentes sociais envolvidos?

— Devem estar no arquivo.

— Karen tem algum parente?

— Não que eu saiba — disse Grace. — Terei de verificar os arquivos para obter tal informação.

— Gostaria de ficar com esses arquivos.

Grace fez uma pausa, mas logo em seguida disse:

— Claro. Mas você realmente acha que o motivo foi dinheiro?

— Não sei — disse Annie. — Só estou verificando todas as possibilidades. Precisamos saber muito mais sobre Karen Drew e sua vida antes de ela vir para cá se quisermos avançar. Como ninguém aqui parece capaz de ajudar, talvez devamos concentrar nossos esforços em outro lugar.

— Nós lhe dissemos tudo o que sabíamos — disse Grace. — Você encontrará mais detalhes no arquivo dela.

— Talvez. — Annie olhou para Mel, que parecia ter se recomposto e mordiscava um biscoito digestivo. — Precisaremos de uma descrição dessa Mary o quanto antes. Alguém deve tê-la visto nas redondezas. Mel, você acha que poderia descrevê-la para o desenhista da polícia? Não sei em quanto tempo poderemos trazer alguém até aqui, mas faremos o melhor que pudermos.

— Acho que sim — disse Mel. — Quer dizer, nunca fiz isso antes, mas vou tentar. Contudo, como eu disse, não olhei bem para o rosto dela.

Annie sorriu, reconfortante.

— O desenhista é muito competente — disse ela. — Apenas faça o possível. Ele vai orientá-la na direção certa. — Annie levantou-se e se voltou para Grace. — Mandaremos alguns policiais para colher depoimentos do maior número possível de funcionários e pacientes. O sargento-detetive Naylor recolherá os arquivos antes de ir embora. Espero a sua cooperação.

— Claro — disse Grace.

Annie permaneceu na sala de reuniões, comeu um sanduíche de presunto e bebeu um gole de água até Tommy Naylor voltar com o arquivo. Depois, foram embora juntos.

— O que você acha? — perguntou a Naylor ao saírem.

— Acho que estamos empacados — disse ele, mostrando uma pasta de arquivo com cerca de três centímetros de espessura.

— Dei uma olhada. Nada além daquela conversa fiada de médico. Nem mesmo o nome de um parente próximo para nos ajudar.

Annie suspirou.

— Essas coisas são enviadas para nos testar. Veja se consegue o desenhista. Não que vá adiantar muito, pelo que ouvi. Vou ver se o sargento-detetive McCullough e os OCCs têm algo para nós.

CAPÍTULO 3

Winsome se perguntou se estava fazendo a coisa certa ao estacionar diante do hotel Faversham naquela tarde. Ela dissera a Donna McCarthy que Geoff estava em uma reunião e que não podia atender telefonemas. Em vez de tentar ligar mais tarde, deixar uma mensagem ou esperá-lo voltar a Swainshead, disse que tentaria encontrá-lo e que lhe daria a notícia pessoalmente. Donna ficara grata e aliviada pelo fato de outra pessoa contar a Geoff sobre a filha. A caminho de Skipton, Winsome voltou a ligar algumas vezes para o celular dele e para o hotel, mas não o encontrou.

O hotel ficava na periferia da cidade, não muito longe de onde o cascalho das charnecas de Brontë se transformava nas colinas e nos vales de calcário do Yorkshire Dales National Park. Winsome conhecia a área razoavelmente bem, pois já praticara espeleologia na área de Malham em diversas ocasiões, mas não conhecia o Faversham. O prédio parecia uma antiga mansão reformada. Havia um riacho nos fundos da propriedade e, ao entrar pela porta da frente, Winsome ouviu rumor de água correndo sobre pedras. Muito rústico e romântico, pensou.

Ela mostrou a credencial na recepção e explicou que precisava falar com o Sr. Daniels. A recepcionista ligou para o quarto, mas não obteve resposta.

— Deve ter saído — disse ela.

— Qual o número do quarto dele?

— Eu não posso...

— Este é um caso de polícia — disse Winsome. — Ele esqueceu de trazer o remédio, sem o qual pode morrer. Coração ruim. — Era uma improvisação de última hora, mas alegar risco de morte sempre funcionava. Não era preciso assistir à série *Fawlty Towers* para saber dos problemas que um cadáver em um quarto de hotel pode representar.

— Oh, meu Deus — disse a recepcionista. — Ele não atendeu o telefone a manhã inteira.

Ela ligou solicitando que alguém viesse à recepção ocupar seu lugar e pediu que Winsome a seguisse. Nada disseram no elevador e nem ao longo do corredor do segundo andar. Havia bandejas com pratos e xícaras vazias diante das portas dos quartos.

No lado de fora do quarto 212 havia uma bandeja com uma garrafa vazia de champanhe — Veuve Clicquot, percebeu Winsome — dentro de um balde cheio de água de gelo derretido. Havia também dois pratos repletos de cascas de camarão e um aviso de NÃO PERTURBE pendurado na maçaneta.

Winsome foi imediatamente transportada de volta ao tempo em que trabalhava no Holiday Inn de Montego Bay, limpando quartos de turistas americanos e europeus. Ela mal conseguia acreditar no estado em que encontrava alguns quartos, e nas coisas que as pessoas deixavam por lá para serem recolhidas por uma jovem inocente que ia à igreja todos os domingos vestindo a sua melhor roupa. Lembrou-se de como Beryl debochara quando, certa vez, ela erguera um preservativo usado e perguntara o que era. Ela só tinha 12 anos. Como poderia saber? Às vezes as pessoas estavam nos quartos fazendo coisas, mas não punham avisos à porta. Certa vez, flagrara dois homens, um branco e um negro. Winsome estremeceu ao se lembrar daquilo, embora nada tivesse contra gays. Mas, na época, ainda era jovem e ignorante: nem mesmo sabia que aquelas coisas existiam.

Winsome olhou para a recepcionista que segurava o cartão de acesso e meneou a cabeça. Relutante, a recepcionista introduziu o cartão na ranhura e, quando a luz ficou verde, abriu a porta.

A princípio, Winsome teve dificuldade para entender o que era aquilo. As cortinas estavam fechadas, embora já passasse de meio-dia. O ar estava viciado e repleto de um cheiro que apenas uma longa noite de intimidades poderia deixar em um ambiente fechado. A recepcionista deu um passo atrás, Winsome acendeu a luz e viu um homem nu, com apenas uma grossa corrente de ouro pendurada ao redor do pescoço, deitado com as pernas e os braços abertos. Seus pulsos e tornozelos estavam atados à cama por echarpes de seda preta. Uma mulher no auge do êxtase estava acocorada sobre o púbis do sujeito, vestindo meias-calças pretas. Quando a luz se acendeu, ela gritou e se enrolou em um cobertor.

— Que merda é essa? — gritou o homem. — Quem é você?

A recepcionista murmurou:

— Vou deixar isso com você, certo? — disse, e foi embora.

— Polícia — disse Winsome, mostrando sua credencial.

Ela nunca se considerou puritana, mas a cena a chocara de tal forma que nem mesmo conseguia olhar para Daniels e seu pênis flácido exposto. Também ficou com raiva. Talvez Geoff Daniels não tivesse como saber que sua filha morrera tragicamente enquanto ele realizava fetiches sexuais com a amante, mas ela certamente o faria sentir-se culpado por aquilo.

Winsome perguntou o nome da mulher, que respondeu:

— Martina. Martina Redfern.

Era uma ruiva magra que parecia ter a mesma idade de Hayley Daniels, embora provavelmente estivesse mais perto de Donna McCarthy.

— Tudo bem, Martina — disse Winsome. — Sente-se. Vamos bater um papo?

— E quanto a mim? — disse Daniels na cama. — Alguém poderia me desamarrar daqui?

Martina olhou ansiosamente para o amante, mas Winsome o ignorou e ficou ao lado dela. Ela sabia que teria de dar as más notícias para Daniels, mas como faria isso com um homem naquela situação? Ela precisava de tempo para se recuperar do susto, e não faria mal algum abalar um pouco a dignidade dele agora.

— Incomoda-se em me falar de sua noite? — perguntou à jovem.

— Por quê? — quis saber Martina. — O que houve?

— Fale-me de sua noite primeiro.

Martina sentou-se na poltrona junto à janela.

— Jantamos no Swan, perto de Settle, então fomos a uma boate em Keighley. Depois, viemos para o hotel e estamos aqui desde então.

— Qual boate?

— A Governor's.

— Lembrarão de vocês por lá? Podemos verificar, você sabe.

— Provavelmente o barman vai se lembrar — disse ela. — E o motorista de táxi que nos trouxe de volta ao hotel. E também se lembrarão de nós no Swan. Não estava muito cheio. Mas o que acha que fizemos?

Winsome estava mais interessada no que acontecera depois da meia-noite, mas qualquer tipo de álibi para a noite anterior serviria para Martina e Daniels. Demoraria ao menos uma hora para irem de carro de Skipton a Eastvale.

— A que horas voltaram para o hotel? — perguntou.

— Por volta das 3 horas.

— Não me admira que ainda estejam na cama — disse Winsome. — Voltaram tarde. Estiveram juntos todo o tempo?

Daniels murmurou uns palavrões e se remexeu na cama.

— Para isso estamos aqui — disse ele. — E isso é abuso de poder. Solte-me imediatamente, sua negra desgraçada.

Winsome sentiu raiva e vergonha, como ocorria sempre que alguém a insultava assim. Mas logo se acalmou, do modo como a mãe a ensinara a fazer.

— Posso me vestir agora? — perguntou Martina, apontando para o banheiro.

Winsome assentiu e olhou para o sujeito nu na cama, aquele que acabara de chamá-la de negra desgraçada. A filha dele fora estuprada e morta na noite anterior, e ela teria de dizer isso para ele agora. Não poderia deixá-lo ali e continuar adiando, embora preferisse fazê-lo.

Os cursos não falavam muito sobre como lidar com situações incomuns. Muito menos as simulações. Na hora H, pensou Winsome, não havia livro a ser seguido, apenas o instinto. Ela queria feri-lo, mas não do modo como teria que fazer. A imagem de Hayley Daniels deitada sobre a pilha de couro provocou-lhe um nó na garganta. Winsome inspirou profundamente.

— Lamento ter de lhe dizer isso, Sr. Daniels — disse ela. — Mas, infelizmente, é sobre sua filha.

Daniels parou de lutar contra as amarras.

— Hayley? O que tem ela? O que houve com ela? Aconteceu algum acidente?

— Mais ou menos — disse Winsome. — Infelizmente, ela está morta. Parece que foi assassinada.

Pronto, dissera a palavra terrível que mudaria tudo e cujo peso preencheu o quarto e pareceu sugar todo o ar em torno.

— Assassinada? — Daniels balançou a cabeça. — Mas... não pode ser. Deve ser outra pessoa.

— Lamento, senhor. Não há engano. Ela estava com a carteira de motorista e uma agenda de telefones em seu nome.

— Ela foi...? Quero dizer, ele a...

— Prefiro não dizer mais nada antes de chegarmos a Eastvale — disse Winsome. — Sua esposa está esperando por você lá.

Martina saiu do banheiro a tempo de ouvir a última frase. Ela olhou para Winsome.

— Posso desamarrá-lo agora? — perguntou.

Winsome assentiu. Desde que dera a notícia sobre Hayley para Daniels, esquecera que ele ainda estava nu e amarrado à cama. Ele também parecia ter esquecido. Humilhar Daniels não importava mais. Ela não era uma pessoa cruel. Quisera apenas esmagar a sua arrogância e ouvir um álibi de Martina antes dos dois terem tempo ou motivo para inventar alguma coisa. Em ambos os casos, achou ter sido bem-sucedida, mas agora se sentia um tanto envergonhada de si mesma.

Martina começou a desamarrar os nós enquanto Daniels ficava imóvel na cama, olhando para o teto. Finalmente livre, ele se sentou na cama, enrolou-se com os lençóis e começou a chorar. Martina sentou-se ao lado dele, triste e constrangida. Ela tentou tocá-lo, mas ele a evitou. Ele tinha cabelo escuro e encaracolado, uma covinha de Kirk Douglas no queixo e costeletas que lhe chegavam ao maxilar. Talvez fosse o tipo de homem que algumas mulheres brancas gostassem, pensou Winsome, mas não ela. Daniels olhou-a por entre as lágrimas.

— Desculpe — disse ele. — Aquilo que eu disse antes... Foi desnecessário. Eu...

— Também lamento — disse Winsome. — Mas desamarrá-lo não era minha prioridade. Precisava saber por que você mentiu para sua esposa sobre onde estava na noite passada. — Ela puxou uma cadeira e se sentou. — Tentei encontrá-lo a manhã inteira.

Daniels levantou-se e vestiu a cueca e a calça. Então, colocou a camisa e começou a enfiar meias e roupas íntimas em uma bolsa de viagem.

— Preciso ir — disse ele. — Preciso ver Donna.

— Donna? — disse Martina. — E quanto a mim? Você me disse que a abandonaria e pediria o divórcio. Nós íamos nos casar.

— Não seja estúpida. Você não ouviu? Preciso voltar.

— Mas, Geoff... E quanto a nós?

— Eu ligo para você — disse Daniels. — Volte para casa. Eu ligo.

— Quando?

— Quando? Depois que eu enterrar minha filha! Agora caia fora, sua vaca idiota. Não consigo mais olhar para você.

Chorando, Martina pegou a bolsa sem se lembrar de recolher o que trouxera e foi em direção à porta. Winsome a interceptou.

— Preciso de seu nome, endereço e número de telefone — disse ela.

Martina olhou feio para Daniels.

— Por que não pergunta para *ele*? — disse, fazendo menção de avançar.

Winsome continuou onde estava.

— Quero que você me diga.

Martina fez uma pausa e então obedeceu. Depois abriu o guarda-roupa e tirou dali um casaco de camurça.

— Não vou esquecer do meu presente de aniversário — disse ela para Daniels antes de sair pela porta e ganhar o corredor.

— Tudo bem — disse Daniels. — O que estamos esperando? Vamos.

Winsome olhou para ele, meneou a cabeça lentamente e ambos saíram.

O corpo de Karen Drew fora removido de acordo com as instruções do legista, mas os OCCs ainda estavam reunidos ao redor da cadeira de rodas na borda do penhasco quando Annie e Tommy Naylor voltaram depois de sua visita a Mapston Hall.

O vento diminuíra um pouco, deixando em seu lugar uma garoa morna. Os OCCs cobriam a área com uma tenda para proteger a cadeira enquanto trabalhavam, colhendo amostras e ensacando-as como provas. A área em torno fora meticulosamente vasculhada. Nada chamara a atenção de imediato, e nenhuma arma fora encontrada no fundo do penhasco ou em nenhum outro lugar ao redor. Poderia ter sido levada pelo mar ou então por Mary, caso ela fosse a assassina.

De um modo ou de outro, pensou Annie, a misteriosa Mary desaparecera. Podia estar em qualquer lugar: anônima em meio à multidão londrina, em um trem para Edimburgo ou para Bristol. O assassinato teria sido premeditado? Nesse caso, haveria chances de que ela tivesse planejado uma rota de fuga. De outra forma, estaria agindo por intuição. Mas um estranho simplesmente não entra em um asilo, pede para levar um paciente específico e então lhe corta a garganta. Ela dissera que era uma amiga, e se isso fosse verdade, deveria haver alguma ligação entre essa

Mary e Karen Drew. Para terem alguma esperança de encontrar Mary, primeiro precisariam descobrir o máximo que pudessem sobre Karen e as pessoas que ela conhecia antes do acidente. Era melhor não especular sobre muita coisa no momento. Embora não houvesse sinais de luta, era também possível que Mary não fosse a assassina e, sim, outra vítima. E se Karen fora assassinada e Mary, sequestrada ou morta, jogada no mar ou em algum outro lugar?

Annie amaldiçoou a falta de segurança do asilo, mas, pensando melhor, viu que Grace Chaplin estava certa. De que, ou de quem, seus pacientes precisavam de proteção? Eram inofensivos, incapazes de se mover e, em alguns casos, até mesmo de falar. Por que alguém desejaria matar um deles? Era isso que Annie e sua equipe teriam de descobrir.

Annie percebeu que o sargento-detetive Liam McCullough, coordenador de cena do crime, se afastou do grupo de roupas brancas. Ela o chamou. Haviam se encontrado em diversas ocasiões antes de começarem a trabalhar juntos, uma vez que Liam era um amigo íntimo do coordenador da área oeste, Stefan Nowak. Aquilo contribuiu para que houvesse um relacionamento menos tenso entre os dois. Os OCCs podem ser extremamente "ciumentos" de suas cenas do crime, além de muito reservados quanto às informações que divulgavam, mas com Liam no comando, o trabalho de Annie ficava um pouco mais fácil.

— Quase terminado — disse McCullough, caminhando em direção a ela, com seu sorriso de dentes tortos.

— Descobriu algo de útil?

— Só saberemos o que é útil mais tarde — disse McCullough.

— Achamos que o assassino pode ser uma mulher — disse Annie. — Ao menos foi uma mulher quem pegou a vítima em Mapston Hall; portanto, é com isso que estamos trabalhando no momento.

— Obrigado por me dizer. Não faz muita diferença agora, mas é bom ter isso em mente.

— Encontrou alguma pegada?

— Nesta grama?

— Imaginei que não. Digitais?

— Muitas na cadeira de rodas. Não se preocupe, seremos tão cuidadosos quanto o pessoal da área oeste.

— Não duvido — disse Annie. — Algum sinal de um carro estacionado na vizinhança?

— Não que tenhamos descoberto.

— Tudo bem — disse Annie. — Não esperava algo assim. Teremos de mandar uma equipe para conversar com os moradores. — Ela olhou ao redor. — Não que haja muito aonde ir.

— Encontramos diversos fios de cabelo no cobertor da vítima — disse McCullough. — Sem dúvida devem pertencer ao pessoal do asilo ou a outros pacientes, mas nunca se sabe, o cabelo do assassino pode estar entre eles.

— A pessoa que viu nossa suspeita em Mapston disse que o cabelo dela estava protegido por um chapéu.

McCullough sorriu.

— Já se deu conta de como há cabelo em toda parte?

— Acho que sim — disse Annie que, a caminho dali, notara um fio de cabelo preto e curto na manga de seu casaco, como se precisasse ser lembrada da noite anterior. — E quanto às marcas no ouvido e no pescoço dela?

— Gaivotas — disse McCullough. — Após a morte, graças a Deus. É por isso que não há sangue.

— Ela foi morta aqui, na cadeira de rodas?

— Sim. Falei com o médico sobre isso. A lividez indica que foi esse o caso, e há sangue bastante na grama ao redor da cadeira para corroborar esta hipótese. Foi morta onde a encontramos. Ainda não terminamos a análise das manchas de sangue porque a grama dificulta as coisas, mas fotografamos e filmamos cada centímetro quadrado.

— Certo. Continue, Liam. Obrigada pelas informações.

McCullough acenou com um chapéu imaginário.

— Sem problemas. Você está encarregada desta investigação?

— O superintendente Brough é o encarregado oficial.

— Então mandamos tudo para você? — disse McCullough, sorrindo.

Annie também sorriu.

— É melhor, mas seja discreto.

— Não se preocupe. Até mais, senhora.

— Até.

Annie estremeceu quando uma rajada de vento soprou do mar e uma gaivota pairou sobre ela. Caminhou até o limiar do penhasco e ficou o mais perto que pôde sobre a grama traiçoeira e escorregadia da borda, olhando para baixo. A maré estava alta naquele momento, e a arrebentação parecia-lhe magnética e estonteante. Podia compreender como certas pessoas se sentiam tentadas a se atirar nas águas revoltas, hipnotizadas e seduzidas por seu movimento sinuoso, cíclico. Sentindo uma pontada de vertigem, olhou para a cadeira de rodas vazia. Teria sido tão fácil empurrá-la mais alguns centímetros em direção às pedras. Sem comoção. Sem sangue. Por que se dar ao trabalho de cortar a garganta de Karen Drew?

A não ser, pensou Annie, apreensiva, que aquilo tivesse sido feito com o intuito de dizer alguma coisa. Em sua experiência, assassinos que desejavam passar uma mensagem eram como chatos em uma festa: impossíveis de calar até que tenham dito o que desejavam.

Enquanto Joseph Randall esperava em uma sala de interrogatório, Banks aguardava sentado em seu escritório, tendo seus primeiros momentos de paz e tranquilidade desde o telefonema de Templeton naquela manhã. Lembrou-se de ligar para a mãe, que agradeceu a lembrança, e ficou feliz em saber que tudo estava bem no lar dos Banks. Os pais do inspetor disseram que sairiam em um cruzeiro pelo Mediterrâneo em junho — a primeira vez que saíam do país, com exceção da época em que o pai estivera no exército, ainda no fim da guerra. Iriam a Southampton para não terem de pegar um avião.

Banks bebia uma xícara de chá acompanhada de um KitKat, ouvindo o *Russian Album* de Anna Netrebko enquanto escrevia uma lista de ações e IEEs — Investigar, Entrevistar e Eliminar — que deveriam ser aplicadas o mais rapidamente possível no caso Hayley Daniels.

Winsome interrogara o pai, Geoff Daniels, e o pessoal do hotel Faversham confirmara o álibi. Ninguém o vira deixar o quarto desde que chegara com a amante, Martina, ambos bastante embriagados, por volta das 3 horas da manhã. O barman e o porteiro da boate em Keighley também se lembravam do casal, que estivera ali entre meia-noite e 2h30. Beberam mais do que o razoável, disse ele, e a certa altura estavam bebendo na pista de dança. O segurança teve de pedir que agissem com moderação. Não havia como um deles, ou os dois, ter dirigido até Eastvale e matado Hayley. Winsome ainda não encontrara o motorista de táxi, mas era apenas questão de tempo.

Por mera formalidade, Winsome também verificara o álibi de Donna McCarthy com sua amiga e vizinha, Caroline Dexter. Elas de fato haviam passado a noite juntas, comendo pizza e assistindo a *Casino Royale*, até bem depois da meia-noite.

Os policiais já estavam assistindo às gravações feitas pelas câmeras de segurança que conseguiram reunir, e os peritos ainda estavam ocupados na Taylor's Yard, enquanto a maior parte das amostras recolhidas pelos OCCs estava sendo preparada para análise. Nada aconteceria até segunda-feira, claro. Os resultados não começariam a sair antes da terça, ou até depois, dependendo dos testes e da disponibilidade dos laboratórios. Se ao menos os resultados de DNA saíssem tão rapidamente quanto na televisão, pensou Banks, seu trabalho seria bem mais fácil. Às vezes, esperar era a pior parte.

Banks afastou o bloco de notas. Mais tarde, passaria os dados para o computador. Ele olhou pela janela e surpreendeu-se ao ver flocos de neve soprados horizontalmente pelo vento, obscurecendo a praça do mercado. Observou por alguns instantes, mal acreditando no que via. Então, tudo parou e o sol voltou a brilhar. Tempo estranho, de fato.

Olhou para o mapa do Maze ampliado que pregara em seu quadro de cortiça. Havia muito mais entradas e saídas do que imaginara, e cobriam uma área maior do que supunha. Junto ao mapa estava pendurado seu calendário Dalesman. O mês de março era ilustrado por uma fotografia do mercado de Settle em um dia movimentado. Viu que tinha compromissos tanto com seu dentista quanto com o terapeuta. É que naquela ocasião achou que seria melhor se livrar ao mesmo tempo dessas duas tarefas desagradáveis. Agora, começava a pensar que talvez devesse adiar o dentista para o mês seguinte. Ou o terapeuta.

Seu único compromisso social era no sábado seguinte: um jantar na casa de Harriet Weaver, sua antiga vizinha de porta em Eastvale. Informal, dissera-lhe Harriet, cerca de 10 ou 12 pessoas, traga uma garrafa, você vai se divertir. Sua sobrinha, Sophia, estava vindo de Londres e talvez aparecesse. Os homens se apaixonam por Sophia, dissera Harriet. Banks pensou que seria tolice apaixonar-se naquele caso. Tudo bem que muitos escritores de meia-idade, artistas ou astros de rock se envolvessem com mulheres mais jovens, mas era algo muito irresponsável para um detetive com a sua reputação.

De qualquer modo, Banks detestava jantares, e só iria porque se sentia culpado por ainda não ter falado com Harriet e seu marido desde que se separara de Sandra. E ela tivera a gentileza de convidá-lo. Bem, ele compareceria e, depois, sairia dali o mais rápida e elegantemente possível. Não seria difícil pedir que Winsome ou outra pessoa ligasse para o seu celular dando-lhe algum pretexto. Aquilo o livraria de ter de explicar as últimas estatísticas de crimes ou o porquê de tantos estupradores e assassinos escaparem da polícia; o tipo de coisa que se ouve em festas quando descobrem que você é policial. Certa vez, uma mulher tivera a coragem de pedir a Banks que seguisse o marido dela, que ela suspeitava estar tendo um caso com uma corretora de imóveis. Depois que Banks explicou que não era Sam Spade ou Philip Marlowe, a mulher perdeu todo o interesse por ele e começou a lançar olhares para o anfitrião.

Banks levantou-se. Era hora de conversar com Joseph Randall, que não parecia muito contente por ter sido levado ao quartel-general da área oeste naquela tarde e ter ficado esperando em uma sala de interrogatório acompanhado apenas de um policial taciturno que não lhe dizia por que ele estava ali. Não havia outro motivo para o atraso a não ser deixar Randall nervoso e irritado. Naquele estado, poderia deixar escapar alguma coisa. Ele estava com o remédio caso precisasse, e o policial fora advertido a observar qualquer sinal de ataque de pânico, portanto Banks não estava preocupado com aquilo.

A sala de interrogatório era apertada, com uma janela alta gradeada, uma lâmpada coberta por uma cúpula enferrujada, mesa de metal aparafusada no chão, três cadeiras dobráveis e o equipamento de gravação. A entrevista seria gravada em vídeo, e enquanto Banks armava o equipamento, o detetive Doug Wilson sentava-se diante de um Randall irritado, que começava a exigir a presença de seu advogado.

— Você não está preso, Sr. Randall, e não foi acusado de nada — explicou Banks ao se sentar. — Você está aqui simplesmente para nos ajudar em uma investigação.

— Então eu não *tenho* de falar com vocês?

Banks inclinou-se para frente e apoiou os antebraços na mesa.

— Sr. Randall — disse ele. — Ambos somos homens razoáveis, espero. Agora, este é um caso sério. Uma jovem foi estuprada e morta. Em sua propriedade. Achei que estivesse tão interessado quanto eu em chegar à solução desta questão, não é mesmo?

— Claro — disse Randall. — Apenas não entendo por que vocês estão pegando no meu pé.

— Não estamos pegando no seu pé. — Banks voltou-se para o detetive Wilson. Seria bom dar uma chance ao novato. — Detetive Wilson, por que não diz ao Sr. Randall o que ouviu da atendente do Duck and Drake?

Wilson remexeu nervosamente os seus papéis, ajeitou os óculos e molhou os lábios. Para Banks, ele parecia um colegial assustado tendo que traduzir uma frase em latim para a classe. O blazer que usava apenas contribuía para a imagem.

— O senhor estava no Duck and Drake por volta das 19 horas de ontem? — perguntou Wilson.

— Sim, bebi alguns drinques ali após fechar a loja — disse Randall. — Ao que eu saiba, isso não é contra a lei.

— De modo algum, senhor — disse Wilson. — Só que a vítima, Hayley Daniels, também foi vista nesse pub à mesma hora.

— Não a teria reconhecido. Como poderia? Eu não a conhecia.

— Mas se lembraria dela, não é mesmo, senhor? — prosseguiu Wilson. — Uma vez que a viu ali no depósito. O senhor teria se lembrado de como ela era, o que estava vestindo, certo?

Randall coçou a testa.

— Na verdade, não posso dizer que sim. Há sempre um bando de jovens no Duck and Drake àquela hora aos sábados. Eu estava lendo o jornal. E estava um tumulto no lugar.

— Então o Duck and Drake é seu bar preferido?

— Não. Na verdade, não tenho um bar preferido. Após fechar, vou aonde me agradar no momento. Mas não faço isso com frequência. Geralmente vou para casa. Assim, economizo nas bebidas.

— Onde estava entre meia-noite e 2 horas? — perguntou Wilson.

— Em casa.

— Alguém pode confirmar isso?

— Moro sozinho.

— A que horas foi para a cama?

— Por volta de 0h45, pouco depois de colocar o gato para fora.

— Alguém o viu?

— Não sei. A rua estava tranquila. Não vi ninguém.

— O que estava fazendo antes disso?

— Depois que saí do pub, por volta das 20 horas, comprei uma porção de peixe com fritas a caminho de casa e fui assistir à televisão.

— Onde comprou a comida?

— No Chippy, na esquina. Agora, vejam, isso é...

— Podemos voltar ao Duck and Drake? — insistiu Wilson.

Randall cruzou os braços e sentou-se em uma posição rígida, os lábios apertados.

— Agora que teve tempo de pensar no assunto, senhor — prosseguiu Wilson —, lembra-se de ter visto Hayley Daniels no pub?

— Suponho que sim.

— Sim ou não?

— Se ela estava lá, talvez a tenha visto. Apenas não me lembro dela em particular. Não estava interessado.

— Ora, pare com isso — disse Banks. — Uma jovem atraente como ela. Um velho pervertido e solitário como você. Você estava olhando para ela. Por que não admite? Você quer que acreditemos que nunca a viu antes porque estava de olho nela desde o início. Estou certo, não estou?

Randall olhou feio para ele e voltou-se para o detetive Wilson, seu "aliado". Às vezes, pensou Banks, o jogo do policial bom e do policial mau funcionava. Nem mesmo haviam decidido fazê-lo. Aquilo surgiu à medida que a entrevista se desenvolvia. Apesar de todos os cursos que fizera e de todos os livros que lera sobre técnicas de entrevista ao longo dos anos, Banks descobriu que uma abordagem espontânea normalmente funcionava melhor. Siga uma linha geral e improvise. As perguntas mais reveladoras em geral eram aquelas que lhe ocorriam na hora, não as que eram preparadas com antecedência. E quando havia duas pessoas entrevistando, toda uma nova dinâmica se desenvolvia. Às vezes funcionava; outras, não. Se não funcionasse, você acabava quebrando a cara. Mas o jovem Wilson não parecia precisar que lhe dissessem qual o seu papel ali, o que era bom.

— Ela estava com um grupo de pessoas mais ou menos da idade dela, e todos estavam rindo, conversando e bebendo no bar. O senhor confirma? — prosseguiu Wilson.

— Sim.

— Viu se alguém a tocou? Se ela estava com um namorado, ele talvez a tenha tocado no ombro, ficado de mãos dadas com ela, roubado um beijo, esse tipo de coisa.

— Não vi nada assim. — Randall olhou feio para Banks. — Mas como eu estava tentando explicar, não prestei muita atenção.

— Quem saiu primeiro?

— Todos. Em um momento estavam ali, barulhentos e cheios de si, no momento seguinte haviam ido embora e tudo ficou tranquilo.

— Cheios de si? O que quer dizer com isso?

Randall ajeitou-se na cadeira.

— Sabe o que quero dizer. Presunçosos, exibindo-se uns para os outros, rindo das próprias piadas, esse tipo de coisa.

— Você não gosta de jovens?

— Não gosto de baderneiros.

— E acha que eles eram baderneiros?

— Bem, eu não gostaria de topar com eles. Sei o que acontece quando vêm aqui no fim de semana e bebem demais. Uma pessoa decente não pode tomar um drinque na cidade em uma noite de sábado. Às vezes me pergunto para que serve a polícia. Toda vez encontro vômito e lixo na frente de minha loja na manhã seguinte.

— Mas esta manhã encontrou algo diferente, não é? — perguntou Banks.

— O problema, senhor — interrompeu Wilson de modo tão delicado que Banks ficou admirado —, é que a atendente do Duck and Drake lembra-se claramente de o senhor estar olhando com luxúria para Hayley Daniels.

Ela não usara o termo *luxúria*, Banks o sabia, mas aquilo demonstrou criatividade do novato. Tinha mais impacto que "observando" ou mesmo "encarando".

— Não estava fazendo isso — respondeu Randall. — Como disse, eu estava ali sentado em paz, bebendo e lendo o jornal.

— E nem mesmo notou Hayley Daniels?

Randall fez uma pausa.

— Não sabia quem ela era — disse ele —, mas acho que não havia como não notá-la.

— É mesmo? — disse Wilson. — O que quer dizer, senhor?

— Bem, pelo modo como ela estava vestida, para começo de conversa. Como uma mulher vulgar. Pernas de fora, barriga de fora. Se quer saber, jovens que se vestem assim estão atrás de problemas. Dá até para dizer que merecem o que acontece com elas.

— Foi por isso que mentiu quanto ao fato de estar olhando para ela com luxúria? — perguntou Banks. — Porque achou que, caso o admitisse, pareceria suspeito o fato de também ter encontrado o corpo. Foi você quem lhe deu o que ela merecia?

— Esta é uma pergunta impertinente, e não vou me dignar a respondê-la — disse Randall, o rosto vermelho. — Para mim basta. Vou embora.

— Tem certeza de que não seguiu Hayley Daniels pelo resto da noite e, de algum modo, a atraiu até o seu depósito, onde sabia que poderia conseguir alguma coisa com ela? — disse Wilson com uma expressão inocente e preocupada em seu rosto juvenil. — Talvez não pretendesse matá-la, mas teriam as coisas ido longe demais? Se nos contasse agora, isso poderia pesar a seu favor.

Randall fez menção de se levantar, olhou-o com uma expressão de "até tu, Brutus" e voltou a cair na cadeira.

— O que eu lhes disse é verdade — afirmou. — Ela estava no pub com um grupo de amigos. Essa foi a primeira e última vez que eu a vi. Não lhe dei qualquer atenção especial, mas agora que mencionou, admito que ela chamava atenção, embora não de um jeito que eu aprove. Não falei isso logo porque sei como a cabeça de vocês funciona. É tudo o que tenho a dizer a respeito. — Ele olhou feio para Banks. — E eu *vou* embora agora.

— Como quiser — disse Banks, que deixou Randall chegar até a porta antes de acrescentar: — Gostaria de pegar as suas digitais e uma amostra de seu DNA. Apenas por uma questão de eliminação de suspeitos, você deve compreender. É para o seu próprio bem. O detetive Wilson vai buscar os formulários de consentimento.

Randall fechou a porta atrás de si.

CAPÍTULO 4

Na manhã de segunda-feira, ao chegar ao seu escritório no atarracado prédio de tijolos e vidro de Spring Hill, Annie sentia-se bem melhor do que no domingo. Até mesmo o tempo parecia refletir seu estado de espírito: a chuva parara e o céu estava claro, repleto de nuvens brancas e fofas. O mar do Norte, geralmente cinzento, estava azulado. O vento estava frio, mas já no meio da tarde as pessoas começaram a tirar seus casacos no cais, nos quebra-mares e em mesas ao ar livre dos pubs. Afinal, era quase primavera.

O "assassino da cadeira de rodas" chegara aos jornais e à TV local pela manhã, e o superintendente Brough programara uma coletiva de imprensa para mais tarde. Por sorte, Annie não teria de comparecer, mas o chefe esperava que ela lhe desse algo para saciar a multidão de repórteres.

Annie sentiu outra pontada de culpa e desprezo por si mesma ao lembrar a noite de sábado. Achava que, na sua idade, não era adequado agir como uma adolescente libidinosa. Mas acontecera. Agora era hora de seguir a velha lição zen e deixar o que aconteceu para trás. A vida é sofrimento, e a causa do sofrimento é o desejo, dizem os budistas. Você não pode conter desejos, lembranças, pensamentos e sensações, mas não deve se agarrar a eles, se torturando; deve apenas deixá-los ir, como balões de gás ou bolhas de sabão. Era o que ela fazia ao meditar: concentrava-se em sua respiração ou em um som repetitivo e observava os balões com seus sonhos e pensamentos desaparecerem. Devia voltar a meditar regularmente. Contudo, tinha muito no que pensar naquela manhã.

Como em Karen Drew, antes de mais nada.

O primeiro detalhe que Annie observou no arquivo que Tommy Naylor lhe trouxera de Mapston Hall a chocou: Karen Drew tinha apenas 28 anos ao morrer. Annie pensava nela como uma velha, e até mesmo Naylor achara que ela tinha quase 40 anos. É claro que só vira aquele corpo de cabelos secos e grisalhos, sem sangue ou forma sob o cobertor na cadeira de rodas. Ainda assim, pensou Annie, 28 anos era jovem demais. Como o corpo podia trair alguém de modo tão cruel?

De acordo com os registros, o carro de Karen fora atingido por um motorista que perdera a direção e atravessara a pista. Ela ficara em coma, fizera diversas operações e passara muito tempo hospitalizada, até se tornar evidente para os médicos que ela não se recuperaria e que a única opção que lhe restava era ser mantida sob cuidados em tempo integral. Estivera em Mapston Hall durante três meses, como dissera Grace Chaplin. Não era muito tempo, pensou Annie. E, se Karen não podia se comunicar, dificilmente teria feito inimigos em tão pouco tempo. Psicopatas à parte, parecia provável que a razão de seu assassinato estivesse no seu passado.

Em termos médicos, sugeria o relatório, não houvera mudança em sua condição física; jamais haveria. Quando alguém é tão limitado para se expressar quanto Karen Drew, o menor sinal de progresso tende a ser visto como um milagre. Mas ninguém sabia o que ela estava pensando ou sentindo. Ninguém nem mesmo sabia se ela queria viver ou morrer. De qualquer forma, a primeira opção lhe fora tirada, e cabia a Annie descobrir por quê. Teria sido uma morte misericordiosa, como Naylor sugerira, ou alguém se beneficiaria de alguma forma com sua morte? E se misericórdia fora o motivo, quem teria feito aquilo? Essas eram as perguntas que Annie gostaria que fossem respondidas em primeiro lugar.

Uma coisa que Annie percebeu nos arquivos era que diziam muito pouco sobre a vida de Karen antes do acidente. Ela morava em Mansfield, Nottinghamshire, mas não havia endereço, nem qualquer indicação de onde nascera ou se ela se mudara para lá vinda de algum outro lugar. Seus pais eram tidos como mortos, também sem detalhes, e, pelo visto, ela não tinha irmãos ou alguém próximo, como um marido, companheiro ou noivo. Na verdade, Karen Drew parecia nem ter existido antes daquele dia fatídico em novembro de 2001.

Annie mordia o lápis, franzindo as sobrancelhas, preocupada com a falta de informações, quando seu celular tocou pouco depois das 9 horas. Ela não reconheceu o número, mas atendeu mesmo assim. Durante uma investigação, ela dava seu cartão para muita gente.

— Annie?

— Sim.

— Sou eu, Eric.

— Eric?

— Não me diga que esqueceu tão rápido. Isso doeu.

Annie tentou se lembrar; havia apenas uma resposta.

— Não me lembro de ter dado o número do meu celular a você — disse ela.

— Nossa, é bom ouvir isso. Algo mais de que não se lembre, além do meu nome?

Droga. Estaria assim tão bêbada?

— De qualquer modo — disse ela —, este é o meu número de trabalho. Por favor, não ligue para cá.

— Então me dê seu telefone de casa.

— Não.

— Então como poderei falar com você? Nem sei seu sobrenome.

— Não poderá falar comigo, é simples.

Annie desligou. Sentiu um aperto no peito. Seu telefone voltou a tocar. Ela atendeu automaticamente.

— Olhe — disse Eric — Desculpe. Começamos mal.

— Nada começou. E nada começará — disse Annie.

— Não estou propondo casamento. Mas será que ao menos me deixaria convidá-la para jantar?

— Estou ocupada.

— O tempo todo?

— Praticamente.

— Amanhã?

— Vou lavar o cabelo.

— Quarta?

— Reunião de condomínio.

— Quinta?

— Reunião na escola.

— Sexta?

Annie fez uma pausa.

— Vou visitar meus pais.

— Há! Mas você hesitou — disse ele. — Percebi claramente.

— Veja, Eric — disse Annie, tentando adotar um tom mais firme. — Desculpe, mas não quero mais jogar esse jogo. Não vai acontecer. Não quero ser grosseira, cruel ou algo assim, mas simplesmente não estou interessada em relacionamentos agora. Fim de papo.

— Só a convidei para jantar. Sem compromisso.

Pela experiência, Annie sabia que sempre haveria um compromisso.

— Desculpe. Não estou interessada.

— O que há de errado? O que eu fiz? Quando acordei, você tinha ido embora.

— Você não fez nada. Sou eu. Desculpe. Por favor, não ligue de novo.

— Não desligue.

Contrariando todos os seus instintos, Annie não desligou.

— Ainda está aí? — perguntou ele após um instante de silêncio.

— Estou.

— Bem, almoce comigo. Certamente deve ter um horário de almoço vago esta semana. Que tal o Black Horse na quinta-feira?

O Black Horse ficava no centro histórico de Whitby, em uma rua estreita coberta de seixos, sob as ruínas de um convento. Era um lugar bastante agradável, Annie o sabia, e não era frequentado por seus colegas. Mas por que ela estava pensando naquilo? Deixe o que aconteceu para trás.

— Desculpe — disse ela.

— Estarei lá ao meio-dia — disse Eric. — Você se lembra de mim?

Annie lembrava-se do rosto jovem com cabelo despenteado, o cacho caído sobre o olho, a barba por fazer, os ombros largos, as mãos surpreendentemente delicadas.

— Eu me lembro — disse ela. — Mas não estarei lá. — E desligou.

Segurou o aparelho com mãos trêmulas e coração palpitando durante algum tempo, como se fosse uma arma misteriosa. Mas o celular não voltou a tocar. Então, uma lembrança muito desagradável lhe veio à mente.

Ela tinha o celular havia apenas uma semana. Era um Blackberry Pearl, que combinava telefone, mensagens de texto, e-mail e câmera. Tão cheio de recursos que ela ainda estava aprendendo a controlar seus toques e funções. Lembrou-se de que Eric tinha o mesmo modelo e que ele a ensinara a mexer em alguns de seus recursos mais avançados.

Com as mãos trêmulas, verificou as últimas fotografias tiradas. Ali estavam: sua cabeça encostada na de Eric enquanto faziam caretas para a câmera, com as luzes da boate ao fundo. Então ela se lembrou de que tinha mandado a foto para o celular dele. Tinha sido assim que ele conseguira o número dela. Como pudera ser tão ingênua?

Guardou o celular na bolsa. Onde estava com a cabeça? Devia saber que não podia confiar em sua capacidade de discernimento nesses assuntos. Além do mais, Eric era apenas uma criança. Sinta-se lisonjeada e esqueça. Chega dessa bobagem. Por que deixava o seu comportamento incomodá-la tanto? Pegou uma folha de papel sobre a mesa. Hora de conversar com a assistente social que internara Karen Drew no Mapston Hall. A pobre mulher devia ter algum tipo de vida antes do acidente.

A abordagem da Dra. Elizabeth Wallace em relação às autópsias era bem menos exibicionista e displicente que a de Glendenning, foi o que Banks percebeu no porão do Hospital Geral de Eastvale no fim daquela manhã de segunda-feira. Ao notar a presença de Banks, ela meneou a cabeça com timidez e deferência e deu início aos procedimentos iniciais com sua assistente, Wendy Gauge. Ambas se certificaram de que o equipamento necessário estava à mão e de que o microfone no qual seriam gravados seus comentários funcionava adequadamente. A Dra. Wallace parecia estar contendo os próprios sentimentos, Banks percebeu pelos lábios apertados e pelos pequenos espasmos musculares à altura de seu maxilar. Banks não conseguia imaginá-la fumando ou fazendo piadas de mau gosto diante do cadáver, como ele e Glendenning costumavam fazer.

Primeiro, a Dra. Wallace fez um exame externo detalhado e metódico, sem pressa. O corpo já fora examinado em busca de vestígios e para coleta de material, e tudo o que o médico e os OCCs haviam obtido de Hayley Daniels e de suas roupas fora enviado ao laboratório para ser analisado, inclusive os retalhos de couro que haviam sido enfiados em sua boca, possivelmente para que ficasse calada. Banks olhou para Hayley, deitada sobre a mesa, pálida e nua. Não conseguia evitar olhar para aquele púbis raspado. Já fora informado a respeito daquilo na cena do crime, mas ver com os próprios olhos era completamente diferente. Bem acima do monte de Vênus havia uma tatuagem de dois pequenos peixes azuis nadando em direções opostas. *Peixes*. Seu signo.

A Dra. Wallace pegou-o olhando para aquilo.

— Não é estranho? — disse ela. — Mas isso não quer dizer que ela fosse uma prostituta ou algo assim. Também não é recente, deve ter algum tempo; portanto, não deve ter sido o assassino quem a raspou. Tatuagens assim são muito comuns, e muitas jovens se raspam ou se depilam com cera atualmente. Chamam isso de "depilação à brasileira".

— Por quê? — perguntou Banks. — Deve ser doloroso.

— Moda. Estilo. Também dizem que aumenta o prazer durante o sexo.

— E aumenta mesmo?

Ela não riu.

— Como posso saber? — perguntou a Dra. Wallace, antes de voltar ao exame.

Fazendo pausas aqui e ali, analisava mais de perto uma área de pele ou uma marca incomum sob a lupa, para depois registrar suas observações ao microfone.

— O que é essa pequena mancha sob o seio esquerdo? — perguntou Banks.

— Uma marca de nascença.

— E isso nos braços e entre os seios?

— Contusões. Antes da morte. Ele se ajoelhou sobre ela. — Ela chamou a assistente. — Vamos abri-la.

— Pode me dizer o que descobriu até agora? — perguntou Banks.

A Dra. Wallace parou e inclinou-se para a frente, com as mãos apoiadas na mesa metálica. Alguns cachos de cabelo castanho-claro escaparam-lhe da touca.

— Parece muito provável que ela tenha sido estrangulada manualmente, sem instrumentos. Pela frente, assim — disse, estendendo as mãos e fingindo apertá-las ao redor do pescoço de alguém.

— Alguma chance de obter digitais ou DNA na pele?

— Sempre há uma chance de encontramos um pouco de pele ou mesmo uma gota de sangue do assassino. Parece que ele a limpou após matá-la, mas pode ter esquecido alguma coisa.

— Havia algo que podia ser sêmen na coxa da vítima — disse Banks.

A Dra. Wallace meneou a cabeça.

— Eu vi. Não se preocupe, o laboratório tem amostras de tudo, mas vai demorar. Devia saber disso. Digitais? Não creio. Sei que já foi feito, mas nesses casos costumam ficar indiscerníveis. Como quando você abre uma fechadura e seus dedos derrapam sobre a superfície. Fica tudo borrado.

— Ela reagiu?

A Dra. Wallace desviou o olhar.

— Com certeza.

— Eu estava pensando em arranhões.

A Dra. Wallace inspirou profundamente.

— Sim. Deve haver amostras de DNA no material que os OCCs tiraram de sob as unhas dela. O assassino deve ter arranhões nos antebraços ou no rosto. — Ela fez uma pausa. — Mas, francamente, eu não teria muita esperança. Como você pode ver, ela roía as unhas até o sabugo.

— É, eu percebi — disse Banks. — E as contusões?

— Como falei, ele se ajoelhou sobre os braços dela e em algum momento sobre o centro de seu peito, provavelmente para subjugá-la, enquanto usava as mãos para estrangulá-la. Ela não teve chance.

— Tem certeza de que foi um homem?

A Dra. Wallace olhou-o com desdém.

— Vá por mim, isso é obra de um homem. A não ser que a namorada de alguém a tenha estrangulado depois que o namorado a estuprou e sodomizou.

Era possível, Banks sabia. Casais já haviam agido em dupla, como predadores sexuais ou assassinos. Fred e Rosemary West. Myra Hindley e Ian Brady. Terry e Lucy Payne. Mas, neste caso, achou que a Dra. Wallace provavelmente estava certa ao afastar aquela hipótese.

— Todos os ferimentos foram feitos enquanto ela estava viva?

— Não há evidência de maus-tratos após a morte, se é o que quer saber. As contusões e os ferimentos na vagina e no ânus indicam que ela estava viva ao ser estuprada. Você pode ver marcas nos pulsos, onde ele a segurou. E também nos braços, no pescoço e no peito, assim como as contusões nas coxas. Foi um estupro brutal e violento seguido de estrangulamento.

— Como ele a conteve enquanto a estuprava? — ponderou Banks em voz alta. — Não pode tê-la estuprado mantendo os joelhos sobre os braços dela.

— Ele podia ter uma arma. Uma faca, por exemplo.

— Então por que não a esfaqueou? Por que a estrangulou?

— Não sei dizer. Pode simplesmente ter feito ameaças para controlá-la. Os estupradores não costumam ameaçar matar as vítimas caso não cooperem, persegui-las depois ou mesmo ameaçar a sua família?

— Sim — disse Banks. Ele sabia que suas perguntas podiam soar cruéis e insensíveis, mas eram coisas que precisava saber. Era por isso que sempre fora tão fácil com o Dr. Glendenning. Trabalhar com uma patologista era diferente. — Mas por que matá-la? — perguntou.

A Dra. Wallace olhou para Banks como se para um espécime sobre a mesa.

— Não sei — disse ela. — Talvez para calá-la. Talvez ela o tenha reconhecido ou pudesse identificá-lo. Seu trabalho é descobrir esse tipo de coisa, certo?

— Desculpe. Só estava pensando em voz alta. Um mau hábito que tenho. Também estava me perguntando se haveria alguma evidência de que o estrangulamento tenha sido parte da diversão, como se alguma modalidade de sexo selvagem tivesse dado errado.

A Dra. Wallace balançou a cabeça.

— Não creio. Embora ele, de fato, tenha sido muito agressivo com ela. Como eu disse, parece que ele manteve um joelho sobre o peito enquanto a estrangulava, e seria difícil, se não impossível, estuprá-la naquela posição. Nesse caso, diria que ele a estrangulou após terminar.

— O Dr. Burns estimou a hora da morte entre meia-noite e 2 horas de domingo. Concorda?

— Não encontrei nada que refutasse essa estimativa — disse a Dra. Wallace. — Mas, de fato, é apenas uma estimativa. A hora da morte é...

— Eu sei, eu sei — disse Banks. — Sempre difícil de estabelecer. Justo aquilo que mais poderia nos ajudar. Mais uma das pequenas ironias da vida.

A Dra. Wallace não respondeu.

— Algo estranho?

— Tudo perfeitamente normal até agora, para este tipo de coisa.

A Dra. Wallace parecia cansada e muito velha para a idade que tinha, como se já tivesse visto aquilo muitas vezes. Banks afastou-se e ficou calado para que ela pudesse continuar o trabalho. Ela pegou o bisturi e começou a fazer a incisão com rapidez e precisão enquanto Banks sentia um calafrio subindo pela espinha.

Annie foi com Ginger até Nottingham para falar com Gail Torrance, a assistente social de Karen Drew, enquanto Tommy Naylor cuidava das coisas em Whitby. Annie gostava da companhia de Ginger, sentia-se à vontade com ela. Ela era irreverente e engraçada, mascava chiclete constantemente, falava muito rápido, geralmente reclamando dos outros motoristas, e parecia sempre alegre. No início, talvez por causa de sua aparência masculinizada, muitos dos colegas da delegacia acharam que ela fosse lésbica, mas acabaram descobrindo que ela tinha um marido caseiro e dois filhos pequenos. Por um instante, enquanto Annie dirigia e ouvia tiradas hilárias sobre o fim de semana das crianças em um castelo inflável, achou que poderia se abrir com Ginger sobre Eric — agora ele tinha um nome —, mas se deu conta de que não seria apropriado: não a conhecia o bastante e não queria que ninguém soubesse, ao menos agora. O que esperava? Conselhos? Não eram necessários. Ela sabia o que fazer. Se falasse com alguém, seria com Winsome, embora raramente se vissem ultimamente.

Annie dirigia porque não se sentia segura com Ginger ao volante. E Ginger sabia disso. Embora tivesse conseguido tirar a carteira de motorista, dirigir era uma das habilidades que ela ainda não havia dominado. Ela desculpou-se, dizendo que faria outro curso de direção dali a um mês. Contudo, ao se perderem em uma área industrial isolada, Annie desejou ter entregado o volante a Ginger, que estava mostrando ser ainda pior navegadora que motorista.

Elas finalmente encontraram o escritório em West Bridgford. Era quase hora do almoço quando chegaram, e Gail Torrance as encontrou no pub mais próximo. O lugar já estava lotado de executivos, mas encontraram uma mesa repleta de sobras de batatas fritas, salada, ovos escoceses, copos com restos de cerveja morna e marcas de batom nas bordas. O cinzeiro estava cheio de pontas de cigarro também marcadas de batom, uma delas ainda ligeiramente fumegante.

Ginger fez os pedidos e foi até o balcão. Quando voltou com as bebidas, uma jovem garçonete mal-humorada havia levado as sobras e trazido talheres embrulhados em guardanapos de papel. Annie e ela tomavam Slimline de limão amargo e Gail bebericava um Campari com soda. Ela acendeu um cigarro.

— Ah, assim é melhor — disse, soprando a fumaça.

Annie sorriu e disse:

— Como sabe, viemos falar sobre Karen Drew.

Ginger sacou uma caneta e um bloco de notas. Apesar do tamanho e do cabelo vermelho-fogo, conseguia se eclipsar quando desejava.

— Provavelmente vocês estão perdendo tempo — disse Gail. — Quero dizer, realmente não tenho muito a falar sobre ela.

— Por que não?

— Porque não sei de nada.

— Mas você foi a ligação dela entre o hospital e Mapston Hall.

— Sim, mas isso não quer dizer nada. Cuido de casos assim no país inteiro.

— Então nos diga o que sabe.

Gail amarrou o cabelo atrás da cabeça.

— Há cerca de quatro meses — disse ela —, a administração de Grey Oaks, o hospital onde Karen esteve durante quase três anos e com o qual eu já trabalhara anteriormente, entrou em contato comigo e me falou sobre uma mulher que estavam tratando e que precisava de cuidados especiais. Essa é a minha área. Fui até lá, me encontrei com Karen, pela primeira e única vez, devo dizer, e conversei com os médicos. Eles haviam avaliado as necessidades dela, e, na hora, concordei com eles. Não que minha opinião sobre o assunto fosse necessária, é claro. — Ela bateu a cinza do cigarro. — Não havia nada disponível no local, mas eu já tinha trabalhado com o pessoal de Mapston Hall e sabia que a área de especialização deles se adequava às necessidades de Karen. Era apenas uma questão de esperar por um leito, cuidar da papelada e pôr os pingos nos is. E isso foi tudo o que tive a ver com o caso.

— Quais foram as suas impressões pessoais a respeito de Karen? — perguntou Annie.

— Esta é uma pergunta curiosa.

— Por quê?

— Bem, que impressão se pode ter de alguém que apenas fica sentada e não diz coisa alguma?

— Ela deve ter tido uma vida antes do acidente.

— Creio que sim, mas isso não é da minha conta.

— Não teve de entrar em contato com a família dela?

— Ela não tinha família. Deve ter lido o arquivo.

— Sim. Não diz nada.

— Que é o mesmo que posso lhe dizer.

Gail apagou o cigarro quando chegou a comida. Hambúrgueres e batatas fritas para Gail e Ginger, e o habitual sanduíche de queijo com tomate para Annie. Poderia voltar a comer carne, pensou, mas logo afastou a ideia, ao perceber que talvez sua dieta fosse a única parte da vida sobre a qual ainda tinha controle no momento. O vozerio as cercava. Em uma mesa, um grupo de mulheres ria alto de uma piada obscena. O ar estava repleto de fumaça com um toque de lúpulo.

— De acordo com o arquivo, Karen morava em Mansfield antes do acidente — disse Annie. — Sabe qual era o endereço dela?

— Infelizmente, não — disse Gail. — Mas pode consegui-lo com os corretores da Morton. Foram eles que venderam o imóvel para ela. Disso eu sei. Fez parte do financiamento.

— Tudo bem — disse Annie. — Como soube da corretora?

— A advogada dela me falou.

— Karen Drew tinha uma advogada?

— Claro. Alguém tinha de cuidar de seus interesses. Ela não podia fazê-lo por conta própria, certo? Mas a advogada era uma enxerida. Sempre perguntando sobre isto e aquilo. Tinha uma voz esganiçada. "Gail, você acha que poderia...", "Gail, será que você..." — Ela estremeceu.

— Lembra o nome dela?

— Claro. Connie Wells. Gostava de ser chamada de Constance. Insistia nisso. Mulherzinha pegajosa.

— Você tem o telefone ou o endereço dela?

— Provavelmente sim, em algum lugar nos meus arquivos. Ela trabalhava para uma empresa em Leeds, é tudo de que me lembro. Park Square.

Interessante, pensou Annie. Leeds. Se Karen Drew morava em Mansfield, por que sua advogada trabalhava em uma firma em Leeds? Não era longe, é verdade, bastava pegar a estrada e subir um pouco, mas havia muitos advogados em Mansfield ou Nottingham. Bem, ela poderia pesquisar o nome de Constance Wells no Google ao voltar a Whitby. Talvez a advogada pudesse lhes dizer algo sobre o misterioso passado de Karen Drew.

— Veja, lá está ela — disse o sargento-detetive Kevin Templeton, apontando para a tela da TV. — Bem ali.

Estavam na sala de vídeo no andar térreo do quartel-general da área oeste, revendo uma das fitas das câmeras de segurança. A imagem poderia estar mais clara, pensou Banks, e talvez algum técnico pudesse dar um jeito naquilo. Mas, mesmo borrada e escura, com imperfeições e luzes ofuscantes, não restava a menor dúvida: a jovem alta, de pernas compridas, que tropeçava nos saltos altos e estendia as mãos para tocar as paredes enquanto passava um tanto cambaleante entre a loja de couro de Joseph Randall e o Fountain e entrava no beco de Taylor's Yard era Hayley Daniels.

Ela saíra do pub com um grupo de jovens à 0h17, dissera algo para os colegas e, após o que pareceu ser uma discussão acalorada, despediu-se e entrou no beco à 0h20. Era difícil saber quantos a acompanhavam, mas Banks calculou que eram ao menos sete pessoas. Pôde ver as costas de um casal de amigos que, balançando a cabeça, a observaram desaparecer. Então, deram de ombros e foram atrás dos outros em direção ao Bar None. Banks viu a figura de Hayley ser finalmente engolida pela escuridão do Maze. Ninguém a esperou.

— Alguém entrou lá antes ou depois dela?

— Não de acordo com as fitas que assistimos — disse Templeton. — Mas é ela, não é, senhor?

— Com certeza — disse Banks. — A pergunta é: ele a estava esperando ou a seguiu?

— Assisti às fitas até as 2h30, senhor, bem depois da hora estimada da morte — disse Templeton. — Ninguém entrou em Taylor's Yard antes dela e ninguém a seguiu. Ninguém saiu, também. Ainda temos algumas fitas gravadas pelas câmeras de Castle Road, mas essas só cobrem a praça do mercado.

— Então, seja lá quem for, entrou por outro lugar, uma entrada que não é monitorada por câmeras de segurança — disse Banks.

— Parece, senhor. Mas, certamente, ninguém poderia saber que ela iria ao Maze. E se ninguém a seguiu...

— Alguém já estava lá, esperando por uma oportunidade? É possível — disse Banks.

— Um assassino em série?

Banks olhou para Templeton com uma expressão sofrida.

— Kev, há apenas uma vítima. Como poderia ser um assassino em série?

— *Até agora* há apenas uma vítima — disse Templeton. — Mas isso não quer dizer que vá parar por aí. Até mesmo os assassinos em série têm de começar em algum ponto.

Ele riu da própria piada. Banks não o acompanhou.

Mas Banks sabia o que ele queria dizer. Maníacos sexuais, como o do caso Hayley Daniels, geralmente não paravam com uma única vítima, a não ser que o assassino fosse um inimigo pessoal de Hayley, uma área que ainda deveria ser explorada.

— E se ela não foi a primeira vítima? — perguntou.

— Senhor?

— Consulte o Banco Nacional de Dados — prosseguiu Banks. — Veja se consegue encontrar casos semelhantes nos últimos 18 meses, ocorridos em todo o país. Peça para que Jim Hatchley o ajude. Ele não é muito bom com computadores, mas sabe se virar com as forças do distrito.

— Sim, senhor — disse Templeton.

Havia alguns anos, Banks o sabia, tal informação não estaria facilmente disponível, mas muito mudara depois da investigação do estripador de Yorkshire e de outros fiascos parecidos. Agora, tardiamente, de acordo com Banks, eles haviam entrado no século XXI, dando-se conta de que os criminosos não respeitam cidades, distritos e nem mesmo fronteiras nacionais.

— Ainda me pergunto por que ela entrou sozinha no Maze — disse Templeton, quase para si mesmo. — Ninguém entrou com ela e nem a esperou voltar.

— Ela estava muito bêbada — disse Banks. — Todos estavam. Era evidente. As pessoas não pensam com clareza quando estão bêbadas. Elas perdem a inibição e os medos que, às vezes, são os únicos fatores que as mantêm vivas. Vou mandar o detetive Wilson à faculdade. Ele é jovem o bastante para parecer um estudante. Temos de encontrar as pessoas com quem ela esteve, e é possível que sejam seus colegas de faculdade. Ela falou com eles. Dá pra ver isto na fita. Eles falaram com ela. Parece que talvez estivessem tentando persuadi-la a não ir. Alguém deve saber de alguma coisa.

— Ela podia ter combinado de se encontrar com alguém no Maze.

— Sim, podia — concordou Banks. — Novamente, precisamos falar com os amigos dela sobre isso. Precisamos entrevistar todo mundo com quem ela esteve naquela noite, desde a hora em que saíram até a hora em que ela entrou naquele beco. Perdemos tempo com Joseph Randall.

— Ainda não estou certo quanto a ele — disse Templeton.

— Nem eu — concordou Banks. — Mas temos de ampliar a nossa investigação. Veja, antes de consultar o banco de dados, converse com o atendente que estava de plantão no Fountain na noite de sábado. Descubra se houve algum incidente no pub. Algum sinal dele nas fitas?

— Por incrível que pareça, sim, senhor — disse Templeton.

— Por que diz "por incrível que pareça"?

— Bem, ele tirou a bicicleta lá de dentro e trancou a porta.

— E o que há de errado nisso?

— Eram quase 2h30.

— Talvez beba escondido. O que ele tinha a dizer?

— Ele não estava lá quando os rapazes vasculharam os pubs ontem à tarde. Dia de folga. Ninguém falou com ele ainda.

— Interessante. Se ele não estiver lá hoje, descubra onde ele mora e faça uma visita. Pergunte o que ele fazia ali tão tarde da noite e veja se lembra de algo mais. Sabemos que Hayley e seus amigos saíram do Fountain, discutiram na praça do mercado e então, três minutos depois, ela os deixou e desceu a Taylor's Yard. Talvez algo tenha acontecido no pub. Praticamente o último lugar onde ela foi vista em público com vida.

— Sim, senhor.

Templeton saiu da sala de vídeo. Banks pegou o controle remoto e voltou a fita. Apertou a tecla *play* e viu Hayley Daniels discutir com os amigos e descer a Taylor's Yard. Não podia ler os lábios dela. A imagem era de péssima qualidade. Atrás do grupo, junto à Taylor's Yard, também havia uma incômoda e trêmula faixa de luz, como as de um filme antigo. Mas aquilo desapareceu. Quando Hayley estendeu os braços para buscar equilíbrio, pôde tocar facilmente ambas as paredes do beco. O plástico de seu cinto barato refletiu os faróis de um carro que passava.

Depois da imagem em que ela desaparecia em meio à escuridão, Banks rebobinou a fita e assistiu a tudo outra vez. Talvez pudessem focalizar a placa do carro, pensou, e se aquele motorista tivesse visto a bela jovem entrando no Maze sozinha, poderia ter dado a volta pelos fundos, entrado pelo estacionamento, onde não havia câmeras de segurança, e aproveitado a "oportunidade". Era algo muito improvável, mas sem saber por onde começar,

Banks achou que valia a pena tentar. Então, chamou o detetive Wilson à sala da equipe.

Annie voltou o carro em direção a Leeds na M1. Não havia por que retornar a Whitby; não quando podia ligar para o inspetor-detetive Ken Blackstone em Millgarth e descobrir exatamente onde Constance Wells trabalhava em Park Square.

— Annie — disse Blackstone. — Bom ouvir sua voz. Como vão as coisas?

— Bem, Ken.

— E Alan?

Blackstone às vezes falava como se Banks e Annie ainda estivessem juntos, ou como se desejasse que estivessem. Mas aquilo não a aborrecia.

— Não o vejo há algum tempo — disse ela. — Estou emprestada à área leste. Veja, talvez você possa me ajudar.

— Claro, se puder.

— Deve ser fácil. Estou tentando localizar uma advogada chamada Constance Wells, em Park Square. Conhece?

— Não, mas me dê alguns minutos. Ligo de volta para você.

Annie e Ginger passaram pelas enormes torres de resfriamento perto de Sheffield e, ao fazer a curva, Annie viu o Meadowhall, um popular shopping, com carros estacionados por toda parte.

O celular de Annie tocou e ela atendeu imediatamente.

— Ken?

— Ken? — perguntou a voz. — Quem é esse cara? Tenho um rival? Desculpe desapontá-la, mas sou eu, Eric.

— O que você quer?

— Só queria confirmar se você vai almoçar comigo na quinta-feira.

— Estou esperando uma ligação importante. Não posso falar agora — disse Annie.

— Então vejo você na quinta. Black Horse.

Annie desligou e sentiu o rosto corar quando Ginger a olhou de esguelha.

— Problemas com o namorado? — perguntou.

— Não tenho namorado.

Ginger ergueu as mãos:

— Desculpe.

Annie a olhou e então riu.

— Alguns caras não aceitam um "não" como resposta, não é? — disse Annie.

— Vai dizer isso para mim?

Não era um convite, ou Annie talvez tivesse cedido. Fosse como fosse, o celular a salvou: era Ken Blackstone desta vez.

— Sim? — disse Annie.

— Constance Wells trabalha mesmo em Park Square — disse ele. — Transferência de propriedades.

— Faz sentido — disse Annie.

— De qualquer modo, trabalha na Ford, Reeves e Mitchell — disse Blackstone, dando-lhe um endereço em Park Square. — Ajuda?

— Muito — disse Annie. — Até soa familiar. É o escritório da *Julia* Ford?

— Sim — disse Blackstone.

Julia Ford era uma hábil advogada especializada em crimes célebres. Annie via o nome e a foto dela nos jornais de tempos em tempos, embora nunca tivessem se conhecido pessoalmente.

— Obrigada, Ken — disse ela.

— Foi um prazer. E não suma.

— Não sumirei.

— Mande lembranças ao Alan, e peça que me ligue quando tiver tempo.

— Deixe comigo — respondeu Annie, sem saber ao certo quando teria chance de fazê-lo. — Tchau.

Ela encerrou a chamada e concentrou-se na estrada. Estavam chegando ao extremo leste de Leeds, onde o emaranhado de autopistas e estradas se unindo e se separando quase rivalizava com a Spaghetti Junction de Birmingham. Annie tentou seguir as placas para o centro da cidade, mas, com a "ajuda" de Ginger, acabou completamente perdida. Por fim, encontrou um estacionamento perto dos fundos da Estação Municipal e, com apenas uma vaga ideia de onde estavam, deixaram o Astra ali e andaram o resto do caminho. Ficou fácil quando chegaram à Praça Municipal, com o antigo correio transformado em restaurante, a estátua do Príncipe Negro e das ninfas carregando tochas, e uma área de lazer com mesas onde as pessoas se sentavam para comer e beber quando o tempo estava bom. Mesmo naquele dia, uma ou duas bravas almas aventuravam-se a céu aberto.

Caminharam ao longo da Wellington durante algum tempo, então entraram na King e foram em direção à Park Square. Os prédios eram georgianos em sua maioria, e os escritórios de advocacia também não eram muito modernos por dentro. Uma recepcionista sentada diante de um computador no amplo saguão perguntou o que queriam.

— Queremos ver Constance Wells, por favor — disse Annie, mostrando sua credencial.

— Têm hora marcada?

— Infelizmente não.

Ele pegou o telefone.

— Deixe-me ver se a Sra. Wells está disponível. Por favor, sentem-se.

Apontou para um sofá em L junto a uma mesinha com revistas. Annie e Ginger se entreolharam e sentaram-se. Annie pegou uma *Hello!* e Ginger um exemplar da *Practical Mechanics*. Mal começaram a folheá-las quando a recepcionista as chamou.

— Ela disse que as receberá em dez minutos, se não se importarem de esperar.

— Claro que não — disse Annie. — Obrigada.

— Deve estar sentada, rodando os dedos e nos fazendo esperar — disse Ginger.

— Ou rodando alguma outra coisa — acrescentou Annie.

Ginger soltou uma gargalhada. A recepcionista olhou feio para ela e então voltou a atenção para o computador. O tempo passou rápido, e quando Annie estava prestes a ler sobre os segredos dos acordos de divórcios das estrelas, o telefone da recepção tocou, e ela as convidou a subir até o primeiro escritório no alto da escadaria.

Constance Wells parecia perdida atrás da enorme escrivaninha. Era uma mulher pequena, com cabelos escuros e crespos, provavelmente 35 anos, pensou Annie. Havia arquivos e estantes de livros junto às paredes, e as janelas eram voltadas para a praça. Havia uma ilustração de uma cena de *João e Maria* pendurada na parede. Annie admirou as cores suaves e as linhas fluidas. Era um trabalho de qualidade. Havia duas poltronas diante da escrivaninha.

— Por favor — disse ela. — Sentem-se. Como posso ajudá-las?

— Karen Drew — disse Annie.

Constance Wells piscou uma vez.

— Sim?

— Está morta.

— Oh, eu...

— Perdoe-me por ser tão direta — disse Annie. — Mas é por isso que estamos aqui. A morte de Karen Drew, ou melhor, seu assassinato, levantou algumas questões.

Constance levou a mão ao peito.

— Desculpe — disse ela. — Você me pegou de surpresa. Não estou habituada a essas coisas. Você disse assassinato?

— Sim. Karen foi assassinada na manhã de ontem, no litoral, não muito longe de Mapston Hall. Alguém a levou para passear e não voltou.

— Mas... quem?

— É o que estamos tentando descobrir — disse Annie. — Até agora não tivemos muita sorte.

— Bem, não vejo como posso ajudá-la.

Annie voltou-se para Ginger.

— É o que todo mundo diz, não é mesmo?

— Sim, senhora — disse Ginger. — Francamente, estou ficando sem paciência para isso.

— Não posso ajudar neste caso — disse Constance Wells. — É a verdade.

— Sabemos que você era advogada de Karen Drew e que, entre outras coisas, cuidou da venda da casa dela.

— Sim.

— Um endereço ajudaria, para começo de conversa.

Constance Wells sorriu.

— Acho que posso ajudar quanto a isso — disse ela, caminhando até um arquivo. Vestia um tailleur verde-pastel sobre uma blusa branca com babados na frente. Abriu uma gaveta, tirou um arquivo e deu-lhes um endereço. — Mas realmente não vejo como isso poderá ajudá-las — disse ela, voltando a se sentar.

— É um começo. Pode nos dizer algo mais sobre ela?

— Como advogada da Sra. Drew — disse Constance —, devo dizer que todas as conversas com meus clientes são estritamente confidenciais.

— Sra. Wells, você parece não ter entendido. Karen Drew está morta. Alguém cortou a garganta dela de orelha a orelha.

Constance Wells ficou pálida.

— Oh... você...

— Perdoe-me se a choquei — disse Annie. — Mas, acredite, a cena quase me fez vomitar o café da manhã.

Ela não tomara café da manhã na véspera, lembrou-se, tendo fugido do apartamento de Eric como um morcego do inferno, mas Constance Wells não precisava saber daquilo.

— Sim, bem, eu... veja. Eu *realmente* não posso ajudar. Estou presa a... Só cuidei dos negócios de Karen, da venda da casa, mas acho que deviam... poderiam me dar um minuto?

Ela se levantou e saiu às pressas do escritório. Annie e Ginger se entreolharam.

— O que deu nela? — perguntou Ginger. — Ficou enjoada? Estava apertada?

— Não faço ideia — disse Annie. — Mas foi uma reação interessante.

— Muito. O que faremos?

— Esperamos.

Quase cinco minutos depois, Constance Wells voltou, aparentemente mais calma. Ginger permaneceu sentada, mas Annie estava junto à janela, olhando para as pessoas em Park Square. Ela se voltou quando ouviu a porta se abrir.

— Desculpe-me — disse Constance. — Creio que foi rude de minha parte, mas aquilo foi, bem, bastante incomum.

— O quê? — perguntou Annie.

— O caso de Karen. Veja, Julia, ou seja, a Sra. Ford, a sócia principal, deseja vê-las. Podem ceder-lhe alguns minutos?

Annie e Ginger trocaram outro olhar.

— Podemos? — disse Annie. — Oh, creio que sim, não é, detetive Baker?

E seguiram Constance corredor abaixo.

CAPÍTULO 5

Templeton detestava pubs velhos como o Fountain. Ficavam cheios de babacas e fracassados afogando as mágoas, numa atmosfera derrotista que pairava no ar junto com o cheiro de fumaça e cerveja azeda. O próprio fato de estar naquele lugar era-lhe incômodo. Preferia um bar moderno, com bancos de cromo e plástico, paredes em tons pastel e meia-luz, mesmo que a cerveja não fosse servida em garrafas e a música fosse muito alta. Ao menos não sairia fedendo como um mendigo.

O lugar estava quase vazio às 15 horas, apenas alguns patéticos obstinados com vidas que não mereciam ser vividas, babando sobre suas canecas de cerveja quente. Um jovem de jeans e suéter cinza, cabeça raspada e óculos de aro preto limpava as lentes junto ao bar. Ainda pareciam sujas quando terminou.

— Você é o proprietário? — perguntou Templeton, mostrando sua credencial.

— Eu? Deve estar brincando — disse o sujeito, com um sotaque de Newcastle que Templeton detestava, pois o ouvia muito em Eastvale. — O proprietário fica na Flórida a maior parte do tempo. Não deve ter vindo aqui mais de duas vezes desde que comprou o lugar.

— Qual é o seu nome?

— Jamie Murdoch.

— Gerente, então?

— Para o meu azar.

— Você parece muito jovem.

— E você parece jovem demais para ser detetive.

— Aprendo rápido.

— Deve aprender.

— De qualquer modo, embora eu adore uma conversa fiada, tenho algumas perguntas para você sobre sábado à noite.

— É?

— Quem estava trabalhando?

— Eu.

— Só você.

— É. Jill ligou avisando que estava doente, e não conseguimos ninguém para substituí-la.

— Deve ter sido engraçado, justo num sábado à noite.

— Hilário. Bom, mas acontece frequentemente. É sobre aquela coitada que foi assassinada?

— Exato.

Ele balançou a cabeça.

— Uma tragédia.

— Você a serviu?

— Veja, se está me perguntando onde ela e os amigos se embriagaram, digo que até podem ter bebido algumas aqui, mas que não estavam bêbados; se estivessem, eu não os teria servido.

— Sabe que foram expulsos do Trumpeter's antes de virem para cá?

— Não, não sabia. Devem ter aprontado. Mas se comportaram bem por aqui. Era fim de noite. As coisas estavam se acalmando. Não foram eles que provocaram a confusão.

— Mas alguém provocou?

— Não tem sempre alguém que começa?

— Fale-me a respeito.

— Na verdade, não há muito o que dizer. — Murdoch pegou outro copo do escorredor e começou a enxugá-lo com um pano de prato. — Era noite de sábado, certo? Além de ser dia de St. Patrick. Sempre acontece alguma coisa, mesmo em um sábado normal. Você se acostuma com isso. Elton John não tem uma música que diz: "Noite de sábado, boa para uma briga"?

— Não conheço — disse Templeton. — E dessa vez, o que houve?

— Uma gangue de Lyndgarth. Eles se desentenderam com alguns estudantes no salão de sinuca. A versão de Eastvale do conflito entre estudantes e não estudantes. Começou do nada. Muito barulho e muita fúria por nada.

— De onde tirou esta frase?

— De Shakespeare. *Macbeth.*

— Também esteve na universidade?

— Sim.

— Então, diga-me, como um cara educado acaba trabalhando num buraco como este?

— Acho que dei azar. — Murdoch deu de ombros. — Mas tudo bem. Há lugares piores.

— Então voltemos ao sábado à noite. Você estava aqui no bar, sozinho, tinha acabado de apaziguar uma briga. O que aconteceu depois?

— O pessoal de Lyndgarth foi embora e a garota chegou com os amigos. Encontraram outros estudantes, e alguns começaram a jogar sinuca. Os outros se sentaram para conversar.

— Sem confusão?

— Sem confusão. Aquilo foi antes.

— A briga?

— E o vandalismo.

— Qual vandalismo?

— Os desgraçados destruíram os banheiros. Damas e cavalheiros. Acho que foi o pessoal de Lyndgarth, mas não posso provar. Papel higiênico jogado na privada, lâmpadas quebradas, vidro pelo chão, mijo...

— Imagino — disse Templeton.

— É, bem, fiquei aqui até 2h30, limpando tudo.

— Você disse 2h30?

— Sim. Por quê?

— Nós o vimos na câmera de segurança.

— Podia ter dito isso.

Templeton riu.

— Entenda o meu ponto de vista. Se você dissesse que tinha ido embora à 0h30, teríamos uma discrepância, não é mesmo?

— Mas não fui. Saí daqui às 2h30. Como você disse, fui filmado pela câmera indiscreta.

— Alguém pode confirmar isso?

— Já disse, estava aqui sozinho.

— Então você pode ter dado um pulo no Maze, estuprado e matado a jovem, e depois voltado para limpar os banheiros?

— Acho que sim, mas não foi o que eu fiz. Você já disse que me viu indo embora.

— Mas poderia ter saído antes disso e voltado.

— Olhe ao redor. Há apenas duas saídas neste lugar. Nenhuma janela para a Taylor's Yard. Recebemos todas as encomendas de bebida pela porta da frente. As únicas saídas são pela porta da frente, que dá para a praça do mercado, e pelo outro lado, através do corredor entre os banheiros e a cozinha, que dá em Castle Road. Acho que também há câmeras ali.

— Sim — disse Templeton.

— Então é isso. Diga-me como eu poderia sair, estuprar e matar a garota e voltar sem ser visto?

— Incomoda-se se eu der uma olhada por aí?

— De modo algum. Eu o acompanho.

Murdoch baixou o copo e chamou um dos funcionários para ficar de olho no lugar.

Primeiro, levou Templeton até o andar de cima, onde havia um escritório, um banheiro, um depósito cheio de caixas de vinho e de destilados empilhadas contra a parede, e uma sala de estar com um aparelho de TV, papel de parede velho e um sofá surrado.

Depois, Murdoch mostrou o salão de sinuca e os banheiros do andar de baixo, que não estavam muito bagunçados, passou pela cozinha, nos fundos, que estava limpa como deveria, e indicou a saída lateral para Castle Road. Por fim, foram ao porão, um lugar frio e úmido com paredes de pedra molhada, barris de cerveja enfileirados e caixas de cerveja empilhadas. O lugar fedia a lúpulo e a fermento. As paredes eram grossas, provavelmente com um metro de espessura. Templeton não via qualquer saída possível, tampouco desejava ficar ali embaixo mais que o necessário, de modo que subiu os degraus de pedra gasta.

— Viu o suficiente? — perguntou Murdoch ao voltarem ao bar.

— Por enquanto — disse Templeton. — Este incidente nos banheiros, quando aconteceu?

— Não sei muito bem — disse Murdoch. — Os desordeiros de Lyndgarth tinham ido embora havia uns dez minutos mais ou menos quando um dos estudantes veio me dizer. Não que eu pudesse fazer alguma coisa na hora, pois tinha que servir. Foi mais ou menos nesse momento que a garota e seus amigos chegaram.

— Então foi bem perto da hora de fechar?

— É, não faltava muito. Eu teria fechado antes, mas ainda tinha clientes. Calculei que o pessoal iria embora na hora de sempre, então eu limparia tudo. Não imaginava que ia demorar tanto.

— Esse pessoal de Lyndgarth, eles ficaram na praça?

— Não os vi depois, mas também só saí bem mais tarde.

— Algum nome?

— Para quê? Vai processá-los?

— Pelo quê?

— Vandalizar o pub.

— Não, idiota. Eles podem ser suspeitos em uma investigação de assassinato. Por que, vai denunciá-los?

— Nem pensar. Valorizo minha vida.

— Ainda quero falar com eles. Nomes?

— Deve estar brincando. Talvez um deles chamasse o amigo de Steve, e havia um tal de Mick.

— Maravilha. Muito obrigado.

— Eu disse. De qualquer modo, não deve ser muito difícil encontrá-los se você quiser. Apenas pergunte por aí. Lyndgarth não é muito grande e esses caras devem ser bem conhecidos por lá.

— Você os reconheceria?

— Sim.

— Você já tinha visto a jovem e seus amigos antes?

— Sim, estiveram aqui uma ou duas vezes.

— Frequentadores regulares?

— Não diria que são regulares, mas às vezes aparecem no sábado à noite. Nunca causaram problemas.

— Ouviu algo na Taylor's Yard enquanto limpava os banheiros?

— Não.

— Viu alguém pela porta da frente?

— Não, mas não teria como ver. Olhe, eu estava nos banheiros, no lado de Castle Road. Fora isso, eu não estava prestando atenção. Limpar banheiros destruídos exige muita atenção, se é que entende o que quero dizer. — Murdoch enxugou um copo e, então, estreitou os olhos. — Não dá para acreditar.

— Em quê?

Ele apontou para os banheiros.

— No que acontecia no Maze enquanto eu trabalhava ali. Aquela pobre garota. Não dá para entender.

— Nem tente — disse Templeton, caminhando em direção à porta. — Só vai deixá-lo triste. — Então ele se foi, contente consigo mesmo pelo sábio conselho. Ao chegar à porta, porém, voltou-se para Murdoch, apontou-lhe o dedo e disse: — E não suma. Posso voltar.

Como cabia a um sócio majoritário, o escritório de Julia Ford era melhor e mais bem mobiliado que o de Constance Wells. Tinha a mesma bela vista da praça, mas de uma altura superior, e a sala tinha um tapete grosso e uma sólida escrivaninha de teca. Na parede, Annie viu o que lhe pareceu uma paisagem de Yorkshire pintada por David Hockney.

Julia Ford era a elegância em pessoa. Annie não sabia de qual loja era aquele terno azul-marinho e aquela camisa branca, mas, certamente, não eram da Next ou da Primark. Apostava que havia a etiqueta de um estilista em algum lugar do forro, provavelmente com o nome Harvey Nicks. Seus cabelos castanhos caíam-lhe sobre os ombros e tinham o tipo de brilho que Annie só vira em anúncios de TV. Julia Ford levantou-se, inclinou-se sobre a mesa, apertou as mãos de Annie e Ginger e pediu que se sentassem. As cadeiras eram acolchoadas e muito mais confortáveis que as de Constance Wells. Olhou-as com atentos olhos castanhos, então se voltou para Constance, que permanecia à porta.

— Isso é tudo, Constance, muito obrigada — disse ela. — Pode ir agora.

Constance fechou a porta atrás de si.

Julia Ford continuou a olhar para Annie e Ginger com aqueles olhos castanhos e sérios, depois pousou as mãos sobre a mesa, uma sobre a outra. Nenhum anel, percebeu Annie.

— Karen Drew foi assassinada? — perguntou afinal.

— Sim — respondeu Annie. — Estamos tentando...

Julia Ford acenou impaciente.

— Imagino que estão — disse ela, com um sorriso no canto dos lábios finos. — E também imagino que não tenham ido muito longe.

— É como tirar o leite proverbial da pedra proverbial — disse Annie. — Pensávamos que a Sra. Wells pudesse ajudar, mas talvez ela tenha achado que devíamos falar com você.

— *Eu* achei que deviam falar comigo. Constance teve instruções muito específicas em relação a Karen.

— E você pode ajudar?

— Ah, sim, acho que poderia ajudá-las — disse Julia Ford.

— Mas *vai* ajudar?

— Se vou? — Ela abriu as mãos. — Claro que sim. Nunca atrapalhei uma investigação policial.

Annie engoliu em seco. Julia Ford tinha reputação de ser uma advogada durona, que fazia de tudo para desacreditar a polícia e salvar a pele de seus clientes.

— Então, pode nos contar sobre antecedentes dela? — perguntou Annie.

— Sim, mas acho que não é o mais importante agora. Mas vocês vão descobrir isso logo.

— Sra. Ford — disse Annie —, com todo o respeito, não caberia a nós decidir quais perguntas devemos fazer?

— Sim, sim, claro. Desculpe. Não pretendia ser rude, e não estou tentando fazer o seu trabalho. O que estou tentando dizer é que há algo mais importante que devem saber primeiro.

— E o que é?

— Karen Drew não era seu nome verdadeiro.

— Entendo... e eu poderia saber qual era?

— Sim.

— E...?

Julia Ford fez uma pausa e brincou com sua Mont Blanc sobre a escrivaninha. Annie sabia que ela estava usando táticas típicas de tribunal para obter efeito dramático, mas não havia muito que pudesse fazer a não ser esperar. Finalmente, a advogada cansou de brincar com a caneta e inclinou-se sobre a escrivaninha.

— Seu nome verdadeiro era Lucy Payne — disse ela.

— Meu Deus — murmurou Annie. — Lucy Payne, a Amiga do Diabo. Isso muda tudo.

— Então, o que achou de Jamie Murdoch? — perguntou Banks.

Estava sentado em seu escritório com Kevin Templeton e Winsome Jackman. Banks percebeu que Templeton lançava olhares furtivos para as coxas de Winsome, que vestia uma calça apertada.

— Ele tem atitude — disse Templeton. — Também é um tanto cretino. Mas isso não o torna um assassino. Não mais do que o fato de ser de Newcastle. Não sei. Certamente poderemos verificar a história dele sobre os banheiros destruídos quando falarmos com os amigos de Hayley e com a gangue de Lyndgarth. Nós o vimos saindo com sua bicicleta às 2h30, mas nenhum sinal dele antes disso. Como ele mesmo disse, não há como ir do pub ao Maze sem usar a saída da frente ou a lateral, e ambas são monitoradas por câmeras de segurança.

— Pois bem — disse Banks. — Agora, o que faremos com o que Winsome descobriu?

Winsome estivera assistindo ao restante das fitas e notara alguém saindo do Maze pela estreita galeria de lojas que dava para Castle Road à 0h40, vinte minutos depois de Hayley entrar. Não havia qualquer imagem da pessoa entrando. A figura era indistinta, mas Winsome achou que lembrava um dos amigos com quem Hayley Daniels estivera conversando mais cedo na praça, pouco antes de descer a Taylor's Yard sozinha.

— Bem — disse Templeton —, certamente a pessoa não fazia compras àquela hora da noite. Seria alguém procurando por ela? Um amigo?

— Pode ser — disse Winsome. — Talvez tenha se preocupado quando ela não apareceu no Bar None. Mas por que não usou a entrada da Taylor's Yard? É mais perto da boate.

— Tem alguma saída pelos fundos do Bar None para o Maze? — perguntou Banks.

— Sim, senhor — disse Templeton. — Uma saída de emergência.

— Então ele pode ter saído por lá — disse Banks. — Acho possível que ele soubesse da câmera de segurança na praça do mercado, que é bem conhecida, mas não da de Castle Road. Não sabia que seria visto saindo dali. Vinte minutos não é muito, mas provavelmente é tempo bastante para o que fez o assassino; e o rapaz me parece um tanto apressado. Essa linha parece bastante promissora. O detetive Wilson está na faculdade trabalhando na lista de nomes. Pode demorar algum tempo até ele verificar todos. Acha que o apoio técnico consegue obter uma imagem melhorada deste vídeo?

— Posso tentar — disse Winsome. — Eles já estão trabalhando no número daquela placa, mas não tiveram muita sorte ainda.

— Peça para que façam o melhor que puderem — disse Banks. — É outra especulação, mas pode nos economizar tempo. — Reclinou-se na cadeira e passou a mão pelo cabelo curto. — Muito bem. Vamos rever o que temos até agora. — Ele começou a contar nos dedos enquanto falava: — Joseph Randall, que jura que estava sozinho em casa quando Hayley foi morta, mas não tem um álibi e também não sabe dizer o que fez nos 11 minutos entre encontrar o corpo e chamar a polícia. Ah, e mais cedo naquela noite ficou olhando para a garota no Duck and Drake. Depois de fazer um escarcéu, concordou em oferecer uma amostra de DNA, assinando a permissão. O laboratório está trabalhando nisso. Depois, temos Jamie Murdoch, gerente do Fountain, que diz que estava dando um jeito nos banheiros destruídos na hora em que Hayley foi estuprada e morta. Ele parece não ter tido acesso à cena do crime, ao menos não sem ser visto, e não aparece nas filmagens até sair de lá com sua bicicleta às 2h30. Finalmente, um dos amigos de Hayley é visto deixando o Maze ao atravessar a galeria da Castle Road à 0h40, sem, no entanto, ter sido visto entrando. O que estava fazendo ali? Havia quanto tempo estava lá? O que pretendia? Um rápido ataque sexual no beco?

— A madrasta de Hayley disse que a enteada não tinha um namorado fixo — disse Winsome. — Mas ela acha que a jovem era sexualmente ativa.

Banks notou que Templeton sorria pelo desconforto de Winsome ao falar de sexo na frente dos outros.

— Provavelmente não descobriremos mais nada até falarmos com as pessoas com quem ela estava — disse Banks.

— Sempre há a possibilidade de alguém estar de tocaia, esperando — disse Templeton, olhando para Banks. — Um assassino em série começando a sua escalada. Alguém que sabia como entrar e sair do Maze sem ser visto, o que provavelmente significa que é um morador local e que conhece a área.

— Não esqueceremos essa possibilidade, Kev — disse Banks. — Mas até agora não tivemos sorte com os agressores sexuais locais. — Ele voltou-se para Winsome: — E quanto à família? Falou com eles?

— Sim, senhor. Não posso dizer que fiquei muito impressionada com o pai, talvez porque seja difícil se impressionar com um sujeito que você encontra nu e amarrado em uma cama de hotel.

— Oh, Winsome — disse Templeton. — Você está me desapontando. Não me diga que não ficou excitada.

— Cale-se, Kev — ordenou Banks.

Winsome olhou feio para Templeton.

— Não há como um dos pais ter feito isso — prosseguiu a detetive. — Donna McCarthy estava assistindo a um DVD com Caroline Dexter, e Geoff Daniels e Martina Redfern têm um álibi incontestável. Encontrei o motorista de táxi que os levou da boate para o hotel por volta das 2h30, e ele também se lembra deles. — Ela olhou nervosa para Templeton e depois para Banks. — Eles estavam... você sabe... no banco de trás do táxi.

Banks não teve como deixar de sorrir. Templeton gargalhou.

— Muito bem — disse Banks. — Até agora, nossos únicos suspeitos que parecem não ter um álibi são Randall e o amigo de Hayley pego pela câmera da Castle Road, que deve ser fácil de encontrar. — Banks levantou-se. — Há também o pessoal de Lyndgarth. Estavam com raiva de Jamie Murdoch. Podem ter ficado pelo Maze esperando para espancá-lo e, em vez disso, encontraram Hayley.

— A câmera os filmou indo embora — disse Templeton.

— Ainda assim, precisam ser investigados, que é o que deveríamos estar fazendo em vez de ficarmos sentados aqui. Obrigado por me informarem. Agora vamos ao trabalho para ver se fechamos este caso antes do fim de semana.

Um silêncio perplexo seguiu-se à resposta de Annie à revelação da real identidade de Karen Drew. Annie podia ouvir outros barulhos no prédio — conversas por telefone, o estalar do teclado de um computador — misturados com os sons de carros e pássaros que vinham do lado de fora. Tentou digerir o que acabara de ouvir.

— Vocês não trabalharam nesse caso, não é? — perguntou Julia Ford.

— Indiretamente — disse Annie. — Meu superior foi o chefe da investigação.

Julia Ford sorriu.

— Ah, sim, o superintendente Banks. Lembro-me bem dele. Como está?

— Bem — disse Annie. — Agora ele é inspetor-chefe-detetive. Na época, ele atuava provisoriamente como superintendente. Cuidei da investigação de Janet Taylor.

Janet Taylor fora a policial que matara o marido de Lucy Payne, Terence, depois que ele assassinara seu parceiro com um facão e avançara contra ela. Por causa da lei sobre uso de força racional, ela fora suspensa e investigada, até morrer em um acidente causado por embriaguez ao volante. A lembrança daquele caso ainda provocava um gosto amargo na boca de Annie.

Julia Ford sorriu com simpatia.

— Sujeito durão.

— Sim. Veja, acha que pode...

— Explicar? Sim, claro. Farei o melhor que puder. — Ela olhou para Ginger. — Você sabe quem era Lucy Payne, detetive...?

— Baker — disse Ginger. — E, sim, eu sei quem era. Ela matou todas aquelas jovens há alguns anos. Os jornais a chamaram de "Amiga do Diabo".

— Muito melodramático — disse Julia Ford. — Mas o que esperar da imprensa marrom? Na verdade, Lucy Payne não matou ninguém. Seu marido era o assassino, o "diabo" em questão.

— E como foi conveniente o fato de ele estar morto e não poder contar o seu lado da história — disse Annie.

— Bem, vocês só tinham Janet Taylor para incriminar, não é?

— Janet fez...

— Veja — interrompeu Julia Ford —, como sabe, defendi Lucy; portanto, não vou dizer que ela era culpada, entende? A Coroa reviu as provas na audiência preliminar e arquivou o caso. Ela nunca foi a julgamento.

— Isso teria a ver com fato de ela estar em uma cadeira de rodas? — perguntou Annie.

— Sim, sua saúde pode ter sido um atenuante. As prisões de Sua Majestade têm instalações limitadas para receber tetraplégicos. Mas prevalece o fato de não haver evidências de que ela tenha matado alguém.

— Não havia alguns vídeos suspeitos? — perguntou Ginger.

— Mostrando, no máximo, ataques sexuais e, no mínimo, sexo consensual — disse Julia Ford. — A Coroa sabia estar em terreno movediço com os vídeos; portanto, eles não foram aceitos como prova. Como eu disse, o caso caiu antes de ir a julgamento. Falta de provas. O que, infelizmente, costuma acontecer.

Annie ignorou a alfinetada.

— O fato de Maggie Forrest, uma das principais testemunhas de acusação, ter tido um colapso nervoso e estar incapacitada de testemunhar também deve ter ajudado — disse ela.

— Possivelmente. Mas essas coisas acontecem. Além disso, nem mesmo Maggie tinha provas que ligassem Lucy aos assassinatos.

— Tudo bem — disse Annie, levantando a mão. — Não vamos a lugar nenhum agora debatendo o papel de Lucy Payne no estupro, tortura e assassinato daquelas jovens.

— Concordo — disse Julia Ford. — Simplesmente quis colocar minhas cartas na mesa, para que saibam com o que estão lidando. Isso tudo aconteceu há seis anos, quando Lucy tinha apenas 22. Ao ser confrontada com a prisão, Lucy pulou de uma janela, a janela de Maggie Forrest. Lucy passou de hospital em hospital durante muito tempo, e nossa empresa cuidou de seus negócios. Ela sofreu sérias intervenções cirúrgicas, e nenhuma foi inteiramente bem-sucedida, mas conseguiram mantê-la viva, por mero capricho. Acabamos conseguindo uma vaga para ela em Mapston Hall. Dada a comoção do caso Payne e uma vez que ela sumira de vista do público e da mídia, achamos melhor darlhe uma nova identidade para o resto de seus dias. Foi tudo perfeitamente legal. Tenho os documentos.

— E quanto àquele acidente de carro de que me falaram em Mapston Hall? Dirigia bêbada?

— Outra mentira necessária.

— Pode ser — disse Annie. — Mas não estou aqui para contestar isso. Achei que procurava o assassino de Karen Drew, mas agora vejo que quero saber quem matou Lucy Payne, o que muda tudo.

— Espero que isso não a desanime.

Annie olhou feio para a advogada:

— Nem mesmo vou me dignar a responder.

— Na época, muita gente achou que Lucy teve o que mereceu ao acabar numa cadeira de rodas. Talvez você fosse uma dessas pessoas.

— Não.

Annie sentiu-se enrubescer. Nunca dissera aquilo, mas pensara. Assim como Banks, ela acreditava que Lucy Payne era tão culpada quanto o marido: passar o resto da vida paralisada numa cadeira de rodas era a punição adequada pelo que fez com aquelas meninas no porão, tivesse ou não desferido os golpes mortais. Os vídeos mostravam que ela sabia o que estava acontecendo e que participara ativamente dos jogos sexuais doentios e elaborados do marido com as vítimas. Não, Lucy Payne não merecia a compaixão de Annie. E, agora, alguém a salvara de sua desgraça. Aquilo podia ser visto quase como um gesto de misericórdia. Mas ela não deixaria isso afetar seu julgamento. Ela não daria a Julia Ford a satisfação de estar certa. Trabalharia aquele caso do mesmo modo que os outros, talvez até melhor, para descobrir quem havia matado Lucy Payne. E por quê.

— Por que isso muda tudo? — perguntou Julia Ford.

— Bem, isso levanta duas questões importantes — disse Annie.

— É?

— A primeira: será que o assassino sabia que estava matando Lucy Payne?

— E a segunda?

— Quem sabia que Karen Drew era Lucy Payne?

— Bem, Stuart — disse Banks. — Acho que nos deve uma explicação.

Naquela noite, Stuart Kinsey estava sentado diante de Banks na sala de interrogatório, roendo as unhas e olhando para Winsome com o canto do olho. Haviam sido dois dias muito cansativos. Todos estavam exaustos e com vontade de ir para casa. Kinsey trajava o típico uniforme estudantil: calça jeans e uma camiseta proclamando a volta triunfante do The Who à

Universidade de Leeds em junho passado. Seu cabelo era desgrenhado, não exatamente comprido, e Banks achou que talvez aquele estilo fosse atraente para algumas mulheres. Se Hayley Daniels também o achava atraente era outra história.

— Estou preso? — perguntou.

Banks olhou para Winsome e disse:

— Por que todo mundo pergunta a mesma coisa?

— Não sei, senhor — disse Winsome. — Talvez achem que faça alguma diferença.

— Não faz? — perguntou Kinsey.

— Não — disse Banks. — Veja, poderíamos prendê-lo. Nada mais fácil. Uma mera formalidade. Eu diria "Stuart Kinsey, você está preso sob suspeita de ter matado Hayley Daniels. Tem o direito de permanecer calado... blá-blá-blá", a advertência padrão. Algo nesses moldes. Então...

— Espere um instante! — disse Kinsey. — Assassinato? Não tive nada a ver com aquilo.

— Então você pediria um advogado, como é seu direito, e teríamos de arranjar um para você. Ele provavelmente o encorajaria a responder a maior parte de nossas perguntas, desde que isso não o incriminasse. O que não o incriminaria, caso você nada tivesse feito de errado. Poderíamos ir por aí. Depois da prisão viria a acusação, o que seria muito mais sério. Nesse ponto, nós o mandaríamos para o xadrez, tomaríamos seu cinto, os cadarços dos seus sapatos e outros bens e o deixaríamos lá pelo tempo que quiséssemos. — Banks deu um tapinha na têmpora. — Oh, não, o que estou dizendo? Isso era nos bons e velhos tempos. Desculpe. Só por 24 horas, a não ser que nossa chefe autorizasse um período maior. E ela está muito abalada com o que aconteceu com Hayley. Ela tem filhos.

Banks viu que Winsome revirava os olhos. Mas aquilo funcionou. Kinsey abandonou o comportamento desleixado e mal-humorado: agora parecia um jovem assustado metido em uma enrascada, que era exatamente o que Banks queria.

— O que querem saber? — perguntou.

Banks acenou para Winsome, que ligou o pequeno monitor de TV que eles haviam instalado na sala. O primeiro vídeo mostrava Hayley se afastando dos amigos, Kinsey entre eles, e desaparecendo na Taylor's Yard. A hora, 0h20, aparecia no fundo da tela, junto à data e a outros dados técnicos para evitar fraude. O segundo trecho mostrava Stuart Kinsey saindo da galeria de Castle Road. A hora era 0h40. Depois que os vídeos terminaram, Banks fez uma pausa, para depois dizer:

— Seja lá como veja isso, Stuart, você está enrascado. Por que saiu correndo do Maze à 0h40 de um sábado?

— Tudo bem, eu estava procurando Hayley. Mas não a matei.

— Diga-me o que houve.

— Foi como você viu na outra fita. Nós nos despedimos no Fountain. Hayley estava... Bem, ela tinha bebido um pouco, se quer saber.

— Estamos cientes disso — falou Banks. — Parecia uma discussão. Por que ela entrou sozinha no Maze?

— Você sabe.

— Diga-me, Stuart.

— Ela foi fazer xixi, entende? Os banheiros do Fountain estavam fechados. Ela estava apertada e foi urinar. Isso é tudo. Se parecia uma discussão, é porque estávamos tentando convencê-la a não ser tão idiota. Mas não dava para dissuadir Hayley de algo uma vez que ela se decidisse a fazer aquilo, especialmente depois de beber um pouco.

— Ela não disse nada a respeito de encontrar alguém?

— Não.

— Ela não estava com medo?

— De quê? Ela não sabia que havia um assassino à espreita, sabia?

— Muito bem — disse Banks. — Por que ela não esperou até chegar ao Bar None?

— Ela era assim. Gostava de chocar. Não se incomodava com o que as pessoas pensassem. Além do mais, ela não ia conosco ao Bar None. Disse que não gostava da música.

— Para onde ela ia?

— Não sei.

— Muito bem, Stuart. Você entrou no Maze pela saída dos fundos do Bar None pouco depois de chegar. Por quê?

— Fui ver se Hayley estava bem.

— Você estava preocupado com ela? Mas você acabou de me dizer que não achava que ela estivesse em perigo e que não tinha razão para estar.

— Bem, é que me ocorreu que estava escuro por lá e, você sabe, ela podia se perder ou algo assim.

— E você não? Você conhece o Maze?

— Realmente não parei para pensar nisso.

— Não. Simplesmente saiu pelos fundos para ver Hayley Daniels urinar. Você é um pervertido ou algo do gênero, Stuart?

— Não! Já disse que não foi isso. Eu queria... queria ver aonde ela ia.

— Como assim?

— É bem óbvio, não é? Depois de terminar... você sabe o quê... eu queria ver aonde ela iria. Não fiz nada. Por favor, você tem de acreditar em mim. Eu não machucaria Hayley por nada neste mundo.

— Você estava apaixonado por ela?

— Não sei se era paixão — disse Kinsey. — Mas eu era louco por ela.

Ao menos soava honesto, pensou Banks.

— Hayley sabia disso?

— Era bastante óbvio.

— Como ela reagia?

— Dizia que éramos amigos. Hayley mordia e assoprava.

— Qual foi a sua reação?

— Como?

— Ela o rejeitou. Como você reagiu?

— Não foi assim!

— Ela aceitou suas investidas? Ainda não entendi.

— Não fiz nenhuma investida.

— Então como ela sabia que você estava interessado nela?

— Nós conversávamos, tínhamos coisas em comum, gostávamos das mesmas bandas e de outras coisas, fomos ao cinema algumas vezes. Rola uma química entre as pessoas, você sabe, dá para sentir.

— Hayley sentia o mesmo? — perguntou Banks.

— Acho que não. Pelo menos ela não admitia. Hayley podia ser muito fria. Eu nunca sabia onde pisar em se tratando dela. Como eu disse, ela mordia e assoprava. Gostava de ser parte da multidão, era uma garota festeira.

— Centro das atenções?

— Bem, não era difícil para ela. Ela era bonita e sabia disso. Quero dizer, às vezes ela ficava um tanto agressiva, mas era apenas uma brincadeira. Às vezes eu achava que era o jeito dela, você sabe, afastar uma pessoa em especial. Estava sempre com o grupo, de modo a manter distância e nunca ter de se aproximar de alguém em particular. A gente estava conversando, então ela dizia algo, e quando você se dava conta, todo mundo estava envolvido na conversa e ela já estava rindo da piada de outra pessoa. Não dava para tê-la com exclusividade durante muito tempo.

— Isso devia ser muito frustrante — disse Banks.

— Eu é que sei.

— Então, aonde isso o levou?

— Bem, não me levou a parte alguma. Não dormi com ela. Só demos uns amassos. Às vezes eu tinha a impressão de que recentemente ela... não, isso não importa.

— Pode importar, Stuart — disse Banks. — Deixe que eu julgue.

Kinsey fez uma pausa e roeu uma unha da mão.

— Posso tomar uma xícara de chá ou algo assim? — perguntou. — Estou com sede.

— Claro.

Sem querer perder o ritmo do interrogatório, Banks acenou para Winsome, que se levantou e pediu ao guarda do lado de fora para buscar chá.

— Não vai demorar — disse Banks. — Agora, Stuart, você ia me falar sobre aquela impressão que teve.

— Bem, você sabe, era mais uma vaga ideia.

— Ainda assim...

— Às vezes eu achava que ela tinha um cara.

— Quando isso começou?

— Há alguns meses, por aí.

— Alguma ideia de quem era esse cara? Alguém do grupo?

— Não. Alguém que ela mantinha em segredo. — Ele se inclinou para a frente sobre a mesa. — Veja, foi isso que eu quis dizer quando falei que fui ao Maze: eu queria ver aonde ela ia. Eu a seguiria e descobriria quem era esse sujeito misterioso.

— Mas você não a viu?

— Não. Achei que já tivesse ido embora. Quero dizer, haviam se passado mais de cinco minutos desde que a deixamos. Não demora tanto para... você sabe.

— Certo — disse Banks. Hayley estava enjoada, como o Dr. Burns lhe dissera, o que a teria mantido ali mais algum tempo. — Você viu ou ouviu alguma coisa enquanto esteve por lá?

— Eu... eu acho que ouvi uma porta batendo e um tipo de... não um berro, mas um tipo de grito abafado. Você não acha que podia ser ela, certo? Na verdade, eu fiquei muito assustado.

— A que horas foi isso?

— Pouco depois de eu entrar. Eu não prestei atenção na hora, mas suponho que devia ser 0h25, algo assim.

Apenas cinco minutos depois de Hayley ter entrado no Maze, pensou Banks.

— Você viu alguém?

— Não, nada.

— O que fez ao ouvir o ruído? Foi por isso que correu?

Kinsey meneou a cabeça e fixou o olhar nas ranhuras da mesa.

— Saí de lá rapidinho — disse ele. — Achei que ela já teria terminado e ido embora. Você acha que foi ela que eu ouvi? Neste caso, talvez eu pudesse tê-la salvado, mas fiquei com medo. Oh, meu Deus. — Kinsey segurou a cabeça com ambas as mãos e começou a chorar.

Banks estava quase certo de que Kinsey *de fato* ouvira Hayley, mas não diria aquilo. Sua imaginação o torturaria mais do que já estava torturando. Ao menos a hora do ataque poderia ser estabelecida com maior precisão. O assassino de Hayley a pegara cerca de cinco minutos após ela ter entrado no Maze, pouco depois dela vomitar e urinar. Talvez o fato de vê-la urinando o tenha excitado.

A hora coincidia. Hayley não ficaria por ali a não ser que tivesse um encontro marcado. Outra vez, o que Kinsey dissera sobre o namorado misterioso voltou à mente de Banks. Talvez ela tivesse marcado um encontro com ele. Talvez esta pessoa a tivesse matado. Mas por que marcariam um encontro no Maze, se passariam a noite juntos? Faria muito mais sentido ir para a casa dele. E por que um namorado recorreria ao estupro ou ao assassinato? Essas coisas aconteciam, Banks o sabia. Pouco tempo antes, a polícia de West Yorkshire prendera um homem que havia drogado e estuprado três de suas namoradas que, de outro modo, teriam de bom grado feito sexo consensual com ele. Nada mais surpreendia Banks no que dizia respeito a desvios sexuais.

Hayley tinha preservativos na bolsa; portanto, era ativa sexualmente. Talvez Stuart Kinsey a *tivesse* matado por frustração ou ciúme. Eram emoções fortes, que Banks vira em casos anteriores. Dominadas por elas, as pessoas eram capazes de tudo.

O chá chegou e Kinsey se acalmou.

— Perdão — disse ele. — Não consigo suportar a ideia de que poderia tê-la ajudado em vez de fugir.

— Você não sabia o que estava acontecendo — disse Banks. Não servia de consolo, mas já era alguma coisa. Ele se inclinou para a frente. — Estou muito interessado nessa sua teoria de que Hayley tinha um namorado secreto — prosseguiu. — Alguma ideia de quem poderia ser ou de por que ela o mantinha em segredo?

CAPÍTULO 6

— É bom vê-lo outra vez, Alan — disse Annie.

A tarde de terça-feira começava, e eles estavam no Horse and Hounds, um pub tranquilo da praça do mercado, onde era possível encontrar uma salada decente e beber uma cerveja sem que a superintendente Catherine Gervaise estivesse de olho. Havia uma pequena área sem janelas para não fumantes, toda revestida de veludo vermelho e madeira escura brilhante com antigas gravuras de caça nas paredes — ao menos ainda era legal exibir cenas da caça à raposa —, que parecia não ser frequentada por mais ninguém. Era preciso ir ao salão principal para buscar as bebidas, mas, fora isso, era o lugar ideal para uma reunião particular.

Annie estava bebendo soda limonada diet — não tocava em álcool desde a noite de sábado. Banks bebia uma caneca de

Tetley's Cask e Annie invejava o prazer óbvio que ele extraía daquilo. Bem, pensou, ela não pararia de beber para sempre; aquilo era apenas um pequeno hiato para se recompor, rever a situação e, talvez, perder um pouco de peso. No dia seguinte, talvez bebesse uma caneca. Ou tomasse uma taça de vinho naquela noite, depois do trabalho. Por sorte, o hambúrguer que Banks estava comendo não lhe apetecia de modo algum.

— A que devo o prazer? — perguntou Banks, após alguns minutos de conversa fiada sobre amigos e conhecidos em comum da área leste.

— Sei que está ocupado com o caso do Maze — disse Annie. — Ouvi falar a respeito. Pobre garota. Algum suspeito?

— Alguns. Estamos esperando os resultados da perícia e do exame toxicológico — disse Banks. — E há outras pessoas com quem precisamos conversar. Kev Templeton acha que temos um assassino em série em mãos. Pode estar certo. Embora só tenhamos uma vítima até agora, o crime teve todas as características de um ataque sexual violento, e gente que faz isso não costuma parar por aí.

— Kevin Templeton é um babaca — disse Annie.

— Talvez, mas pode ser um bom tira se ele se esforçar.

Annie bufou, cética.

— De qualquer modo — disse ela —, achei que se interessaria em saber o que aconteceu em Whitby.

— É mesmo? — disse Banks. — Estou curioso. Ouvi falar que mataram uma mulher de cadeira de rodas.

— Sim — disse Annie. — Uma mulher chamada Karen Drew.

— Não me diz nada.

— É claro — falou Annie. — Não era seu nome verdadeiro.

— Ah.

— Ontem Julia Ford me disse qual era o nome verdadeiro dela.

Banks parou o gesto de levar o hambúrguer à boca e o devolveu ao prato.

— Julia Ford. Isso é que é voltar ao passado.

— Agora lhe diz alguma coisa?

— Sim, mas não gosto do que estou ouvindo. Julia Ford. Mulher em uma cadeira de rodas. Soa um tanto estranho para mim.

— Era Lucy Payne.

— Droga — disse Banks. — E a imprensa ainda não sabe?

— Não, mas logo descobrirão. O superintendente Brough está tentando despistá-los. Convocou uma coletiva para esta tarde.

— Não espere que eu sinta pena dela — disse Banks.

— Sempre achei que você tinha uma relação muito complicada com ela — disse Annie. — Foi em parte por isso que vim falar com você.

— Complicada? Com a Amiga do Diabo? Arruinou uma ótima canção do Grateful Dead, se você quer saber. Agora, sempre que ouço esta música, vejo o rosto dela e aqueles corpos no porão.

— Alan, sou *eu*, lembra? Annie. Não sou Jim Hatchley. Não precisa se fazer de bobo comigo.

Banks bebeu um pouco de cerveja. Annie olhou para ele e tentou entender o que ele estava pensando. Nunca conseguia. Ele achava que era transparente, mas, na verdade, era turvo como uma caneca de cerveja não filtrada.

— Era uma mulher complicada — disse Banks. — Mas era uma assassina.

— Uma jovem e bela assassina — acrescentou Annie.

— Isso também — concordou Banks. — Está dizendo que isso afetou o meu julgamento?

— Ora, vamos. Nunca ouvi falar de uma época em que a beleza de uma mulher não tenha afetado o discernimento de um homem. Nem preciso falar de Helena de Troia.

— Eu não era defensor dela, você deve se lembrar — disse Banks. — Para mim, era tão culpada quanto o marido, e eu queria que pagasse por isso.

— Sim, eu sei, mas você a *compreendia*, não é?

— Nem por um instante. — Banks fez uma pausa. — Não estou dizendo que não tentei compreender, mas isso não tinha nada a ver com a beleza dela. De qualquer modo, ela estava cheia de ataduras durante quase todo tempo em que estive com ela. Sob a superfície, havia muita escuridão. Tudo bem, admito que era uma assassina complexa e interessante. Ambos já topamos com gente assim.

— *Touché* — disse Annie, pensando em Phil Keane, que causara tanto transtorno na vida dela e de Banks havia pouco mais de um ano, o que Annie claramente ainda não havia superado, a julgar pelo seu comportamento recente. Um charmoso psicopata, Keane usara Annie para monitorar a investigação de um crime que ele cometera e, quando estava prestes a ser pego, quase matara Banks.

— Mas Lucy Payne teve uma infância incomum e muito tumultuada — prosseguiu Banks. — Não que isso seja desculpa para o que fez, nem mesmo serve como explicação, mas dá para ser normal tendo sido presa em uma jaula e abusada sexualmente por sua família dia após dia, ano após ano?

— O agredido se torna o agressor?

— Sei que parece lugar-comum, mas não é o que normalmente acontece? Mas você não me procurou para saber a minha teoria a respeito de Lucy Payne. De certo modo, a morte foi uma bênção para ela. — Ergueu o copo um instante, fingindo estar fazendo um brinde, então bebeu.

— Verdade — disse Annie. — Mas o que estou dizendo é que vou ter de rever este caso se quiser ter alguma chance de pegar o assassino.

— E o que a faz querer isso?

— A minha natureza — respondeu Annie. — Não acredito que você ainda me faça essa pergunta.

— Você, tanto quanto eu, achava que ela era culpada.

— Sim — disse Annie. — E daí? Talvez isso me motive ainda mais a resolver o caso.

— Para provar que pode superar o seu preconceito?

— E o que há de errado nisso? Posso nunca ter dito, mas fiquei feliz quando soube que ela estava paralisada. A morte seria fácil demais para ela. Assim ela sofreu mais, e, por um lado, achei justo, considerando o quanto ela fez aquelas meninas sofrerem. Carma, se preferir.

— E por outro lado?

— Por outro lado isso não passa de uma desculpa esfarrapada. Seja lá o que ela tenha feito, seja lá quem fosse, Lucy Payne era um ser humano. Nossa sociedade não tolera mais a pena de morte, mas alguém resolveu fazer justiça com as próprias mãos e cortou a garganta dela quando estava ali sentada, incapaz de se defender. Isso é contra tudo aquilo em que acredito. Não importa o que ela fez, ninguém tinha o direito de tirar a vida dela.

— Como assim? Deveriam tê-la deixado sofrendo uma espécie de morte em vida? Alguém lhe fez um favor.

— Não foi uma morte misericordiosa.

— Como sabe?

— Porque nunca conheci alguém que achasse que ela merecesse um pingo de piedade. Exceto, talvez, você.

— Bem, eu não a matei — disse Banks.

— Agora você está se fazendo de bobo.

Banks tocou a cicatriz sob o olho direito.

— Desculpe. Não pretendia ser sarcástico. O que eu quero dizer é que você tem de ter certeza de que quer mexer nesse vespeiro. Você sabe quem serão os principais suspeitos.

— Claro que sei — disse Annie. — Os pais, familiares e amigos das meninas que os Payne estupraram e mataram, para começo de conversa. Aquela vizinha, Maggie Forrest, que se tornou amiga de Lucy e acabou traída por ela. Talvez até um dos policiais envolvidos no caso. Um amigo ou parente de Janet Taylor, que foi outra vítima nesse caso. Se parar para pensar, muita gente desejaria a morte dela, incluindo os que desejam posar de heróis. Pode imaginar as confissões que conseguiremos?

— Então por que quer mexer nisso?

— Porque preciso. É a única coisa a fazer, e só posso chegar até o fim se mexer nisso.

— Isso soa um tanto místico para mim, como o som de uma única mão batendo palmas.

— Bem, você já ouviu muito Pink Floyd. Deve saber como soa. O negócio, Alan, o motivo pelo qual estou aqui é saber se posso contar com você.

Banks suspirou, mordeu mais um pedaço de seu hambúrguer e tomou um gole de Tetley's. Então, olhou para Annie e disse em voz baixa:

— Claro que pode. Você já sabia disso desde o início. Vou ver se consigo um encontro entre nós, Phil Hartnell e Ken Blackstone em Leeds amanhã de manhã.

Annie jogou-lhe uma batata frita.

— Então, por que me fez passar por todo esse inconveniente?

Banks sorriu.

— Não poderia ser de outro modo. Agora, já que está aqui, pode me falar sobre todas as coisas interessantes que estão acontecendo em sua vida atualmente.

— Que piada — disse Annie, evitando-lhe o olhar e mexendo no cabelo.

* * *

Winsome nunca se sentira bem trabalhando com Templeton. Não porque ele tivesse se tornado sargento antes dela, o que a magoara, mas porque não gostava de seus métodos, de seu cruel desrespeito pelos sentimentos alheios nem do modo como olhava para ela. Se quisesse arranjar um namorado — o que não era o caso —, Templeton seria o último em sua lista. Mas, nesse meio-tempo, tinham de trabalhar juntos, e ela tentava conter seus sentimentos enquanto ele tagarelava sobre boates, DJs desconhecidos e sobre habilidades sexuais nas quais ela não estava interessada, ao mesmo tempo que lançava olhares para suas coxas e seios. Ela sabia que poderia denunciá-lo por assédio sexual, mas aquele tipo de coisa geralmente se voltava contra você, em especial quando se é mulher. Você não deve se queixar para o seu chefe. Deve lidar com isso sozinha.

Winsome disse para Banks que ele estava se arriscando muito ao mandar Templeton falar com os pais de Hayley Daniels. Banks respondeu que sabia disso, mas que estavam com pouco pessoal e que uma perspectiva diferente do caso seria bem-vinda. Às vezes, acrescentou, enigmático, os métodos moralmente ofensivos e idiossincráticos de Templeton podiam resultar em algo produtivo. Winsome não se convenceu. Ela vira o desgraçado em ação de um modo que Banks jamais vira. Annie Cabbot compreenderia, mas ela não estava por perto.

Winsome estacionou do lado de fora da casa dos Daniels em Swainshead, outra vez atraindo olhares curiosos dos velhos na ponte.

— O que há com eles? — perguntou Templeton. — Agem como se nunca tivessem visto uma negra antes.

— Provavelmente não viram até eu aparecer — disse Winsome.

Os repórteres haviam ido embora e a casa parecia abandonada. Fazia apenas dois dias desde a notícia da morte de Hayley, e o lugar já parecia desleixado de algum modo. Quando Winsome bateu à porta, Geoff Daniels atendeu. Evitou-lhe o olhar e pareceu constrangido ao vê-la, como devia, mas afastou-se e deixou os dois entrarem. Donna McCarthy estava na sala de estar sentada em uma poltrona. Parecia não dormir desde domingo. Pairava um clima pesado, e Winsome o sentia, embora não tivesse a mesma certeza sobre Templeton. Mesmo que sentisse, ele simplesmente o ignoraria e faria o que pretendia fazer.

— Alguma notícia? — perguntou Donna, quando o marido desabou sobre uma cadeira junto à janela.

Winsome e Templeton sentaram-se no sofá, e ela automaticamente puxou a saia até os joelhos. Se soubesse que sairia com Templeton naquela manhã, teria vestido uma calça comprida. Contudo, vestira um conjunto de saia e casaco listrado. Àquela altura, ele já estava olhando para Donna McCarthy, avaliando as chances que poderia ter com ela.

— Talvez — disse Templeton. — Mas temos mais algumas perguntas a fazer.

— É mesmo? — perguntou Donna.

— Você disse à detetive Jackman que não sabia se Hayley tinha um namorado fixo, mas que achava que ela era sexualmente ativa. Estou certo?

Donna mexeu na aliança.

— Bem... Eu...

— Isso é verdade, Donna? — atalhou Daniels, rosto vermelho de raiva. — Você disse à polícia que minha filha era uma espécie de puta?

— Eu jamais diria isso — disse Donna.

Templeton voltou-se para Daniels e disse:

— Você deve saber do que está falando, logo você, que foi encontrado amarrado a uma cama enquanto uma puta o cavalgava.

— Como? — perguntou Donna, olhando para o marido. — Do que ele está falando?

— Você não sabe? — disse Templeton, sorriso irônico nos lábios. — Ele não disse?

— Não acho que isso seja... — Winsome começou a falar.

— Não — prosseguiu Templeton, acenando para que ela se calasse. — Acho que ela deve saber.

— Saber o quê? — perguntou Donna. — Do que você está falando?

— Quando encontramos seu marido, ele não estava em uma convenção, a não ser que fosse uma convenção de pervertidos. Estava amarrado a uma cama de hotel enquanto uma jovem o cavalgava. Nossa Winsome aqui conseguiu uma cadeira na primeira fila, não é mesmo, querida?

— Seu desgraçado! — disse Daniels. — Você vai pagar por isso.

— Isso é verdade, Geoff? Quem era ela? Aquela putinha do escritório, a que não consegue manter as pernas fechadas?

Winsome revirou os olhos.

— Acalmem-se — disse ela. — Perdão, mas vocês terão que resolver isso mais tarde. Temos coisas mais importantes para conversar. E nenhuma delas implica que sua filha fosse promíscua, Sr. Daniels.

— Ela era inocente — disse Daniels. — Inocente. Uma vítima. Entenderam?

Winsome meneou a cabeça, mas viu que Templeton preparava outro ataque. Não era um bom sinal.

— Claro — disse Templeton. — E me desculpe se dei a entender que sua falecida filha era a "bicicleta" da cidade. Não foi a minha intenção. O fato é que soubemos que ela poderia ter um namorado secreto. Esperávamos que pudessem nos esclarecer isso.

— Que namorado? Quem disse isso? — perguntou Daniels.

— Não importa quem — respondeu Templeton. — É verdade?

— Como poderíamos saber, se era secreto? — perguntou Donna, ainda olhando feio para o marido.

— O que vocês acham? — perguntou Templeton. — Houve algum indício, alguma ausência inexplicável, alguma ocasião em que ela não tenha dito aonde ia, alguma noite em que não tenha voltado para casa?

— Ela às vezes ficava na casa de amigas da faculdade quando ia para Eastvale à noite.

— Eu sei — disse Templeton. — Não queria dirigir para não ficar paralítica. Sabe que as pessoas podem perder todo o senso de julgamento quando estão muito bêbadas?

— Não creio que Hayley bebesse tanto assim — disse Donna. — Ela apenas se divertia com os amigos.

— Ora, vamos — disse Templeton. — Estava tão bêbada no sábado que entrou sozinha no Maze para mijar. Você não pode considerar isso um gesto de bom-senso.

Donna começou a chorar, enquanto Daniels agarrava o colarinho do casaco de Templeton, gritando:

— Como pode falar assim de nossa filha, seu desgraçado sem coração?

— Largue minha roupa! — exclamou Templeton, empurrando-o e ajeitando o casaco.

Maravilha, pensou Winsome, lamentando que Daniels não tivesse conseguido dar-lhe um bom soco. Outro tumulto causado por Templeton em uma entrevista. Como diabos um sujeito tão insensível conseguira se tornar sargento? Ela se meteu no meio dos dois.

— Vamos nos acalmar. O sargento-detetive Templeton pode não ter sido muito diplomático, mas ele levantou algumas questões importantes, e qualquer coisa que possam nos dizer talvez nos ajude a pegar o assassino de Hayley. Vocês sabiam de algum namorado?

Ambos balançaram a cabeça, Daniels encarando Templeton todo o tempo e Donna parecendo estar a ponto de matar os dois.

— Bem, alguém tem de saber alguma coisa — disse Templeton. — Certamente não a deixavam fazer o que bem quisesse.

— Ela tinha 19 anos, Sr. Templeton — disse Donna. — Você não pode controlar uma jovem de 19 anos.

— Ela não deixou escapar nada? — perguntou Winsome. — Como mulher, não notou nenhum sinal?

— Você está me fazendo sentir culpada — disse Donna, pegando um lenço de papel. — Está dizendo que se eu tivesse prestado mais atenção, isso não teria acontecido?

— Não — disse Winsome. — Você não deve se culpar. Há apenas uma pessoa responsável pelo que aconteceu com Hayley, e esta pessoa é o assassino.

— Mas talvez se... não sei... eu estivesse lá.

— Você sabia que ela tinha preservativos na bolsa? — perguntou Templeton.

— Não, não sabia — respondeu Donna. — Nunca revistei a bolsa de Hayley.

Daniels olhou para Templeton com ódio.

— Isso a surpreende? — perguntou Templeton.

— Não — disse Donna. — Ela sabia que tinha de ser cuidadosa caso fosse fazer alguma coisa. Todos os jovens fazem isso atualmente.

— Se ela mantinha um namorado em segredo, nos perguntamos qual seria o motivo — afirmou Winsome. — Talvez fosse um homem mais velho, ou casado...

— Ainda não sei o que dizer — falou Donna.

Templeton se dirigiu a Daniels.

— Você tem experiência nesse departamento, não é mesmo? — perguntou. — Transando com Martina Redfern enquanto Hayley era assassinada? Gosta de jovens, não é mesmo? Talvez devêssemos investigá-lo mais de perto.

Se ele pretendia que Daniels explodisse novamente, pensou Winsome, não conseguiu. Ele apenas ficou ali sentado, parecendo exausto e perdido.

— Cometi os meus erros — disse ele. — Vários. E só espero que Donna consiga me perdoar. Mas meus erros não os ajudarão a pegar o assassino de minha filha. Agora, se não pode fazer outra coisa além de me provocar, por que não se mexe e começa a fazer o seu trabalho?

— Estamos tentando fazer o nosso trabalho, senhor — disse Winsome, surpresa por estar defendendo Templeton. Para salvar a entrevista, tinha que fazer isso. Jurou que jamais deixaria alguém colocá-la naquela posição outra vez, independentemente do que dissessem. — Ela alguma vez falou sobre os seus professores da faculdade, por exemplo?

— Às vezes — disse Donna. — Mas eu não os conheço; portanto, nunca significou coisa alguma para mim.

— Havia algum em particular?

— Austin — disse Daniels subitamente. — Malcolm Austin. Lembra-se, Donna, aquele sujeito que levou a turma a Paris em abril?

— Sim — disse Donna. — Ela o mencionou algumas vezes. Mas era a sua aula favorita. Não creio que houvesse... Quero dizer...

— Vocês o conheciam? — perguntou Winsome.

— Não — disse Donna. — Não conhecemos nenhum deles. Quando ela estava na escola nós conhecíamos os professores, mas na faculdade você não faz mais esse tipo de coisa, não é?

— Então não sabem a idade dele, se é casado, essas coisas?

— Desculpe-me — disse Donna. — Não posso ajudar nisso. Você perguntou se ela alguma vez mencionou um professor, e esse foi o único.

— Cidade romântica, Paris — disse Templeton, polindo as unhas dos dedos nas coxas como um jogador de críquete esfrega a bola.

Winsome levantou-se.

— Bem, obrigada — disse ela. — É um começo. Vamos falar com o Sr. Austin.

Templeton permaneceu sentado, o que estava deixando Winsome nervosa. Ela sabia que ele era hierarquicamente superior; portanto, era ele quem deveria decidir a hora de ir embora, mas ela estava tão preocupada em controlar os danos e sair dali rapidamente que nem sequer pensou nisso. Enfim, ele se levantou sem pressa, olhou demoradamente para Daniels e disse:

— Voltaremos a falar com você em breve. — Então, pegou o seu cartão de visitas e entregou-o acintosamente para Donna, que olhava para o marido como um matador contempla um touro. — Se pensar em algo mais, querida — disse Templeton —, não hesite em me ligar, seja noite ou dia.

Quando saíram, ele agarrou o braço de Winsome, aproximou-se a ponto dela sentir o cheiro de menta de seu chiclete e disse:

— *Nunca* mais faça isso comigo.

— Não haverá outra vez — disse Winsome, surpresa com a própria veemência. Então, puxou o braço e se surpreendeu ainda mais ao dizer: — E tire a merda dessa mão de cima de mim, senhor.

Banks ficou feliz por ter conseguido chegar cedo em casa na terça-feira, embora ainda estivesse preocupado com o que Annie dissera sobre o assassinato de Lucy Payne. Naquela tarde, na delegacia, assistira à coletiva de imprensa de Brough, e agora Lucy Payne e os assassinatos no número 35, em The Hill, ou a Casa dos Payne,* como um dos jornais apelidara o lugar na época, voltavam aos noticiários.

Banks pôs para tocar o CD *Heart of Mine*, de Maria Muldaur, e olhou pela janela da frente enquanto tentava decidir se esquentava o korma de carneiro ou se comeria um frango à Kiev da Marks & Spencer. Maria cantava "Buckets of Rain", de Dylan, mas o tempo melhorara consideravelmente. O sol estava se pondo e faixas de vermelho, púrpura e carmim marcavam o céu a oeste, iluminando as águas rápidas do Gratly Beck e fazendo com que parecessem uma mancha de óleo escura e turbulenta. No fim de semana seguinte, eles adiantariam os relógios em uma hora e haveria luz até tarde da noite.

Afinal, decidiu-se por um sanduíche de queijo e presunto acompanhado por uma taça de Shiraz Peter Lehmann. O sistema de som principal e a TV de plasma ficavam no anexo, mas ele instalara caixas de som na cozinha e na sala, onde às vezes se sentava para ler ou mexer no computador. O sofá era confortável, a meia-luz, aconchegante, e o fogo de turfa, útil nas noites de inverno. Não precisaria daquilo naquela noite, mas decidiu jantar lá de qualquer modo e ler as anotações que trouxera do escritório. Conseguira marcar um encontro com Ken Blackstone e Phil Hartnell em Leeds na manhã seguinte. Annie passaria a noite no chalé em Harkside, e ele a pegaria às 9h30. Mas, antes disso, precisaria fazer o seu dever de casa.

De certo modo, porém, ele já conhecia o assunto. Não precisava ler os arquivos para lembrar os nomes: Kimberley Myers, 15 anos, não voltou de uma aula de dança certa sexta-feira à noite;

---

* Um trocadilho com o nome do grupo irlandês House of Pain. (*N. do T.*)

Kelly Diane Matthews, 17 anos, desapareceu durante uma festa de réveillon em Roundhay Park, Leeds; Samantha Jane Foster, 18 anos, desapareceu a caminho de casa vindo de uma leitura de poesias em um pub perto da universidade de Bradford; Leanne Wray, 16 anos, desapareceu em uma caminhada de dez minutos entre um pub e a casa dos pais em Eastvale; Melissa Horrocks, 17 anos, não voltou para casa após um show em Harrogate. Cinco meninas, todas vítimas de Terence Payne (que passou a ser chamado de Camaleão) e, como muita gente acreditava, também de sua mulher, Lucy Payne (que posteriormente se tornou a famosa Amiga do Diabo).

Dois policiais em uma patrulha de rotina foram chamados à casa dos Payne no oeste de Leeds após vizinhos terem ouvido uma discussão. Lá, encontraram Lucy Payne inconsciente no corredor, aparentemente vítima de uma agressão do marido. No porão, Terence Payne atacou os policiais com um facão e matou o policial Dennis Morrisey. A parceira de Morrisey, Janet Taylor, conseguiu atingi-lo diversas vezes com o cassetete — e não parou de bater até Terence Payne parar de se mexer e deixar de ser uma ameaça. Payne morreu pouco depois, vítima dos ferimentos.

Banks foi chamado ao porão, onde a polícia local encontrou o cadáver de Kimberley Myers, amarrada e nua sobre um colchão cercado de velas, com cortes de faca ao redor dos seios e dos genitais. As outras meninas foram encontradas esquartejadas e enterradas no quarto ao lado, e as autópsias revelaram que também haviam sido torturadas. O que Banks mais se lembrava, fora o cheiro, era do modo como os dedos dos pés delas afloravam da terra, como pequenos cogumelos. Às vezes ele tinha pesadelos com imagens que vira no porão da casa número 35, em The Hill.

Pensou em sua conversa com Annie naquela tarde, concluindo que ficara na defensiva. Lembrava-se de Lucy Payne como a viu pela primeira vez em sua cama de hospital, quando não estava tão bela quanto nas fotos publicadas pelos jornais. Metade de seu rosto estava enfaixada, seu cabelo comprido, espalhado como uma asa de corvo sobre o travesseiro. O olho bom que o fitava era negro como o cabelo.

Naturalmente, ela negou qualquer envolvimento ou conhecimento dos crimes do marido. Quando Banks a entrevistou, sentiu que ela estava sempre se antecipando, prevendo as perguntas e preparando suas respostas e demonstrações de pesar, mas nunca de culpa. Dependendo do momento, era vulnerável ou audaz, vítima ou pervertida sexual. Sua história, ao ser revelada, provou que tivera uma infância de horrores inimagináveis em uma remota casa litorânea, onde os filhos de duas famílias eram submetidos a abuso sexual pelos pais, até o dia em que alguns assistentes sociais aparecerem, alertados por denúncias de rituais satânicos.

Banks levantou-se e encheu outra taça de vinho. A bebida estava caindo muito bem. Enquanto bebia, lembrou-se das pessoas que conheceu durante a investigação do Camaleão: pais, vizinhos ou colegas de escola de algumas das vítimas. Havia até mesmo uma professora que chegou a estar sob suspeita, uma amiga dos Payne chamada Geoffrey Brighouse. Era um grande elenco, que ao menos daria a Annie e à sua equipe algo com que começar.

Ao pensar nas vítimas dos Payne, a mente de Banks voltou-se para Hayley Daniels. Não podia deixar que o caso de Annie interferisse em sua investigação. Devia aquilo à vítima. Com alguma sorte, ao voltar a Leeds no dia seguinte, teria alguns resultados do laboratório chegando e, nesse meio-tempo, Wilson e Templeton já teriam conversado com a maioria dos amigos com que Hayley estava na noite de sábado e entrevistado o suposto namorado, Malcolm Austin.

Banks sabia que cometera um erro ao convocar Winsome e Templeton para fazerem a entrevista com Daniels e McCarthy. Pelo clima entre os dois ao voltarem à delegacia, dava para ver que as coisas não haviam corrido muito bem. Sabia que não o procurariam para falar a respeito, embora sentisse que obviamente havia algo mais por trás daquilo além da libido exacerbada de Templeton.

O problema era que Banks sabia estar certo. Como dissera para Annie, Templeton *podia* ser um bom tira e, às vezes, o que o tornava um bom tira era justamente a sua falta de gentileza e o seu desrespeito às regras de conduta. Mas também sabia que deveria repensar se havia espaço para alguém como Templeton na equipe, especialmente com Winsome se saindo tão bem. Decidiu que não havia. A transferência, então, era uma boa ideia.

Banks tentou tirar Lucy Payne e Hayley Daniels da cabeça. Maria Muldaur terminou a canção "You Ain't Goin' Nowhere", e ele foi escolher outro CD. Decidiu-se pelo concerto *Half Moon Bay*, de Bill Evans, ao qual sempre desejou ter comparecido. Depois que Evans apresentou o baixista e o baterista, a banda começou a tocar a deliciosa "Waltz for Debby". Ainda era cedo, e Banks resolveu passar o resto da noite em casa lendo o *Pós-Guerra* e ouvindo a coleção de jazz que ele lentamente reconstruía. Estava no meio da Guerra Fria e no início da música "What Are You Doing the Rest of Your Life?" quando notou que a taça de vinho estava vazia outra vez.

Parecia ter se passado muito tempo desde que Annie estivera em um restaurante em Eastvale. Ela sentia-se feliz por ter aceitado o convite de Winsome, embora soubesse que não seria uma noite inteiramente livre de trabalho. O restaurante italiano que escolheram em cima de uma loja nos fundos da igreja da praça do mercado era excelente: repleto de opções de pratos vegetarianos e vinhos bons e baratos. Ela comia pasta primavera e tomava a segunda taça de Chianti — sentindo-se um pouco culpada, mas não muito, por não ter ficado mais tempo sem beber —, enquanto Winsome comia um canelone e disparava a toda velocidade em seu ataque verbal contra Templeton.

— Então você lhe disse o que pensava? — perguntou Annie na primeira oportunidade que teve.

— Disse.

— E o que ele respondeu?

— Nada. Nem uma palavra. Acho que ficou chocado por eu tê-lo xingado. Quer dizer, *eu* fiquei muito chocada por tê-lo xingado. Eu *nunca* digo palavrões. — Levou a mão à boca e riu. Annie riu com ela.

— Não se preocupe — disse Annie. — Para Templeton, isso não é nada. Ele voltará ao normal amanhã, ou ao que é normal para ele.

— Não aguento mais — disse Winsome. — Mesmo. Estou falando sério desta vez. Um de nós dois tem de ir embora. Não posso voltar a trabalhar com ele, vê-lo humilhar os outros. Não sei se consigo esperar que a transferência dele seja efetivada.

— Veja, ninguém nunca disse que era fácil ser policial — argumentou Annie. — Às vezes você tem de jogar sujo, pesado. Seja paciente e aguente.

— Não acredito que você esteja dizendo isso — disse Winsome. — Você está *defendendo* o cara.

— Claro que não — disse Annie. — Estou apenas tentando dizer que se você quiser sobreviver nesta profissão, tem de ser mais forte, só isso.

— Você não acha que sou forte o bastante?

— Precisa desenvolver uma casca mais grossa.

— Você não acha que a nossa "casca" é mais grossa que as dos brancos?

— O quê? — perguntou Annie.

— Você me ouviu. Como acha que eu lido com todas as insinuações e insultos? Ou as pessoas olham para você de cima a baixo, ou fingem não notar sua cor, fingem que você é como qualquer outra pessoa, embora acabem falando com você como se estivessem se dirigindo a uma criança. Não sei o que é pior. Imagina como deve ser ter alguém olhando para você ou insultando-a como algum tipo de ser inferior, como um *animal*, só por causa da cor de sua pele? Como o pai de Hayley Daniels ou aqueles velhos na ponte de Swainshead.

— Sobre o pai de Hayley Daniels não sei — disse Annie. — Mas aqueles velhos não têm discernimento. Sei que não é desculpa, mas não têm. Posso não saber como é ter gente olhando para mim por causa da minha cor, mas sei como é ser tratada como uma espécie de ser inferior só por ser mulher.

— Então, no meu caso, é dupla discriminação! — disse Winsome.

Annie olhou-a, e ambas começaram a rir tão alto que um casal mais velho sentado ali perto encarou as duas.

— Ora, que diabos — disse Annie, erguendo a taça. — Um brinde.

Brindaram tocando as taças. O celular de Annie tocou e ela o tirou da bolsa.

— Sim?

— Annie? É o Eric.

— Eric. O que você quer?

— Isso não foi muito gentil.

— Eu disse para não ligar para o meu celular. Estou jantando.

— Com um homem ou uma mulher?

— Não é da sua conta.

— Tudo bem. Certo, me desculpe. Só para saber. Veja, estava pensando em você e pensei: por que esperar até quinta-feira?

Você deve estar ocupada hoje à noite, mas e amanhã? Quarta-feira. Almoçamos?

— Amanhã terei de ir a Leeds — disse Annie, perguntando-se por que estava se dando ao trabalho de dizer aquilo para Eric. — E já disse que não vou na quinta-feira.

— Então, quinta-feira. Desculpe-me por incomodá-la — disse Eric, e desligou.

Annie guardou o celular na bolsa.

— Algo errado? — perguntou Winsome.

Annie trincou os dentes, então respirou fundo e bebeu um gole de vinho. Olhou para Winsome e decidiu contar:

— Sim, acho que sim. Comigo. Vamos pedir outra garrafa de vinho que eu lhe conto os detalhes sórdidos.

A garçonete voltou com o Chianti. Winsome terminou seu canelone e apoiou os cotovelos sobre a mesa. Annie serviu ambas as taças generosamente.

— Então — disse Winsome. — Conte.

— Não é nada sério — disse Annie, sentindo-se envergonhada agora que tinha que falar.

— Você parecia bastante irritada ao telefone. Quem era?

— É apenas... bem, você sabe, uma noite dessas, num sábado, saí com algumas amigas. — Ela segurou um cacho de cabelo e riu. — Se é que se pode sair à noite em uma cidade como Whitby.

— O que houve?

— Bem, encontrei esse cara e... uma coisa levou a outra. Eu tinha bebido muito, fumamos alguns baseados e, para resumir, na manhã seguinte acordei na cama dele.

— Você fez o quê?

— Você me ouviu. Conheci um sujeito e fui à casa dele.

— E dormiu com ele?

— Bem... sim.

— Era a primeira vez que você o tinha visto?

— Sim, Winsome... por quê?

— Nada. — Winsome balançou a cabeça. — Continue.

Annie tomou um longo gole de vinho.

— Descobri que ele era um pouco mais jovem do que eu pensara, a princípio, e...

— Quantos anos?

Annie deu de ombros.

— Não sei. Uns 22 ou 23 anos, por aí.

Winsome arregalou os olhos.

— Um menino! Você pegou um *menino* em um bar e dormiu com ele?

— Não seja tão ingênua. Essas coisas acontecem, você sabe.

— Não comigo.

— Bem, obviamente você não está indo aos bares certos.

— Não foi o que eu quis dizer, você entendeu. Estou falando sério. Eu *jamais* iria para a casa de *alguém* que eu tivesse conhecido em um bar, muito menos alguém tão jovem.

— Mas Winsome, você só tem 30 anos!

Os olhos de Winsome brilharam.

— Ainda assim, eu jamais iria para a cama com um garoto de 22 anos. E você... como pôde fazer isso? É doentio. Você tem idade para ser mãe dele.

— Winsome, relaxe. As pessoas estão começando a olhar para nós. Talvez, se eu tivesse tido um filho aos 18 anos, pudesse ser a mãe dele, certo? Mas não tive, então não venha com esse papo de Édipo para cima de mim.

— Não é o que estou dizendo.

— Não sabia que você era tão pudica.

— Não sou pudica. Não é preciso ser pudica para...

— Para quê? Qual o seu argumento?

— Padrões morais. Isso não é certo.

— Ah, padrões morais? Não é certo? — Annie bebeu mais vinho. Começava a se sentir tonta e um pouco mais furiosa que o normal. — Bem, vou lhe dizer o que deve fazer com os seus padrões morais, ilustríssima senhora, pode enfiá-los no...

— Não diga isso!

Annie parou. Havia algo no tom de voz de Winsome que a fez recuar. Ambas se ajeitaram na cadeira durante algum tempo, olhando uma para a outra. Annie serviu-se de mais vinho.

— Achei que fosse minha amiga — disse ela, por fim. — Não esperava que fosse me julgar.

— Não estou julgando. Só estou chocada.

— E qual é o problema? A idade dele, a transa de uma noite, nós termos fumado alguns baseados ou o quê?

— Não fale assim comigo.

Annie ergueu a mão.

— Tudo bem, tudo bem. Não está funcionando. Outra má ideia. Vamos pagar a conta e ir embora.

— Você não terminou seu vinho.

Annie pegou o copo e bebeu todo o conteúdo.

— Pode ficar com o resto da garrafa — disse ela, jogando uma nota de 20 libras sobre a mesa. — E pode ficar com a droga do troco.

O som da freada de um carro perto das 21h30 assustou Banks. Não estava esperando ninguém. A única pessoa que aparecia por ali sem ser esperada era seu filho, mas ele estava ensaiando com a nova banda em Londres. Bem, na verdade era a mesma, os Blue Lamps, mas haviam substituído o guitarrista e parceiro de composições de Brian. Sua música mudara um pouco, mas, pelo que Banks ouviu, achou que o novo era melhor que o anterior. As composições continuavam a ser um problema, mas Banks sabia que seu filho superaria aquilo, carregando o fardo sozinho.

Banks ouviu batidas à porta e, ao abri-la, surpreendeu-se ao ver Annie Cabbot.

— Desculpe-me pela hora — disse ela. — Posso entrar?

Banks afastou-se.

— Claro. Algo errado?

— Errado? Não, por que deveria haver algo errado? Não posso aparecer na casa de um amigo quando tenho vontade?

Ao passar, ela tropeçou ligeiramente e ele a amparou pelo braço. Ela olhou para ele e riu torto. Ele a soltou.

— Claro que pode — disse Banks, confuso com os modos dela e desapontado por ter sido privado da noite a sós com seu livro, seu vinho e sua música.

Bill Evans dera lugar a John Coltrane havia algum tempo, e o sax tenor improvisava ao fundo. Ele sabia que demoraria algum tempo até se acostumar com o fato de ter companhia.

— Bebida? — perguntou ele.

— Adoraria — respondeu Annie, atirando o casaco para longe. Caiu sobre o monitor do computador. — O que você estiver tomando.

Banks foi até a cozinha e encheu uma taça de vinho para Annie e outra para si, esvaziando a garrafa. Annie encostou-se no batente da porta quando ele lhe deu a bebida.

— É tudo o que restou? — perguntou ela.

— Tenho outra garrafa.

— Bom.

Ela definitivamente estava tonta, pensou Banks, ao segui-la de volta à sala de estar. Annie afundou na poltrona.

— Então, o que a traz aqui? — perguntou ele.

Annie bebeu um pouco de vinho.

— Que gentil de sua parte — disse ela. — O que me traz aqui? Ah, nada. Como eu disse, apenas uma visita amistosa. Estava jantando com Winsome em Eastvale e achei que não era assim tão longe.

— Eastvale é bem longe daqui.

— Você não está insinuando que bebi demais, está?

— Não. Eu...

— Bom, então. — Annie ergueu o copo. — Saúde.

— Saúde — disse Banks. — O que Winsome tinha a dizer?

— Ah, assunto chato. Sobre aquele babaca do Templeton.

— Ouvi dizer que a entrevista com os pais de Hayley não foi muito bem.

— Mas não dava para ser diferente, não é mesmo? No que você estava pensando ao juntar aqueles dois? Onde estava com a cabeça quando o aceitou na delegacia?

— Annie, realmente não quero discutir...

Annie fez um gesto de descaso.

— Não. Eu sei. Claro que não. Nem eu. Não foi por isso que vim. Vamos apenas esquecer o desgraçado do Templeton e Winsome, está bem?

— Por mim, tudo bem.

— E você, Alan? Como *você* está? Julia Ford perguntou por você. Ela é muito atraente em seu modo advogada de ser. O que acha?

— Nunca pensei nela nesse sentido.

— Mentiroso. Que música é essa que está tocando?

— John Coltrane.

— É esquisita.

Banks fez menção de se levantar.

— Posso pôr outra coisa se quiser.

— Não, não. Sente-se. Não disse que não tinha gostado, só que soava esquisita. Não me incomodo com coisas esquisitas às vezes. Na verdade, até gosto. — Deu um sorriso estranho e esvaziou o copo. — Opa, parece que vamos mesmo precisar de mais vinho.

— Você foi rápida — disse Banks.

Foi até a cozinha abrir outra garrafa perguntando-se o que diabos fazer com Annie. Não devia lhe dar mais vinho. Obviamente ela já bebera demais. Mas ela não reagiria bem se ele dissesse isso. Se fosse o caso, havia o quarto vago. Foi pelo que ele se decidiu.

Ao voltar à sala, viu que Annie sentara-se na poltrona com as pernas cruzadas sob o corpo. Não costumava usar saia, mas vestia uma naquela noite, e o tecido subira expondo metade de suas coxas. Banks entregou-lhe a taça. Ela sorriu para ele.

— Sentiu a minha falta? — perguntou ela.

— Todos sentimos — disse Banks. — Quando volta?

— Não, não estava falando disso, seu bobo. Perguntei se *você* sentiu a minha falta.

— Claro — disse Banks.

— Claro — repetiu Annie. — O que acha de garotos?

— Perdão?

— Você ouviu.

— Sim, mas realmente não sei do que está falando.

— Garotos. Sabe como são, certo? Garotos não são bons amantes, você sabe.

— Não, não sei. — Banks tentou se lembrar de quando era um.

Provavelmente fora um mau amante. Provavelmente continuava sendo, para dizer a verdade. Do contrário, talvez tivesse mais sorte para arranjar e manter uma mulher ao seu lado. Ainda assim, seria bom ter a oportunidade de praticar mais de vez em quando.

— Oh, Alan — disse ela. — O que faço com você?

Quando Banks deu por si, Annie estava ao lado dele no sofá. Podia sentir o calor das pernas dela ao seu lado e seu hálito de vinho e alho enquanto falava ao seu ouvido. Ela esfregou o seio em seu braço e tentou beijá-lo. Ele a evitou.

— O que há de errado? — perguntou Annie.

— Não sei — respondeu Banks. — Só que não me parece certo.

— Não me deseja?

— Sabe que sim. Nunca deixei de desejar.

Annie começou a desabotoar a blusa.

— Então venha — disse ela, aproximando-se dele e respirando rapidamente. — Os homens sempre querem, não é? Por qualquer motivo.

Banks voltou a recuar.

— Não assim — disse ele.

— O que quer dizer?

— Você andou bebendo.

— E daí? — Ela voltou a mexer nos botões. Ele podia ver a renda preta do sutiã dela e a pele macia por baixo do tecido. — Você não é outra droga de puritano, ou é?

— Veja — disse Banks. — Não é que...

Annie levou um dedo aos lábios.

— Shhh.

Ele se afastou. Ela o encarou, surpresa.

— O que há de errado?

— Já disse o que há de errado — respondeu Banks. — Isso simplesmente não está certo. Também não acho que realmente queira fazer isso. Não sei o que está acontecendo.

Annie afastou-se e tentou abotoar a blusa rapidamente. Estava enrubescida e furiosa.

— Como assim, não está certo? — perguntou. — O que há de errado comigo? Estou gorda demais? Não sou bonita o bastante? Meus seios não são firmes o bastante? Não sou atraente? Não sirvo para você?

— Não é nada disso — disse Banks. — É que...

— Ou é você? Porque andei pensando, você sabe — prosseguiu Annie, levantando-se para pegar o casaco e a bolsa e tropeçando no caminho. — Realmente andei pensando. Quero dizer, tem tanta coisa acontecendo em sua vidinha miserável que pode se dar ao luxo de me rejeitar? É isso, Alan? Tem alguma beldade de 22 anos escondida em algum lugar? É isso? Sou velha demais para você?

— Já disse. Não é nada disso. Eu...

Mas foi tarde demais. Banks apenas a ouviu dizer:

— Ora, vá se foder, Alan. Ou não, pelo visto.

Ela bateu a porta. Quando ele saiu atrás dela, Annie já ligava o carro. Sabia que deveria tentar impedi-la, que ela estava bêbada, mas ele não sabia como fazê-lo a não ser arrancando-a do volante ou jogando-se na frente do carro. Naquele estado, ela provavelmente o atropelaria. Em vez disso, ouviu a marcha arranhar e observou enquanto ela partia em uma velocidade alarmante, levantando cascalho. Então, ouviu a marcha arranhar outra vez e a observou até que ela sumisse Gratly afora.

Banks ficou onde estava, com o coração acelerado, imaginando o que estava acontecendo. Ao entrar, ouviu Coltrane tocar “My Favourite Things”.

CAPÍTULO 7

O escritório de Malcolm Austin ficava em um canto do Departamento de Turismo, localizado em uma grande casa vitoriana perto do campus. A Universidade de Eastvale se expandira nos últimos anos, e o prédio atarracado de vidro e tijolo dos anos 1960 já não bastava para abrigar todos os departamentos. Em vez de erguer novos blocos, a diretoria da faculdade comprou propriedades ao redor, incluindo ruas de casas antigas, e revitalizou o sudoeste da cidade. Agora, o lugar era uma área próspera com pubs populares, cafeterias, cafés baratos, restaurantes indianos, apartamentos e pousadas estudantis. Bandas famosas vinham tocar no novo auditório, e falava-se que os Blue Lamps se apresentariam ali na estreia de sua nova turnê.

O escritório de Austin ficava no primeiro andar e quando Winsome bateu, a porta se abriu sozinha. Era uma sala aconchegante com teto alto e elaborado, e ampla janela corrediça. As estantes estavam cheias de guias de viagem de vários países, alguns muito velhos, e na parede havia um cartaz da Mesquita Azul, em Istambul. Junto a outra parede havia um velho sofá de couro preto. A janela dava para um pátio com calçamento de pedras, onde os estudantes sentados em mesas de madeira espalhadas entre as árvores comiam sanduíches, conversando e bebendo café ao sol de primavera. Aquilo fez Winsome ter saudade de seus tempos de estudante.

Austin tinha cerca de 50 anos, cabelo grisalho e comprido amarrado em um rabo de cavalo. Também era bronzeado; provavelmente, ossos do ofício, pensou Winsome. Vestia um largo suéter de tricô azul e uma calça jeans rasgada nos joelhos. Mantinha-se em forma e era atraente, alto e magro, com mandíbulas poderosas, nariz reto e pomo de adão proeminente. Winsome percebeu que ele não usava aliança. Austin puxou uma cadeira para ela e sentou-se diante de sua pequena e desarrumada escrivaninha.

Ela agradeceu Austin por ter concordado em conversar com ela tão cedo.

— Está tudo bem — disse ele. — Minha primeira aula será às 10 horas e, infelizmente, minhas quartas-feiras só pioram depois dessa hora. — Seu sorriso era encantador e ele parecia ter dentes muito bem cuidados. — É sobre Hayley Daniels, não é?

— Sim.

Ele franziu a testa larga.

— Terrível tragédia. Uma menina tão inteligente.

— Era mesmo?

Winsome deu-se conta de que não sabia nada sobre a vida acadêmica de Hayley.

— Oh, sim. E não apenas nos trabalhos por escrito. Tinha também personalidade. É preciso ter personalidade no negócio do turismo.

— Com certeza — disse Winsome. — Conhece algum namorado ou alguém no campus com quem Hayley pudesse ter se envolvido?

Austin coçou a cabeça.

— Honestamente, não sei dizer. Ela parecia bastante sociável, sempre saía em grupo em vez de com alguém em particular. Acho que gostava de atenção.

— Conhecia alguém que não gostasse dela?

— Não o bastante para matá-la.

— Como assim?

— Talvez algumas outras garotas invejassem a beleza e a personalidade dela, aquele jeito espontâneo, até mesmo as boas notas. Há uma linha de pensamento que diz que não se pode ter tudo: inteligência *e* beleza. Talvez alguns rapazes se ressentissem pelo fato de ela não ser acessível.

— Stuart Kinsey?

— Ele é um exemplo que me vem imediatamente à cabeça. Estava sempre babando ao lado dela. Era óbvio que era louco por ela. Mas Stuart não faria mal a uma mosca. Provavelmente voltaria para casa para escrever tristes poemas de amor.

— Qual era a *sua* relação com Hayley?

Austin pareceu confuso.

— Relação? Eu era professor dela. Corrigia os seus trabalhos, ela comparecia às minhas aulas. Ajudei a supervisionar o seu estágio, aconselhei-a profissionalmente, esse tipo de coisa.

— Estágio?

— Ah, sim. Este não é apenas um curso acadêmico, você sabe. Os alunos têm a chance de trabalhar com agentes de viagens e empresas aéreas, às vezes até como representantes e guias no exterior. Eu estava tentando conseguir para Hayley uma vaga temporária com a Swan Hellenic, mas infelizmente eles perderam seu navio para a Carnival, e as coisas estão um pouco "no ar".

Winsome fez uma pausa e cruzou as pernas. Estava vestindo jeans — bons jeans —, porque não cometeria o mesmo erro da véspera, embora as chances de ser convocada para fazer dupla com Templeton outra vez fossem praticamente nulas.

— Hayley era uma jovem muito atraente — disse ela.

— Suponho que sim — disse Austin. — Há várias jovens atraentes na faculdade, você não notou?

— Mas talvez Hayley fizesse mais o seu tipo.

— O que diabos quer dizer com isso? Está me perguntando se tínhamos um caso?

— Tinham?

— Não, nada disso. Pelo amor de Deus, ela tinha 19 anos.

Sim, pensou Winsome, e a última conquista de Annie Cabbot tinha 22. Apenas três anos de diferença. *E daí?*, quase falou.

— Você é casado?

Austin hesitou antes de dizer:

— Fui. Durante vinte anos. Eu e minha esposa nos separamos há quatro meses. Diferenças irreconciliáveis.

— Sinto muito — disse Winsome.

— Essas coisas acontecem. Estávamos nos distanciando havia algum tempo.

Casamento e diferença de idade eram duas coisas que nunca importaram muito para a maioria dos homens. Winsome se lembrava da quantidade de cantadas que recebia quando trabalhava no hotel.

— Nunca se sentiu tentado? — perguntou ela. — Todas aquelas jovens por perto, ouvindo-o com atenção. Certamente devem ficar apaixonadas por você. É natural, sendo você professor e tudo o mais.

— Você aprende a lidar com isso.

Winsome fez uma pausa, então perguntou:

— Você se incomodaria em me dizer o que fez na noite de sábado?

— Sou um suspeito?

— Se não se importar em dizer, senhor.

— Tudo bem. — Austin olhou feio para ela. — Eu estava em casa.

— Onde fica?

— Raglan Road.

— Perto do centro da cidade?

— Sim. Não fica longe.

— Você não saiu em momento algum?

— Fui ao Mitre na York Road tomar cerveja entre 21 e 22 horas.

— Alguém o viu?

— Os frequentadores habituais.

— E depois?

— Voltei para casa. Não havia nada de interessante na TV e decidi assistir a um DVD.

— Qual?

— *Chinatown.*

— Filme antigo.

— Geralmente são os melhores. Cinema é uma de minhas paixões. Tive de escolher entre o cinema e o turismo. Acho que escolhi o curso mais prático.

— Mas você não foi à praça do mercado?

— Em uma noite de sábado? Acha que sou louco? — Austin riu. — Valorizo minha vida.

Winsome sorriu.

— Temos um pequeno problema, senhor. Sabemos que Hayley não era esperada em casa no sábado e que não planejava ir ao

Bar None com os amigos. Ela tinha um lugar misterioso aonde pretendia ir, e ninguém parece saber ao certo que lugar era esse.

— Bem, infelizmente não posso ajudar nisso.

— Tem certeza de que ela não pretendia vê-lo?

— Por que faria isso? E por que eu desejaria uma adolescente bêbada e imatura na minha casa?

Winsome pensou em diversas razões, a maioria das quais não tinha coragem de dizer em voz alta, mas decidiu que era melhor deixar Austin pensar nelas por conta própria. Terminou a entrevista e saiu do escritório. Ela não estava certa de ter acreditado no que ele dissera sobre sua relação com Hayley, mas sem provas não havia muito o que ela pudesse fazer.

Ao descer a escada, cruzou com um estudante magrelo e de cabelo comprido que ela conhecia vagamente. O rapaz parou e olhou para Winsome de um modo estranho. A princípio, ela pensou que fosse por causa da cor de sua pele. Aquilo acontecia o tempo todo, especialmente em um lugar como Eastvale, que não tinha o que se pode chamar de uma grande população de imigrantes. Apenas ao chegar à rua é que se deu conta de que era outra coisa. Reconhecimento? Medo? Culpa? Ele era uma das pessoas que estavam com Hayley na praça do mercado pouco antes dela desaparecer por Taylor's Yard. Winsome estava certa disso. Uma das pessoas que, pelo que sabia, o detetive Wilson ainda não havia encontrado ou entrevistado.

Banks estava atrasado. Vestiu-se às pressas após o banho, desceu a escada, pegou a caneca de viagem cheia de café e entrou no Porsche. Já na estrada, atravessando as charnecas solitárias, ligou seu iPod. A seleção aleatória começou com "That Teenage Feeling", de Neko Case. Olhou para o relógio no painel e percebeu que, caso não pegasse trânsito nas estradas A, chegaria à casa de Annie por volta das 9h30.

Ainda estava intrigado com o comportamento dela na noite anterior. Talvez por esperar um telefonema de desculpas, ficou acordado até tarde, bebendo mais vinho e ouvindo o disco *Bitches Brew*, de Miles Davis. Mas ela não ligou. Quando Banks telefonou para ela, a secretária eletrônica atendeu. O mesmo aconteceu com o celular. Esperava que Annie não tivesse sofrido um acidente ou algo assim. Chegou até a pensar em ligar para a delegacia quando ela foi embora, mas seria como fazer fofoca de uma amiga. Annie podia se virar com o carro, mesmo depois de ter tomado umas e outras. Se fosse pega dirigindo bêbada, isso seria um problema para sua carreira. Ele apenas esperava que ela tivesse chegado em casa sem incidentes, e esta foi a mensagem que deixou ao telefone.

Ao chegar a Harkside alguns minutos mais cedo do que o combinado e bater à porta, não obteve resposta. Olhou rua acima, onde ela geralmente estacionava seu Astra roxo, e viu que o carro não estava lá. Aquilo o deixou preocupado, mas estava certo de que, caso tivesse acontecido alguma coisa com ela, a notícia teria saído nos jornais matutinos, o que não acontecera. Provavelmente decidira evitar viajar com ele, preferindo ir sozinha.

Ressentido, Banks pegou o caminho da A1. Neil Young substituíra Neko Case: um ácido "Like a Hurricane" do álbum *Live Rust*, que combinava com seu estado de espírito. Quando conseguiu se livrar do trânsito na Inner Ringroad, estacionou e foi até a "fortaleza" Millgarth, a delegacia central de Leeds, perto de Eastgate. Estava seis minutos atrasado, e Annie já estava no escritório de Hartnell com o inspetor-detetive Ken Blackstone e com o próprio comandante de área, Phil Hartnell, que supervisionara a investigação do caso Camaleão havia seis anos.

— Desculpem o atraso — disse Banks, sentando-se em uma cadeira vaga.

Annie evitou olhar para ele. Os olhos dela pareciam inchados, como se tivesse chorado ou estivesse com alergia.

— Tudo bem, Alan — disse Hartnell. — Ainda não começamos. Chá? Biscoitos? — E apontou para a bandeja sobre a escrivaninha.

— Obrigado. — Banks serviu-se de chá e pegou alguns biscoitos de chocolate.

Hartnell inclinou-se à borda da escrivaninha.

— A inspetora-detetive Cabbot estava nos dando detalhes de sua investigação.

Banks voltou a olhar para Annie, que novamente o evitou.

— Certo — disse ele. — Bem, este é um caso da inspetora-detetive Cabbot. Estou aqui apenas para ajudar no que diz respeito ao Camaleão.

— Como todos nós, Alan. Como todos nós — disse Hartnell, que nos últimos seis anos parara de fazer trabalhos externos e ficara mais desleixado.

Seu cabelo estava rareando na testa. A idade acaba chegando para todos, e mais cedo do que o esperado, pensou Banks, percebendo que seu cabelo estava ficando grisalho nas têmporas. Depois, seriam as malditas manchas na pele e o câncer de próstata. Aquilo o fez se lembrar da consulta médica que ainda não adiara. Estava próxima.

— Você nos falava sobre o relatório do patologista — disse Hartnell, ainda sentado na beirada da escrivaninha.

— Sim, senhor — respondeu Annie. — A autópsia não revelou nada que já não soubéssemos. O patologista repetiu que é difícil definir se o agressor é destro ou canhoto a partir dos cortes, mas parece inclinado a crer que foi um movimento da esquerda para a direita, considerando a pressão e a profundidade do ferimento. Isso pode indicar que seria um assassino destro. Também não conseguiu especificar a arma usada, mas assegurou-me que era extremamente afiada. Uma navalha antiga ou algum tipo de bisturi são as possibilidades mais prováveis. Por outro lado, Lucy era, como sabemos, tetraplégica. No caso dela, isso quer dizer que não podia se mexer e nem falar. Quanto à hora da morte, foi estimada entre 8h30 e 10h30. Como sabemos, ela deixou Mapston Hall às 9h30 e foi encontrada às 10h15, o que nos permite ser um pouco mais precisos.

Hartnell foi para trás da escrivaninha e se sentou.

— Então, como exatamente podemos lhe ser úteis? — perguntou para Annie.

— É uma questão de nomes — disse Annie. — O pessoal em Mapston Hall disse que Karen, ou Lucy, nunca recebia visitas, a não ser dessa misteriosa "Mary", que a pegou no sábado às 9h30 e, muito provavelmente, a matou. Parece que ninguém viu o carro dela. Não podemos ter uma descrição decente porque todos estavam ocupados e ninguém, fora uma pessoa, realmente a notou. — Annie pegou um envelope na pasta e distribuiu cópias para todos. Na vez de Banks, ele arrancou o papel das mãos dela de um modo infantil. Annie o ignorou. — Este é o retrato falado a partir das descrições de Mel Danvers, a acompanhante de Lucy. Como podem ver, não serve para muita coisa.

É claro que não serve, pensou Banks, estudando a figura com chapéu de chuva, óculos e um longo casaco largo, o rosto oculto em sombras mostrando apenas lábios finos e queixo oval.

— Parece que ela não queria mesmo ser vista — disse Banks.

Annie ficou em silêncio.

— É verdade — concordou Hartnell.

— Sim — disse Annie. — Ela não precisava de tudo aquilo. Não estava chovendo, o céu já estava clareando àquela altura. Mel também disse ter uma vaga impressão de que a mulher tinha cerca de 40 anos.

— Está trabalhando com a suposição de que a pessoa que matou Lucy Payne conhecia a sua verdadeira identidade? — perguntou Hartnell, após examinar o desenho e deixá-lo de lado.

— Parece o melhor caminho a seguir no momento, senhor — respondeu Annie. — Senão, o que nos resta?

— Compreendo — disse Hartnell. — Uma vez que Karen Drew não existiu por muito tempo, seria bastante incomum que alguém quisesse matá-la, a não ser que tenha sido uma escolha aleatória, alguém que apenas quisesse matar uma vítima indefesa em uma cadeira de rodas pelo prazer da coisa.

— Sim, senhor — disse Annie.

— Isso não está inteiramente fora de questão — disse Blackstone. — Mas talvez seja a hipótese menos provável.

— Exato — concordou Annie. — Especialmente agora que sabemos quem ela era de fato.

Banks observou-a falar. Estava concentrada no trabalho, mas não sem esforço, do mesmo modo como se esforçava para evitar olhar para ele. Era como se estivesse lutando contra forças poderosas que tentavam levá-la em outra direção. Estava com a mandíbula tensa, e um músculo sob seu olho esquerdo se contraía de vez em quando. Desejou apenas abraçá-la e dizer que tudo ficaria bem, mas fosse qual fosse o problema, sabia que a solução estava além de um simples abraço.

— O que, suponho — prosseguiu Hartnell —, nos leva à questão de quantas pessoas sabiam que Karen Drew era, na verdade, Lucy Payne.

— Sim, senhor. — Annie abriu uma das pastas que trouxera. — Julia Ford quer nos fazer crer que apenas ela e algumas poucas pessoas de seu escritório de advocacia sabiam disso, incluindo Constance Wells, é claro, que cuidava dos assuntos de Lucy.

— Bem, era de se esperar que ela dissesse isso, não é mesmo? — disse Banks. — Julia Ford não assumiria a responsabilidade pelo que aconteceu com Lucy Payne.

— Certamente havia médicos e administradores no hospital que sabiam — prosseguiu Annie, como se Banks não tivesse falado.

Ken Blackstone percebeu e olhou para ele com curiosidade. Banks balançou levemente a cabeça em resposta. *Mais tarde.*

— E quanto a Mapston Hall? — perguntou Hartnell.

— Julia Ford disse que não sabiam, e certamente era do interesse de todos manter aquilo em segredo, mas é sempre possível que alguém ali soubesse a verdade.

— Será que alguém simplesmente a reconheceu? — perguntou Blackstone.

— Difícil saber, Ken — disse Annie. — A resposta mais curta é: não creio. Lucy tinha apenas 28 anos, mas parecia ter mais de 40. Seu cabelo estava diferente, mais curto, quase todo grisalho e sem brilho. O rosto estava inchado e o corpo... bem, perdera as formas, se arredondara. Duvido que alguém que a tivesse visto seis anos antes a reconhecesse atualmente. Não, acho que descobriram quem ela era por outros meios.

— E também temos de levar em conta o fato de que alguém que sabia pode ter contado para outra pessoa — disse Blackstone.

— Sim, infelizmente — concordou Annie.

— Alguém no hospital ou em Mapston tem alguma ligação com o caso do Camaleão? — perguntou Hartnell. — Com as vítimas ou suas famílias?

— Boa pergunta, senhor, e é isso que estamos verificando no momento — disse Annie. — Por enquanto não descobrimos coisa alguma, mas ainda estamos no começo.

Hartnell bateu palmas.

— Certo — disse ele. — Infelizmente, terei de lhe dar uma longa lista de nomes, inspetora-detetive Cabbot.

— Melhor do que não ter ideia alguma — disse Annie.

Hartnell entregou-lhe uma folha de papel e passou cópias para Banks e para Blackstone.

— Fiz uma lista de todas as pessoas importantes do caso Camaleão — disse ele. — Como podem ver, também incluí as famílias das vítimas. Em alguns casos, os maridos e esposas se separaram desde então. Em três casos, para ser mais preciso. É normal um evento assim tão trágico separar uma família. Os Myer, pais da última vítima, moravam perto dos Payne e logo se mudaram para o sul. Acho que estão em Devon agora. Não os culpo. De qualquer modo, com certeza muitos parentes ficaram furiosos quando Lucy Payne foi solta. Há também uma amiga de Payne, Maggie Forrest, embora eu acredite que ela voltou para o Canadá depois de seu colapso nervoso. Deve ter voltado. De qualquer forma, você pode verificar.

— Concordo — disse Banks. — Eu daria uma boa olhada em Maggie Forrest se ela estivesse por perto.

— Por que, Alan? — perguntou Phil Hartnell.

— Porque era muito íntima de Lucy Payne e foi traída por ela.

— Ouvi falar que teria sido morta, não fosse a sua intervenção — disse Hartnell.

— Sim — disse Banks. — De qualquer modo, o ponto é que os sentimentos dela tendem a ser profundamente confusos e conflitantes a esse respeito. E não nos esqueçamos de que ela tinha alguns problemas particulares. Estava frequentando um psiquiatra.

— Muito bem — disse Hartnell. — Parece que sua maior prioridade, Annie, é descobrir se essa Maggie Forrest está no país e, se estiver, se ela poderia ter acesso à identidade e ao paradeiro de Lucy Payne.

— Sim, senhor — disse Annie, claramente desagradada por Banks ter levantado a questão.

— E quanto à família de Janet Taylor? — perguntou Blackstone, tirando os olhos da lista. — Se há alguém que foi vítima do Camaleão, esta pessoa foi ela.

Hartnell voltou-se para Annie.

— Você cuidou da investigação do assassinato de Terence Payne por Janet Taylor, não foi?

— Não foi escolha minha — disse Annie, tensa.

— Compreendo — disse Hartnell. — Foi uma tarefa detestável e ingrata, mas tinha de ser feita.

Banks sabia que fora *por causa* de Hartnell que Annie recebera aquela "tarefa detestável e ingrata". Ele tentara interceder em favor dela, mas Annie estava trabalhando em Queixas e Disciplina na época, pouco após a sua promoção a inspetora-detetive, e o caso lhe fora designado. Annie não sabia disso.

— De qualquer modo — prosseguiu Annie —, Janet Taylor tem um irmão mais velho que acabou virando alcoólatra. Sabemos que ocasionalmente ele faz ameaças, embora muito seja devido à investigação policial da conduta da irmã. Há uma chance de que, caso ele soubesse onde ela estava, também possa ter desenvolvido um forte ressentimento contra Lucy Payne. Vamos verificar.

— Ótimo — disse Hartnell. — Esqueci de mais alguém?

— Bem, eu estava pensando, isso faz seis anos — disse Banks. — O que é uma grande mudança na vida dos envolvidos. Todos ficaram mais velhos, assim como nós. — Blackstone e Hartnell riram. — Mas, em alguns casos, pode significar mais que isso.

— Como assim, Alan? — perguntou Hartnell.

— Bem, senhor — disse Banks —, falo daqueles que eram crianças na época. Estava pensando especificamente em Claire Toth. Ela era a melhor amiga de Kimberley Myers, a última vítima do Camaleão, a que foi encontrada nua e morta no colchão, no porão da casa 35 em The Hill. Elas foram juntas ao baile, mas quando chegou a hora de Kimberley ir para casa, Claire estava dançando com um menino de quem gostava e não a acompanhou. Kimberley foi sozinha e Payne a pegou. Naturalmente, Claire sentiu-se culpada. O que estou dizendo é que há uma grande diferença entre se ter 15 e 21 anos. Além disso, ela teve seis anos para conviver com a culpa. Sei que Mel Danvers achou que Mary tinha cerca de 40 anos, mas ela não olhou muito bem. Podia estar enganada. Francamente, esse retrato falado é inútil. Só estou dizendo que não devemos descartar Claire e nem ninguém mais por ter menos de 40 anos.

— Então, certamente a acrescentaremos à lista — disse Hartnell. — Por isso mesmo, não devemos nos esquecer de ninguém que tivesse a mesma idade das vítimas na época. Como Alan disse, as pessoas mudam com a idade, e ninguém muda de modo mais rápido e imprevisível que os jovens. Isso inclui namorados, namoradas, irmãos, o que for. Espero que tenha uma equipe numerosa, inspetora-detetive Cabbot.

Annie esboçou um sorriso.

— Vai ser difícil, senhor, mas daremos um jeito.

— Há algo mais que possamos fazer por você? — perguntou Hartnell.

— Se pudessem separar os arquivos do Camaleão para mim em alguma saleta... posso precisar vir aqui de vez em quando para verificar detalhes.

— Considere feito — disse Hartnell. — Ken, você pode providenciar isto?

— Com certeza — disse Blackstone. — E pode usar o meu escritório, Annie. Estamos com falta de saletas.

— Obrigada, Ken — agradeceu Annie.

Hartnell levantou-se e olhou para o relógio, marca de um homem atarefado.

— Bem, acho que isso fecha a questão — disse ele. — Sei que nenhum de nós lamenta a morte de Lucy Payne, mas ao mesmo tempo creio que todos queremos que a justiça seja feita.

— Sim, senhor — murmuraram todos antes de deixarem o escritório.

No corredor, Banks tentou alcançar Annie, mas ela corria em direção a um elevador. Conseguiu tocar-lhe o ombro, mas ela se esquivou com tanta força que ele desistiu. Observou-a entrar no elevador antes de as portas se fecharem. Pouco depois, sentiu uma mão amistosa sobre o ombro.

— Alan, meu velho... — disse Ken Blackstone. — Acho que precisa de uma bebida, já devem ter começado a servir o almoço a esta altura.

Winsome encontrou uma cafeteria em frente ao departamento de turismo e resolveu esperar o estudante ruivo. Não estava certa do que faria quando ele saísse do prédio, mas sabia que acabaria pensando em alguma coisa.

Winsome pediu um *latte*, sentou-se em um tamborete junto à janela e apoiou a xícara sobre uma longa bancada de plástico cor de laranja. Ela era mais velha que a maioria dos frequentadores do lugar, mas achou interessante não ter atraído muitos olhares curiosos. Vestia um jeans preto e um casaco curto com zíper, que não a deixavam completamente deslocada ali, embora talvez fossem um tanto caros demais para uma estudante.

Provavelmente, pensou, ninguém prestara muita atenção nela porque havia dois estudantes chineses discutindo calorosamente em uma mesa, um grupo de jovens muçulmanas usando véus e uma jovem negra com cabelo rastafári falando com um rapaz branco com um penteado semelhante e usando uma camiseta de Bob Marley. Os outros estudantes eram brancos, mas aquela era a maior mistura racial que Winsome já vira em Eastvale. Perguntou-se para onde iriam nas tardes de sábado, quando ela fazia compras, ou nas noites de sábado, quando a praça do mercado se transformava em uma zona de desastre juvenil.

Achou que haveria pubs, bares e cafés suficientes perto do campus para se divertirem em vez de se arriscarem a topar com um bando de valentões ou de camponeses embriagados. Então, por que Hayley e seus amigos foram ao centro da cidade? Para viver perigosamente? Provavelmente eram os próprios estudantes de Eastvale que assombravam a praça do mercado, os moradores locais ou vizinhos.

Winsome ficou de olho na portaria do prédio de Austin enquanto bebia seu *latte*. Enquanto esperava, não conseguia deixar de pensar na chocante confissão que Annie Cabbot lhe fizera na noite anterior. Um jovem de 22 anos, pelo amor de Deus! O que ela estava pensando? Não passava de um menino. O filho do inspetor-chefe-detetive Banks, por exemplo, devia ter essa idade, ou não muito mais do que isso. Ela via Annie como alguém que poderia respeitar, tomar como referência. Também achava que a amiga e Banks acabariam juntos. Achava que formavam um belo casal e adoraria ser madrinha do casamento deles. Não poderia estar mais errada! Pobre Banks. Se soubesse, certamente ficaria tão chocado quanto ela.

Winsome surpreendeu-se com sua reação um tanto puritana, mas fora criada dentro de rígidos padrões religiosos e morais, e os costumes liberais do mundo moderno não tinham sido suficientes para fazê-la mudar de ideia.

Depois que Annie foi embora, Winsome voltou para casa. Ficou preocupada por Annie estar dirigindo naquele estado, mas, ao sair, o Astra já tinha partido. Tarde demais. Também achava que decepcionara a amiga, que não dissera as coisas certas e que não oferecera a compreensão de que ela precisava, mas ficara tão chocada — em vez de grata pela intimidade da confissão —, que não fora capaz de fazê-lo. Não sentira muita simpatia e nem solidariedade. Mas havia algo mais, algum problema com o rapaz que Annie não tivera a chance de contar, e aquilo também a preocupava.

Estudantes subiam e desciam a rua carregando mochilas ou bolsas, vestindo camisetas e jeans. Ninguém parecia estar com pressa. Assim era a vida, pensou Winsome. Não precisavam lidar com gente como Templeton e nem olhar para corpos de jovens assassinadas em uma manhã de domingo. E apostava que passavam noite após noite fazendo sexo sem compromisso. Sentiu que poderia ficar ali para sempre, bebendo café e olhando para a paisagem ensolarada. Uma sensação infantil de paz a tomou, o mesmo sentimento que tinha em casa, na Jamaica, durante os longos dias de verão nos quais tudo o que podia ouvir eram pássaros e o roçar preguiçoso das folhas de bananeira na plantação.

Mas aquilo não demorou muito. Logo o jovem saiu pela porta, olhou em torno, desceu a escada e ganhou a rua. Winsome pegou a pasta, a bolsa e saiu atrás dele, deixando o resto de seu *latte* sobre a mesa. Achou que o melhor seria se aproximar e acabar logo com aquilo. Ela era uma policial, e ele, no mínimo, uma testemunha.

— Perdão — chamou Winsome, quando o rapaz estava para dobrar a esquina.

O rapaz parou, uma expressão confusa no rosto, e apontou o polegar para o peito.

— *Moi*?

— Sim, você. Quero falar com você.

— Sobre o quê?

Winsome mostrou-lhe a credencial.

— Hayley Daniels — disse ela.

— Sei quem você é, mas não sei o que...

— Não me venha com essa. Você estava na praça do mercado com ela na noite de sábado. Nós o vimos na câmera de segurança.

O rapaz ficou pálido.

— Suponho que eu... bem... vamos entrar aqui — disse ele, dirigindo-se a um café.

Winsome não queria outro café. Em vez disso, pediu uma garrafa de água com gás, enquanto o jovem, que se apresentou como Zack Lane, adoçava seu chá de ervas.

— Muito bem — disse ele. — Eu conhecia Hayley. E daí?

— Por que não se apresentou? Devia saber que acabaríamos encontrando você.

— E me envolver em uma investigação de homicídio? Você teria se apresentado?

— Claro — disse Winsome. — Qual o problema se você não fez nada de errado?

— Sei. É fácil para você dizer isso. — Ela fez uma pausa e a examinou mais de perto. — Por outro lado, talvez não seja assim tão fácil. Você deve saber disso melhor que a maioria de seus colegas.

Winsome irritou-se.

— Como assim?

— Não consigo imaginar por que quis ser tira. Alguém como você. Suponho que seus iguais não tenham ficado muito satisfeitos, certo? Sempre considerados suspeitos por serem negros. Para você, basta andar pela rua para que eles...

— Cale-se. Pare por aí — disse Winsome, erguendo a mão espalmada. Algo em seu tom de voz fez o rapaz parar de falar. — Não estou aqui para discutir racismo ou minha escolha profissional com você. Estou aqui para perguntar sobre Hayley Daniels, entendeu? Você disse que sabia quem eu era quando me viu. Como?

Zack sorriu.

— Que eu saiba, não há nenhum outro tira negro em Eastvale — disse ele. — Ninguém além de você. E sua fotografia saiu no jornal. Estou surpreso. Não lhe fizeram justiça. Devia ter saído na página três.

— Pare com isso — disse ela em meio a um sorriso. Pouco depois de Winsome ser transferida para Eastvale, o jornal local fez uma matéria com ela. — Você devia ser bem jovem na época.

— Sou mais velho do que aparento. Cresci nesta cidade. Sou um local. Meu pai faz parte do conselho municipal; portanto, gosta que todos nós entremos no ritmo da metrópole. — Ele riu.

— Você foi ver Malcolm Austin.

— E daí? Ele é o meu orientador.

— É um bom orientador?

— Por quê? Está pensando em entrar para a faculdade?

— Deixe de ser atrevido e responda às minhas perguntas.

— Relaxe.

— Relaxar? — repetiu Winsome, incrédula. Não era isso que Annie lhe dissera na noite anterior? Pensou em rebater com algum comentário sarcástico sobre como era difícil relaxar sendo uma negra em Eastvale, mas em vez disso cutucou-o no peito e disse: — Relaxar? Fui uma das primeiras a chegar à cena do crime e ver o corpo de Hayley na manhã de domingo; portanto, não me peça para relaxar. Eu a vi ali, morta. Foi estuprada e estrangulada. Portanto, não me peça para relaxar. E você supostamente era amigo dela.

Zack ficou pálido e começou a parecer arrependido.

— Tudo bem. Desculpe — disse ele, ajeitando o cabelo para trás. — Também estou abalado com o que houve com Hayley. Eu gostava daquela garota idiota.

— Por que garota idiota?

— Ela era muito abusada. Conseguiu que fôssemos expulsos do Trumpeter's e quase fez o mesmo no Fountain.

— Achei que tivessem se comportado bem no Fountain.

— Andou perguntando, não é?

— Fazendo o meu trabalho.

— Apenas os fatos, senhora. Claro. Bem, nos comportamos. Exceto pelo fato de Hayley querer mija... Ela precisava muito ir ao banheiro, e uns vândalos haviam depredado os toaletes. Acontece sempre. Deu um trabalhão para Jamie, o barman, embora não fosse culpa dele.

— Jamie Murdoch?

— É. Conhece?

— Falamos com ele.

— Fui colega de escola de Jamie. Ele se mudou de Tyneside com os pais quando tinha uns 12 anos. É um cara legal. Um tanto quieto, sem ambição, talvez.

— Como assim?

— Jamie tentou entrar para a faculdade certa vez, mas não conseguiu. Na verdade, ele é bem inteligente, mas nem todo mundo consegue se sair bem na vida acadêmica. Pode conseguir algo melhor que o pub, mas acho que não tem coragem de tentar.

— Ele estava lá sozinho no sábado — disse Winsome.

— É, eu sei. Ele faz muito isso. Parece que não consegue manter funcionários. Acho que Jill Sutherland está trabalhando lá no momento, mas aposto que não vai durar.

— Por que não?

— Jill é muito fresca para durar em uma espelunca como o Fountain.

— E quanto ao dono?

— Terry Clarke? Aquele idiota? Nunca vai lá. Tem uma casa de veraneio em Orlando, Fort Lauderdale ou algo assim. Não deve ser fácil para Jamie. Ele não tem autoridade natural. Deixa todo mundo passar por cima dele. De qualquer modo, Hayley ficou um tanto desbocada quando viu o estado dos banheiros, xingou-o, disse-lhe para ir até lá limpar ou ela faria xixi no chão. Esta era a nossa Hayley. Mas nós a acalmamos antes que acontecesse alguma coisa. Ainda assim, tivemos que terminar nossas bebidas.

Winsome anotou que alguém deveria ter outra conversa com Jamie Murdoch e também localizar Jill Sutherland.

— É verdade que Hayley entrou na Taylor's Yard para ir ao banheiro? — perguntou.

— Sim — respondeu Zack; ele inclinou a cabeça e olhou para Winsome. — Embora seja um modo curioso de dizer isso. Ou seja, não há um banheiro de verdade ali. Como eu disse, Hayley podia ser bastante abusada. Assim que saímos do Fountain, ela anunciou em alto e bom som que ia dar uma mijada. Desculpe. Disse que precisava ir ao banheiro e que ia ao Maze. — Ele fez uma pausa. — Talvez devesse ter feito no chão, assim não teria entrado lá.

— Nenhum de vocês tentou dissuadi-la?

— Sim, mas não dava para fazer Hayley mudar de ideia quando decidia alguma coisa.

Foi o que Stuart Kinsey dissera, lembrou Winsome.

— Um de vocês podia ao menos ter ido com ela... — Winsome deu-se conta do que dissera e deixou a frase no ar.

— Não seria por falta de voluntários — disse Zack com um sorriso malicioso. — Stuart, por exemplo. Talvez até eu, se estivesse bêbado o bastante. Mas não sou chegado a "chuva dourada", e Hayley não era o meu tipo. Ah, todos nós brincamos dizendo que íamos até lá assustá-la e pegá-la com as calcinhas arriadas, mas isso não aconteceu. Acabamos no Bar None. E Hayley...

— Ela não planejava encontrá-los depois?

— Não, disse que ia ficar na casa de alguém.

— Quem? Uma amiga?

Zack riu.

— Seja lá o que Hayley fosse, ela definitivamente não gostava de mulheres. Não estou dizendo que não tivesse amigas. Susie e Kerry são as que me vêm à mente agora. Mas geralmente ela gostava da companhia de rapazes.

— Pode me dar os nomes de todo mundo que estava lá no sábado?

— Deixe-me ver, estávamos eu, Hayley, Susie Govindar, Kerry Vance, Stuart Kinsey, Giles Faulkner e Keith Taft. Era isso. Will, ou seja, Will Paisley, estava conosco antes, mas saiu para se encontrar com alguns amigos em Leeds. Para ser honesto, acho que ele tem um namorado por lá, embora não assuma. Não posso censurá-lo por isso em um lugar como este.

— Então, na maior parte do tempo, depois que esse Will foi embora para Leeds por algum motivo, havia sete no grupo, certo?

— Mais um ou dois que encontramos pelo caminho.

— Você disse que Hayley preferia a companhia de homens. Por quê?

— O que você acha? Porque assim ela se tornava o centro das atenções. Porque os homens faziam tudo o que ela queria. Porque ela tinha todos eles na palma da mão.

— Para mim, parecia ser uma vadia bêbada.

Zack olhou atentamente para Winsome.

— Mas você não a conheceu — disse ele. — Na verdade, ela era bem mais que isso. Claro, Hayley gostava de pirar nas noites de sábado, ficar doidona, fumar um e se soltar. Mas era uma boa aluna, entregava os trabalhos no prazo e tinha um bom futuro. Também era inteligente. Às vezes é preciso olhar além das roupas chamativas e das bravatas superficiais.

— Você olhou?

— Saí com ela algumas vezes no ano passado. Mas, como eu disse, ela não era o meu tipo. E caso você esteja pensando em perguntar, não, não dormi com ela. Hayley não era promíscua. Era fechada como uma carteira de escocês, apesar das roupas sensuais e todo o resto.

— Então ela era uma provocadora?

— Não disse isso.

— Deu a entender.

— Não, realmente não. Poderia ser. Gostava de jogar, flertar, excitar. Mas também sabia ser séria. Quero dizer, dava para conversar seriamente com Hayley. Política. Música. História. O que fosse. Ela tinha opiniões e conhecimento para respaldá-la. O que estou querendo dizer é que o fato de ela se vestir daquele jeito não significava que desse mole para todo mundo. Você devia saber disso.

Winsome melindrou-se.

— Como assim?

Zack levantou uma das mãos.

— Tudo bem, não fique pu... Não se ofenda. O que quero dizer é que no seu trabalho você já deve ter ouvido alguém dizer que fulana pediu para que aquilo acontecesse com ela pelo modo como estava vestida, e você sabe que isso não é verdade. Uma mulher deveria poder andar completamente nua pelas ruas de Eastvale se quisesse, e ninguém teria o direito de tocá-la.

Winsome riu.

— Mas tenho certeza de que dariam uma boa olhada.

— Bem — disse Zack —, isso é algo que vocês ainda não consideram ilegal. Ainda. — Deu um tapinha na têmpora. — Além daquilo que se passa dentro da cabeça das pessoas.

— Estamos tentando descobrir com quem Hayley andou se encontrando recentemente — prosseguiu Winsome. — Se não era você e nem Stuart Kinsey, tem alguma ideia de quem seria?

Zack fez uma pausa.

— Bem, ela não disse nada, mas... — Ele olhou pela janela. — Não creio que deva procurar muito além do Sr. Austin.

— Era com ele que ela se encontraria no sábado à noite?

— Acho que sim.

— Austin negou ter algo com ela.

Zack riu.

— Claro. Ele poderia perder o emprego. Esse tipo de coisa não é visto com bons olhos por aqui.

— Você tem certeza?

— Sobre Mal e Hayley? Claro. Eu os vi juntos, vi a mão dele nas coxas dela, o vi acariciando o pescoço dela...

— Quando foi isso?

— Há cerca de um mês.

Winsome sentiu o pulso acelerar. Afinal de contas, valera a pena esperar por Zack Lane.

— Onde você os viu?

— Em um pub em Helmthorpe. O Green Man. Eles devem ter achado que estavam longe o bastante para poderem relaxar, mas eu estava lá para um campeonato de dardos.

— Eles o viram?

— Acho que não. Fui embora logo que os reconheci.

— Por quê?

— Teria sido desagradável. Lembre-se, Austin também é meu orientador.

— Sim — disse Winsome. — Claro. — Ela se levantou. — Obrigada, Sr. Lane. Muito obrigada.

Agora que tinha a confirmação de que precisava, Winsome tinha a impressão de que as coisas estavam começando a progredir, e que Malcolm Austin teria um monte de perguntas difíceis para responder na próxima vez em que recebesse uma visita da polícia.

CAPÍTULO 8

— Rapaz, o que foi aquilo? O que está acontecendo? Dava para cortar a tensão naquela sala com uma faca.

— Acha que Phil Hartnell notou?

— Ele não chegou onde está por não perceber coisas assim. Provavelmente achou que vocês tiveram uma briguinha de amantes.

— E você?

— Parecia o mais provável. Mas...

— Mas o quê, Ken?

— Bem, vocês não são amantes, certo? Pelo menos eu achava que vocês dois não tinham mais um caso.

— E não temos — disse Banks. — Pelo menos eu achava que não.

— Como assim?

Eles estavam sentados em um banco do lado de fora do Packhorse, em um pátio perto de Briggate. As paredes eram mais altas, mas aquilo levou Banks a pensar no Maze e em Hayley Daniels. Banks voltou-se para seu peixe com fritas e para a caneca de Black Sheep ao seu lado. Havia um grupo de estudantes em uma mesa discutindo sobre um show do Radiohead, e a multidão de executivos da hora do almoço estava começando a chegar, os homens com as gravatas afrouxadas e os ternos sobre os ombros, as mulheres com saias longas e blusas de mangas curtas, sapatos abertos ou sandálias. O tempo realmente esquentara desde domingo, e aparentemente faria sol no fim de semana.

— Quem me dera saber — disse Banks.

Ele não queria contar a Ken o que acontecera na noite anterior e deu-lhe uma versão amenizada dos fatos, deixando de falar da desajeitada iniciativa de Annie ou de como se sentira quando as coxas e os seios dela o roçaram. Desejo e perigo. Escolhera se proteger do perigo em vez de ceder ao desejo. Mas também não podia explicar aquilo para Ken. Sentira ciúmes também, quando ela falou de garotos. Ele lera em algum lugar que o ciúme não pode existir sem desejo.

— Então, o que foi aquilo? — perguntou Blackstone.

Banks riu.

— Annie não confia em mim ultimamente. Além disso, está na área leste há algumas semanas. Não temos nos visto. Algo estranho está acontecendo na vida dela. É tudo o que sei.

— Ela não parecia bem esta manhã.

— Eu sei.

— Você disse que ela estava bêbada quando foi visitá-lo?

— Definitivamente, foi a impressão que eu tive.

— Talvez esteja com um problema de alcoolismo. Acontece muito na nossa profissão.

Banks olhou para a caneca meio vazia. Ou estaria meio cheia? Será que ele tinha algum problema de alcoolismo? Havia quem dissesse que sim. Ele sabia que bebia muito, mas não o bastante para interferir no seu trabalho. Não ficava de ressaca todas as manhãs; portanto, não se preocupava muito com aquilo. Que mal havia em ficar sentado sozinho tomando algumas taças de vinho e ouvindo Thelonious Monk ou Grateful Dead? Às vezes ficava melancólico e se entregava a algumas músicas de dor de cotovelo de Billie Holiday ou ouvia o *Modern Times* de Dylan, e talvez tomasse uma ou duas doses a mais. E daí? Como Annie dissera, o que havia em sua vidinha miserável de tão maravilhoso que o fizesse rejeitar alguém como ela?

— Não acho que seja o caso — disse Banks. — Annie sempre gostou de beber cerveja e sabe se controlar. Não. Acho que isso é um sintoma, não a causa.

— Problemas com algum homem?

— Por que a gente sempre pensa que é algo assim? — perguntou Banks. — Talvez problemas no trabalho? — Mas, ao falar, viu que não estava convencido daquilo. Annie lhe dissera coisas na noite anterior, coisas que ele não entendera muito bem, mas que, lidas nas entrelinhas, poderiam apontar para um problema amoroso. Ele já se envolvera com ela anteriormente e não sabia se queria se envolver outra vez. — Talvez tenha a ver com a volta dessa história de Lucy Payne e Janet Taylor — disse Banks, esperando ao menos variar, se não mudar de assunto completamente.

Blackstone bebeu um pouco mais de cerveja.

— Ela passou por maus bocados nesse caso — disse ele. — Definitivamente, pegou a pior parte.

— Todos nós passamos — disse Banks. — Mas entendo o que quer dizer. Alguma ideia?

— Sobre quem deve ter feito isso?

— Sim.

— Como disse Hartnell, é uma longa lista. Mas algo que me vem à mente agora é... bem, a *precisão* da coisa.

— Como assim?

— Bem, primeiro vamos supor que, de um modo ou de outro, não tenha sido difícil para o assassino descobrir para onde Lucy Payne foi transferida depois que deixou o hospital. Sei que Julia Ford disse que sua firma teve muito trabalho para disfarçar a identidade e a localização dela, mas todas essas coisas poderiam ser descobertas se alguém realmente quisesse encontrá-la. Um pouco de ajuda interna, arquivos públicos, algum dinheiro mudando de mãos, o que seja. Portanto, vamos pôr isso de lado e supor que encontrá-la não era algo assim tão difícil. Estou pensando apenas no método. Se foi um parente de uma das vítimas, furioso e perturbado, digamos, então por que simplesmente não levar Lucy para dar um passeio pelo litoral e empurrá-la penhasco abaixo?

— Entendo o que quer dizer — disse Banks. — Para fazer aquilo do modo como foi feito, o assassino tinha de estar preparado. A navalha, ou seja lá o que tenha usado, por exemplo.

— Sim. E mesmo que suponhamos que alguém tenha decidido matar Lucy, que tenha sido premeditado; ainda assim faria mais sentido empurrá-la. Ela não podia ser forçada a confessar coisa alguma, nem mesmo demonstrar medo ou dor. Ela não podia nem falar.

— Está sugerindo que não foi alguém envolvido no caso do Camaleão?

— Não sei — disse Blackstone. — Mas é uma possibilidade que merece consideração. Alguém que estivesse tão furioso com Lucy Payne pelo que ela fizera com um de seus familiares teria tanto sangue-frio? E a raiva?

— Se o assassino simplesmente tivesse empurrado Lucy do penhasco — disse Banks —, sempre haveria a chance de o corpo nunca ser encontrado.

— Mas recuperariam a cadeira de rodas, com certeza, e isso explicaria o que aconteceu.

— Talvez.

— Talvez eu esteja errado — disse Blackstone. — Só estou pensando em voz alta. Talvez ela nem morresse se caísse daquele penhasco.

— Não, Ken, acho que está indo na direção certa. Este foi um trabalho feito a sangue-frio, simples assim. Um trabalho que precisava ser feito com eficiência. Quase uma execução. O assassino tinha de *saber* que a vítima morrera em suas mãos, talvez até vê-la morrer. Não podia correr riscos. Afinal, se Lucy Payne já era tetraplégica, não havia muito o que alguém pudesse fazer além de extinguir completamente a pouca vida que ainda lhe restava.

— E tudo o que lhe restava estava dentro dela — disse Blackstone.

— O quê?

— Não sei. Só estou divagando. Mas você está certo. Foi um método eficaz. O trabalho foi feito e as provas foram deixadas à mostra, para que todos vissem. Tem de haver algo aí.

— Então a pessoa que fez isso pretendia dizer alguma coisa? — perguntou Banks.

— Sim. Drenando-lhe o sangue da vida. Mas o que pretendia dizer? Acho que, se respondermos a esta pergunta, poderemos eliminar um bocado de suspeitos.

— Nós?

— Quero dizer, a equipe de Annie.

— Mas parece uma continuação, não parece? — perguntou Banks. — Como um trabalho não terminado.

— Sim — concordou Blackstone. — Eu estava pensando em sugerir a convocação de Jenny Fuller outra vez, para traçar um perfil. Ela trabalhou no caso original.

— Não sei onde ela está agora. Acho que foi embora de Eastvale para sempre. Pode estar nos Estados Unidos ou na Austrália. Não a vejo há muito tempo.

— Você parece lamentar. Alguma história por trás disso?

— Muita — disse Banks. — Mas não do tipo que está pensando. Todos os meus erros com Jenny dizem respeito ao que nós *não* fizemos, não ao que fizemos. Mais sobre oportunidades perdidas do que sobre coisas feitas por impulso de que viéssemos a nos arrepender depois.

— Hum.

— Nós nos conhecemos há muito tempo, isso é tudo — disse Banks. — Na verdade, desde que vim para o norte. Eu a conheci em meu primeiro caso. Talvez as coisas pudessem ter sido diferentes, mas não foram, e agora é tarde. Nunca aconteceu.

Terminaram suas bebidas e foram em direção ao Briggate. O tempo bom trouxera as pessoas ao centro da cidade, e a área de pedestres e as lojas estavam lotadas: Marks & Spencer, Harvey Nichols, Debenham's, Currys Digital. Todas as mães de 14 anos de idade estavam na rua exibindo seus bronzeados artificiais, empurrando os carrinhos de bebê com uma das mãos e segurando o cigarro com a outra. Ou ao menos era o que parecia. Depois de se despedir de Blackstone em Headrow e prometer encontrá-lo em breve para um curry e algumas canecas de cerveja, Banks foi até a Muji e comprou vários daqueles pequenos blocos de notas com capa de papelão de que tanto gostava. Depois, foi até a Borders para ver se tinham o livro *White Heat*. Lera o primeiro volume da história da Inglaterra dos anos 1950, *Never Had It So Good*, de Dominic Sandbrook, e estava ansioso para ler o segundo — sobre *seu* período, os anos 1960 — após terminar o *Pós-Guerra*. Depois disso, veria os últimos lançamentos na HMV.

Uma hora e meia depois, enquanto atravessava Whitby de carro, Annie não se sentia particularmente orgulhosa de sua atuação em Millgarth. Era um belo dia de sol e o mar se estendia sob ela, claro e vibrante como nunca, repleto de verdes e azuis. Os telhados das casas espalhavam-se colina acima, e os molhes do porto avançavam mar adentro como um alicate. Flanqueada por altos penhascos em ambos os lados, a cena parecia mais uma paisagem abstrata do que um lugar de verdade.

Dali de cima ela podia ver claramente as duas metades distintas da cidade, separadas pelo estuário: East Cliff, com seu mosteiro em ruínas e a igreja de Santa Maria, em forma de barco emborcado; e West Cliff, com suas fileiras de casas vitorianas e hotéis, a estátua do capitão Cook e a enorme mandíbula de uma baleia. Embora Annie tivesse gostado da paisagem e seus olhos de pintora já a tivessem convertido em uma tela abstrata, sua mente estava preocupada com Banks, Eric e, mais ainda, com seu próprio comportamento.

Ela perdeu o controle. Não havia uma música assim? Banks saberia dizer. Banks. *Dane-se ele.* Onde estava com a cabeça? Será que achava que uma transa rápida resolveria tudo entre eles?

Quanto mais pensava na noite de sábado, mais se convencia de que não era a diferença de idade que a incomodava. Afinal, se fosse o contrário — se ela fosse uma mulher de 22 anos —, pareceria perfeitamente normal para homens de 40 anos ou mais dormirem com ela. Apostava que nenhum deles desprezaria uma Keira Knightley ou uma Scarlett Johansson. Havia muitas mulheres de 40 anos que se vangloriavam por conquistar homens mais jovens. Devia estar orgulhosa de si mesma por ter transado com Eric em vez de se sentir tão suja e vulgar. Mas sabia que se sentia assim porque esse não era seu modo de ser.

Talvez tenha ficado tão mal porque sempre acreditou que escolhia dormir com homens com quem pudesse conversar na manhã seguinte, e o fato de frequentemente serem mais velhos que ela, mais maduros, como Banks, nunca pareceu importar. Tinham mais experiência, mais assuntos para conversar. Os jovens eram muito egocêntricos, muito preocupados com a própria imagem. Mesmo quando era mais jovem, sempre preferiu homens mais velhos: achava os jovens de sua idade um tanto rasos e carentes de tudo, a não ser de energia e atividade sexual. Talvez isso bastasse para algumas mulheres. Talvez devesse bastar para ela. Mas não bastava. De outro modo, não se sentiria tão mal.

O que mais a aborrecia, e que parecia não passar, era a sensação de não saber o que estava fazendo. Ela perdera o controle. Por algum motivo, estava tão bêbada que o fato de se sentir atraída por um belo rapaz quando acabara de fazer 40 anos e estava começando a se sentir velha pareceu-lhe algo natural. Pela sua experiência, sabia que despertar com uma tremenda ressaca e com um estranho ao lado nunca foi bom, mas, naquele caso, o fato de ele ser jovem o bastante para ser filho dela só piorava as coisas.

E não podia nem dizer que fora obrigada, forçada ou algo assim. Não houve nenhum Rohypnol ou GHB, apenas álcool e alguns baseados, ao que ela soubesse, e o pior era que, bêbada como estava, sabia ter sido uma participante ativa de tudo o que acontecera. Não conseguia se lembrar de detalhes do sexo, apenas de toques, apertos, gemidos e uma sensação de que tudo acabara rapidamente, mas conseguia se lembrar de sua excitação e seu entusiasmo iniciais. Afinal, concluiu que fora tão insatisfatório para ele quanto para ela.

Então, o episódio com Banks na noite anterior. Mais uma vez, o que diabos achou que estava fazendo? Agora as coisas nunca mais seriam as mesmas. Ela nunca mais seria capaz de encará-lo com algum amor-próprio. E ela pusera Banks e Winsome em uma posição desagradável ao sair dirigindo naquele estado. Poderia ter perdido a carteira de motorista, ser suspensa no trabalho. E esse parecia ser o menor de seus problemas.

As cores do mar mudavam enquanto ela descia a colina. Logo se viu cercada de casas, parando nos sinais de trânsito das ruas do centro da cidade. Um bando de repórteres se aglomerava do lado de fora da delegacia, brandindo microfones e gravadores para todos os que entravam e saíam do prédio. Annie conseguiu passar com a ajuda de policiais uniformizados e foi para a sala de equipe, onde encontrou o mesmo "caos" controlado de sempre. Mal havia chegado quando Ginger se aproximou.

— Está bem, chefe? Parece um tanto irritada.

— Estou bem — murmurou Annie. — Esses malditos repórteres me aborrecem, só isso. Alguma novidade?

— Tenho uma mensagem para você de um ex-inspetor-detetive chamado Les Ferris — disse Ginger.

— E quem é o cara?

— Um local. Trabalhava aqui, mas está em Scarborough agora. Oficialmente aposentado, mas lhe deram uma saleta e o empregaram como pesquisador civil. Parece ser bom nisso.

— E?

— Só disse que queria falar com você.

— Sou assim tão popular?

— Ele disse que é sobre um caso antigo, mas acha que seria relevante na investigação de Lucy Payne.

— Tudo bem — disse Annie. — Vou tentar dar uma escapada para vê-lo mais tarde. Alguma outra coisa enquanto estive fora?

— Nada, chefe. Falamos com algumas pessoas em Mapston Hall outra vez. Nada de novo por lá. Se alguém sabia que Karen Drew era Lucy Payne, escondeu muito bem.

— Teremos de pôr uma equipe para verificar vazamentos de informação, cavar mais fundo — disse Annie. — Precisamos investigar todo mundo no escritório de Julia Ford, o pessoal de Mapston Hall, do hospital, os assistentes sociais, todos. Veja se consegue alguns locais para ajudar em Nottingham e divida o resto entre os nossos melhores pesquisadores. Diga a eles que terão de fazer hora extra.

— Sim, chefe — disse Ginger.

— E acho que também precisamos fazer perguntas em outras direções — disse Annie, tirando os arquivos de sua pasta. — Teremos de ampliar a base de nossa pesquisa. Tome esta lista de nomes e a divida entre você, o sargento-detetive Naylor e o resto da equipe. São pessoas que, de um modo ou de outro, sofreram nas mãos de Lucy Payne há seis anos, a maioria em West Yorkshire. Já falei com o pessoal de lá, e eles ajudarão no que puderem. Precisamos de declarações, álibis, a coisa toda. Amanhã vou visitar Claire Toth pessoalmente. Era íntima da última vítima dos Payne, culpava-se pelo que aconteceu. Alguma pergunta?

— Não, chefe — disse Ginger, olhando a lista. — Mas, certamente, teremos bastante trabalho.

— Há mais, especialmente para você, Ginger.

— Que gentil, chefe.

— Havia uma jovem canadense que morava em The Hill, em frente à casa dos Payne. Ela se tornou amiga íntima de Lucy, mesmo depois da prisão. Aparecia na TV defendendo-a, esse tipo de coisa; achava que Lucy era uma pobre vítima.

— Entendo — disse Ginger.

— Ela também estava presente quando Lucy Payne sofreu o "acidente". Lucy morava na casa dela na época. Dá para imaginar como ela deve ter se sentido traída. De qualquer modo, ela é nossa principal suspeita se descobrirmos que estava perto da cena do crime. Seu nome é Maggie, ou Margaret, Forrest. Trabalhava como ilustradora de livros infantis; portanto, é possível que continue na atividade. Verifique com editores, associações profissionais, fale com quem puder. Você conhece a rotina. — Annie passou uma pasta para Ginger. — Os detalhes estão todos aqui.

— Você disse que ela era canadense. E se ela voltou para lá?

— Então não é mais problema nosso, certo?

— E se eu a encontrar?

— Avise-me imediatamente — respondeu Annie. — Essa é outra entrevista que eu gostaria de fazer pessoalmente.

Jill Sutherland, atendente de meio expediente do Fountain, estava na cozinha quando Winsome chegou ao apartamento dela a cerca de 2 quilômetros da faculdade.

— Eu estava preparando uma xícara de chá — disse Jill. — Cheguei há uns cinco minutos. Quer também?

— Seria ótimo — disse Winsome.

Jill trouxe chaleira, duas xícaras, leite e açúcar em uma bandeja e sentou-se com as pernas cruzadas em um pequeno sofá diante da mesinha de centro. Sua sala de estar era iluminada e bem ventilada, com um cheiro marcante de aromatizador de ambientes. Música pop inócua tocava ao fundo, de vez em quando interrompida por uma voz animada, mas o volume do rádio estava tão baixo que Winsome não ouvia o que se dizia. Sentou-se diante de Jill e pegou o bloco de notas.

Jill sorriu. Era uma bela ruiva com narizinho pequeno e redondo e uma pele pálida cheia de sardas. Vestia jeans e uma camiseta preta. No geral, tinha um ar de inocência que, para Winsome, provavelmente escondia experiência.

— Como posso ajudá-la? — perguntou Jill.

— Na verdade, eu não sei — disse Winsome. — É sobre a noite de sábado no Fountain. A jovem que foi assassinada, Hayley Daniels, tinha acabado de beber ali. Estamos tentando reunir o máximo possível de informações.

A expressão de Jill mudou.

— Sim, aquilo foi terrível. Pobre garota. Li sobre ela nos jornais. E pensar que eu poderia estar trabalhando logo ali na esquina. Ou, pior, estar passando por lá.

— Você caminha sozinha pelo Maze?

— Geralmente, quando trabalho. É um atalho. Estaciono no Castle, e o Maze é o caminho mais rápido. Na verdade, nunca pensei que fosse perigoso.

— Devia ser mais cuidadosa.

Jill deu de ombros.

— Nunca tive problemas. Nunca vi ninguém lá.

— Ainda assim... você conhecia Hayley?

— Eu a via por aí.

— Você também estuda na faculdade?

— Sim. Perícia Legal.

Winsome ergueu as sobrancelhas.

— Perícia Legal? Nem sabia que tinham esse curso.

— É bem recente. Depois de dois anos, você pode estudar análise química na universidade de Leeds.

— Foi na faculdade que você conheceu Hayley?

— O Departamento de Turismo é bem ao lado. Frequentamos a mesma cafeteria. Também a vi na rua algumas vezes, fazendo compras.

— E no Fountain?

— Uma ou duas vezes.

— Mas não eram amigas.

— Não, conhecidas. Apenas “olás”.

— Você faltou no sábado, não foi?

— Sim.

— O que teve?

— Só um resfriado.

Pelo modo como Jill evitou seu olhar e corou, Winsome adivinhou que ela não estava exatamente dizendo a verdade. Jill aproveitou o momento para se inclinar para a frente e servir-se de chá. Ao fazê-lo, tossiu e levou a mão à boca.

— Leite e açúcar?

— Sim, por favor — disse Winsome, pegando a xícara e voltando às perguntas: — Sente-se melhor agora?

— Sim, obrigada.

— Vamos lá — disse Winsome. — Você pode ser honesta comigo. Conheço o Fountain. Você não estava resfriada, certo? Só não queria trabalhar.

Os olhos de Jill se encheram de lágrimas.

— Preciso do dinheiro — disse ela. — Meus pais não podem me sustentar.

— Será que não há um trabalho melhor?

— Com certeza, estou procurando. Nesse meio-tempo, trabalho no Fountain.

— Como é trabalhar com Jamie Murdoch?

— Jamie é legal.

— Alguma vez a incomodou?

— Ele me convidou para sair algumas vezes, mas recusei. — Jill torceu o nariz. — Não faz o meu tipo. Quer dizer, ele não é exatamente o que se pode chamar de gracioso.

Winsome riu.

— Como ele reagiu?

— Ficou desapontado, é claro, mas não insistiu. Não, trabalhar para Jamie não é o problema. É só que... não consigo lidar com todos aqueles bêbados abusados. Eu sei que as pessoas mudam quando bebem muito, mas as coisas podem ficar muito desagradáveis. Há discussões e brigas toda hora, e Jamie não faz o tipo leão de chácara.

— Então, o que acontece?

— Ah, as pessoas geralmente se acalmam. Ninguém nunca se machucou nem nada. São só os palavrões e as grosserias. Não que eu seja puritana. E há também a fumaça. Não faz ideia de como fica ruim às vezes. A primeira coisa que faço quando chego em casa é jogar as minhas roupas no cesto e tomar um longo banho.

— Isso deve melhorar em julho, depois da proibição do fumo em lugares públicos — disse Winsome. — Há alguma outra coisa que a incomode lá?

Jill fez uma pausa e mordeu o lábio inferior.

— Eu não devia estar fazendo fofoca — disse ela afinal. — Mas, no verão, quando Pauline e eu atravessamos a França de carro em um fim de semana, Jamie me pediu para encher o porta-malas de cerveja e cigarros baratos.

— Isso não é ilegal — disse Winsome.

— Eu sei, mas acho que vender isso no pub é. Sei que muita gente faz isso e, como já falei, não sou puritana, mas não quero fazer nada que possa me prejudicar no futuro, especialmente se vou trabalhar para a manutenção da lei. Isso seria ruim.

— Certo — disse Winsome. Bebidas e cigarros ilegais não eram exatamente o que ela estava procurando ali, mas era outra peça do quebra-cabeça. No que dizia respeito a contrabando, porém, um pub como o Fountain era tão insignificante que não mereceria a atenção das autoridades. — Jamie disse que ficou lá até as 2h30, limpando os banheiros — disse Winsome.

— Eu sei. Ele me disse. Não me surpreende.

— Já aconteceu antes?

— Não assim. Mas já quebraram alguns espelhos. E volta e meia entopem as privadas com papel higiênico. Por isso trabalhar lá é tão ruim. Os finais de semana são horríveis. No resto do tempo o lugar fica vazio e só enche no almoço, às vezes. Lamento ter deixado Jamie na mão. Estou me sentindo mal agora que sei que ele estava lá sozinho quando, bem, aquilo aconteceu.

Winsome levantou-se.

— Ele vai sobreviver. Muito obrigada, Jill, você ajudou muito.

— Ajudei?

Winsome sorriu.

— Como eu disse, cada pequeno detalhe ajuda.

A superintendente Catherine Gervaise havia convocado uma reunião para analisar o progresso da investigação no quartel-general da área oeste às 17 horas daquela tarde de quarta-feira, quando alguns relatórios da perícia começariam a chegar. O sargento-detetive Stefan Nowak, coordenador de cena do crime, estava lá representando o laboratório, acompanhado pela Dra. Elizabeth Wallace, Banks, Templeton, Wilson, Hatchley e Winsome, que acabara de voltar de sua conversa com Jill Sutherland.

— Muito bem — disse Gervaise, quando todos se acomodaram com suas xícaras de café, blocos e canetas. — Vejamos o que temos até agora. O sargento-detetive Nowak está aqui representando a perícia. Sei que talvez seja cedo, mas tem algo para nós, Stefan?

— Infelizmente, não muito, senhora — disse Nowak. — E a maior parte do que tenho é negativa. O apoio técnico conseguiu o número da placa do carro que passou mais ou menos à mesma hora em que Hayley Daniels entrou na Taylor's Yard, mas era apenas um casal que voltava para casa após celebrar seu 25º aniversário de casamento em um restaurante chique da Market Street.

— E quanto à própria Hayley? — perguntou Gervaise. — Algo mais sobre o que aconteceu por lá?

— O estuprador usou um preservativo; portanto, nós não...

— Espere um instante — disse Banks. — E quanto ao sêmen nas coxas dela?

— Eu estava quase chegando lá — disse Nowak. — Aparentemente ele estava com pressa e deixou pingar quando retirou o preservativo, ou então o sêmen pertence a outra pessoa. Ainda estamos esperando os resultados do DNA.

— Havia *dois* estupradores? — perguntou Gervaise.

— Não havia necessariamente dois agressores — disse Nowak. — Alguém pode ter feito sexo consensual com ela, pela teoria de que ela entrou no Maze para se encontrar com alguém...

— Então outra pessoa a matou? — perguntou Templeton.

— É possível.

— Ela entrou no Maze para urinar — disse Winsome. — E não era uma prostituta.

— Não estou sugerindo que fosse — disse Nowak, parecendo surpreso. — Só que os resultados são inconsistentes. Sabemos que alguém fez sexo com Hayley usando um preservativo porque encontramos vestígios do lubrificante de uma marca conhecida, mas também encontramos vestígios de sêmen nas coxas dela e em dois restos de couro que estavam por perto. Esses são os fatos. Não me cabe especular, mas eu me perguntaria por que um assassino que é esperto o bastante para limpar o corpo da vítima deixaria passar uma gota de sêmen, a não ser que isso tivesse acontecido em outro momento, ou talvez tenha sido deixado por outra pessoa. Há uma pequena inconsistência aí.

— Como assim? — exclamou Gervaise.

— O fluido seminal não estava seco como deveria, considerando-se a hora da morte.

— Como expliquei diversas vezes — disse a Dra. Wallace, com um tom de voz definitivamente defensivo —, a hora da morte é, na melhor das hipóteses, uma estimativa.

— Foi o que pensei — disse Nowak.

— E qual foi a hora, então? — perguntou Banks.

Nowak olhou para a Dra. Wallace antes de responder.

— Não vejo razão para contestar a estimativa inicial, entre meia-noite e 2 horas — disse ele. — Pode haver outros motivos para a inconsistência. Vou trabalhar nisso.

— Muito bem — disse Gervaise.

— Observei na autópsia que Hayley pode ter tentado lutar contra seu agressor — disse a Dra. Wallace. — Encontrou algum tecido nas amostras encontradas debaixo das unhas dela?

— Infelizmente, não — disse Nowak. — Como você escreveu em seu relatório, as unhas eram muito curtas para poderem arranhar alguém. Tudo o que obtivemos foram algumas fibras comuns de algodão.

— Conseguiu identificá-las? — perguntou Gervaise.

Nowak balançou a cabeça.

— Ainda estamos trabalhando nisso, mas podem ser de diversas marcas. Não apenas isso — prosseguiu Nowak —, mas podem ter sido colhidas a qualquer hora da noite. Lembrem-se, ela estava com um grupo grande de pessoas, e as chances são de que algumas dessas pessoas, ou todas, se tocaram ou se abraçaram a certa altura.

— Cabelos? — perguntou Banks.

— Apenas os dela e de Joseph Randall.

— Então, ou nosso assassino usava um gorro ou é careca — disse Hatchley.

Ninguém riu.

— Há evidências de que o assassino a limpou — disse a Dra. Wallace. — Lavou o púbis dela.

— Mas esqueceu o sêmen — disse Banks.

— Parece — disse Nowak. — Ou isso aconteceu *depois* de ele tê-la limpado.

— Talvez — concordou a Dra. Wallace.

— Digitais? — perguntou Banks.

— Nenhuma. Lamento.

— Eu achava que, atualmente, vocês podiam fazer milagres — disse Banks, ao ver tudo desmoronar.

Nowak olhou para a Dra. Wallace.

— Às vezes até podemos, mas somos tão bons quanto as evidências que recolhemos.

— Alguma sorte com os maníacos sexuais da área? — perguntou Gervaise.

— Nada — respondeu Banks. — Foram todos entrevistados, e todos têm álibis. Ainda estamos trabalhando nisso.

Gervaise voltou-se outra vez para Nowak.

— Esquecemos alguma coisa?

— Não creio — disse Nowak. — Os OCCs analisaram o lugar como sempre fazem. Outra coisa que encontramos foram vestígios da urina da jovem no chão, do lado de fora do depósito, o que bate com as declarações de que ela foi a Taylor's Yard para urinar. Também encontramos vestígios de vômito, que são compatíveis com o conteúdo de seu estômago; portanto, parece que ela também estava nauseada. A equipe também vasculhou os prédios ao redor. A maioria deles está vazia ou é usada como algum tipo de depósito. Nada por lá.

— Então estamos lidando com um assassino particularmente esperto? — perguntou Templeton.

— Não necessariamente — disse Nowak. — É de se duvidar da esperteza de um assassino que limpa um corpo, mas esquece uma gota de sêmen. Talvez seja apenas alguém com sorte. Mas, sejamos honestos, qualquer um que se disponha a cometer um crime hoje em dia provavelmente já viu *The Bill, Silent Witness* e *CSI*. O grande público sabe muito sobre perícia, não importa o quanto aquilo que passa na TV seja inventado. As pessoas sabem com o que devem ter cuidado. Em alguns casos, sabem até mesmo como evitar deixar pistas.

— O que estou querendo dizer, senhora — disse Templeton para Gervaise —, é que podemos estar lidando com o primeiro de uma série. Quanto melhor preparado estiver o nosso assassino, quanto mais ele tiver o cuidado de limpar a cena do crime, mais evidências teremos de um planejamento prévio, certo?

— Não me parece que ele tivesse outra vítima em mente além de Hayley Daniels — argumentou Banks —, ou que fosse alguém que ela não conhecesse. Se Stefan estiver certo e houver duas pessoas diferentes envolvidas, talvez o assassino não tenha sido o estuprador. Por falar nisso, alguém encontrou a mãe biológica de Hayley?

— Ela foi para a África do Sul com o namorado — disse Winsome. — Ainda não voltou.

Banks voltou-se para Templeton.

— Acho que todos entendemos o seu argumento, Kev — disse ele. — Jim, sua pesquisa encontrou algum crime semelhante no país nos últimos 18 meses?

— Há diversos registros de desaparecimento de adolescentes — disse Hatchley —, mas a maioria delas voltou para casa, e as que não voltaram não desapareceram nas mesmas circunstâncias que Hayley Daniels.

— Obrigado, Jim. Continue procurando — disse Banks, virando-se para Templeton outra vez. — O que estou querendo dizer, Kev, é que só saberemos se estamos lidando com um assassino em série se houver uma segunda e uma terceira vítimas. Pode ter sido um crime espontâneo, um estupro que deu errado, não necessariamente um assassino em série no início de sua trajetória.

— Mas ao menos podemos pôr alguns homens no Maze nos fins de semana, não podemos?

Banks olhou para Catherine Gervaise.

— Não creio que possamos justificar tal despesa, sargento-detetive Templeton — disse ela. — Não temos pessoal para tanto. Já estouramos o orçamento com a perícia.

— Tem de ter sido um ataque espontâneo — acrescentou Winsome. — Ninguém sabia que Hayley entraria no Maze até ela deixar o Fountain com os amigos à 0h17.

— Mas todos eles sabiam? — perguntou Gervaise.

— Sim. Ela disse o que faria do lado de fora do pub. Foi filmado.

— Quem mais sabia?

— Ninguém, ao que nos conste.

— Então foi um dos amigos — disse Gervaise. — Ou um dos desordeiros de Lyndgarth, aqueles que deram trabalho para o gerente do Fountain.

— Não, senhora — disse Templeton. — Acabei de verificar. Parece que depois que foram expulsos do pub entraram no carro e foram embora. Bateram na periferia de York. Nada sério, só cortes e contusões, mas ficaram detidos no hospital e com a polícia de York a maior parte da noite.

— Então podemos tirá-los da lista — disse Gervaise.

— Há um detalhe — disse Winsome. — Quando falei com Jill Sutherland, agora há pouco, ela me disse que sempre passa pelo Maze quando trabalha no Fountain. É um atalho para o estacionamento.

— Então acha que o assassino esperava por Jill e pegou Hayley em seu lugar? — perguntou Gervaise.

— Não, não necessariamente, senhora — respondeu Winsome. — Apenas que ele talvez soubesse de que teria uma boa chance de pegar uma vítima por lá caso soubesse desse atalho.

— O que estou dizendo — prosseguiu Templeton — é que o assassino já a estava esperando lá, *dentro* do Maze. Winsome está certa. O que conta é o *local*, não a vítima em si. Talvez tenha estado lá em outras ocasiões, espreitando, embora nada tenha acontecido. Mas ele sabia que acabaria acontecendo, que alguma garota entraria ali sozinha. Jill Sutherland, por exemplo. Então, poderia atacá-la. Essas pessoas têm uma paciência infinita. Dessa vez ele teve sorte.

— Acho que o sargento-detetive Templeton tem razão — disse a Dra. Wallace. Ela vestia roupas casuais, e Banks teve dificuldade de reconhecê-la à primeira vista, uma figura magra, cabelo amarrado à nuca, camisa preta de gola rulê, jeans e tênis Nike. Teve a impressão de que ela poderia ser bem atraente se quisesse, mas que aquilo não a interessava. — Pela minha experiência — prosseguiu ela —, já vi casos semelhantes e li relatos envolvendo o tipo de ferimentos que encontrei no corpo de Hayley Daniels. Quase todos faziam parte de uma série. Vi as fotografias da cena do crime. E o corpo definitivamente estava "posando". Não ficou naquela posição naturalmente depois que ele terminou. Ela estaria exposta, aberta, abandonada como uma boneca usada. Mas não estava. Ele a virou de lado cuidadosamente, ocultou o ferimento que provocara, para que parecesse que ela estava apenas dormindo. Chegou a limpar o corpo. Assassinos inexperientes não têm esse tipo de cuidado.

— Compreendo o que está dizendo — disse Banks —, mas já vi casos em que alguém matou um conhecido e escondeu os ferimentos por vergonha, chegando até a cobrir o corpo com um casaco ou um lençol. Nenhum assassino, com exceção daquele que está acostumado a matar, sabe o que sentirá ao terminar, e esse tipo de reação, de horror ao ver o resultado de seu crime, é bastante comum.

— Bem — disse a Dra. Wallace —, rendo-me ao seu conhecimento de especialista, é claro, mas repito: isso pode ser apenas o começo. Há indicações de que o assassino vai atacar outra vez. E o Maze é um local perfeito.

— Tudo bem — disse Gervaise. — Levaremos em conta suas considerações, sargento-detetive Templeton e Dra. Wallace. Mas, como disse anteriormente, nesta etapa não temos como encher o Maze de policiais nas sextas e sábados. Além disso, não acham que, se for mesmo um assassino em série, então ele terá o bom-senso de escolher outro lugar da próxima vez?

— Não necessariamente — disse a Dra. Wallace. — Não sou psicóloga, mas sei alguma coisa sobre comportamento criminoso, e as pessoas se apegam a certos lugares. O Maze certamente é grande e complicado o bastante para atrair esse tipo de personalidade. Ele pode achar que espelha o seu estado interior, por exemplo, a sua agitação interna. Muitas sombras, cantos e passagens através das quais aparecer ou desaparecer.

— E diversas entradas e saídas não vigiadas por câmeras de segurança. A doutora está certa — disse Templeton, recebendo um franzir de sobrancelhas da Dra. Wallace, que ele não percebeu. — Ele espreita o lugar em horas que sabe que haverá um bocado de jovens bêbadas e descuidadas por perto. Deve haver outras áreas igualmente escuras e isoladas no centro da cidade, como o Castle Gardens e o Green, que devem ser vigiadas, mas são mais abertas. O Maze é perfeito para ele. Lembre-se, Jack, o Estripador, só atacava em Whitechapel.

— Ainda assim, era uma área muito maior — disse Gervaise. — De qualquer modo, lamento, mas o melhor que podemos fazer a esta altura é aumentar o número de patrulhas na área e pregar cartazes nos pubs aconselhando as pessoas a evitarem o Maze caso estejam sozinhas, especialmente as mulheres. Para que fiquem em grupos e não andem sozinhas por lá. Isso deve ser o suficiente, por enquanto. Fora isso, o lugar ainda é uma cena do crime e continuará sendo durante algum tempo. Está isolado.

— Apenas a parte perto da Taylor's Yard — argumentou Templeton. — E se você é capaz de cometer um homicídio, dificilmente vai se importar com uma pequena infração como...

— Basta, sargento-detetive Templeton — disse Gervaise. — Esse assunto está encerrado.

— Sim, senhora — disse Templeton, estreitando os lábios.

Todos ficaram em silêncio durante algum tempo, então Gervaise perguntou a Banks o que fazer a seguir.

— Temos uma lista de possíveis suspeitos — disse Banks. — Joseph Randall, Stuart Kinsey, Zack Lane, Jamie Murdoch e Malcolm Austin. E o ângulo do assassino em série — acrescentou, olhando para Templeton. — Acho que a próxima coisa que devemos fazer é voltar a interrogar os nossos suspeitos com maior rigor do que antes e ver se encontramos uma fresta na armadura de alguém.

Ouviu-se uma batida à porta, e um dos colegas de Stefan Nowak entregou-lhe um envelope. Fez-se silêncio enquanto ele o abria. Ao terminar, olhou para Banks e disse:

— Talvez não seja necessário. Lembra-se de quando eu disse que nosso assassino podia não ser tão esperto quanto pensamos? Bem, de acordo com o laboratório, o DNA encontrado na amostra de sêmen na coxa de Hayley Daniels é o mesmo da amostra de saliva dada por Joseph Randall. Parece que temos uma identificação positiva.

CAPÍTULO 9

— Obrigado por se dar ao trabalho de vir me ver — disse Les Ferris, o pesquisador que dissera ter uma informação, quando Annie apareceu em seu escritório no fim daquela tarde. — Está quase na hora de fechar, e não saio muito — prosseguiu, tirando o casaco amarrotado de tweed das costas da cadeira. — Então, por que não me deixa lhe pagar uma cerveja? Ou uma xícara de chá, se esse for o seu veneno predileto.

Annie pensou por um instante. Saíra da linha na noite anterior com consequências desastrosas, mas estava se sentindo melhor então, e um copo não lhe faria mal algum. Além disso, o escritório era uma bagunça e cheirava a casca de banana passada.

— Tudo bem — disse ela. — Uma cerveja, então?

Les Ferris sorriu, revelando dentes manchados e tortos. Era um sujeito careca, rotundo, de rosto vermelho, costeletas grisalhas e olhos tristes.

A tarde estava bonita em Scarborough, do tipo que não se costuma ver antes das férias — nem mesmo durante —, e os moradores aproveitavam. Casais caminhavam de mãos dadas no parque, e famílias com crianças pequenas, ou empurrando carrinhos de bebê, passeavam à beira-mar, as crianças atirando seixos contra as ondas. Um sujeito corajoso chegou a enrolar as pernas da calça e experimentar a temperatura da água, mas não resistiu mais que alguns segundos. Annie sentia cheiro de sal e algas marinhas e ouvia as gaivotas grasnando no céu. Por um segundo, fizeram-na lembrar-se do cadáver de Lucy Payne, e ela sentiu um calafrio.

— Está com frio? — perguntou Ferris.

Annie sorriu.

— Não — disse ela. — A morte deve ter passado por aqui.

Adiante, no lugar onde o alto promontório de Scarborough Castle se erguia sobre a baía, Annie podia ver as ondas arrebentando contra o quebra-mar, levantando a maresia. Ferris escolheu um pub aconchegante perto de Marine Drive. Era voltado para o porto. A maré estava baixa e havia alguns barcos de pesca brancos, vermelhos e verdes encalhados sobre a areia úmida. Um homem vestindo um casaco azul de jérsei pintava o casco de seu barco. O pub era revendedor da cervejaria Jennings, mas também oferecia cervejas de outros fabricantes. Annie escolheu uma Cock-a-Hoop. Ferris pegou o maço de cigarros após pousar as bebidas sobre a mesa arranhada.

— Incomoda-se? — perguntou ele.

— De modo algum — disse Annie; o lugar já fedia a cigarro, e diversas pessoas nas mesas ao lado estavam fumando. — Aproveite enquanto pode.

— Já tentei parar umas vinte vezes — disse Ferris. — Mas, por algum motivo, não consigo. Estou para fazer 65 anos no mês que vem e, a esta altura, acho melhor me resignar com meu destino, não acha?

Não era bem o que Annie quisera dizer. Ela se referia à proibição do fumo, a ser efetivada em julho. Mas aquilo não era importante.

— Acho que 65 anos não é velhice — disse ela. — Você pode facilmente viver até os 90. Se parar. — Ela ergueu a caneca e disse: — Saúde. Aos seus 90 anos.

— Saúde. Um brinde a isso.

Depois de beber, Ferris tragou profundamente.

— Você disse que tinha algo para me dizer — falou Annie.

— Sim. Não sei se isso é relevante, mas quando soube a identidade de sua vítima, lembrei-me de uma coisa.

— Não me surpreendo — disse Annie. — Lucy Payne era bem conhecida.

— Não, não é isso. Não me lembrei de Lucy Payne.

— Talvez devesse começar do princípio.

— Sim, talvez — disse Ferris. — Não fui este modesto pesquisador a vida inteira. Servi por um tempo no comando de investigações criminais de East Yorkshire, como o lugar se chamava então. Já fui um detetive jovem e ousado. — Seus olhos piscaram enquanto ele falava.

— Aposto que sim — disse Annie, esperando que um pouco de lisonja o ajudasse a prosseguir. Ela não tinha planos para a noite, mas esperava poder passá-la tranquilamente no quarto, assistindo à TV.

— Não que tenhamos muitos assassinatos neste trecho do litoral — prosseguiu Ferris —, motivo pelo qual provavelmente eu tenha pensado nisso. As pessoas dizem que sou um obcecado. Mas, por algum motivo, aquilo sempre me perseguiu.

Talvez porque tenha acabado de modo tão misterioso quanto começou.

— O quê? — perguntou Annie. — Estou curiosa.

— Um caso no qual trabalhei em 1989. Na época, eu era um jovem inexperiente de 47 anos. Só cheguei a sargento-detetive. Não havia esse negócio de promoção acelerada no meu tempo. Na época, você fazia por merecer as suas patentes.

— Foi o que ouvi dizer — disse Annie.

— É, bem, não que não haja bons policiais atualmente. Algumas mulheres também — acrescentou rapidamente.

— E sobre esse caso de 1989 — disse Annie, evitando que ele se atrapalhasse ainda mais. — O que lhe ocorreu quando soube de Lucy Payne?

— Eu estava quase lá. — Ferris esvaziou a caneca. — Outra?

— Para mim, não. Estou de carro — disse Annie. — Mas deixe que eu busco uma cerveja para você.

— Sim, tudo bem — disse Ferris. — Liberação feminina. Gostaria de uma Sneck Lifter, por favor.

— Sneck Lifter?

— É. Eu sei que é forte, mas não tenho de ir muito longe. Não estou de carro.

Annie foi ao balcão e pediu a cerveja. A atendente sorriu e inclinou a cabeça em direção a Ferris.

— Vai ser preciso mais do que isso para alegrá-lo — disse ela.

Annie riu.

— Com alguma sorte — disse ela —, não vou estar por perto a essa altura.

A atendente também riu, entregou a Annie a cerveja, o troco e disse:

— Saúde, querida.

De volta à mesa, Ferris agradeceu-a e olhou para o mar através da janela.

— É — disse ele. — Setembro de 1989. Trabalho complicado. Estava lotado em Whitby na época, como você. Lugar geralmente tranquilo, a não ser por alguns batedores de carteira na alta estação, algumas brigas ocasionais em pubs, invasões ou incidentes domésticos.

— O que houve? — perguntou Annie.

— Bem, esse é o problema — disse Ferris, coçando o queixo. — Nunca descobrimos ao certo. Ficamos nas especulações e conjecturas. Baseados nos poucos fatos que tínhamos, é claro. Fizemos o melhor que pudemos. Mas fiquei com aquilo na cabeça durante todos esses anos.

Annie bebeu um gole de cerveja. Era melhor relaxar e deixar ele contar a história ao seu tempo, pensou, ao ver a noite caindo lá fora.

— Estou certa disso — falou. — Mas o que o faz pensar que o fato está ligado ao assassinato de Lucy Payne?

— Nunca disse isso. É apenas uma coincidência curiosa, e se você é a boa policial que penso que é, não deve acreditar em coincidência mais do que eu acredito.

— Não acredito — disse Annie. — Prossiga.

— Para começo de conversa, como eu disse, não temos muitos assassinatos por aqui, e você acaba se lembrando de todos eles. Havia ainda menos naquela época. Tudo começou quando um sujeito daqui, um marceneiro chamado Jack Grimley, desapareceu certa noite após sair do pub Lucky Fisherman. Alguns dias depois, o corpo dele apareceu na praia perto do caminho de Sandsend.

— Assassinado?

— Difícil dizer com certeza — disse Ferris. — Pode ter sido um ferimento na cabeça, como disse o médico, um objeto macio e arredondado, mas ele estava na água já havia alguns dias; fora jogado contra as pedras. — Fez uma pausa. — Também havia sido mordido pelos peixes.

— Água nos pulmões?

— Não. Esse é o problema.

Aquilo significava que ele não se afogara.

— Então ele bateu nas pedras ao cair?

— É uma teoria.

— Qual a opinião do legista?

— Morte acidental. Mas o inspetor-detetive Cromer, Paddy Cromer, que estava encarregado da investigação, não ficou satisfeito. Infelizmente ele já morreu, ou eu sugeriria que você conversasse com ele. Assim como eu, ele também ficou com uma pulga atrás da orelha até o fim. Eu era seu sargento-detetive.

Annie não fazia ideia de por que Ferris estava dizendo tudo aquilo para ela, ou o que aquilo tinha a ver com o assassinato de Lucy Payne, mas ainda tinha um pouco de cerveja na caneca e não se importava em esticar a conversa mais alguns minutos enquanto o sol se punha. Pena estarem voltados para o leste, pensou, ou teriam uma vista espetacular. Mas a delicada tonalidade de azul que via no céu a fez lembrar uma escultura em vidro que vira certa vez na ilha veneziana de Murano, havia muitos anos, quando ainda era estudante.

— Por que Cromer não se convenceu? — perguntou.

Ferris tocou o lado do nariz, repleto de veias vermelhas.

— Instinto — disse ele. — Assim como a intuição feminina, só que mais confiável. Instinto de policial.

— Então ele tinha um palpite — disse Annie. — Ainda não entendi.

Ele a olhou feio e, por um instante, Annie achou ter perdido a sua confiança, mas Ferris sorriu logo a seguir.

— Espertinha você, hein? Fosse o que fosse, Paddy não estava satisfeito. Nem eu. Quero dizer, Jack Grimley podia ter caído do penhasco. Já acontecera antes. Mas, de acordo com seus amigos, ele não bebera muito e morava em outra direção. Não havia motivo para ele estar caminhando pela borda do precipício. Além disso, havia uma praia lá embaixo, não pedras. E foi quando eu ouvi falar pela primeira vez na mulher misteriosa.

Annie aguçou os ouvidos.

— Que mulher misteriosa?

— Paciência, dona, paciência. Uma testemunha achava ter visto Jack conversando com uma mulher perto da estátua de Cook. Mas estava escuro, e ele admitiu que podia ter se enganado. Ainda assim, era tudo o que tínhamos na ocasião, a única informação que o colocava junto ao penhasco. E ele estava com alguém.

— Ele havia dito alguma coisa a respeito de ir se encontrar com uma mulher? — perguntou Annie.

Ferris balançou a cabeça.

— Não com os amigos.

— Isso não parece ser coisa de homem — disse Annie. — Ainda assim, suponho que ele tivesse motivos para tanto. Se vinha se encontrando com uma mulher, talvez ela fosse casada. Quem sabe até com um de seus amigos.

— Pensamos nisso. O problema é que ninguém apareceu. Investigamos e não conseguimos nada. De qualquer modo, se isso fosse tudo o que aconteceu, eu não a teria feito vir até aqui. Não que não seja um prazer beber com uma bela jovem como você.

Annie revirou os olhos e sorriu.

— Que gentil de sua parte.

— Falo sério — disse Ferris. — Você *é* muito bonita.

— Eu me referia à palavra "jovem".

— Bem, isso é relativo, não é mesmo?

— Realmente — disse Annie, com a imagem de Eric nu passando por sua mente. — Então, há algo mais?

— Com certeza. Eu lhe disse que Jack Grimley foi apenas o primeiro de uma série de acontecimentos estranhos naquele mês de setembro. O bastante para ficarem na minha memória durante todos esses anos, como se tivessem acontecido ontem. O segundo ocorreu alguns dias depois, quando um jovem australiano chamado Keith McLaren foi encontrado com um grave ferimento na cabeça em um bosque perto de Dalehouse, costa acima, perto de Staithes.

— Conheço — disse Annie. — É um lugar isolado.

— Muito. De qualquer modo, o ferimento na cabeça tinha uma incrível semelhança com o de Jack Grimley. Um objeto macio e arredondado. O jovem McLaren ficou algum tempo entre a vida e a morte, mas acabou sobrevivendo. O problema era que ele não se lembrava do que havia acontecido. O médico disse que a memória dele voltaria com o tempo, ao poucos. Ele não sofreu qualquer dano cerebral, mas aquilo não nos servia de nada. Agora, o interessante é que algumas pessoas disseram que o viram no porto em Staithes, provavelmente no dia em que aquilo aconteceu, caminhando com uma jovem com cabelo curto e castanho, vestindo jeans, casaco cinza e camisa quadriculada. Era melhor que a descrição que tivemos da testemunha que vira Jack Grimley com a mulher perto da estátua de Cook porque estava escuro na hora, mas não tínhamos como provar que era a mesma pessoa, muito menos como saber quem ela era.

— Alguém deu uma boa olhada nela?

— Não, esse é o problema. Não conseguimos nenhum retrato falado decente.

— Alguma ideia da idade dela?

— Jovem, diziam. Cerca de 20 anos.

— E vocês trabalharam a hipótese de ser a mesma mulher em ambos os casos?

— Você não faria o mesmo?

— Provavelmente, dada a opinião do patologista em relação aos ferimentos. O que aconteceu com McLaren?

— Ele se recuperou e voltou para a Austrália.

— Tem o endereço dele?

— Deus sabe onde ele está agora. Ele era de Sydney. Lembro-me de que estava para se formar em Direito, se isso ajuda.

— Muito bem — disse Annie, fazendo uma anotação. — Então, essa mulher misteriosa aparece em dois incidentes separados envolvendo duas agressões violentas, com a semelhança dos ferimentos na cabeça das vítimas, possivelmente feitas por um objeto macio e arredondado, um deles resultando em morte. E esta é uma região onde ocorrem poucos incidentes violentos. Devo supor que você está fazendo uma ligação entre essa mulher e a que apareceu em Mapston Hall para levar Karen Drew, ou Lucy Payne, para passear na manhã de domingo?

— Exato.

— Mas isso faz 18 anos, Les — disse Annie. — O que pode ter a ver com algo que aconteceu outro dia?

Ferris riu e balançou a caneca vazia.

— Acabou. Busque outra Sneck Lifter e eu lhe conto toda a história.

— Olá, Sr. Randall — disse Banks, quando os guardas trouxeram Joseph Randall até a sala de interrogatório. — É um prazer vê-lo outra vez.

— Pode me poupar da gentileza — disse Randall. — O que pretendia ao enviar um carro de polícia até a minha casa? Não poderia ter dado um sinal mais evidente para os meus vizinhos...

— Sinal de quê? — perguntou Banks.

— Você bem sabe do que estou falando.

— Ora, não queríamos que viesse a pé até aqui.

— Não se faça de tolo. Nem me explicaram o motivo de estarem me trazendo para cá.

— Provavelmente não sabiam — disse Banks. — Sabe como é. Guardas subalternos. Sabem apenas o que devem saber. Não lhes dizemos tudo.

Randall cruzou os braços.

— Desta vez, chamei o meu advogado. Ele se encontrará comigo aqui a qualquer momento.

— Boa ideia — disse Banks. — Temos de nos certificar de que todas as cartas estão sobre a mesa nesta fase da investigação.

Randall fez uma pausa em sua demonstração de indignação e lançou um olhar preocupado a Banks.

— O que quer dizer com "esta fase"?

— Fim de jogo — disse Banks, mexendo tranquilamente nos papéis diante dele. — Descobrimos que as coisas funcionam melhor para nós no tribunal se todos souberem os seus direitos, para não haver possibilidade de transgressões. Portanto, se quiser, podemos esperar até o seu advogado chegar. Não é um lugar dos mais agradáveis. — Banks olhou para a tinta verde institucional descascando nas paredes, para as janelas altas e gradeadas e para a lâmpada coberta por uma tela suja de excrementos de mosca. — Ainda assim... quer uma xícara de chá enquanto esperamos?

Randall resmungou.

— Não, não quero nenhuma droga de xícara de chá. Quero acabar logo com isso e voltar para casa.

— Incomoda-se se eu tomar uma xícara?

— Não me importo com o que você fizer.

Banks pediu para o guarda trazer chá e, antes que este voltasse, o advogado de Randall enfiou a cabeça no vão da porta, aparentemente perdido. Como Banks esperava, não estava acostumado a ter criminosos como clientes. A maioria dos advogados de Eastvale não estava. Aquela parecia ser a primeira vez que o advogado de Randall entrava em uma sala de interrogatório policial.

— Entre — disse Banks, que não reconheceu o jovem com o terno sem caimento, cabelo despenteado e óculos enormes. — Você é?

O advogado cumprimentou Randall e sentou-se na cadeira vazia.

— Crawford. Sebastian Crawford. Advogado.

— Sebastian cuida de todos os meus negócios — disse Randall.

— Bom — disse Banks. — Vou chamar os meus colegas e estaremos prontos para começar.

Se Sebastian Crawford cuidava de todos os interesses de Randall, pensou Banks, então era improvável que fosse um advogado criminal. Com alguma sorte, ele logo meteria os pés pelas mãos.

O chá chegou, assim como o sargento-detetive Stefan Nowak, e todos se acomodaram na sala de interrogatório. Então, Banks ligou a câmera de vídeo e o gravador e deu detalhes sobre a data, a hora, o lugar e as pessoas presentes. Podia ver como aquilo deixava Randall nervoso, enquanto Crawford se limitava a ficar sentado, fascinado com a rotina.

— Agora, Sr. Randall — começou Banks — houve alguns desdobramentos interessantes desde que nos falamos da última vez, mas antes de chegarmos lá, gostaria de recapitular brevemente o que nos disse nas duas vezes em que falamos com você, para nos certificarmos de sua precisão.

Randall olhou para Crawford, que assentiu.

— Não vejo mal nisso, Joseph — aconselhou. — Faça o que eles estão pedindo.

— Ao que me lembre — disse Banks —, você se surpreendeu ao descobrir que ficou 11 minutos no depósito com o cadáver de Hayley Daniels antes de ligar para a delegacia. Isso é verdade?

— Foi você quem disse que eu passei 11 minutos lá. Não creio que tenha sido tanto tempo. Você disse que alguém me viu, mas acho que entrei no depósito às 8h15, e não às 8h10, como disse a sua testemunha.

— Eram 8h10 — disse Banks. — Não se esqueça, Joseph, as câmeras de segurança também funcionam de dia, e seus relógios são muito precisos. Onze minutos é muito tempo para se passar junto a um cadáver. A não ser que você tivesse assuntos a tratar ali, é claro.

— Sr. Banks! — disse Crawford. — O que está sugerindo?

— Nada, ainda — disse Banks, mantendo os olhos em Randall. — Você também admitiu que estava no Duck and Drake mais cedo na noite de sábado, quando Hayley e os amigos passaram por lá, e que você estava olhando com luxúria para ela enquanto estava no bar.

Randall olhou para Crawford.

— Essas palavras são *dele*, não minhas. Não admito isso, Sebastian. Você está vendo? É o que eles fazem. Distorcem o que você disse, põem palavras na sua boca.

— Mas você a *viu* lá — prosseguiu Banks. — E você *tentou* esconder esse fato em nossa primeira entrevista, não foi?

— Disse que não me lembrava de tê-la visto.

— Bem, ela certamente não havia trocado de roupa — disse Banks. — E a única coisa diferente quanto à aparência dela na manhã seguinte era que estava morta. Mas se você espera que eu acredite que viu uma jovem atraente vestindo uma roupa extremamente sensual às 19 horas e que, oito horas depois, na manhã seguinte, não sabia se era a mesma jovem, suponho que eu deva acreditar em você.

— Foi o choque — disse Randall. — Pelo amor de Deus, ela estava morta! Para você deve ser comum, mas não estou acostumado a ver cadáveres na minha propriedade.

— Vamos voltar ao que você fez na noite de sábado — disse Banks. — Você me disse que estava em casa entre meia-noite e 2 horas, que pôs o gato para fora e que foi dormir por volta de 0h45. Confirma?

— Claro. Foi o que aconteceu.

— Taylor's Yard não fica muito longe do lugar onde você mora, não é mesmo? — perguntou Banks. — Embora fizesse mais sentido ir de carro até o estacionamento nos fundos do Maze e entrar por uma das passagens que não são cobertas por câmeras de segurança.

— De que diabos você está falando?

— Sim, Sr. Banks, do que está falando? — intrometeu-se Crawford. — Meu cliente já disse o que fez na noite de sábado.

— Estou apresentando uma versão alternativa — disse Banks.

— Mas como eu poderia saber que a jovem iria ao Maze na hora em que foi? — perguntou Randall.

Era uma boa pergunta, Banks tinha de admitir, e ele não tinha uma resposta para ela. Incomodava-o a imprevisibilidade, o fato de Hayley ter decidido naquele último minuto que entraria no Maze para urinar. Era um impedimento. Mas aquilo não impedia que alguém *já estivesse lá*, apenas esperando uma oportunidade, como acreditava Templeton.

— Você conhece o lugar — disse ele. — O que o impediria de se esconder e esperar uma vítima? Afinal, era simplesmente uma questão de tempo antes que uma jovem bêbada entrasse e se perdesse lá dentro. Talvez tenha estado no Fountain outras vezes e soubesse que a atendente de lá usava o Maze como um atalho para o estacionamento. Talvez não soubesse que ela não estava trabalhando naquela noite. Não importa. Tudo acabou bem, não é mesmo? Aposto que não conseguiu acreditar na própria sorte quando viu que era a jovem em quem você havia ficado de olho no Duck and Drake mais cedo naquela noite.

— Ora, Sr. Banks — disse Crawford, em meio a uma risada nervosa. — Está exigindo um pouco demais de nossa credulidade, não é mesmo? Realmente espera que acreditemos nessa... hum... coincidência?

— Até o Sr. Randall nos dizer o que realmente aconteceu, é o melhor que podemos fazer — disse Banks.

— Já falei o que aconteceu — retrucou Randall. — Depois do Duck and Drake fui para casa e passei o resto da noite assistindo à TV. Por volta de 0h45, pus o gato para fora e fui dormir. Só isso.

— Gostaria de acreditar em você — disse Banks —, mas infelizmente o que você está dizendo contraria as provas que temos.

— Que provas? — perguntou Crawford. — Está dizendo que existem provas que incriminam o meu cliente?

Banks voltou-se para Stefan Nowak.

— Sim, temos provas que o incriminam — disse ele. — Stefan?

Nowak abriu uma pasta que tinha à sua frente.

— De acordo com a nossa análise, o DNA da amostra que você livremente nos deu é o mesmo DNA tirado de vestígios de sêmen encontrados no corpo de Hayley Daniels e em dois retalhos de couro perto do cadáver.

— O que está dizendo? — perguntou Randall, boquiaberto.

— Que as chances de ter sido outra pessoa que deixou aqueles vestígios de sêmen no corpo de Hayley Daniels são de cinco bilhões para uma — disse Banks. — Estou certo, sargento-detetive Nowak?

— É por aí, sim — disse Nowak.

— E isso basta para qualquer tribunal do país — disse Banks. — Joseph Randall, eu o estou indiciando pela morte de Hayley Daniels. Não precisa dizer nada. Mas pode prejudicar sua defesa se, ao ser interrogado, não mencionar algo que posteriormente venha a declarar em juízo. Qualquer coisa que disser poderá ser usada como prova. — Banks levantou-se e abriu a porta; dois guardas corpulentos entraram. — Levem-no para a cela — disse Banks.

— Você não pode fazer isso comigo! — disse Randall. — Sebastian, me ajude! Detenha-os. Aquela amostra foi obtida à força.

— Você nos deu o seu consentimento — disse Banks. — Temos a declaração formal.

— À força. Sebastian! Detenha-os! Por favor, não deixe que façam isso comigo.

Crawford não olhou para o cliente ao dizer:

— Não há nada que eu possa fazer agora, Joseph — disse ele. — Eles estão no direito deles. Mas, acredite, farei tudo o que puder para ajudá-lo.

— Por favor, me tire dessa! — gritou Randall, o rosto vermelho, virando a cabeça para Crawford enquanto os guardas o arrastavam para fora da sala de interrogatório. — Sebastian! Tire-me daqui agora!

Crawford estava pálido e cabisbaixo. Conseguiu apenas sorrir amarelo ao passar por Banks no corredor e seguir o seu cliente escada abaixo.

— É aqui que as coisas ficam realmente interessantes — disse Ferris após um longo gole de Sneck Lifter.

Bem que ele poderia ser mais breve, pensou Annie, olhando para o relógio. Pelo modo como iam as coisas, ela podia esquecer o episódio de *Coronation Street* e, talvez, o capítulo de *The Bill* daquela noite. Ainda assim, se a história de Ferris fosse tão interessante quanto ele achava ser, talvez valesse a pena.

— Uma ou duas semanas depois de encontrarmos o corpo de Jack Grimley e o australiano ter sido ferido, outro sujeito local, chamado Greg Eastcote, foi dado como desaparecido por um colega de trabalho. Aparentemente, ele não aparecia no emprego havia vários dias. Ele era entregador de um atacadista de pescados. Nunca o encontramos e nunca mais tivemos notícia dele.

— Por que tenho a impressão de que sempre há mais alguma coisa? — perguntou Annie. — Este caso está começando a parecer uma casa de espelhos. — Havia menos de um dedo de cerveja em sua caneca, mas ela não pediria outra, não daquela vez. Controle. Recuperação.

— Não é mesmo? — disse Ferris. — De qualquer modo, fomos à casa de Eastcote para ver se encontrávamos alguma pista para elucidar o desaparecimento. Ele morava sozinho. Fui até lá com Paddy Cromer. Não tínhamos qualquer evidência que ligasse isso ao que acontecera com Grimley e McLaren, mas desaparecimentos misteriosos e ataques violentos eram muito raros por aqui, como já disse. De acordo com os colegas de trabalho, Eastcote estava feliz no emprego e parecia tranquilo e despreocupado, embora fosse bastante quieto e antissocial. Um tanto "deslocado", como disse um deles. Para ser honesto, na hora não sabíamos com o que havíamos topado.

— E agora?

Ferris riu.

— Ainda não sei ao certo — Ele bebeu um pouco mais de cerveja e voltou à sua história. Escurecia, e o pub começava a lotar de frequentadores noturnos. Annie sentia-se de algum modo distanciada das risadas e da alegria das outras pessoas, como se ela e Ferris estivessem isolados em uma ilha de realidade, ou de irrealidade, dependendo do ponto de vista. Ela não sabia explicar por que se sentia assim, mas, de certa forma, sabia que o que Ferris estava dizendo era importante e que tinha algo a ver com o assassinato de Lucy Payne, embora Lucy só tivesse 10 anos em 1989. — Foi o que encontramos lá, na casa dele, que nos deixou intrigados — disse Ferris. — Em quase todos os aspectos, era uma casa perfeitamente normal. Limpa e arrumada, os livros de sempre, TV e vídeos. Normal.

— Mas?

— Isso nunca foi revelado à mídia — disse Ferris —, mas em uma das gavetas da mesa de cabeceira encontramos sete cachos de cabelo amarrados com fita cor-de-rosa.

Annie sentiu um aperto no peito. Ferris deve ter notado, pois acrescentou rapidamente:

— Não há nada de normal nisso, certo?

— Você acha? Quer dizer...

— Todo mundo sabia que havia um assassino em série em ação no norte, e a ideia geral era de que o havíamos encontrado, ou ao menos descoberto quem ele era. Nunca encontramos Eastcote. De acordo com a nossa contagem, fez seis vítimas, mas havia outras jovens desaparecidas, outros casos inexplicáveis, e uma vítima que sobreviveu.

Annie ergueu uma sobrancelha.

— Kirsten Farrow. Alguém o interrompeu antes que pudesse acabar com ela — prosseguiu Ferris. — Ela ficou mal durante muito tempo, mas acabou se recuperando.

— Você falou com ela?

— Sim. Na época ela estava em Leeds, morando com uma amiga chamada Sarah Bingham. Kirsten foi vaga, mas isso é de se esperar de alguém que sofreu como ela, a pobrezinha. Ela não conseguia se lembrar de muita coisa. Também consultamos os investigadores do caso, o superintendente Elswick e seu sargento-detetive, Dicky Heywood. As rotas de entrega de Greg Eastcote coincidiam com os desaparecimentos, com os homicídios de todas as seis garotas e com o ataque a Kirsten. Também conseguimos comparar uma amostra do cabelo de Kirsten com um dos cachos encontrados; portanto, sabemos que ele tirou uma amostra dela, embora ela tenha sobrevivido, e outro cacho combinava com o da vítima mais recente. Os outros eram... Bem, eles haviam ficado enterrados por algum tempo, mas fizemos o melhor que pudemos. E você sabe como é esse negócio de cabelo. É resistente e durável, mas é praticamente impossível usá-lo como prova em um julgamento e, naquela época, o DNA ainda estava começando. Nenhum de nós ouvira falar direito sobre aquilo, e duvido que fosse possível obter o DNA de um folículo capilar, mesmo que houvesse um. Mas os cabelos haviam sido cortados com uma tesoura afiada, portanto era pouco provável. E nunca conseguimos levar o caso a julgamento.

— Não?

— Como disse, nunca encontramos Eastcote. Uma moradora local disse ter visto duas pessoas brigando no penhasco pouco depois da abadia, a caminho de Robin Hood's Bay, mas estavam longe e ela não pôde nos dizer muito mais do que isso. Vasculhamos a área e encontramos um poste de cerca arrancado. Parecia que alguém havia caído sobre ela. Também encontramos sangue e fibras no arame farpado, mas não tínhamos como saber de quem eram. Tínhamos o grupo sanguíneo de Eastcote nos relatórios médicos, é claro, e combinava com o sangue encontrado, mas 44 por cento das pessoas do país têm o mesmo grupo sanguíneo.

— Houve mais algum homicídio?

— Não depois disso. Não por aqui.

— Você acha que ele caiu?

— Não tínhamos certeza, mas era uma hipótese razoável seu corpo ter sido levado para o alto-mar pela maré.

— Então, o que fizeram?

— O que poderíamos fazer? Seguimos algumas pistas menores, interrogamos alguns moradores. Uma mulher se lembrava de Keith McLaren ter ficado em sua pousada e de ele ter conversado com uma jovem. Parece algo natural, creio eu, quando se tem essa idade.

— Você o interrogou a respeito?

— Quando saiu do coma, sim. Ele se lembrava de alguma coisa sobre a garota. Aparentemente haviam bebido juntos uma vez, mas só isso.

— Nome?

— Ele não se lembrava. Quem sabe, talvez se lembre de mais agora. Faz 18 anos.

— Houve algum progresso desde então?

Ferris balançou a cabeça.

— Os anos se passaram e nada de novo apareceu. Você sabe como é. — Ele riu. — Não é como nos livros ou na TV, onde o detetive não desiste até pegar o assassino.

— Ou a assassina.

— É. De qualquer forma, oficialmente, não houve assassinato, lembre-se. Jack Grimley morreu de uma queda e Greg Eastcote desapareceu. O único crime de verdade foi contra Keith McLaren, mas ele não se lembrava de nada e voltou para a Austrália. — Ferris fez uma pausa. — Fora isso, achávamos que se Greg Eastcote era um assassino em série, como parecia ser, então alguém nos fizera um grande favor.

— Suponho que você foi pressionado a dizer isso para a família de Jack Grimley ou para Keith McLaren.

— É, bem, eu nunca disse que gostei daquilo, mas é assim que são as coisas, às vezes.

— Então você não fez nada?

— Estava de mãos atadas.

— E as coisas estão nesse pé até hoje?

Ferris suspirou.

— Até agora — disse ele.

Annie franziu as sobrancelhas. O som de risadas e de conversa tomava conta do lugar. Um copo quebrou atrás do balcão.

— Ainda não entendi — disse ela. — É uma história fascinante, mas você tem de se dar conta de que nada liga diretamente tais acontecimentos ao que aconteceu com Lucy Payne no outro dia, exceto a pulga atrás de sua orelha. Faz 18 anos. A ideia é ridícula.

— Sim, claro. Eu sei disso. Mas se *Eastcote* era o assassino em série, e uma mulher o empurrou pelo despenhadeiro...

— E Kirsten Farrow era a vítima sobrevivente...

— Ela era a mulher misteriosa vista com Grimley e McLaren. Exato.

— Mas como seria possível? — perguntou Annie. — Você me disse que ela não poderia saber quem era o seu agressor e que ela estava em Leeds com uma amiga na época dos crimes.

Ferris deu de ombros.

— Foi o que ela nos disse. E a amiga confirmou. Mas álibis podem ser fabricados. E se ela *descobriu*?

— Você já falou com mais alguém sobre isso?

Ferris encarou-a, magoado.

— O que pensa que sou?

Annie esfregou a testa e disse:

— Desculpe. A imprensa está muito agitada desde que descobriu que Lucy Payne era a mulher encontrada à beira do penhasco.

Ferris riu.

— Aposto que sim. De qualquer modo, não conseguirão nada comigo.

Annie pegou o bloco de notas.

— Muito bem, farei algumas investigações preliminares — disse ela. — Você poderia começar me dando alguns nomes e endereços. Do australiano, da amiga de Kirsten. Estamos com pouco pessoal, mas talvez valha a pena investigar. — Então ela parou, tomada por uma ideia que parecia absurda.

— O que foi? — perguntou Ferris.

— Sabe aqueles cachos de cabelo de que me falou?

— Sim.

— Vocês os guardaram?

— Estão com o resto do material do caso em algum lugar, sim — disse Ferris.

— Acha que consegue encontrá-los?

O rosto de Ferris se iluminou como se ele tivesse encontrado um novo propósito para a vida.

— Será que o papa é católico? — perguntou ele, radiante. — Não vejo por que não. Afinal, sou um pesquisador.

A cerveja rolava no Queen's Arms, onde o proprietário juntara duas mesas compridas, e até mesmo a superintendente Catherine Gervaise participava da comemoração com um sorriso estampado no rosto. Apenas Banks estava afastado dos demais, inclinado à janela, pensativo, bebendo sua cerveja e ocasionalmente olhando através das vidraças bisotadas para os transeuntes na Market Street enquanto a noite caía, sentindo que algo não estava certo, que talvez eles estivessem se precipitando. Mas uma evidência de DNA era confiável, e uma prisão era uma prisão, o que exigia que se comemorasse. Os Arctic Monkeys tocavam na jukebox e tudo estava bem no mundo.

— O que foi, senhor? — perguntou Winsome, que subitamente apareceu ao lado dele carregando uma bebida arroxeada decorada com uma cereja ao marasquino. Banks nem sequer quis saber o que era aquilo. Ela estava um tanto vacilante, mas sua voz e seus olhos estavam lúcidos.

— Nada — disse Banks. — Divertindo-se?

— Acho que sim.

— Algo errado?

— Não — disse Winsome. — Você parecia tão distante que pensei...

— Pensou o quê?

— Nada, senhor.

— Fale de uma vez.

— Não me diz respeito.

— O quê?

Alguém esbarrou em Winsome, mas ela conseguiu não derramar a bebida. O homem se desculpou e foi embora. Hatchley contava uma piada e todos na mesa esperavam o desfecho. Banks já a ouvira antes.

— Isto aqui está movimentado hoje à noite, não é mesmo? — comentou Winsome.

— Você não pode começar a dizer algo e simplesmente parar no meio — disse Banks. — No que estava pensando?

— É sobre a inspetora-detetive Cabbot, senhor.

— Annie?

— Eu disse que não me dizia respeito. Não quero me manifestar, mas sei que vocês são amigos.

— Também achava que fôssemos — disse Banks.

Através da janela, duas estudantes com os uniformes amarrotados voltavam para casa depois de um ensaio de sua banda, uma com uma caixa de violino, a outra segurando uma flauta.

Hatchley chegou ao fim da piada e todos na mesa começaram a rir.

— Senhor?

— Nada. E quanto à inspetora-detetive Cabbot?

— Acho que algo a está incomodando.

— Incomodando? De que forma?

— Não sei, senhor. — Winsome baixou a voz. — Acho que é um namorado. Perseguindo-a, ameaçando-a, não sei.

— Vou falar com ela — disse Banks, sem saber como o faria, considerando seu último encontro e o clima atual de seu relacionamento com Annie.

— Mas não vai dizer para ela que eu falei, não é?

— Não se preocupe.

Neste momento, Banks viu o sargento de plantão entrar no pub, olhar em torno e caminhar em sua direção.

— Droga, Ernie, o que você quer?

— É sempre legal ser bem recebido, senhor — disse Ernie.

— Estou certo de que isso acontece frequentemente, uma vez que você é sempre portador de boas notícias.

— Você não vai gostar.

— Jamais gosto, mas isso nunca o detém.

— Um cara acabou de chegar, vizinho de Joseph Randall, aquele que você indiciou.

— E?

— Disse que Randall não pode ter feito aquilo, senhor. Quer falar com o encarregado.

— O *encarregado*? — Banks olhou para a superintendente Gervaise, que conversava com o detetive Wilson, e se perguntou se o feminismo poderia funcionar para *ele*, apenas daquela vez, mas rapidamente concluiu que não. Por que estragar a alegria dos outros? Se fosse algo importante, logo descobririam. — Muito bem — disse ele, levantando-se. — Vamos lá.

Annie refletia sobre sua conversa com Les Ferris enquanto dirigia pela A171, bordejando os pântanos de North York pouco após o escurecer. Sintonizou uma música animada no rádio, mas a falação no intervalo a irritava tanto que decidiu desligar. O que Ferris dissera soava absurdo: um homicídio, uma agressão violenta, um desaparecimento não solucionado 18 anos antes, e uma mulher misteriosa vista em duas das três cenas do crime. Como ele mesmo dissera, oficialmente só ocorrera um crime: o ataque a Keith McLaren.

O que isso poderia ter a ver com o que acontecera no domingo? Curiosamente, para Annie havia muitas ligações. Primeiro, o local. Não acontecera nenhum outro assassinato nos penhascos nos últimos 18 anos; então, por que havia acontecido agora outra vez? Em segundo lugar, a forte possibilidade de o assassino ser uma mulher. Assassinas são muito mais raras que assassinos. Terceiro, duas das vítimas eram assassinos em série, ou vistas por muitos como tais: Greg Eastcote e Lucy Payne. Quarto, o criminoso de 18 anos atrás não fora pego. Isso levava ao quinto e último ponto: se a assassina tinha 18 anos na época, teria quase 40 agora, o que era praticamente a única coisa que sabiam sobre a misteriosa Mary. Mel Danvers achava que ela tinha essa idade. As evidências ainda eram muito frágeis, mas quanto mais pensava a respeito, mais Annie se convencia de que aquilo ao menos merecia ser investigado.

E quanto a Keith McLaren, o australiano? Talvez tivesse recobrado um pouco mais de sua memória àquela altura. De qualquer modo, tudo era especulação, pelo menos até Les Ferris aparecer com as amostras de cabelo. Mesmo assim, tudo dependeria de conseguirem ligar Kirsten a algum dos cabelos encontrados no cobertor de Lucy Payne. Se não, nada feito. Por outro lado, se conseguissem, estavam no jogo.

A noite estava muito bonita, pensou Annie, enquanto atravessava a estrada para Robin Hood's Bay. Podia ver os últimos resquícios do pôr do sol, faixas escuras de vermelho e púrpura contornando as colinas a oeste. A leste, sobre o mar do Norte, espalhava-se aquela mágica tonalidade azul-escura luminescente que só se pode ver durante o crepúsculo. Uma lua prateada subia ao norte.

Logo o prazer de olhar a paisagem foi substituído pelo aborrecimento dos sinais de trânsito e dos postes de luz. Ela encontrou uma vaga a alguns metros do lugar onde estava temporariamente hospedada e entrou. O lugar parecia frio e escuro, como se tivesse sido abandonado havia muito mais tempo do que de fato fora. Talvez o melhor daquele lugar, pensou Annie, fosse poder divisar uma nesga de mar entre os telhados. Ela acendeu a luz, pendurou o casaco e foi até a cozinha conjugada. Não jantara, bebera apenas aquela caneca de cerveja com Ferris: se contentou com uma taça de vinho e um prato de queijo com torradas.

O dia seguinte seria atribulado, pensou, ao afastar o prato e a taça na escrivaninha e ligar o laptop. Haveria pessoas próximas às vítimas dos Payne a entrevistar, e agora uma nova linha de inquérito surgia com a história de Les Ferris.

Apenas uma coisa era certa: dada a carga de trabalho que já tinham, sua equipe ficaria seriamente sobrecarregada se fosse seguir as pistas dadas por Ferris. O que queria dizer que Annie teria de falar com o superintendente Brough tanto a respeito das horas extras, como já prometera a Ginger, quanto sobre conseguir mais pessoal. Aquelas eram medidas que nenhum administrador gostava de autorizar atualmente. Seria difícil convencer Brough, mas se preocuparia com aquilo depois. Além do mais, ele estava muito ocupado com a imprensa.

Sua única vantagem em relação a Brough, que Annie descobrira no curto período que vinha trabalhando em Eastern, era que ele não ouvia de verdade. Distraía-se facilmente e tendia a se preocupar muito com a opinião pública e com a própria imagem. Também era o tipo de pessoa que começava a pensar no que diria à imprensa antes mesmo de você terminar de falar. Consequentemente, muita coisa que se dizia para ele passava em branco; ele tendia a fazer que sim com a cabeça logo, concordando e dizendo "tudo bem" apenas para poder prosseguir e dizer algo que achava ser mais interessante.

A conexão com a internet estava lenta. A pousada não tinha banda larga, e Annie tinha de usar a linha telefônica e o modem do computador. Mas era o suficiente para enviar e receber e-mails, tudo o que ela de fato precisava. Naquela noite, as mensagens estavam demorando muito tempo para ser baixadas.

Ela amaldiçoou quem quer que tivesse resolvido enviar-lhe um anexo tão grande, provavelmente algum desocupado, até ver o nome de Eric aparecer na mensagem e ficar arrasada.

Como ele conseguira seu endereço de e-mail? Então se lembrou: o BlackBerry. Eric lhe mostrara como anexar fotografias e enviá-las, e ela enviara uma para ele na boate. Fora assim que ele conseguira seu endereço de e-mail. Como pudera ser tão descuidada?

As outras mensagens eram só lixo: "Viagra", "aumento de seios" e "oferta de Rolex genuíno", entre outros boletins de vendas.

Ela abriu a mensagem de Eric. Era curta e direta, com letras azuis, em itálico:

Querida Annie,

Espero que tenha gostado do sábado tanto quanto eu. Você foi fantástica! Mal posso esperar para fazer isso de novo (e mais ☺). Até lá, espero ansiosamente pelo nosso almoço amanhã e pela oportunidade de conhecê-la melhor. Nem mesmo sei de onde você é ou o que faz da vida! Não se esqueça: ao meio-dia no Black Horse. Estarei esperando.

Eric.

Annie ficou arrasada ao abrir o arquivo de imagem anexado. Ela realmente não se lembrava de ter posado para aquela fotografia. A imagem dela e de Eric estava ligeiramente borrada e, sem dúvida, fora tirada com o auxílio de um temporizador. Dessa vez ela estava com a cabeça apoiada no ombro dele, que a abraçava. O cabelo dela estava despenteado, os olhos, desfocados. Tudo isso seria perfeitamente inocente, embora um tanto embaraçoso, se não fosse pelo fato de estarem ambos nus, e ela com um cigarro de maconha entre o polegar e o indicador. E ainda por cima, estava rindo.

* * *

— Bem, Joseph — disse Banks, de volta à mesma sala de interrogatório com o gravador ligado e Sebastian Crawford outra vez nervoso, em segundo plano. — Parece que ainda não chegamos ao final de tudo isso, não é mesmo?

— Não sei do que você está falando — disse Randall.

— Acho que sabe — disse Banks, inclinando-se para a frente. — E acho que seria interessante para você admitir que sabe.

Randall molhou os lábios e buscou a orientação de Crawford, que nada disse.

— Certo — disse Banks, voltando a se recostar na cadeira. — Então, deixe-me explicar. Acabamos de receber uma visita de seu vizinho, Roger Colegate, que nos disse que viu você pondo o gato para fora à 0h30 da noite de sábado. Embora ainda não tenhamos a hora exata em que Hayley Daniels foi assassinada, algumas provas indicam que ela entrou no Maze à 0h20 e muito provavelmente foi abordada pelo assassino por volta de 0h25.

— Bem, aí está — disse Randall, lançando um olhar triunfante para Sebastian Crawford. — Não poderia ter sido eu, certo?

— Provavelmente você levaria uns 15 minutos para ir da praça do mercado até a sua casa — prosseguiu Banks —, mesmo que você fosse capaz de andar em linha reta naquele momento.

— O que quer dizer com isso? — perguntou Randall.

— De acordo com seu vizinho, você estava bêbado — disse Banks. — Na verdade, de acordo com o Sr. Colegate, você geralmente está bêbado a essa hora da noite.

— Isso é mentira — disse Randall. — Posso ter tomado alguns drinques, mas não há lei que me proíba, não é?

— De modo algum — disse Banks. — Não há nenhuma lei contra se embriagar, desde que você não incomode ninguém.

— Bem...

— O Sr. Colegate disse que você estava cambaleante e que, quando lhe desejou boa-noite, você respondeu com a voz engrolada. Você nem sequer se lembra disso, não é?

— Não — disse Randall. — Mas não importa, certo? *Ele* se lembra. É o que conta. Como você mesmo disse, não há mal em ficar bêbado em casa de vez em quando. Estou limpo. *Não* há como eu ter feito aquela coisa terrível. Tem de me deixar ir embora.

Banks fez uma pausa.

— Mas você encontrou o corpo.

— Você já sabia disso. Fui eu quem disse isso para vocês. E eu tinha um motivo legítimo para estar lá.

— Sim, verificamos com o cliente sobre o qual nos falou. Você tinha um pedido urgente de uma bolsa. Mas isso não é relevante.

— Como assim?

— Você passou 11 minutos a sós com o corpo de Hayley Daniels.

— E daí? Ela estava morta quando eu a encontrei.

— Sei disso — falou Banks.

— Veja, acho que você devia apenas parar de perder tempo, pedir desculpas, deixar-me ir embora e acabar logo com isso. Sebastian?

Crawford limpou a garganta.

— Hum... meu cliente tem razão, inspetor-chefe. Afinal, você já concordou que ele não poderia ter sido responsável pelo assassinato de Hayley Daniels, motivo pelo qual o estava mantendo sob custódia.

— Isso pode mudar — disse Banks.

— Como assim? — perguntou Randall.

— O problema continua — prosseguiu Banks. — Nossos peritos encontraram seu DNA em amostras de sêmen tiradas da vítima. Na verdade, nosso coordenador de cena do crime ficou confuso com o fato de o sêmen não estar seco como deveria caso estivesse ali a noite inteira.

Randall cruzou os braços.

— Eu lhe disse. Desculpe-me, mas não posso ajudá-lo com isso.

— Ah, acho que pode — disse Banks. Ele se inclinou para a frente com as mãos espalmadas sobre a mesa e o rosto a apenas alguns centímetros do de Randall. — Quer que eu lhe diga o que eu acho que *realmente* aconteceu naquele depósito, Joseph?

Randall molhou os lábios.

— De que adianta? Você vai me dizer do mesmo jeito. Mais fantasias.

— Talvez tenha começado como uma fantasia — disse Banks —, mas não minha. Acho que você está dizendo a verdade, assim como o Sr. Colegate. Acho que você viu Hayley Daniels no Duck and Drake após fechar sua loja no sábado, e gostou do que viu. Talvez já a tivesse visto lá antes. Afinal, ela geralmente passava as noites de sábado na cidade com os amigos. Ou talvez não importe quem você via, desde que fosse jovem e estivesse precariamente vestida. Acredito que você tenha voltado para casa como disse, tenha assistido à TV, ou talvez a algum filme pornô, tenha enchido a cara, alimentando suas fantasias, até mal poder se levantar à 0h30, quando pôs o gato para fora e, muito provavelmente, foi para a cama.

— E daí? — perguntou Randall. — Nada disso é ilegal.

— Gostaria de acreditar que você voltou correndo à loja, viu Hayley Daniels entrando no Maze e foi atrás dela — prosseguiu Banks. — Mas, com toda a franqueza, não creio que isso seja muito realista. O tempo não bate, e seria muita coincidência.

— Bem, graças a Deus! Posso ir embora agora?

— Mas você encontrou o corpo na manhã seguinte — disse Banks.

— E dei queixa.

— Algo aconteceu naqueles 11 minutos, não foi, Joseph? Algo lhe ocorreu, uma ânsia à qual não resistiu.

— Não sei do que está falando.

— Acho que sabe.

— Inspetor-chefe...

— Por favor, cale-se, Sr. Crawford. Não estou infringindo os direitos de seu cliente. — Banks voltou-se para Randall. — Foi o que aconteceu, não foi, Joseph? Você entrou naquele depósito para pegar uma amostra, acendeu a luz e a viu ali, deitada de lado sobre a pilha de retalhos como se estivesse adormecida, uma pobre criança perdida na floresta abrigando-se da tempestade. Parecia tão bela e inocente ali deitada, não é mesmo? E você não se conteve. Aposto que a tocou, não foi, Joseph? Tocou aqueles seios pequenos e firmes, pequenos e *frios*. Aquilo o excitou, não foi? Ela estar ali morta, sem poder reagir, dizer ou fazer qualquer coisa para impedi-lo. Você tinha total controle da situação, talvez pela primeira vez na sua vida, não é mesmo? Ela não podia fazer nada. Então você a tocou, passou as mãos nas coxas dela. Você a beijou, Joseph? Beijou aqueles lábios mortos? Creio que sim. Como resistir? Ela era toda sua.

Randall levou as mãos à cabeça. Crawford voltou-se para ele.

— Não precisa dizer nada, Joseph — disse ele. — Isso é doentio.

— Realmente é — disse Banks. — E ele está certo. Você não precisa dizer nada. Eu já sei, Joseph. Eu sei de tudo. Sei como se sentiu quando se ajoelhou ao lado dela e abriu o zíper da calça. Você estava com uma ereção, não é mesmo? Mais forte do que jamais teve? Com uma das mãos você a tocou entre as pernas e, com a outra, tocou em si mesmo, e aconteceu. Talvez antes do que esperava. Então teve de limpar tudo. E não fez um bom trabalho. Foi por isso que descobrimos o que você fez, não é mesmo? Acreditou ter limpado tudo, mas estava com pressa e deixou algo para trás. Onze minutos, Joseph.

Randall chorava tapando o rosto com as mãos. Crawford o abraçava, constrangido.

— Eu não a matei. Eu não a feri. Jamais a machucaria — gritou Randall, olhando para Banks com o rosto molhado de lágrimas. — Tem de acreditar em mim. Desculpe. Estou muito arrependido.

Banks sentiu-se nauseado. Afastou a cadeira e levantou-se para abrir a porta.

— Leve-o de volta à cela — disse ele ao guarda. — E peça ao sargento para indiciá-lo por violação de cadáver, ou seja lá como chamam atualmente. Vá com ele, por favor, Sr. Crawford. Rápido. Apenas tire-o da minha frente. Agora!

Crawford ajudou Randall a se levantar e caminharam em direção ao guarda. Sozinho na pequena sala de interrogatório, com apenas o rumor do gravador quebrando o silêncio, Banks gritou um palavrão e chutou com força a única cadeira que não estava aparafusada ao chão. A cadeira atravessou a sala e chocou-se violentamente contra o gravador. Então, fez-se um silêncio absoluto.

CAPÍTULO 10

Eram quase 12h20 quando Annie desceu a Church Street a caminho do Black Horse, após escapar da delegacia e da imprensa. Esperava que Eric já tivesse ido embora. Aquilo a pouparia do trabalho de dispensá-lo pessoalmente. Teria sido mais prático simplesmente não aparecer, é claro, mas tinha a impressão de que Eric não era um tipo fácil de se livrar. Precisaria de um pouco de persuasão.

Annie se vestira adequadamente para a ocasião: um par de tênis velhos, uma saia sem corte à altura dos joelhos e uma blusa preta de gola rulê sob a jaqueta jeans. Também evitara usar qualquer maquiagem. Fora difícil, mais do que imaginara. Ela não era vaidosa, mas por outro lado gostaria de fazer uma entrada triunfal, chamar a atenção de todos os homens no pub e então dispensá-lo. Mas também não queria fazer nada para encorajá-lo.

Contudo, talvez por Annie ter um apelo natural muito forte, ou por só haver homens no pub, as cabeças se voltaram de qualquer modo quando ela entrou no bar pequeno e lotado. Incluindo a de Eric. Annie deu um sorriso amarelo e sentou-se diante dele.

— Desculpe, estou atrasada — disse ela, puxando o cabelo para trás. — Tive problemas no escritório. — Era uma verdade parcial. Sua reunião com o superintendente Brough demorara mais do que o esperado, principalmente porque fora difícil convencê-lo de que a informação de Les Ferris tinha alguma importância. Mas ao final conseguira que Brough concordasse que ela iniciasse uma busca limitada pelo australiano e por Sarah Bingham, enquanto Les Ferris tentava encontrar as amostras de cabelo para fazer a comparação.

— Tudo bem — disse Eric, sorrindo. — Estou feliz que tenha vindo. Bebida?

— Slimline tônica, por favor.

Annie estava determinada a fazer aquilo de modo civilizado, durante o almoço, e com a cabeça lúcida.

— Tem certeza? — Eric tinha uma caneca de Guinness quase vazia à sua frente.

— Sim, obrigada — disse Annie. — Tenho uma tarde atribulada pela frente. Vou precisar estar bem.

— Você deve ter um trabalho muito exigente. Volto em um minuto, e você poderá me falar a respeito.

Eric foi até o balcão e Annie olhou o cardápio. Estava faminta. Dada a falta de escolha, teria de ficar com o panini vegetariano. Aquilo ou um sanduíche de queijo e cebola. Quando ela levantou a cabeça, Eric já voltava com as bebidas. Estava sorridente, seus dentes eram bonitos e brancos, o cabelo preto caía-lhe sobre um dos olhos, e parecia não ter feito a barba desde a última vez que eles haviam se visto. Ele entregou a bebida para ela e brindaram.

— Já se decidiu? — perguntou ele.

— Sobre o quê?

— Comida.

— Ah, sim — disse Annie. — Acho que vou comer um panini com cogumelos, mussarela e pimenta vermelha. Diga-me o que quer que vou lá pedir.

Eric posou a mão sobre o braço dela e se levantou.

— Não. Eu insisto. Eu a convidei. Por acaso, também sou vegetariano; portanto, vou pedir o mesmo. — Ele sorriu. — Será que isso é mais uma coisa que temos em comum?

Annie não disse nada. Observou-o se afastar outra vez e se flagrou observando que ele tinha um belo traseiro. Perguntava-se o que mais ele achava que tinham em comum fora o fato de serem vegetarianos. Censurando-se pelo pensamento impuro, concentrou-se no que tinha de fazer, vacilando apenas por um instante, ao pensar em por que deveria fazê-lo. Mas não havia lugar na sua vida e nem na sua carreira para um jovem músico maconheiro, não importando quão bonito fosse seu sorriso ou seu traseiro.

— Vai demorar apenas alguns minutos — disse Eric, voltando a se sentar e acendendo um cigarro. Ofereceu um para Annie, que recusou.

Annie bebeu um pouco de Slimline tônica.

— Aquele e-mail que você me mandou na noite passada não foi legal — disse ela.

— Como? Desculpe. Só achei engraçado.

— É, bem. Essa é a diferença entre nós. Eu não achei. Se alguém mais visse aquilo...

— Quem mais veria? Mandei para você. Por que você mostraria aquilo para alguém?

— Não é isso. Você sabe o que estou dizendo. E-mails não são uma coisa reservada.

— Desculpe. Não me dei conta de que você trabalhava para o MI5. Você fez voto de silêncio?

— Não trabalho e não fiz voto algum.

— O que exatamente você *faz*?

— Não é da sua conta.

— Desculpe. Você tem senso de humor?

— Não interessa.

— Reatamos?

— Como assim?

— Você e eu. Tivemos a nossa primeira briga e a superamos, então por que não planejamos outras noites maravilhosas como a de sábado?

— Não creio, Eric — disse Annie.

Ele se decepcionou.

— Por que não?

— É isso que quero falar com você. Por isso estou aqui. — Ela fez outra pausa, sem intenção de causar algum efeito dramático. Sua garganta subitamente ficou seca, e ela bebeu mais tônica. Por que vem em uma garrafa tão pequena? A garçonete chegou com os paninis. Eric começou a comer enquanto a olhava, esperando. — Realmente não sei como dizer isso — prosseguiu Annie, sem tocar na comida. — Você parece ser um cara legal, aquela noite foi divertida e tudo mais, mas acho... Eu acho que isso não vai dar em nada. O que estou dizendo é que eu não quero que dê.

— Então, foi uma transa de uma noite apenas?

— Como quiser chamar...

Eric baixou o panini e balançou a cabeça. Um pedaço de pimenta vermelha com a borda torrada ficou pendurado no pão.

— Não gosto disso. Eu *realmente* não gosto disso. Não gosto de transas de uma noite só.

O que poderia responder?, pensou Annie. Que *ela* gostava?

— Eu também não costumo fazer isso — prosseguiu. — Bebemos um pouco, nos divertimos e acabamos, bem, você sabe, mas foi só isso. Foi divertido. Não precisa continuar. Espero que ainda possamos ser amigos.

Meu Deus, pensou Annie, essa foi patética.

— Amigos? Por que deveríamos ser amigos?

— Muito bem — disse Annie, sentindo se enrubescer. — Não seremos. Eu só estava tentando ser legal.

— Bem, não se preocupe comigo. O que há de errado com você? — Ele levantara tanto o tom de voz que alguns frequentadores começaram a olhar em sua direção.

— Como assim? — Annie olhou ao redor, sentindo o pânico aumentar. — E fale baixo.

— Por que está dizendo isso? Falar baixo? Olhe para você: tem idade para ser minha mãe. Devia estar muito grata por eu ter escolhido você naquele pub e ter lhe dado uma boa trepada, e agora está tentando se livrar de *mim*? Pergunto, como isso é possível?

Annie não conseguia acreditar no que estava ouvindo. Seus ouvidos apitavam e ela sentia um nó na garganta. A única coisa que conseguiu fazer foi ficar ali sentada com a boca aberta e o rosto ardendo, percebendo o silêncio que tomara conta do ambiente e os olhares de todos voltados para ela.

— Talvez você não se lembre — prosseguiu Eric —, mas eu me lembro. Meu Deus, naquela noite você estava muito a fim. Você *implorou* por aquilo. Devia estar lisonjeada. Quero dizer, não é o que vocês, mulheres mais velhas, desejam? Um jovem viril para lhes dar uma boa...?

— Seu *desgraçado*! — Annie levantou-se e jogou o resto de sua Slimline no rosto dele. Infelizmente, não restara muito no copo, o que de certa forma prejudicou o efeito dramático do gesto, mas, ao se levantar bruscamente, suas coxas resvalaram na parte de baixo da mesa tombando-a e derramando a caneca de cerveja e o panini no colo de Eric. Então, o mais rápido que pôde, ela saiu do pub e desceu a Church Street, com lágrimas nos olhos, em direção aos 199 degraus da igreja de St. Mary. Só parou para respirar ao chegar ao cemitério quase deserto no topo da colina e se inclinar sobre uma tumba com as inscrições desgastadas pelo vento. Então, começou a soluçar enquanto as gaivotas grasnavam ao seu redor. O vento soprava e as ondas arrebentavam contra os rochedos.

— Deve ser algo importante para alguém do seu escalão fazer visitas domésticas — disse Malcolm Austin ao receber Banks e Winsome em seu escritório no fim da tarde de quinta-feira.

Winsome sugerira convocar o professor à delegacia, mas Banks achou que seria uma ideia melhor dar-lhe uma dura em seu próprio território, onde estaria cercado de tudo o que tinha a perder.

Banks olhou ao redor, para as estantes apinhadas de livros. Às vezes achava que gostaria de ser um acadêmico, passar a vida cercado de livros e de mentes jovens ansiosas por conhecimento. Mas ele perdera o gosto pela coisa, e descobrira que as mentes jovens não eram necessariamente tão ansiosas e interessantes quanto imaginava. Havia uma fresta de alguns centímetros na janela, e Banks sentia cheiro de café e pão fresco vindo da cafeteria no pátio e ouvia o murmurar de conversas ao longe. Durante toda a manhã sua mente estivera tomada por Lucy Payne e por seus crimes, pelo comportamento misterioso de Annie e pelo aparte de Winsome no Queen's Arms. Como abordaria Annie a esse respeito? Agora, porém, precisava se concentrar no trabalho que tinha em mãos: encontrar o assassino de Hayley Daniels.

Austin pediu que se sentassem, acomodou o corpo esguio na cadeira giratória por trás da escrivaninha desarrumada e cruzou as pernas. Vestia uma calça esportiva e uma camiseta com a estampa de um time americano de basquete. Havia um laptop aberto na escrivaninha à sua frente, mas ele o fechou ao se sentar.

— Como posso ajudar? — perguntou.

— Lembra-se da última vez que falei com você?

— Como poderia esquecer...

— Deixe esse papo-furado para depois, Sr. Austin — disse Banks. — Você disse à detetive Jackman que não estava tendo um caso com Hayley Daniels. Temos informação de que você mentiu. O que tem a dizer a respeito?

— Que informação?

— É ou não é verdade que você estava tendo um caso com Hayley Daniels?

Austin olhou para Winsome, então voltou o olhar para Banks. Finalmente, estreitou os lábios, inflou as bochechas e exalou lentamente.

— Está bem — disse ele. — Hayley e eu vínhamos saindo havia dois meses. Começamos a sair cerca de um mês depois de minha mulher partir. O que significa, falando claramente, que seja lá o que Hayley e eu estivéssemos tendo, não era um caso.

— Semântica — disse Banks. — Professor trepando com aluna. Como chama isso?

— Não era assim — disse Austin. — Você faz a coisa parecer sórdida. Estávamos apaixonados.

— Deem licença, vou procurar um balde para vomitar.

— Inspetor! A mulher que eu amava acabou de ser assassinada. O mínimo que você poderia fazer seria demonstrar algum respeito.

— Qual a sua idade, Malcolm?

— Tenho 51 anos.

— Hayley Daniels tinha 19.

— Sim, mas ela era...

— Uma diferença de 32 anos, de acordo com os meus cálculos. Tecnicamente, você tinha idade para ser avô dela.

— Já disse, estávamos apaixonados. Você acha que o amor reconhece as barreiras mundanas da idade?

— Meu Deus, você está começando a soar como um maldito pedófilo — disse Banks. — Se eu ganhasse uma libra toda vez que ouvisse esse argumento.

Austin corou de raiva.

— Não concordo com sua observação. Onde você estabelece o limite, inspetor? Dezenove? Vinte? Vinte e um anos de diferença? Você sabe que a lei não lhe dá respaldo neste caso. — Fez uma pausa. — Além disso, como eu ia dizendo, Hayley era muito mais madura do que sua idade faria supor.

— Emocionalmente?

— Bem, sim.

— Diga-me que jovem emocionalmente madura sai para beber quase nua com um grupo de amigos numa noite de sábado, bebe tanto que fica de pernas bambas e entra num beco escuro para mijar?

Banks sentia que Winsome o olhava, sabendo que ela achava aquele seu comportamento tão ruim quanto o de Templeton. Mas cretinos hipócritas como Austin, que abusavam de suas posições de poder para impor seus desejos aos mais jovens, sempre o deixavam furioso, e ele ainda estava cheio de ódio residual por causa de sua entrevista com Randall na noite anterior. Mas ele sabia que precisava se acalmar, ou Austin poderia se fechar completamente. Então, indicou sutilmente a Winsome que recebera a mensagem; se dera conta do que estava fazendo e estava tirando o pé do acelerador.

— Acho que o Sr. Banks está se referindo ao estado em que Hayley estaria no sábado à noite quando chegasse à sua casa — disse Winsome. — Se ainda se lembra, você me disse na última vez que conversamos que não queria uma adolescente bêbada e imatura por perto. Agora está nos dizendo que Hayley era madura para a idade que tinha. Talvez compreenda o nosso problema. Temos algumas observações contraditórias aqui.

— Exato — disse Banks. — Como vê, Malcolm, de acordo com todos os depoimentos, Hayley estava muito bêbada. Fico a me perguntar em que ela poderia lhe ser útil naquele estado.

Austin olhou feio.

— Você pode não entender, Sr. Banks — disse ele —, mas o amor não é sempre uma questão de "usar", ou do que você pode obter de alguém. Se Hayley tivesse me procurado no sábado e estivesse bêbada, eu não me aproveitaria dela. Não precisava que ela estivesse bêbada para fazermos amor. Teria preparado um café, deixado que dormisse, eu lhe daria todo o conforto possível.

Banks lembrou-se da visita de Annie na outra noite. Era isso o que deveria ter feito? Acomodá-la, fazê-la se sentir confortável?

— Admirável — disse ele. — Mas estava esperando por ela?

Austin fez uma pausa para examinar algo sobre a escrivaninha, então disse:

— Ela me disse que talvez aparecesse. Nos sábados deixávamos a coisa em aberto. Era a noite dela.

— Então por que mentiu para a detetive Jackman na última vez em que conversaram?

Austin olhou culpado para Winsome.

— Desculpe-me — disse ele. — Fiz isso justamente por temer a reação que estão tendo agora. Nosso relacionamento não é fácil de explicar. As pessoas nem sempre entendem. — Voltou a olhar feio para Banks.

— Veja — disse Banks, fazendo o gênero "somos todos homens vividos" —, ninguém pode negar o quão atraente pode ser uma bela jovem de 19 anos como Hayley Daniels, e não há como não entender por que quis ir para a cama com ela. A parte do amor é um pouco difícil de engolir, admito, mas é possível. As pessoas são estranhas. O problema não é tanto a diferença de idade, mas o fato de vocês serem professor e aluna. O que as autoridades acadêmicas pensam sobre isso?

Austin desviou o olhar.

— Eles não sabem, é claro. Duvido que aprovassem. Não gostam de relacionamentos entre professores e alunos.

— Então não queria que soubessem? Poderia significar o fim de sua carreira?

— Sim, essa foi uma das razões que me fizeram não ser completamente sincero. Trabalhei duro para chegar onde estou.

— Apenas uma das razões?

— Bem, ninguém gosta de se envolver em uma investigação de homicídio, certo?

— Mas agora você está envolvido. Até o pescoço. Realmente achou que escaparia mentindo sobre algo assim? — Banks balançou a cabeça. — Fico perplexo ao ver que as pessoas acham que somos idiotas a ponto de não perceber o óbvio. — Um cheiro de maconha subia do pátio.

— Não acho que sejam idiotas — disse Austin. — Só não achava que fosse tão óbvio. Tentávamos ser discretos. Íamos trazer a relação a público quando ela se formasse. Agora que está tudo às claras, o que querem saber? Não tive nada a ver com a morte de Hayley. Como eu disse, eu a amo. Ou amava.

— Alguma vez ela passou em sua casa depois de beber em uma noite de sábado? — perguntou Banks.

— Sim. E, honestamente, não posso dizer que tenha ficado muito surpreso. Quer dizer, como você disse, ela geralmente, bebia um pouco demais. Mas era a sua noite com os amigos e, francamente...

— O quê? — perguntou Banks.

— Bem, se ela tinha de passar a noite em algum lugar, preferia que passasse comigo.

— Você não confiava nela?

— Não disse isso. Mas ela era jovem. Vulnerável.

— Então você tinha ciúmes — disse Banks. — Faz sentido. Eu também sentiria ciúmes se tivesse uma namorada jovem e bonita. Após beber um pouco, ela poderia trepar com alguém da idade dela. — Banks sentiu novamente a tensão de Winsome. “Templetonfóbica” ou não, ela tinha de relaxar, pensou. Às vezes é preciso balançar a árvore com força para o coco cair. Austin era um sujeito educado, não sem um toque de arrogância, e não daria para pegá-lo com argumentos lógicos e conversa civilizada.

— Se, assim como eu — respondeu Austin —, você tiver a sorte de ter o amor de uma jovem, você logo aprenderá que não deve pegar no pé dela.

— O que pensou quando ela não apareceu? — perguntou Winsome.

— Na verdade, não pensei nada. Quer dizer, não era certo que ela apareceria.

— Não ficou preocupado com ela?

— Não.

— Mas ela não era esperada em casa — interrompeu Banks. — Portanto, onde você achou que ela ficaria?

— Com amigos, creio eu.

— Com outra pessoa? Você ficou com ciúmes. Você saiu para procurá-la?

— Já disse, não adianta pegar no pé. Além disso, eu confiava em Hayley. Sim, como eu disse, preferia que ela viesse para cá, mas se ficasse no apartamento de um amigo, isso não queria dizer que transaria com ele. — Seus olhos se enevoaram. — De certo modo — continuou —, eu acho que torcia para que ela não aparecesse. Sempre achei difícil lidar com ela naquele estado, e eu estava cansado no sábado.

— Ela era difícil de lidar quando estava bêbada? — perguntou Banks.

— Podia ficar.

— Como?

— Irritadiça, imprevisível, prolixa.

— Se tivesse ido para a sua casa, Hayley teria chegado à 1 hora?

— Geralmente, sim. De qualquer modo, ela tinha uma chave.

— Quanta confiança.

— Chama-se amor, inspetor. Você devia experimentar.

— Gostaria de ter a oportunidade. Por que devemos acreditar em você?

— Não entendi a pergunta.

Banks coçou a cicatriz junto ao olho direito.

— Você já mentiu para nós uma ou duas vezes. Portanto, por que devemos acreditar em alguma coisa que nos diga agora?

— Porque é a verdade.

— É fácil para você dizer. Mas veja as coisas do meu ponto de vista. Hayley vai até a sua casa completamente bêbada. Você está de saco cheio das bebedeiras dela e diz isso claramente. Talvez ela o provoque, deboche de sua idade ou algo assim, e você fica furioso. Ela não quer fazer sexo, mas está bêbada, e você não se importa com o que ela quer. Você sabe o que você quer. Então, você faz assim mesmo. Ela reage, mas isso só torna as coisas mais excitantes. Depois, ela faz um escândalo, talvez até ameace contar na faculdade o que você fez. Você não pode deixar que isso aconteça e a estrangula. Então, se vê às voltas com um cadáver. A melhor coisa que consegue pensar na hora é enfiar o corpo na mala do carro e desová-lo no Maze. — Alguns fatos não coincidiam com a história que Banks estava contando, como a violência do estupro, a hora e as fitas das câmeras de segurança, mas Austin não sabia disso. — Como estou indo?

— Você devia escrever histórias de detetive — disse Austin. — Com uma imaginação dessas, estou surpreso que a desperdice sendo policial.

— Você ficaria surpreso com o quanto a imaginação é útil no meu trabalho — disse Banks. — Ao menos cheguei perto?

— Muito longe. — Austin recostou-se na cadeira. — Inspetor, nos pouparia muito aborrecimento se você apenas acreditasse que eu não matei Hayley. Seja lá o que pense a meu respeito, eu realmente a amava, e se puder ajudá-lo, ajudarei. — Ele olhou para Winsome. — Lamento ter mentido, mas realmente não queria perder meu emprego por causa disso e ter minha reputação manchada. Estas são as únicas razões para eu ter dito o que disse.

— Quão bem você conhecia Hayley? — perguntou Banks.

— Acho que bem o bastante. Como disse, estávamos juntos há quase dois meses, mas eu a conhecia havia um ano. E, antes que pergunte, não havia nada entre nós naquela época. — Ele fez uma pausa. — Não quero que tenham a impressão errada. Seja lá o que for que tenha ouvido sobre o comportamento de Hayley na noite de sábado, isso foi... arroubo juvenil. Só isso. Às vezes ela precisava espairecer. Na maior parte do tempo, como qualquer um poderá confirmar, Hayley era uma jovem inteligente, sóbria, discreta, aplicada e ambiciosa. Foi ao que me referi quando falei sobre a maturidade dela. De modo geral, ela achava os jovens da idade dela triviais e obcecados por uma única coisa.

— E você não?

— Eu admito que conhecer Hayley me deu essa nova percepção, mas não cometam o erro de acreditar que era só isso.

— E o que mais era?

— Dividir uma bela refeição. Ficar juntos. Conversar. Passear. Dar as mãos. Café na cama. Ir a um concerto. Ouvir música clássica. Fazer carinho. Discutir um livro que tivéssemos lido. Coisas simples. Mal conseguia esperar a hora de poder tornar pública a nossa relação. O segredo era uma agonia. Vou sentir mais falta dela do que podem imaginar.

Banks o invejou. Não fazia nada disso com alguém havia anos, se é que alguma vez fizera. Também não se sentia assim em relação a ninguém. Ele e a ex-esposa, Sandra, tinham gostos e interesses tão diferentes que suas vidas eram mais paralelas que ligadas. E quando linhas paralelas começam a divergir ligeiramente, o fim vem logo em seguida. Mesmo com Annie houvera mais diferenças do que coisas em comum. Ainda assim, não deixaria que o sentimentalismo e a simpatia por Austin prejudicassem sua análise.

— Você disse que queria ajudar — prosseguiu Banks. — Se você não a matou, tem alguma ideia de quem fez isso?

— Não sei. Algum maníaco, ao que parece.

— A verdade pode estar mais perto de casa do que pensamos — disse Winsome. — E quanto a inimigos? Alguém próximo com quem ela tivesse problemas?

— Stuart Kinsey, acho. Ele estava sempre atrás dela.

— Mas você me disse que ele não faria mal a ninguém — disse Winsome.

— Continuo achando o mesmo — disse Austin. — Mas você me perguntou, e eu não consigo pensar em mais ninguém. Hayley não era o tipo de pessoa que cultivava inimigos.

— Bem, ela fez um — disse Banks, levantando-se. — Obrigado por seu tempo, Malcolm. E fique por perto. Poderemos precisar falar com você outra vez.

Amor intenso e rejeitado. Era uma combinação muito ruim, Banks sabia. Muito ruim mesmo. E Stuart Kinsey admitira ter ido ao Maze para espionar Hayley e descobrir com quem ela andava saindo. Isso lhe dava um motivo e uma oportunidade. Será que lhe faltariam os meios? Hora para outra conversa com o Sr. Kinsey.

Dependendo do tráfego, uma viagem de Whitby a Leeds podia demorar uma hora e meia ou mais, e era a segunda vez que Annie percorria aquele trajeto em dois dias. Ela ainda se recuperava do almoço com Eric. Não havia demorado muito para que ele se revelasse. Agora ela estava preocupada com outras fotos que ele ainda pudesse ter no celular ou no computador. O que faria com elas? Colocaria na internet? Como ela pudera ter sido tão tola, estivesse bêbada ou não? Suas mãos agarravam o volante com força e seus dentes estavam trincados enquanto pensava naquilo e lembrava o que ele havia dito. Ele dissera aquilo por crueldade, é claro, mas haveria alguma verdade no que falou? Teria ela parecido tão desesperada, tão ansiosa, tão *grata*?

Annie dirigiu ao longo da Stanningley Road, entrou antes de Bramley e encontrou o caminho para The Hill. Os Payne haviam morado perto da parte alta, pouco antes da ponte ferroviária, à direita de quem desce, e Claire Toth e sua família moravam praticamente do outro lado da rua, onde diversas casas velhas e isoladas com jardins maltratados enfileiravam-se no topo de uma ladeira íngreme. Fazia seis anos desde que Annie passara por ali pela última vez, e na época havia barreiras policiais e fitas isolando a cena do crime. Agora não havia nada disso, é claro, assim como não havia mais o número 35. Em seu lugar, viam-se duas novas casas geminadas de tijolos vermelhos. Bem, ninguém desejaria morar na "Casa dos Payne", como os jornais a chamavam, e nem na porta ao lado.

Quando reduziu a velocidade do carro, Annie estremeceu à súbita lembrança do dia em que desceu àquele porão: a imagem obscena da mulher de pernas abertas; a atmosfera fria, úmida e claustrofóbica com cheiro de sangue e urina; os símbolos de ocultismo nas paredes. Para a sorte de Annie, o corpo de Kimberley Myers já havia sido removido quando ela chegou, assim como o colchão ensanguentado.

Annie podia imaginar o lugar assombrado pelos fantasmas das pobres meninas ali estupradas, torturadas e enterradas. E

Lucy Payne, a mulher na cadeira de rodas com a garganta cortada, com certeza estivera envolvida naquilo. Banks passara muito tempo interrogando Lucy, que no início era vista como vítima e, depois, como possível suspeita. Ela certamente o perturbara, não importando o que ele alegasse. Mas era evidente que, mesmo agora, ele não tinha uma ideia muito clara do que realmente acontecera naquele porão — ou por que aquilo acontecera.

Annie parou ao pé da escada em frente à casa de Claire e se recompôs. Sabia que tinha de superar o que acontecera na outra noite e conversar com Banks. Sóbria desta vez. Fizera um papelão, mas e daí? Não seria a primeira vez, e nem a última. Explique. Ele entenderá. Deus sabe que ele é bastante compreensivo. Ele não a pegaria pela orelha e a expulsaria porta afora. Teria tanto medo assim de um simples contratempo? Aquilo não soava como a mulher que ela pensava ser. Mas seria ela a mulher que pensava ser?

Annie subiu os degraus notando que o jardim parecia ainda mais maltratado, especialmente naquela época do ano, e que uma cerca alta na metade do caminho bloqueava a visão da casa para quem estava mais embaixo. Annie abriu o portão e subiu os últimos degraus.

A porta da frente precisava de uma demão de tinta, pois um cachorro ou um gato andara arranhando a madeira. O pequeno jardim estava repleto de mato, mas faltavam tufos de grama em alguns lugares. Annie não sabia como abordar Claire. Seria ela uma suspeita a se considerar seriamente? Caso contrário, saberia de alguma coisa que pudesse ajudar? Parecia-lhe que tudo o que estava fazendo era abrir velhas feridas. Inspirou profundamente e bateu no vidro fosco com os nós dos dedos.

Após alguns instantes, uma mulher atendeu à porta vestindo um cardigã azul e calça cinza.

— Sra. Toth? — perguntou Annie.

— Sim, querida. Você deve ser a inspetora-detetive Cabbot. Por favor, entre. Claire ainda não voltou, mas estará aqui a qualquer momento.

Annie entrou. A sala da frente tinha um pé-direito alto e uma janela voltada para oeste, sobre o telhado das casas em frente. Havia um aparelho de TV em um canto. O programa *Daily Cooks* acabara de começar, apresentado por aquele belo chef francês, Jean-Christophe Novelli. Annie apostava que ele nunca faria um escarcéu por causa de uma transa de uma noite só. A Sra. Toth não fez menção de desligar a TV, mas abaixou um pouco o volume quando Annie pediu. Enquanto conversavam trivialidades, a Sra. Toth assistia à TV com o canto do olho. Depois, ofereceu uma xícara de chá, que Annie aceitou agradecida. Deixada a sós na sala cavernosa por um instante, Annie foi até a janela e observou nuvens felpudas contra o céu azul no horizonte. Outro belo dia de primavera. Achava que podia ver o contorno dos Apeninos ao longe.

Mais ou menos no momento em que a Sra. Toth voltou com a bandeja, a porta da frente se abriu e uma jovem entrou vestindo um avental de supermercado, que tirou imediatamente e jogou sobre uma cadeira.

— Claire! — disse a mãe. — Já disse mais de mil vezes. Pendure o seu avental.

Claire lançou um olhar de sofrimento para Annie e fez o que lhe foi pedido. Annie nunca a vira antes; portanto, não sabia o que esperar. Claire pegou um maço de Dunhills da bolsa e acendeu um deles com um isqueiro Bic. Seu cabelo louro-escuro estava amarrado para trás e ela vestia jeans e uma camisa branca masculina. Não era difícil notar que estava acima do peso, pois os jeans estavam apertados e a pele, sobrando nos quadris e na cintura. Seu rosto sem maquiagem era feio: bochechas de esquilo, pálidas e manchadas, além dos dentes amarelos de nicotina. Ela não parecia nem um pouco com a Mary que Mel Danvers vira em Mapston Hall. Era também muito jovem, mas como Banks destacara, Mel Danvers poderia ter se enganado quanto a isso. E Claire certamente parecia mais velha do que de fato era.

Assim que Claire acendeu o cigarro, serviu-se de uma taça de vinho sem oferecer a Annie. Não que ela quisesse beber. Um chá já estava bom.

A Sra. Toth sentou-se em uma poltrona no canto, e sua xícara tilintava no pires toda vez que ela tomava um gole. O programa *Daily Cooks* continuava a passar em silêncio ao fundo.

— O que deseja? — perguntou Claire. — Mamãe me disse que você é da polícia.

— Tem acompanhado as notícias? — perguntou Annie.

— Não me interesso.

— Lucy Payne foi morta outro dia.

Claire fez uma pausa, a taça a centímetros de seus lábios.

— Ela...? Mas achei que estivesse em uma cadeira de rodas.

— Estava.

Claire bebeu um pouco de vinho, tragou o cigarro e deu de ombros.

— Bem, o que espera que eu diga? Que lamento?

— Lamenta?

— De modo algum. Sabe o que aquela mulher fez?

— Sei — disse Annie.

— E vocês a soltaram.

— Nós não a soltamos, Claire — Annie tentou explicar.

— Soltaram. Disseram que não havia provas suficientes. Depois do que ela fez. Não havia provas suficientes. Acredita numa coisa dessas?

— Não havia como ela fazer mal a ninguém, onde quer que estivesse — disse Annie. — Ela não conseguia mover um único músculo.

— Esse não é o ponto.

— Então qual é?

— Olho por olho. Não deviam tê-la deixado viver.

— Mas não há mais pena de morte na Inglaterra.

— *Ele* está morto, não está?

— Terence Payne?

Uma sombra passou pelos olhos de Claire.

— Sim, ele.

— Sim, está.

— Bem, então? — Claire apagou o cigarro pela metade, bebeu um pouco mais de vinho e disse: — Desculpe, foi um longo dia.

— O que você faz?

— Claire trabalha no caixa do supermercado local — disse a mãe. — Não é, querida?

— Sim, mamãe.

Claire olhou para Annie com um olhar desafiador.

Não havia resposta para aquilo. Não dava para dizer: "Ah, que interessante." Era um trabalho, e um trabalho honesto, mas Annie ficou triste por ela. De acordo com todos os relatos, Claire era uma jovem bonita e inteligente de 15 anos com um belo futuro pela frente: Certificado Geral de Educação Secundária, boas notas, universidade, uma carreira. Mas algo acontecera e acabara com tudo isso. Terence e Lucy Payne. Agora, era uma fracassada que odiava o próprio corpo. Annie já vira aqueles sinais antes. Não se surpreenderia se encontrasse marcas de queimaduras e cortes feitos por ela mesma sob as longas mangas da camisa de Claire. Perguntou a si mesma se tinha ajuda psiquiátrica, mas deu-se conta de que isso não era problema seu. Não estava ali como assistente social, mas sim atrás de informações sobre um assassinato.

— Você conheceu Lucy Payne?

— Eu a via por aí, nas lojas. Todo mundo sabia quem ela era. A mulher do professor.

— Mas nunca falou com ela?

— Não. Exceto para dizer "olá".

— Sabia onde ela estava morando? — perguntou.

— A última vez que tive notícias dela foi que não havia provas suficientes e que ela não tinha condições físicas de ir a julgamento, por isso a soltaram.

— Como eu disse — repetiu Annie. — Ela não poderia machucar ninguém. Estava em uma instituição, um lugar onde cuidam de pessoas como ela.

— Assassinos?

— Tetraplégicos.

— Suponho que a alimentavam, davam banho nela e a deixavam ver o que quisesse na TV, não é mesmo?

— Cuidavam dela — respondeu Annie. — Ela não podia fazer nada por conta própria. Claire, compreendo a sua raiva. Sei que parece...

— Compreende? Mesmo? — disse Claire, que pegou outro cigarro e o acendeu. — Acho que não. Olhe para mim. Acha que não sei quão feia e pouco atraente eu sou? Fui a um psiquiatra durante anos e isso não me fez bem algum. Ainda não consigo suportar a ideia de um rapaz me tocar. — Ela riu com amargura. — Que piada, não é mesmo? Como se algum rapaz *quisesse* me tocar do jeito que estou. E tudo isso é culpa de Lucy e Terence Payne. — Olhou feio para Annie. — Bem, vamos lá!

— O quê?

— Diga que não estou assim tão mal. Diga que com um pouco de maquiagem e com as roupas certas ficarei bem. Todos dizem o mesmo. Como se tudo de que eu precisasse fosse dos conselhos de Trinny e Susannah.*

---

* Famosos estilistas na Inglaterra. (*N. do T.*)

Para Annie, ninguém precisava de Trinny e Susannah, mas aquilo era outro assunto. A agressividade fluía de Claire, e Annie simplesmente não se sentia preparada para lidar com aquilo. Verdade fosse dita, ela já tinha recalques suficientes a consumindo.

— Nem mesmo meu pai aguentou — disse Claire, amarga, olhando para a mãe. — Não demorou muito para ele abandonar o navio. E os pais de Kim se mudaram pouco depois de vocês soltarem Lucy Payne. Mas passaram-se anos até conseguirem vender a casa. Por fim, acabaram vendendo por uma ninharia.

A Sra. Toth pegou um lenço de papel, mas ficou calada. Annie estava começando a se sentir oprimida pelo sentimento de tristeza e de perda que pairava naquela sala. Irracionalmente, viu-se pensando em Eric, por uma fração de segundo, e sentiu vontade de esganá-lo. Era muito para ela. Sentia o peito apertado e tinha dificuldade para respirar. Estava muito quente ali. Controle-se, Annie, disse a si mesma. Controle-se, droga.

— Então você não sabia onde Lucy estava? — perguntou Annie.

— Claro que não, ou provavelmente eu mesma a teria estrangulado.

— O que a faz pensar que foi estrangulada?

— Nada. Eu não sei. Por quê? Isso importa?

— Não, não mesmo.

— Onde ela estava?

— Como disse, estava em um asilo perto de Whitby.

— Um asilo no litoral. Que legal. Não vou ao litoral desde que era criança. Tinha uma bela vista?

— Já esteve em Whitby?

— Não. Geralmente íamos a Blackpool. Ou Llandudno.

— Sabe dirigir?

— Nunca aprendi. Para quê?

— Por que não?

— Posso ir e voltar a pé do trabalho. Para onde mais eu iria?

— Ah, não sei — disse Annie. — Talvez sair com amigos?

— Não tenho amigos.

— Com certeza deve ter alguém.

— Eu costumava me encontrar com Maggie, minha vizinha rua acima, mas ela também se mudou.

— Para onde foi?

— Voltou para o Canadá, eu acho. Não sei. Não ia ficar aqui por perto depois do que aconteceu, não é mesmo?

— Vocês se correspondem?

— Não.

— Mas ela era sua amiga, não era?

— Ela era amiga *dela*.

Não havia muito que Annie pudesse dizer a respeito.

— Sabe para que lugar do Canadá ela foi?

— Pergunte aos Everett. Ruth e Charles. Ela morava na casa deles e eram amigos.

— Obrigada — disse Annie. — Farei isso.

— Nunca mais voltei a estudar, sabia? — perguntou Claire.

— O quê?

— Depois, você sabe, de Kim. Não conseguiria voltar. Acho que poderia ter feito minhas provas, talvez pudesse ter cursado uma faculdade, mas por algum motivo nada disso parecia importar.

— E agora?

— Bem, tenho um emprego. Eu e mamãe estamos bem, não estamos?

A Sra. Toth sorriu.

Annie não conseguia pensar em mais nada que perguntar e muito menos ficar ali mais um segundo.

— Veja — disse ela para Claire, enquanto se levantava e procurava sua pasta. — Se pensar em alguma coisa que possa ajudar... — E entregou-lhe um cartão.

— Ajudar exatamente no *quê*?

— Estou investigando o assassinato de Lucy Payne.

Claire franziu as sobrancelhas, rasgou o cartão em pedaços e espalhou-os pelo chão.

— Quando o inferno esfriar — disse ela, cruzando os braços.

O café ao ar livre sob a janela de Malcolm Austin parecia um lugar razoável para uma segunda entrevista com Stuart Kinsey, pensou Banks, enquanto ele e Winsome se acomodavam em frágeis cadeiras dobráveis junto a uma mesa bamba à sombra de um plátano. Como eles o haviam encontrado na biblioteca do departamento trabalhando em um ensaio, foi uma viagem curta para todos. Ainda estava um pouco frio para ficar muito tempo ao ar livre, o que deixou Banks contente por estar com seu casaco de couro. De vez em quando uma brisa chacoalhava os galhos da árvore, encrespando a superfície do café de Banks.

— O que vocês querem agora? — perguntou Kinsey. — Já disse tudo o que sei.

— Não foi muito, não é? — disse Winsome.

— Mas não posso ajudar mais. Já me sinto mal o bastante sabendo que eu estava ali, tão perto...

— O que poderia ter feito? — perguntou Banks.

— Eu... não sei...

— Nada — disse Banks. Provavelmente não era verdade. Se Kinsey tivesse chegado à Taylor's Yard na mesma hora que o sujeito atacava Hayley, ele poderia ter interrompido as coisas, e o assassino poderia ter fugido, deixando-a viva. Mas para que deixá-lo pensar assim? — Você não sabia o que estava acontecendo

— continuou. — Além disso, já estava tudo acabado àquela altura. Pare de se torturar.

Kinsey não disse nada durante algum tempo, apenas olhou para sua xícara de café.

— O quanto você gostava de Hayley? — perguntou Banks.

Kinsey olhou para ele. Tinha uma espinha enorme no canto da boca.

— Por que está me perguntando isso? Ainda acredita que eu a ataquei?

— Acalme-se — disse Banks. — Ninguém está dizendo isso. Na última vez em que conversamos você disse que gostava de Hayley, mas que não era recíproco.

— Isso é verdade.

— Só estava pensando em como você se sentia a esse respeito.

— Como eu me *sentia*? Como acha que eu me sentia? Como *você* se sentiria se gostasse tanto de alguém a ponto de não conseguir nem dormir e esta pessoa não estivesse nem aí para você?

— Mas não era assim tão ruim — disse Banks. — Você saía um bocado com Hayley, iam ao cinema...

— É, mas na maior parte das vezes a turma estava por perto. Era raro ficarmos sozinhos.

— Vocês conversavam. Admitiu que chegou a beijá-la uma vez.

Kinsey lançou um olhar furioso para Banks, que achou que talvez o merecesse. Conversa fiada e alguns beijos de amizade não são consolo quando se anda por aí com uma ereção tão forte que nem mesmo o deixa fechar os olhos.

— Stuart, você é a única pessoa que podemos relacionar à cena do crime na hora em que tudo aconteceu — disse Winsome com a voz mais tranquila e razoável que conseguiu. — E também tinha um motivo: sua paixão não correspondida por Hayley. Precisamos de algumas respostas.

— Meios, motivo e oportunidade. Que conveniente para vocês. Quantas vezes eu terei de dizer que não fiz aquilo? Apesar de toda a frustração, eu gostava de Hayley, e não creio que fosse capaz de matar alguém. Sou uma merda de um pacifista, pelo amor de Deus. Um poeta.

— Não precisa xingar — disse Winsome.

Ele olhou para ela, triste.

— Desculpe-me. Foi grosseria de minha parte. Mas é muito injusto. Perco uma amiga e ainda querem me transformar em um criminoso.

— O que aconteceu no Maze naquela noite? — perguntou Banks.

— Já disse.

— Diga outra vez. Quer mais café?

— Não. Não, obrigado. Já estou bastante ligado.

— Eu não me importaria de tomar outra xícara — disse Banks.

Winsome revirou os olhos e foi até o balcão.

— Apenas entre nós dois — disse Banks, inclinando-se para a frente. — Você conseguiu alguma coisa com Hayley além de alguns beijinhos na última fila do cinema? Vamos lá, pode me dizer a verdade.

Kinsey molhou os lábios. Parecia prestes a chorar. Finalmente, ele assentiu.

— Apenas uma vez — disse ele. — Isso é o que mais machuca.

— Você dormiu com ela?

— Não. Meu Deus, não. Isso não. Nós só, você sabe, nos beijamos e nos tocamos. E depois ela não quis mais saber de mim.

— Isso faria qualquer homem ficar furioso — disse Banks, vendo Winsome voltando com o café. — Tê-la bem ali, prová-la... e depois nunca mais. Ficar pensando que outras pessoas poderiam estar fazendo o mesmo...

— Eu não fiquei furioso. Fiquei desapontado. Ela não me fizera nenhuma promessa. Tínhamos bebido um pouco. Pareceu ser algo certo, mas depois foi como se nunca tivesse acontecido. Para ela. Agora, não importa o que, nunca mais vai voltar a acontecer.

Winsome entregou um café para Banks e ficou com o outro.

— Voltemos à noite de sábado no Maze — disse Banks. — Deve haver algo que você tenha esquecido. Sei que é difícil, mas tente relembrar.

— Tentarei — disse Kinsey.

Banks bebeu um pouco de café quente e fraco e o soprou.

— Vocês todos foram ao Bar None lá pela 0h20, certo?

— Certo — disse Kinsey. — A música era uma droga, algum tipo de disco hip-hop subeletrônico industrial... Não sei o que era aquilo. Também estava muito alta. Todos estávamos bebendo e estava muito calor ali. Eu estava pensando em Hayley, com ciúme e desejando que ela tivesse vindo conosco. Você sabe, achando que ela tinha ido se encontrar com outro sujeito de sorte.

— Então você estava aborrecido? — perguntou Winsome.

— Acho que sim. Não muito. Quer dizer, não estava furioso, só desapontado. Eu também precisava mi... ir ao banheiro; portanto, fui aos fundos do clube, onde ficam os banheiros, e vi aquela porta. Eu sabia onde daria. Já tinha passado por lá antes, quando eu...

— Quando você o quê? — perguntou Banks.

Kinsey conseguiu esboçar um sorriso.

— Quando eu tinha menos de 18 anos e a polícia apareceu.

Banks sorriu de volta.

— Sei o que quer dizer — disse Banks, que bebia em pubs desde os 16 anos. — Prossiga.

— Não achei que ela tivesse ido muito longe. Sei que lá é um lugar confuso, por isso achei que ela estivesse perto da praça, logo após a primeira esquina. Não sei no que estava pensando.

Juro. Acho que meu plano era segui-la e ver para onde ela ia, tentar descobrir com quem ela estava se encontrando. Certamente não pretendia feri-la.

— O que aconteceu a seguir?

— Você sabe. Não a encontrei. Sem que eu me desse conta, estava bem dentro do Maze quando achei ter ouvido alguma coisa mais atrás, perto da praça. Cheguei mais perto, mas não voltei a ouvir.

— Pode descrever o som outra vez?

— Foi como um tipo de baque surdo, como se você socasse uma porta ou algo parecido com um travesseiro amortecendo o golpe. E houve um grito... não, não foi um grito, o que certamente me faria crer que havia algo errado, mas algo como um ofegar, um choro. Quero dizer, para ser honesto...

— O quê? — perguntou Banks.

Kinsey olhou rapidamente para Winsome, então voltou a olhar para Banks.

— Achei que talvez fosse, você sabe, alguém dando uma rapidinha.

— Tudo bem, Stuart — disse Banks. — Você está se saindo muito bem. Prossiga.

— Foi isso. Fiquei com medo. Fugi. Eu não queria atrapalhar ninguém. Um sujeito pode ficar violento se for interrompido no meio da transa.

— Ouviu alguma outra coisa além disso?

— Havia a música.

— Qual música? Você não tinha dito isso.

Kinsey franziu o cenho.

— Não sei. Talvez tenha esquecido. Era uma música familiar, apenas um trecho de um rap, mas não consigo me lembrar qual. Sabe quando a gente fica maluco tentando se lembrar de algo que está na ponta da língua... De qualquer modo, começou e acabou. Como uma porta que tivesse aberto e fechado, ou um carro que tivesse passado por ali. Não sei ao certo.

— Como o quê? — perguntou Banks. — Tente lembrar. Pode ser importante.

— Bem, começou e acabou. Foi muito rápido, como se viesse de um carro passando.

— Lembra-se de algo mais?

— Não — disse Kinsey.

— O que fez a seguir?

— Voltei ao Bar None. Desci a galeria que dá em Castle Road. Era a saída mais próxima. Então, tive de voltar a entrar na boate pela frente porque a porta de trás só fica aberta se você travá-la. Tem uma dessas barras que você puxa para baixo, mas apenas por dentro. Eu tinha um carimbo na minha mão e pude entrar sem problemas.

— E foi só isso?

— Sim. Lamento. Posso ir? Realmente preciso terminar aquele ensaio.

Não havia por que mantê-lo ali, pensou Banks.

— Tente lembrar da música que ouviu — disse ele. — Pode ajudar. Aqui está o meu cartão.

Kinsey pegou o cartão e se foi.

— Realmente acha que a música é importante, senhor? — perguntou Winsome.

— Honestamente, não sei — disse Banks. — A câmera de circuito fechado registrou um carro passando, e Stuart disse que a música parecia vir de um carro em movimento. Mas o tempo não coincide, e temos certeza de que as pessoas no carro voltavam de um jantar de aniversário de casamento. O casal tinha uns 50 anos; portanto, duvido que estivessem ouvindo rap. Ainda assim, é uma informação nova. Quem sabe o que pode sair daí?

— O que acha, senhor? — perguntou Winsome. — Quer dizer, no geral. Em que pé estamos?

— Acho que estamos ficando sem suspeitos — disse Banks. — Primeiro Joseph Randall, depois Malcolm Austin e agora Stuart Kinsey.

— Acha que não foi ele?

— Duvido. Sim, ele pode estar mentindo. Todos podem estar mentindo. Hayley Daniels encantava mesmo seus jovens admiradores. Venha me falar de *la belle dame sans merci*. Certamente devemos verificar o álibi de Austin, ver se alguém o viu, como o vizinho viu Joseph Randall. Mas acredito em Kinsey. Não creio que seja o tipo de pessoa capaz de estuprar e matar alguém de quem ele gostasse e depois voltar para ficar com os amigos como se nada tivesse acontecido. É o tipo de pessoa que se afeta com as coisas, até mesmo coisas pequenas. Dê-lhe um beijo, e ele vai ficar trêmulo, levando a mão à boca a noite inteira.

— Não, obrigada, senhor!

Banks riu.

— Eu estava falando metaforicamente, Winsome. Stuart Kinsey é um sujeito sensível, um romântico. Um poeta, como ele disse. Não é um dissimulado e provavelmente também não é um bom ator. E se algo importante tivesse acontecido com ele, ou se ele tivesse feito algo importante, as pessoas saberiam. Se matasse Hayley, ele provavelmente teria ido à delegacia e confessado o crime.

— Creio que sim — disse Winsome. — O que nos resta?

— Seu palpite é tão bom quanto o meu — disse Banks. — Vamos, chega por hoje.

— E quanto à inspetora-detetive Cabbot, senhor?

— Não se preocupe — disse Banks, apreensivo. — Vou conversar com ela.

Depois da visita a Claire Toth, Annie decidiu ir para a sua casa em Harkside em vez de voltar a Whitby. Teria de acordar mais cedo, mas isso não seria problema, especialmente se não bebesse muito. Sentia-se arrasada depois de seu desastroso almoço com Eric e da conversa com Claire à tarde. Alguns confortos domésticos cairiam bem. Garrafa de vinho, livro, banho, muita espuma. A revista *Heat*.

Ao menos uma boa notícia: Les Ferris havia ligado quando Annie voltava para casa para dizer que tinha localizado as amostras de cabelo e que as teria em mãos antes do fim de semana.

Quando escureceu, Annie fechou as cortinas e acendeu alguns abajures que emprestaram uma luz aconchegante ao ambiente. Não estava com muita fome, mas comeu um resto de massa fria e serviu-se de um saudável Soave da Tesco em caixa de três litros. Banks podia ter se tornado um esnobe desde que herdara a adega do irmão, mas não Annie. Ela não entendia muito do assunto. Tudo o que sabia era se gostava ou se estava vencido. E se saía de uma caixa, geralmente não estava vencido.

Pegou o segundo volume da biografia de Matisse, de Hilary Spurling, mas não conseguiu se concentrar no que lia: estava pensando em Claire e nos acontecimentos que tão cedo haviam arruinado sua vida. Ela poderia superar aquilo, é claro, com o tempo e com a ajuda adequada, mas conseguiria algum dia se recuperar do dano sofrido? Quando se lembrava da expressão que Claire lançou quando ela disse que estava procurando o assassino de Lucy, Annie tinha vontade de desistir. Qual o sentido daquilo? Alguém realmente queria que o assassino da famosa Amiga do Diabo fosse levado à justiça? Alguém poderia perdoar Lucy Payne? Maggie Forrest teria perdoado? Teria superado e seguido em frente?

Annie lembrou-se de uma matéria na TV que vira havia alguns meses sobre a campanha de lorde Longford para libertar Myra Hindley. Fora difícil assistir àquilo. Os "Assassinatos da

Charneca" eram bem anteriores ao seu tempo, mas, assim como todo policial, ela sabia tudo sobre o assunto e ouvira a gravação feita por Brady e Hindley. Se, por um lado, a Igreja pede que você perdoe, diz que ninguém está acima do perdão e que a possibilidade de redenção é sagrada, seria difícil encontrar alguém cristão o bastante para perdoar Myra Hindley de seus crimes, fora o lorde Longford. Ainda que, como mulher, tenha sido considerada menos responsável pelos assassinatos do que Brady. O mesmo se aplicava a Lucy Payne, embora as circunstâncias tenham conspirado tanto para livrá-la da justiça quanto para aprisioná-la em seu próprio corpo.

Tommy Naylor e os outros membros da equipe haviam estado em West Yorkshire o dia inteiro, interrogando as famílias das vítimas dos Payne, enquanto Ginger estivera ocupada tentando obter pistas sobre Kirsten Farrow. Annie conversara com Naylor pelo celular e tivera a impressão de que todos estavam tão deprimidos quanto ela naquela noite, se não mais. Como manter a mente focada no trabalho quando você se expõe a tanto pesar e sentimento de impunidade?

Annie estava prestes a ir tomar banho quando ouviu baterem à porta. Seu coração subiu-lhe à garganta. A primeira coisa que pensou foi que Eric descobrira onde ela morava, justo quem ela não queria ver mais. Por um instante, pensou em ignorá-lo, fingindo que não estava em casa. Então, a pessoa voltou a bater. Annie caminhou na ponta dos pés até a janela e olhou através da cortina. Daquele ângulo, no escuro, não conseguia ver muito bem, mas percebeu que não era Eric. Então, viu o Porsche estacionado em frente à casa. Era Banks. Droga, ela também não queria vê-lo agora, não depois do constrangimento da outra noite. Mas ele não desistiria facilmente. Tanto que insistiu e voltou a bater. A TV estava sem som, mas ele certamente podia ver a luz bruxuleante do aparelho.

Finalmente, Annie abriu a porta e se afastou para que ele entrasse. Banks trazia uma garrafa de vinho em uma embalagem de presente. Proposta de paz? Por que precisaria daquilo? Se alguém precisava oferecer o ramo de oliveira era Annie. Como sempre, Banks desarmava o inimigo antes de dizer uma palavra. Mas talvez ela estivesse sendo injusta.

— Como soube que eu estava aqui? — perguntou Annie.

— Intuição — disse Banks. — Phil Hartnell disse que você esteve em Leeds hoje conversando com Claire Toth, e achei que talvez você tivesse resolvido vir para cá em vez de voltar a Whitby.

— Suponho que seja por isso que você é um inspetor-chefe-detetive e eu, uma mera inspetora-detetive.

— Elementar, meu caro Watson.

— Você podia ter ligado.

— Você diria para eu não vir.

Annie remexeu um cacho de cabelo. Ele estava certo.

— Bem, uma vez que está aqui, pode se sentar.

Banks entregou-lhe a garrafa e sentou-se no sofá.

— Suponho que queira beber um pouco? — perguntou Annie.

— Claro, tomaria uma taça, sim.

Annie foi até a cozinha buscar o saca-rolha. O vinho era um Vacqueyras que ela bebera antes com Banks e gostara. Nada especial, mas agradável. Um gesto despretensioso, então. Ela serviu-lhe uma taça, serviu-se de seu Soave barato e voltou à poltrona. A sala de estar subitamente pareceu pequena demais para os dois.

— Música? — perguntou Annie, mais por hábito do que pelo fato de realmente querer ouvir alguma coisa em particular.

— Se quiser.

— Você escolhe.

Banks ficou de joelhos diante da pequena coleção de CDs e escolheu *Journey in Satchidananda*, de Alice Coltrane. Annie teve de aplaudir a escolha. Combinava com o seu humor, e a harpa rodopiante em contraponto com o baixo lento e melódico sempre a confortava quando estava angustiada. Lembrou-se de que, quando visitara Banks na outra noite, John Coltrane estava tocando, mas ela o achava mais difícil de se ouvir que a mulher, exceto no único álbum que tinha dele, *The Gentle Side*.

— Como foi a sua entrevista com Claire Toth? — perguntou Banks ao se sentar.

— Horrível e não muito útil — disse Annie. — Quero dizer, não creio que ela tenha algo a ver com isso, embora esteja muito rancorosa. Não sei se ela tem forças para procurar vingança. O que aconteceu com a amiga teve um efeito arrasador sobre ela.

— Ainda se culpa.

— A ponto de sabotar sua aparência e subestimar sua inteligência e capacidade. O pai abandonou a família. É claro que isso não ajudou. A mãe parece perdida em uma neblina de Prozac.

— E quanto às famílias das vítimas?

— Nada, ainda. O consenso parece ser que o sistema judiciário os deixou escapar, mas que Deus, não, e estão felizes por ela estar morta. Isso lhes traz "redenção".

— Pelo modo como é dita por todo mundo atualmente — disse Banks —, essa palavra esconde muitos pecados.

— Bem, não acho que possa culpá-los — disse Annie.

— Então, não tem nada ainda?

— Não diria isso. Também conversei rapidamente com Charles Everett antes de vir para cá. Ele disse que não sabe o que aconteceu com Maggie Forrest, mas se ela estiver no país, diria que certamente a consideraremos a principal suspeita. Lucy Payne se tornou sua amiga e a usou, então a traiu, e Maggie pode ter visto a vingança como um modo de voltar a reconstituir sua vida, de se redimir do passado.

— Talvez — disse Banks. — Alguma ideia de onde ela está?

— Ainda não. Ginger vai verificar com o editor amanhã. Há também algo mais. — Annie explicou brevemente a teoria de Les Ferris, e Banks pareceu ter dado muito mais crédito àquilo do que ela imaginara que daria. Contudo, Banks resolvera diversos crimes em diversas épocas, de modo que era menos cético a respeito desse tipo de ligação do que a maioria das pessoas. — Ginger encontrou Keith McLaren, o australiano — acrescentou Annie. — Ele está de volta a Sydney, trabalhando num escritório de advocacia. Parece que se recuperou inteiramente; portanto, talvez também tenha recuperado a memória. Não é um suspeito, claro, mas pode ajudar a tapar alguns buracos.

— Vai até lá?

— Você deve estar brincando! Ele vai ligar esta semana.

— E quanto à garota, Kirsten Farrow?

— Ginger também está tentando encontrá-la. Nada até agora. É estranho, mas parece que ela desapareceu da face da terra. Verificamos cada fonte e, após 1992, não há sinal de Kirsten Farrow. O pai dela morreu há dez anos, e a mãe está em um asilo, com Alzheimer, portanto, não vai ser muito útil. Estamos tentando encontrar a antiga colega de faculdade com quem ela morava em Leeds ao desaparecer: Sarah Bingham. Ginger descobriu que ela estudou direito, de modo que temos uma linha a seguir, mas tudo é muito lento e trabalhoso.

— A pior parte do trabalho — concordou Banks. — Esperar, pesquisar, verificar, verificar outra vez. Já pensou que Kirsten pode estar morando no exterior?

— Bem, se está, não é quem queremos, certo? Les Ferris também disse que localizou as amostras de cabelo dos assassinatos de 1988; portanto, poderemos comparar os cabelos de

Kirsten com aqueles encontrados em Lucy Payne. Isso pode nos dizer de um modo ou de outro se esta teoria bizarra tem alguma base na realidade.

— Comparações de fios de cabelo quase nunca são perfeitas — disse Banks. — Mas, neste caso, eu diria que é um bom começo. Então, qual o seu plano?

— Continuar procurando Kirsten, Maggie e Sarah Bingham. Ao menos por mais algum tempo, até podermos incluí-las ou tirá-las da lista de suspeitos. Não temos outra linha de inquérito. Contudo — disse Annie, após um gole de vinho e um arquejo que provocou-lhe um calafrio —, você não veio até aqui só por causa disso, não é?

— Não exatamente — disse Banks.

— Antes que você diga qualquer coisa — disse Annie, desviando o olhar —, gostaria de me desculpar pela outra noite. Não sei o que me deu... Bebi um pouco com Winsome, depois um pouco mais na sua casa, e aquilo me subiu à cabeça por algum motivo. Talvez porque eu estivesse cansada. Não devia nem estar dirigindo. Bebi muito. Foi imperdoável de minha parte colocá-lo naquela posição. Desculpe-me.

Banks não disse nada durante algum tempo; Annie sentia o coração na garganta.

— Também não foi por isso que vim até aqui — disse ele afinal. — Embora tenha algo a ver.

— Não compreendo. Por que, então?

— Você e eu rompemos já fez muito tempo — disse Banks. — Portanto, não vou negar que fiquei chocado quando você... bem... isso é sempre difícil de dizer. Nunca deixei de desejá-la, você sabe, e quando você agiu daquela forma... Você estava certa, não há nada demais acontecendo na minha vida para que eu possa recusar uma oferta como aquela. Mas não me pareceu certo. Não teria sido certo. Ao menos pensei que fôssemos amigos, não importa o quanto isso pareça difícil às vezes. Achei que, caso algo a estivesse preocupando, você me diria.

— Como o quê?

— Bem, não é toda noite que você aparece bêbada e praticamente pula em cima de mim. Deve haver algo errado.

— Por quê? — perguntou Annie. — Eu estava bêbada e muito cansada. Pressão do trabalho. Lamento. Não façamos tempestade em um copo d'água.

— Você disse coisas muito estranhas.

— Que coisas? — Annie puxou o cabelo para trás. — Desculpe-me, não me lembro.

Ela se lembrava perfeitamente de tudo o que dissera para Banks. Não estava tão bêbada quanto naquela noite terrível com Eric. Mas ela não o deixaria saber disso.

— Sobre garotos.

Annie levou a mão à boca.

— Falei?

— Falou.

— Mas isso é terrível. Eu não devia ter contado.

— Como assim?

— Outra taça?

— Melhor não. Estou dirigindo.

— Acho que eu vou beber.

— A casa é sua.

Annie correu até a cozinha e encheu a taça. Aquilo também lhe deu um instante para pensar e se acalmar. A última coisa que ela queria era que Banks se metesse outra vez em sua vida particular, como um cavaleiro de armadura brilhante. Podia lidar com Eric sozinha, muito obrigada. Não precisava que ninguém desse uma surra nele ou o advertisse.

Ela voltou a se sentar e disse:

— Aquilo que eu falei naquela noite. Foi só... Veja, eu tive uma discussão com um namorado e...

— Pensei que tivesse saído para jantar com Winsome.

— Antes disso. Estava com raiva e aborrecida. Falei coisas que não deveria ter dito. E me arrependo disso agora.

Banks tomou um gole de vinho e Annie viu que ele estava pensando, um sulco gravado na testa.

— Ele é o garoto de quem você estava falando? — perguntou Banks. — Seu namorado?

— Sim. Ele é jovem. Tem 22 anos.

— Entendo.

— Tivemos uma discussão, isso é tudo.

— Não sabia que estava saindo com alguém.

— É bem recente.

— E já estão brigando?

— Bem...

— Talvez seja a diferença de idade?

Annie se ajeitou na cadeira.

— A que diferença de idade está se referindo, Alan? A que existe entre mim e Eric ou entre nós dois? Não seja hipócrita. Isso não lhe cai bem.

— *Touché* — disse Banks, baixando delicadamente a taça sobre a mesa de vidro.

Ainda havia um bom gole, percebeu Annie.

— Então, você não está com problemas? — prosseguiu ele.

— Não. Claro que não. O que o faz pensar assim?

— Está tudo bem? Ninguém a está importunando? Perseguindo? Ameaçando?

— Não, claro que não. Não seja tolo. Estou bem. Está tudo bem. Só porque cometi uma droga de um erro antes, isso não quer dizer que precise de um irmão mais velho ou de alguém tomando conta de mim. Posso cuidar de minha vida, muito obrigada. Namorados e tudo o mais.

— Certo, então. — Banks levantou-se. — Acho que é melhor eu ir. Terei um dia atribulado amanhã.

Annie levantou-se e levou-o até a porta. Sentia-se confusa. Por que mentira para ele? Por que o confundira? Por que falara de modo tão rude?

— Tem certeza de que não quer ficar mais um pouco? — perguntou. — Outra meia taça não lhe faria mal.

— Melhor não — disse Banks, abrindo a porta. — Além disso, acho que falamos tudo que havia para ser dito, certo? Cuide-se, Annie. Eu a vejo em breve.

Ele inclinou-se para a frente, beijou-lhe o rosto e se foi.

Ao ouvir o carro dele se afastando, Annie se perguntou por que se sentia tão triste, com vontade de chorar. Ele não ficara muito tempo. O álbum de Alice Coltrane ainda tocava, só que já não soava tão tranquilizador. Annie bateu a porta e disse "merda" diversas vezes até começar a chorar.

CAPÍTULO 11

A praça do mercado ficava diferente na hora do almoço, especialmente em uma sexta-feira de tempo bom, pensou Banks, enquanto ia até o Fountain com Winsome. Todas as jovens que trabalhavam nos bancos ou em corretoras imobiliárias saíam para ver vitrines, com crachás pendurados nas blusas, tomando café e comendo sanduíches com os namorados ou almoçando nos pubs em grupos de três ou quatro, rindo e falando de seus planos para o fim de semana. Os estudantes compareciam em massa, camisas para fora das calças, gravatas tortas, rindo, empurrando uns aos outros e comendo tortas e pastéis em frente ao Greggs.

Encontraram Jamie Murdoch atrás do balcão do Fountain, que estava lotado. O cardápio era interessante, acrescentando curries e pratos de comida tailandesa aos hambúrgueres, peixes com fritas e gigantescos pudins de Yorkshire recheados com linguiça ou carne moída. Banks estava com fome, mas achou melhor comer em outro lugar depois, talvez no Queen's Arms. Jamie tinha gente ajudando-o no bar e na cozinha, e pôde fazer uma pausa quando Banks o chamou para uma mesa no canto. A jukebox, ou o rádio digital, tocava "Sultans of Swing". O ar cheirava a molho curry, fumaça e lúpulo.

— O que foi agora? — perguntou Jamie, empurrando os óculos nariz acima com o polegar. — Não veem que estou ocupado?

— Apenas mais algumas perguntas — disse Banks.

— Perguntas, perguntas. Já disse tudo ao Sr. Templeton no outro dia. Além disso, o jornal desta manhã informou que o culpado provavelmente é um ex-namorado.

Banks vira a matéria. Jornalismo irresponsável, pensou. Alguém da delegacia certamente deixara escapar que haviam interrogado alguns ex-namorados de Hayley e a história criara pernas e saíra correndo.

— Se eu fosse você, não acreditaria em tudo o que sai nos jornais — disse Banks. — De acordo com o que você disse para o sargento-detetive Templeton, Hayley Daniels chegou tarde com um grupo de amigos desordeiros...

— Não eram desordeiros.

— Digamos, então, amigos animados. Você acabara de ter problemas com um bando de Lyndgarth que destruíra os banheiros do pub.

— Certo.

— Até aí tudo bem. Hayley e os amigos foram os últimos a ir embora, certo?

Jamie assentiu.

— E isso teria sido à 0h15?

— Exato.

— O que fez a seguir?

— Fechei o bar.

— Assim que eles saíram?

— Claro. Ouvi dizer que tem gente assaltando os pubs na hora de fechar.

— Muito esperto — disse Banks. — Você sabia para onde estavam indo?

— Quem?

— Hayley e os amigos.

— Alguém mencionou o Bar None. De qualquer modo, é o único lugar aberto a esta hora, com exceção do Taj.

— Certo — disse Banks. — Hayley disse que não os acompanharia?

— Não que eu tenha ouvido.

— Soube que ela foi agressiva com você.

— Não foi.

— Mas ela reclamou ao ver que os banheiros não estavam funcionando?

— Bem, talvez ela estivesse aborrecida — disse Jamie, remexendo-se na cadeira. — Por quê? Quero dizer, isso não é importante, certo?

— Pode ser — disse Banks. — O que ela disse?

— Não me lembro.

— Ela o xingou, pelo que eu soube.

— Bem, ela não estava satisfeita. Disse algo sobre mijar no chão.

— Ouvi dizer que as mulheres o desprezam. Então, aparece aquela menina arrogante mandando você ir ao banheiro para limpar tudo porque senão ela ia mijar no chão. Como se sentiu?

— Não foi assim — disse Jamie.

— Mas você não ficou com raiva e a seguiu?

Jamie ficou na beira da cadeira.

— Como assim? Você sabe que não. Você viu as fitas das câmeras de segurança. Foi como eu disse. Fechei o pub, então passei duas horas limpando os banheiros, substituindo as lâmpadas, varrendo os cacos de vidro.

— Soube que sua ajudante não apareceu no sábado — disse Banks.

— Jill. É verdade. Ela disse que estava resfriada.

— Você acreditou nela?

— Não tive muita escolha, não é mesmo?

— Ela costuma fazer isso, ligar em cima da hora?

— De vez em quando.

Um grupo de executivos sentou-se na mesa ao lado e começou a falar em voz alta.

— Incomoda-se de conversar conosco nos fundos? — perguntou Banks.

Jamie pareceu nervoso.

— Por quê? O que vocês querem?

— Está tudo bem — assegurou Winsome. — Não vamos espancá-lo. Lá é mais tranquilo e discreto, só isso. Não queremos que todo o bar fique sabendo.

Relutante, Jamie disse para um dos ajudantes assumir a gerência, então os levou ao andar de cima, para uma sala com TV e sofá. O ambiente era pequeno e abafado, mas ao menos era discreto. Banks podia ouvir a música "Shake Your Moneymaker", do Fleetwood Mac, tocando lá embaixo.

— O problema, Jamie — disse ele —, é que andamos perguntando por aí, e achamos que você tem usado amigos e empregados para contrabandear álcool e cigarros da França.

— Não é mais ilegal — disse ele. — Você pode trazer o que quiser. Estamos na Europa.

— Mas é ilegal vendê-los em lugares licenciados — disse Banks. — Isso tem algo a ver com o assassinato de Hayley?

Jamie ficou boquiaberto.

— O que está dizendo? Você não pode...

— Hayley sabia? Jill sim. Você chegou a pedir que ela lhe trouxesse um carregamento. É por isso que ela não gosta de trabalhar aqui, entre outros motivos.

— E que mal há em vendermos uma garrafa de cerveja ou um pacote de cigarros de origem duvidosa? Isso não é motivo para se matar alguém, certo? Especialmente, você sabe, daquele modo que...

— Refere-se ao estupro?

— É.

— Mas talvez esse não tenha sido o motivo verdadeiro. Pode ter sido feito para parecer assim. Por outro lado, poucos homens deixariam de provar a mercadoria antes de se livrar dela, não é mesmo?

— Isso é doentio. Você é doente. — Ele olhou para Winsome como se tivesse sido traído. — Vocês dois.

— Vamos, Jamie — disse Banks. — Foi assim que aconteceu? Hayley ia denunciá-lo. Você tinha de se livrar dela, mas achou que podia usá-la primeiro.

— Além de doentio, isso é ridículo — disse Jamie.

— Onde estão? — perguntou Banks.

— O quê?

— A bebida e os cigarros.

— Que bebida e que cigarros? Não tenho nada além do estoque legítimo que vocês já viram.

— Onde esconde a muamba?

— Estou dizendo a verdade. Não tenho nada.

Fazia sentido, pensou Banks. Com a polícia por perto por causa do assassinato de Hayley, e sem dúvida adivinhando que Jill não seria tão discreta quanto deveria, Murdoch devia ter se livrado das mercadorias contrabandeadas que tivesse. Mas não era uma teoria das melhores, pensou Banks. Ninguém mataria outra pessoa por causa de uma pequena contravenção. Ele só queria apertar alguns botões para ver o que acontecia.

Nada demais, como acabou descobrindo. Fez um sinal para Winsome e ambos se levantaram para ir embora. Pouco antes de descer, Banks perguntou a Jamie:

— Você ouviu alguma música pouco antes de fechar no sábado?

— Música? Não me lembro. Que música?

— Não sei.

— Ouvi um carro passar, mas o resto do tempo eu estive nos fundos, limpando os banheiros.

— Você estava com rádio ou a jukebox ligado?

— Não. Desliguei tudo ao fechar. Força do hábito.

— Certo — disse Banks, achando que ao menos desejaria ouvir alguma música caso tivesse de passar algumas horas tirando papel higiênico encharcado de dentro de privadas. Ele se dirigiu à escada. — Foi um prazer falar com você. Se pensar em algo mais, estamos do outro lado da praça.

O tráfego na A1 ficou muito lento a partir da estátua do Anjo do Norte, empoleirada no topo da colina como um Spitfire enferrujado. Bem feito para mim, pensou Annie, por dirigir em direção a Newcastle em uma tarde de sexta-feira quando todo mundo saía mais cedo do trabalho e se dirigia ao Team Valley Retail World ou ao MetroCentre. O dia começara com sol e nuvens distantes, mas ao norte de Scotch Corner o céu rapidamente escurecera, acumulando nuvens sobre Weardale, e chovia e estiava desde então. Dizem que, caso você não goste do tempo no norte da Inglaterra, basta esperar dez minutos. O que eles esquecem é que, se ainda não estiver gostando, deve dirigir dez quilômetros em qualquer direção.

Annie passara a manhã com a equipe, inutilmente avaliando as entrevistas com as famílias das vítimas dos Payne. Ninguém expressou um pingo de simpatia por Lucy, alguns foram mais hostis que outros, mas ninguém despontou como suspeito, mesmo que remotamente. Ainda havia álibis a serem verificados, mas o resultado era deprimente. O superintendente Brough aparecera no fim da reunião, e até mesmo as suas palavras de incentivo soaram vazias. Se ao menos eles conseguissem descobrir como a identidade e a localização de Lucy Payne haviam vazado, pensou Annie, estariam bem mais perto. Ginger resmungou alguma coisa sobre a dificuldade de se encontrar alguém em uma editora numa tarde de sexta-feira, mas estava esperando uma ligação da ex-diretora de arte de Maggie Forrest de dedos cruzados.

Antes disso, Ginger estivera ocupada procurando Sarah Bingham, uma velha amiga de Kirsten Farrow, após ela ter se formado em direito, e nisso tivera sucesso. Melhor ainda: Sarah estava trabalhando em casa naquela tarde e dissera ao telefone que poderia ceder meia hora a Annie. Ela morava em um condomínio chique junto ao rio, numa região que fora completamente transformada desde que Annie estivera lá na última vez: restaurantes e hotéis caríssimos instalados em prédios novos e brilhantes, projetos modernos em ferro, concreto e vidro despontando junto à água. Enquanto Annie procurava o estacionamento de visitantes, seu celular tocou. Era Les Ferris, que parecia empolgado. Ela estacionou junto ao acostamento.

— Annie, encontrei as amostras de cabelo.

— Ótimo — disse Annie. — Quando Liam pode começar?

— Há um pequeno problema — admitiu Les Ferris. — Liam está pronto para começar a qualquer momento, mas as amostras estão no quartel-general de West Yorkshire com o resto das provas dos assassinatos em série de 1988, o que faz sentido. Este em si não é o problema, mas já é sexta-feira à tarde, os plantões mudaram, a semana está acabando, e não há ninguém para assinar a liberação do material. Precisamos de alguém com autoridade para requisitá-las. O superintendente Brough está...

— Provavelmente jogando golfe — disse Annie. — Poderia ir direto ao assunto, Les? Desculpe, mas estou um pouco apressada.

— Certo. Entendi. O assunto é que, dando tudo certo, poderemos levar as amostras ao laboratório na manhã de segunda-feira para que Liam e seus peritos façam a comparação.

— Isso é ótimo — disse Annie. — Esperamos até agora. Podemos esperar até segunda. E, se necessário, e caso a minha autoridade baste, não hesite em me ligar depois. Bom trabalho, Les. Muito obrigada.

— Foi um prazer — disse Ferris antes de desligar.

Nesse meio-tempo, pensou Annie, devia continuar com o que vinha fazendo. Se a amostra de cabelo provasse que Kirsten Farrow *não* estava envolvida no assassinato de Lucy Payne, então ela poderia abandonar aquela linha de investigação. Fora um palpite e tanto, de qualquer modo. Teria desperdiçado algum tempo perseguindo fantasmas, mas às vezes era assim que as coisas aconteciam. Então, ela teria de redirecionar toda a sua energia para outras frentes de investigação. Maggie Forrest, por exemplo. O irmão de Janet Taylor também seria uma possibilidade, mas Tommy Naylor o encontrara em um centro de reabilitação em Kent, onde estava de molho havia um mês, de modo que era outro beco sem saída.

Annie encontrou o estacionamento de visitantes, estacionou, apresentou-se à segurança e foi orientada a subir para um apartamento no quarto andar. Ao fim de um corredor de tapetes grossos, Sarah Bingham abriu-lhe a porta e a conduziu a uma sala de estar. Era grande, e a janela do chão ao teto que dava para a varanda aumentava ainda mais a impressão de espaço. A vista ao sul de Gateshead, voltada para a zona portuária, não era idílica, mas, provavelmente, cara. Annie sentiu-se suspensa sobre a água e deu graças a Deus por não sofrer de vertigem.

A mobília era toda modular em couro vermelho e havia algumas obras de arte contemporânea originais penduradas nas paredes, pintadas em uma sutil tonalidade entre creme e rosa que Annie não saberia especificar. Provavelmente, uma combinação de algum lugar exótico com uma flor silvestre, como prímula da Toscana ou cravo do Peloponeso.

Annie expressou a sua admiração pelas pinturas, especialmente a que era feita de diversos pontos coloridos, e Sarah pareceu ter gostado do elogio. Talvez a maioria de seus convidados não gostasse de arte abstrata. Havia uma grande TV de tela plana pendurada na parede, e um caro aparelho de som Bang & Olufsen no outro lado. Havia pequenos alto-falantes em toda parte, pelos quais se ouvia música orquestral tocando baixinho. Annie não conseguia ouvir o que era, nem mesmo conseguia discernir a melodia, mas achou que talvez fosse música do século XX. Era o hábitat contemporâneo de uma jovem muito contemporânea. Annie calculou que Sarah devia ter uns 40 anos, a mesma idade que ela.

Sarah Bingham era uma mulher elegante, do cabelo louro-claro perfeitamente penteado, com camadas tão bem tingidas que pareciam naturais, à camisa branca de seda e à calça preta de grife. Talvez a única dissonância fosse um par de chinelos felpudos cor-de-rosa. Mas ela *estava* em casa. O modo como ela se vestia fez Annie se sentir muito desleixada com sua calça Levi's e seu casaco preto de gola rulê. A dona da casa também tinha aquele tipo de corpo flexível que só se consegue com uma hora de ginástica por dia. Já Annie não tinha tempo, mesmo que tivesse inclinação para exercícios. Havia um MacBook branco cercado de papéis e pastas de arquivos sobre uma mesa de cromo e vidro junto à janela. E venham me falar de escritórios sem papel, pensou Annie. Havia uma bolsa Hermes sobre uma cadeira, como se tivesse sido jogada ali casualmente.

— Não sei o que posso fazer por você — disse Sarah, ao se sentar em uma poltrona entalhada. — Mas certamente estou curiosa. — Tinha um sotaque elegante, que, no entanto, não era forçado. Como tudo o mais a respeito dela, parecia ser natural.

— É sobre Kirsten Farrow.

— Sim, você disse ao telefone. — Sarah fez um gesto vago com a mão. — Mas isso faz tanto tempo...

— O que se lembra daquele tempo?

— Ah, deixe-me ver. Bem, Kirsty e eu ficamos amigas na universidade. Ambas líamos literatura inglesa. Eu estava seriamente envolvida com crítica feminista e coisas assim, mas Kirsty era mais tradicional. F. R. Leavis, I. A. Richards e daí por diante. Muito fora de moda naqueles tempos de desconstrucionismo e tudo o mais.

— E quanto ao ataque? — perguntou Annie, ansiosa para não desperdiçar muito do tempo que tinha com crítica literária.

— Aquilo foi terrível — disse Sarah. — Eu a visitei no hospital e ela estava... quer dizer, demorou meses até ela se recuperar. Se é que se recuperou.

— Como assim?

— Talvez você nunca consiga superar algo como aquilo. Eu não sei. Você superaria?

— Não — disse Annie. — Mas algumas pessoas conseguem. Você passou muito tempo com ela naquele período?

— Sim — disse Sarah. — Achava importante ficar com ela enquanto todo mundo estava ocupado com a própria vida.

— E quanto à sua vida?

— Em espera. Pretendia me graduar, Ph.D. em Ficção Vitoriana. Queria me tornar uma professora de inglês. — Ela riu.

— Queria?

— Sim. Mas fiquei enjoada daquilo no primeiro ano. Larguei os estudos, vaguei pela Europa durante algum tempo e, quando voltei, comecei a cursar direito por sugestão de meus pais.

Annie olhou em torno.

— Parece estar se saindo bem.

— Acho que sim. Desperdicei alguns anos no caminho, mas logo os recuperei. Agora sou a sócia mais jovem de uma das maiores empresas de advocacia do noroeste. Quer beber alguma coisa? Veio de tão longe. Que indelicadeza da minha parte não ter perguntado antes.

— Está tudo bem. Obrigada — disse Annie. — Gostaria de algo gelado e borbulhante, se tiver. — Depois que Banks fora embora na noite anterior, ela tomara algumas taças de vinho a mais do que o costume, o que a deixara com a boca seca. Lamentou ter mentido para ele a respeito de Eric, mas, às vezes, era o único meio de manter alguém fora de seu caminho. As intenções de Banks e Winsome podiam ser boas, mas a última coisa que ela precisava agora era de alguém se metendo em sua vida.

Sarah levantou-se.

— Algo gelado e borbulhante — disse ela, encaminhando-se para o barzinho.

Voltou com uma Perrier gelada para Annie e uma dose de gim-tônica para si, então se acomodou na cadeira, dobrando as pernas sob o corpo.

— Casada? — perguntou Annie.

Ela percebera que Sarah não usava aliança, mas aquilo necessariamente não significava coisa alguma.

Sarah balançou a cabeça.

— Uma vez — disse ela, sorrindo. — Mas não durou. Ele disse que não dava para aguentar o fato de eu estar trabalhando todo o tempo, de nunca podermos nos ver, mas a verdade é que ele era um parasita vagabundo. E você?

— Nunca encontrei o homem certo — disse Annie, sorrindo. — De volta a Kirsten. Espero que não seja muito doloroso para você.

Sarah fez um gesto com a mão.

— Não. Como eu disse, faz muito tempo. Parece outra vida. Kirsten foi atacada em junho de 1988. Havíamos acabado de fazer as provas finais e estávamos celebrando. Fomos expulsas de alguns pubs e acabamos em uma festa em uma residência universitária, uns seis de nós. Já estávamos muito bêbados, verdade seja dita, exceto, talvez, Kirsten. Ela tinha de ir para casa cedo na manhã seguinte, por isso é que estava maneirando. A festa ainda estava rolando quando ela foi embora. Ninguém pensou duas vezes. Quer dizer, as pessoas iam e vinham todo o tempo, dia e noite. Mas foi quando aconteceu, você sabe, enquanto ela voltava para casa, atravessando o parque.

— E alguém interrompeu o ataque?

— Sim. Um homem passeando com o cachorro. Ao menos temos de dar graças a Deus por isso.

— Mas o agressor fugiu?

— Sim. A polícia achou que foi o mesmo homem que havia estuprado e assassinado outras cinco garotas, um assassino em série, como o definiram. Mas a pobre Kirsty não conseguia se lembrar de nada a respeito do ataque, o que talvez tenha sido um bem para ela. Pode imaginar ter de reviver algo assim?

Annie bebeu mais um pouco de Perrier.

— Ela falava sobre o assunto?

— Um pouco. Eu a visitei algumas vezes no hospital, e quando ela saiu, passei o primeiro Natal depois do incidente com ela e seus pais. Moravam em uma casa grande perto de Bath. Acho que Kirsty estava fazendo sessões de hipnose na época. Lembro que ela realmente ficou frustrada por não conseguir se lembrar de nada depois de ter ido embora da festa. Ela disse que queria se lembrar de tudo, descobrir quem tinha feito aquilo e ir atrás dele.

— Ela disse isso?

— Sim, mas estava muito perturbada na hora. Ela não falava sério. Quer dizer, a hipnose só a estava frustrando. Acho que foi ideia da polícia.

— Você contou para a polícia o que ela disse?

— Bem, não. Quero dizer, por que faria isso? Foi algo dito da boca para fora. Ela não fazia ideia de quem a tinha atacado.

— Por acaso lembra o nome de quem fez a hipnose?

— Infelizmente, não. Não me lembro de Kirsty tê-lo mencionado.

— Mas foi em Bath, em 1988?

— Sim, no inverno.

— Prossiga.

— Os pais de Kirsty foram a uma festa no réveillon. De qualquer modo, Kirsty e eu nos embriagamos com o conhaque do pai dela, e ela me contou tudo.

Annie inclinou-se na beirada da cadeira.

— Como assim?

— Sobre o que ele fez com ela. O desgraçado.

Pela primeira vez, Sarah pareceu abalada pelo que estava relembrando.

— O que ele fez? — Annie sabia que podia encontrar o relatório médico, que devia estar arquivado em algum lugar, mas ela queria ouvir a versão de Sarah.

— Usou uma faca afiada. Aqui. — Levou as mãos aos seios. — E entre as pernas. Ela não me mostrou, é claro, mas disse que tinha um bocado de cicatrizes e pontos cirúrgicos. Mas isso não foi o pior. Ela também me disse que o dano à sua vagina e ao seu útero havia sido tão grande que ela não poderia fazer sexo e nem ter filhos.

Sarah limpou uma lágrima com as costas da mão.

— Desculpe. Não achei que ficaria assim ao falar sobre isso. Achei que ficaria bem, considerando que faz tanto tempo.

— Você está bem?

Sarah fungou e foi buscar um lenço de papel, com o qual assoou o nariz.

— Estou bem — disse ela. — O poder da lembrança me pegou de surpresa. Posso vê-la ali sentada, com aquela expressão desesperançada no rosto. Quer dizer, dá para imaginar como uma coisa dessas pode abalar uma pessoa? Ser sentenciada ao celibato e a não ter filhos pelo resto da vida? E ela tinha apenas 21 anos, pelo amor de Deus! Acho que naquele momento eu teria tranquilamente matado o sujeito, se soubesse quem era.

— Havia alguma possibilidade de ter sido alguém próximo? — perguntou Annie. — Talvez alguém que tivesse saído da festa mais cedo?

— A polícia nunca me disse o que tinha em mente, mas interrogou todo mundo que estava lá, e todos os amigos dela na universidade.

Como Annie sabia, esse era o procedimento padrão. Ainda assim, sempre havia uma chance de deixarem passar alguma coisa.

— Você a viu depois daquele réveillon?

— Ah, sim. Algumas vezes. Mas ela nunca mais voltou a falar sobre aquilo com tantos detalhes. Eu me lembro de uma noite em especial — prosseguiu Sarah. — Estranho, não é mesmo, como as coisas ficam na sua memória? Era a primeira vez que Kirsty voltava do norte depois... desde o ataque. Mais de um ano depois. Estivera por um longo período no hospital, depois mais outro se recuperando na casa dos pais. De qualquer modo, eu tinha um quartinho na época que fora de Kirsten, e ela veio ficar um tempo comigo. Acho que foi em setembro de 1989, não muito antes de começar o semestre. Bebemos bastante naquela primeira noite, e ela disse algumas coisas muito estranhas. O comportamento dela chegou a me assustar.

— Que coisas estranhas?

— Não me lembro dos detalhes, só que foi assustador, entende? Falava de olho por olho, dizia que se sentia uma vítima da Aids ou de vampirismo.

— Aids?

— Não literalmente. Eu disse que ela estava dizendo absurdos. Ela não pegou Aids, ao menos que eu saiba. Não, ela se referia a algum tipo de contágio, algo que pegara de seu agressor. Falei que aquilo era loucura e ela parou. É tudo de que me lembro. Mas fiquei com medo na hora. Ainda assim, pensei, era melhor desabafar do que ficar com tudo guardado dentro de si.

— Ela falou em vingança?

— Sim. Olho por olho. Voltou a dizer que, se soubesse quem havia sido, ela o mataria.

— Deu alguma indicação de que sabia?

— Não. Como poderia?

— Desculpe, prossiga.

Sarah deu um riso nervoso.

— Era apenas o vinho. Estávamos na segunda garrafa àquela altura. De qualquer modo, as coisas voltaram ao normal depois disso, então o semestre começou.

— Então Kirsten ficou com você todo o tempo em que esteve no norte naquele mês de setembro?

— Sim. Até meados de outubro, creio.

— Você não me parece segura. Tem certeza?

Sarah desviou o olhar.

— Foi o que eu disse para a polícia.

— Mas era a verdade?

Ela olhou para as próprias unhas.

— Bem, você sabe, ela ia e vinha.

— Ia e vinha?

— Sim. Ela passou algum tempo em Dales, está bem?

— Você estava com ela?

— Não. Ela queria passar algum tempo sozinha.

— Quando foi isso exatamente?

— Não me lembro. Faz muito tempo. Setembro, eu acho. Pouco depois que veio para ficar.

— Você falou sobre isso para a polícia?

— Eu... Ela me pediu para não dizer.

— Alguma ideia do porquê?

— Não. Veja, perdoe-me, mas na época eu não tinha muita simpatia pela polícia. A última coisa que Kirsten queria era ser importunada por eles. Já sofrera o bastante.

— Algum motivo em particular para você não gostar da polícia?

Sarah deu de ombros.

— Eu era uma radical, é isso. E uma feminista. A polícia me parecia interessada apenas em manter leis arcaicas feitas por homens para preservar o status quo.

— Também já pensei assim — disse Annie. — É claro, isso devia ser mais verdadeiro naquela época do que agora, mas ainda sobraram alguns dinossauros.

— Ainda não posso dizer que os adoro — disse Sarah. — Mas desenvolvi muito mais respeito pela polícia ao longo dos anos, e não generalizo como costumava fazer. Não pratico direito penal, mas conheci bons policiais na minha linha de trabalho. É como você disse: há dinossauros. Maçãs ruins, também, eu acho.

— Ah, sim — disse Annie, pensando em Kev Templeton.

Podia não ser uma maçã ruim, no sentido de ser desonesto, mas certamente não valia nada.

— Mas, na época, você mentiu para a polícia?

— Acho que sim. Honestamente, esqueci tudo sobre isso. Estou com problemas?

— Não creio que alguém se incomode com uma mentira de 18 anos, a não ser que seja relevante hoje em dia.

— Não vejo como.

— O que aconteceu?

— Já disse. Ela foi para Dales durante um tempo, depois voltou. Foi e voltou um bocado nas semanas seguintes, então alugou o quarto no andar de cima. Começou o seu trabalho de pós-graduação, assim como eu, mas desistiu ainda antes de mim.

— Então ela abandonou os estudos?

— Sim. Acho que voltou para casa. Ao menos durante algum tempo.

— E então?

Sarah voltou a olhar para as unhas, muito bem cuidadas, pintadas com uma bela tonalidade de rosa.

— Nós paramos de nos ver, você sabe, como geralmente acontece com as pessoas. Como já disse, ao abandonar o programa de graduação, fui viajar durante algum tempo, então mergulhei nos estudos.

— Então você não voltou a ver Kirsten?

— Apenas uma ou duas vezes nos anos seguintes. Tomamos um drinque em nome dos velhos tempos.

— Sobre o que conversaram?

— Sobre o passado, principalmente. Sobre a época anterior ao ataque.

— Alguma vez ela mencionou Whitby?

— Whitby? Não. Por que deveria?

— Alguma vez ela falou sobre alguém chamado Eastcote, Greg Eastcote?

— Não.

— Jack Grimley?

— Nunca ouvi falar.

— Keith McLaren, um australiano?

— Não, nunca. Nunca ouvi falar sobre tais pessoas. Quem são?

— Ela manteve contato com as pessoas que vocês conheciam na época, como o pessoal da universidade?

— Não, não creio. O namorado dela foi para o Canadá, para os EUA ou para algum outro lugar, e o resto da turma se espalhou pelo país. Ela era uma solitária, afastou-se das pessoas. Acho que foi por causa do que aconteceu. Ela não conseguia se ajustar, fingir ser normal. Eu não sei. Não que não pudéssemos ter uma boa conversa, tomar um drinque juntas e tudo o mais, mas ela sempre pareceu distante dos demais. Não sei como descrever. Ela também estava diferente, mais desleixada, cortou o cabelo, coisas assim. Ela era muito bonita, mas, você sabe, parou de se preocupar com isso.

— Sabe o que ela estava fazendo da vida?

— Na verdade, talvez não fizesse nada. Acho que estava meio perdida. Falou em viajar para a China, para os EUA, para o Oriente, mas não sei se era um objetivo verdadeiro ou apenas pensamento positivo. — Sarah olhou para o relógio pela primeira vez. — Não pretendo ser indelicada, mas... — Olhou para o MacBook — preciso terminar este trabalho antes de me encontrar com um cliente logo mais à noite.

— Tudo bem — disse Annie. — De qualquer modo, acho que já acabei com as minhas perguntas.

— Lamento que tenha vindo de tão longe por nada.

— Mas não foi por nada — disse Annie. — Você finalmente disse a verdade. Você viu ou ouviu falar de Kirsten nos últimos anos?

— Não — disse Sarah. — A última vez que ouvi falar a respeito dela foi em 1991 ou no início de 1992. Depois disso, foi como se ela tivesse desaparecido.

— Já ouviu falar de Lucy Payne?

— Aquela mulher que matou todas aquelas meninas com o marido? A que acabou de ser assassinada? É sobre isso? Não entendo.

— Maggie Forrest?

— Não, nunca.

— Certo — disse Annie, levantando-se para ir embora e entregando seu cartão de visitas para Sarah. — Se lembrar de algo mais, por favor me ligue.

— Mas de que se trata? — perguntou Sarah à porta. — Você não me disse nada. Por que me perguntou sobre todas essas pessoas e sobre o que aconteceu há tanto tempo? Poderia ao menos me dar uma pista?

— Se realmente for importante — disse Annie —, você vai descobrir em breve.

— Típico da polícia — disse Sarah, cruzando os braços. — Certas coisas nunca mudam, não é?

O celular de Annie tocou quando ela chegou ao carro. Era Ginger.

— Sou eu, chefe. Encontrei a tal Maggie Forrest. O editor me ligou de volta.

— Ótimo — disse Annie, procurando as chaves e segurando o telefone com o queixo.

— Estamos com sorte. Ela voltou ao país. Está morando em Leeds outra vez. Perto do canal.

— Ótimo — disse Annie. — Talvez eu devesse ir até lá agora.

— Não adianta. Ela está em Londres no momento, em reunião com o editor. Mas volta no sábado à noite.

— Tudo bem — disse Annie. — De qualquer modo, não tenho nada planejado para domingo. Falarei com ela. Obrigada, Ginger. Bom trabalho.

— Sem problemas.

Annie desligou e pegou a A1.

Annie lembrava-se de onde Eric morava, e já estava escuro quando ela foi ao apartamento dele, parando no meio do caminho para criar coragem e se revigorar com uma dose dupla de conhaque em um pub. Estava a pé; portanto, não fazia mal que bebesse. Embora tivesse se convencido de que seria fácil, ainda se sentia perturbada. Confrontos no trabalho eram uma coisa, mas, na vida particular, eram outra completamente diferente. Sabia ter abandonado mais de uma relação no passado em vez de corrigir o que havia de errado com elas. O problema com Banks era que ela não conseguia se afastar inteiramente. Seu trabalho, assim como o que ainda sentia por ele, sentimento recorrente pelo fato de trabalharem tão perto um do outro, não permitiam. Foi por isso que ela aceitara de tão bom grado a transferência temporária para a área leste, para se afastar dele durante algum tempo. Mas aquilo não parecia estar funcionando.

Eric atendeu à porta:

— Ah, é você. — Então lhe deu as costas e entrou no apartamento, deixando a porta aberta. — Eu estava me aprontando para sair — disse ele, quando ela o seguiu até a sala de estar.

Não parecia que estivesse prestes a sair. Um cigarro queimava no cinzeiro e havia uma lata de cerveja junto a um copo sobre a mesinha de centro. A TV estava ligada, passando *EastEnders*. Eric acomodou-se no sofá, pernas e braços abertos. Vestia jeans e uma camiseta preta rasgada. O cabelo estava oleoso, pedindo uma boa lavada, e um cacho caía-lhe sobre um dos olhos, como sempre.

— O que você quer? — perguntou ele.

Annie estendeu a mão.

— Entregue o seu celular.

— O quê?

— Você ouviu. Entregue o seu celular.

— Por quê?

— Você sabe por quê.

Eric riu.

— Aquelas fotografias? Quer apagá-las, certo? Você não confia em mim.

— Certo. Vamos começar com o seu celular, depois vamos ao seu computador.

— O que acha que eu faria? Pensa que eu publicaria na internet? — Esfregou o queixo fingindo estar pensando. — Acho que eu poderia fazer isso, não é mesmo? Acha que aceitariam nus?

— Não creio que faça isso — disse Annie. — Você vai me dar o seu celular, depois vamos ver o seu computador. Vou apagar tudo.

— Veja, por que você não se senta e toma alguma coisa? Não estou com tanta pressa. Podemos falar a respeito.

— Não quero beber e não vou ficar tempo suficiente para me sentar — disse Annie, ainda com a mão estendida. — Não temos nada para conversar. Dê para mim.

— Se eu não soubesse sobre o que está falando, acharia que você está sugerindo uma obscenidade.

— Mas sabe. E eu não estou sugerindo nada. Vamos.

Eric cruzou os braços e olhou para ela desafiador.

— Não está? — perguntou.

Annie suspirou. Ele parecia estar disposto a jogar. Então, que fosse. Ela se sentou.

— Então, vai aceitar aquela bebida? — disse Eric.

— Sentei porque vi que isso vai demorar mais do que eu esperava — disse Annie. — Mas não quero beber. Você sabe o que eu quero.

— Sei o que você quis na outra noite — disse Eric. — Mas agora não sei bem. Há outras fotos, você sabe. Outras que você ainda não viu. Melhores.

— Não me importo — disse Annie. — Apenas apague-as e esqueceremos o que aconteceu.

— Mas não quero esquecer. Não pode ao menos me deixar uma recordação?

— Vou lhe deixar muito o que recordar caso você *não* faça o que pedi.

— Isso é uma ameaça?

— Entenda como quiser, Eric. Tive um dia atribulado. Estou ficando sem paciência. Vai me dar o celular?

— Ou o quê?

— Tudo bem — disse Annie. — Vamos fazer do seu modo. Você estava certo da primeira vez, quando tentou adivinhar o que eu faço da vida. Sou uma policial. Na verdade, uma inspetora-detetive.

— Eu deveria ficar impressionado?

— Deveria fazer o que eu pedi.

— O que você vai fazer se eu não obedecer?

— Preciso dizer?

— Vai mandar um de seus amigos Neandertal me espancar?

Annie sorriu e balançou a cabeça lentamente.

— Realmente não creio que precise de ajuda para isso. Mas não, esse não é o plano.

— Como você é confiante.

— Veja — disse Annie. — Vamos parar de brincadeira, está bem? O que aconteceu, aconteceu. Talvez tenha sido bom. Não sei. Não me lembro e não me orgulho disso. Mas seja como for, foi um erro. Se...

— Como sabe?

— O quê?

Eric sentou-se.

— Como sabe que foi um erro? Você não me deu a chance de...

— Foi um erro para mim. Apenas aceite isso. E seu comportamento recente não ajudou.

— Mas por quê?

— Realmente não quero falar sobre isso. Não vim aqui causar problemas. Só vim pedir, gentilmente, que você me deixe apagar aquelas fotos. São constrangedoras e, francamente, jamais me passaria pela cabeça me relacionar com alguém que tirasse fotos desse tipo.

— Você não foi contra na hora. E, não se esqueça, também tirou algumas. Não pode se alegrar um pouco, me dar algum crédito? Foi apenas diversão.

— Entregue a merda do celular para mim!

Annie chocou-se com a própria veemência, mas Eric estava testando sua paciência ao limite. Não explicaria para ele a diferença entre algumas fotos inocentes tiradas numa boate e outras, mais íntimas, de que ela nem mesmo se lembrava, tiradas na privacidade de um quarto. Se ele não conseguia entender aquilo, não merecia crédito algum.

Eric também pareceu chocado. Ficou calado durante algum tempo, então meteu a mão no bolso, tirou seu BlackBerry e jogou-o para ela, que pegou.

— Obrigada — disse ela.

Quando Annie encontrou a biblioteca de mídia, viu as fotografias que ele tirara naquela noite. Fora as que já conhecia, nas quais ao menos estava acordada, havia outras, em que ela dormia, com o cabelo despenteado, um seio exposto. Nada obsceno, mas grosseiro e invasivo. Ela apagou todas.

— Agora, o computador.

Ele acenou para a escrivaninha em um canto.

— À vontade.

As mesmas fotografias estavam no computador, e ela também as apagou. Apenas por precaução, também esvaziou a lixeira. Ela sabia que havia como recuperar dados apagados, mas duvidava que Eric soubesse como fazê-lo — ou que se importasse com aquilo. Talvez as tivesse gravado em CD ou em um *smartdrive*, mas, se não quisesse revistar todo o apartamento, era o máximo que ela podia fazer.

— Isso é tudo? — perguntou ela.

— Sim, é tudo. Conseguiu o que queria. Agora dê o fora. — Ele se virou, pegou a bebida e fingiu estar assistindo à TV.

— Antes de eu ir — disse Annie —, deixe-me dizer o que vai acontecer se você tiver cópias e se alguma delas aparecer na internet. Você estava errado ao pensar que eu chamaria gente que conheço para bater em você. Isso seria muito grosseiro. Mas tenho amigos e, acredite, podemos tornar a sua vida muito incômoda.

— Ah, sim — disse Eric, mantendo os olhos na TV. — E como faria isso?

— Se alguma dessas fotos aparecer, não apenas alegarei que estava bêbada quando foram tiradas, o que é verdade e todo mundo pode ver, mas que você me deu uma droga para me estuprar.

Eric virou o rosto para ela lentamente, com uma expressão de incompreensão.

— Faria isso? — perguntou ele.

— Sim. E, se for necessário, os policiais que revistarem o seu apartamento "encontrarão" Rohypnol, GHB ou algo do tipo. Você ficaria impressionado se visse quanto dessas drogas temos na delegacia. — Annie sentia o coração batendo forte no peito e estava certa de que Eric podia ouvi-lo, que até mesmo conseguia ver o peito dela se mover. Não estava acostumada a mentir nem a ameaçar alguém daquele jeito.

Eric acendeu outro cigarro. Voltou-se, pálido, e Annie viu que as mãos dele estavam trêmulas.

— Realmente acredito que faça isso — disse ele. — Quando eu a conheci, pensei que fosse uma pessoa legal.

— Não me venha com essa. Quando me conheceu, achou que eu era uma puta bêbada que não era de se jogar fora, alguém que você poderia levar para a cama sem muito esforço.

Eric ficou boquiaberto.

— O que foi? — prosseguiu Annie. — Não gosta de ouvir algumas verdades?

— Eu... só... — Ele balançou a cabeça, atônito. — Você realmente é uma figura.

— Pode acreditar — disse Annie. — E acho que não me resta dizer mais nada.

Eric engoliu em seco.

— Não.

— Sendo assim, adeus.

Annie teve o cuidado de não bater a porta ao fechá-la. Embora furiosa, tinha que demonstrar a Eric que estava sob controle, mesmo não estando. Quando saiu no frio da noite, parou na esquina e inspirou profundamente algumas vezes. Está feito, disse para si mesma. O problema acabou. Resolvido. E venham me falar de Annie Cabbot, *Anjo da misericórdia*. Mas enquanto descia a rua e olhava para o mar escuro à sua frente, perguntou-se por que se sentia como se tivesse acabado de esmagar uma borboleta. Mas Eric, detestável como era, nada tinha de borboleta, lembrou para si mesma. Parecia mais uma cobra. Então, Annie sorriu.

CAPÍTULO 12

Segurando uma garrafa de vinho, Banks inspirou profundamente e tocou a campainha. Era estranho voltar à rua onde morara com Sandra e as crianças durante tantos anos. Agora, Sandra estava casada e tornara-se mãe outra vez, Tracy terminara a universidade, e Brian tinha uma banda de rock de sucesso. Mas quando Banks olhou para as cortinas fechadas de seu antigo lar, uma casa inexpressiva com janela *bay window*, porta nova e fachada de seixos, as lembranças voltaram. Lembrou-se de uma xícara de chocolate quente que tomara com Tracy quando ela tinha 12 anos, após voltar para casa tarde da noite, deprimido com a investigação do assassinato de uma menina mais ou menos da idade dela, as "Quatro Últimas Canções", de Strauss, tocando no aparelho de som; lembrou-se das primeiras tentativas musicais de Brian, tocando "Sunshine of Your Love" em um violão que Banks lhe dera no aniversário de 16 anos; lembrou-se de certa vez que ele e Sandra haviam feito amor no sofá depois que as crianças tinham ido para a cama, ambos tentando ser o mais silenciosos possível, embora quase tenham caído na gargalhada ao tombarem no chão. Também se lembrou de suas últimas semanas ali sozinho, desmaiado no sofá com uma garrafa de Laphroaig ao seu lado, o disco *Blood on the Tracks* repetindo-se indefinidamente.

Antes que pudesse ir mais fundo na perigosa estrada da memória, a porta se abriu, e ele foi recebido por Harriet Weaver, que parecia tão jovem como quando dera as boas-vindas da vizinhança à família Banks havia vinte anos. Banks inclinou-se e beijou-lhe o rosto.

— Olá, Alan — disse ela. — Fico feliz que tenha podido vir. — Banks entregou-lhe o vinho. — Não precisava. Entre.

Banks seguiu-a pelo corredor, onde pendurou o casaco, e então foram para a sala de estar. A maioria dos convidados já havia chegado. Todos estavam sentados à luz aconchegante dos abajures cor de laranja, conversando e bebendo. Havia doze pessoas ao todo, e Banks conhecia dois casais vizinhos: Cohn e Stella Hutchinson, da casa 24, e Ray e Max, o casal gay do outro lado da rua. Os outros, ou eram amigos da biblioteca onde Harriet trabalhava, ou colegas de seu marido, David, gente do arcano e, para Banks, chatíssimo mundo dos computadores. Alguns ele conhecia de vista.

Viera de carro direto da delegacia, a cerca de cinco minutos dali, parando apenas para comprar uma garrafa de vinho na Oddbins. Passara a maior parte do dia no escritório, relendo os depoimentos e os relatórios da perícia sobre o caso Hayley Daniels. Também se distraíra ocasionalmente pensando no caso de Annie: Lucy Payne em uma cadeira de rodas com a garganta cortada. Lembrou-se de Lucy deitada na cama do hospital. Por um lado, uma figura lamentável e frágil, o belo rosto parcialmente coberto de bandagens. Por outro, uma pessoa enigmática, calculista, manipuladora e, talvez, verdadeiramente má. Banks nunca chegara a uma conclusão a esse respeito, embora fosse um dos poucos que vira os vídeos, que o convenceram de que Lucy estava tão envolvida quanto o marido, Terry, no sequestro e tortura sexual das meninas. Se ela realmente matara alguém era um assunto completamente diferente, algo que os tribunais jamais conseguiram descobrir. Todos *acreditavam* que ela, de fato, matara. Mas seus olhos não revelavam, pois seu instinto de autodefesa era muito forte.

Banks sempre achou difícil fazer ponte entre o macabro e a realidade. Mas, às vezes, uma conversa despretensiosa sobre as chances da Inglaterra ganhar de Andorra após aquele patético empate de 0 a 0 com Israel ou as chances dos Tories na eleição seguinte eram um bom antídoto às preocupações do dia.

Jantares sempre o deixavam nervoso por algum motivo, e ele nem podia beber para afastar a ansiedade, porque teria de dirigir de volta para casa. Não correria o risco que Annie correra na outra noite. Ela tivera sorte. Ao pensar em Annie, percebeu que provavelmente a convidaria como sua "acompanhante" para aquele jantar, caso estivessem em melhores termos. Embora não estivessem mais num relacionamento, de tempos em tempos davam, um ao outro, apoio moral em situações sociais como aquela. Mas após o estranho comportamento dela nas últimas duas vezes em que haviam se encontrado, ele não sabia em que pé estavam as coisas entre eles ou o que poderia acontecer.

Após cumprimentar a todos, Banks pegou a taça de vinho que David lhe ofereceu e sentou-se ao lado de Cohn e Stella. Cohn era paramédico e, portanto, era pouco provável que começasse a falar de RAM e gigabytes. Banks conseguia se virar com uma conversa sobre cadáveres ou moribundos. Stella tinha um antiquário em Castle Road e sempre tinha uma história interessante para contar.

Enquanto conversavam, Banks olhou ao redor. Havia algumas pessoas idiotas e arrogantes que ele reconheceu de uma festa anterior e por quem não tinha nenhuma admiração: para esses, bastava tomar alguns drinques para que se convencessem de que poderiam pôr o mundo nos eixos melhor do que qualquer um. Mas os outros eram pessoas legais. A maioria tinha a sua idade, 50 e tantos anos, ou era um pouco mais jovem. Harriet pusera uma música clássica suave para tocar ao fundo, Bach, pelo que parecia. Da cozinha, exalava um cheiro de carneiro assado com alho e alecrim. Alguns tira-gostos circulavam pela sala, e Banks se serviu de um enroladinho de salsicha quando lhe foi oferecido.

Por sorte, ele não era o único solteiro. A maioria dos convidados era de casais, mas Banks sabia que Graham Kirk, da outra rua, recentemente se separara da esposa, e que Gemma Bradley, já um tanto bêbada, se separara do terceiro marido havia dois anos e não voltara a se casar. Harriet trabalhava com Gemma e evidentemente sentia pena dela. O excêntrico da festa era Trevor Willis, um viúvo macambúzio que vivia escapando para fumar ao ar livre com Daphne Venables, esposa de um dos colegas de David. Banks sabia que Trevor era do tipo que ia ficando mais calado e moroso conforme bebia, até acabar cochilando — certa vez, com tremendo efeito dramático, em cima do próprio pudim.

Era em oportunidades assim que Banks desejava ainda estar fumando, especialmente naquela noite amena de março. Às vezes, era bom ter uma desculpa para escapar alguns minutos quando a conversa ficava muito chata ou barulhenta.

Cohn estava no meio de uma história sobre uma velha que sempre chamava a ambulância apenas para pegar uma carona até o hospital — e de como, apenas para assustá-la, um dos paramédicos dissera que vira um problema na perna dela e que teria de amputá-la —, quando Harriet chamou todos para a mesa de jantar.

Demorou alguns minutos para todos se sentarem, e Banks viu-se entre Daphne e Ray, em frente a Max e Stella. Poderia ter sido pior, pensou, enquanto David voltava a encher a sua taça e Harriet servia pratos de queijo de cabra e torta de cebola caramelada. Os únicos que já estavam bêbados eram Gemma e Trevor, embora Daphne parecesse já bem alterada, a julgar pelo modo como apertava o braço de Banks sempre que se dirigia a ele. A torta estava deliciosa, e a conversa fluía bem o bastante para que Banks se sentasse em silêncio sem ser obrigado a participar.

Ele acabara de terminar a sua torta, e Daphne estava segurando seu braço enquanto contava uma história engraçada sobre uma biblioteca móvel extraviada, quando a campainha tocou. Todos continuaram a conversar enquanto Harriet corria para atender à porta. Daphne exigia toda a atenção de Banks, exalando um bafo de Sancerre, odor de tabaco e perfume forte.

Quando deu por si, Harriet puxava outra cadeira para a extremidade da mesa. Treze à mesa, pensou Banks, lembrando-se da história de Poirot. Talvez fosse um mau agouro. Todos fizeram uma pausa na conversa. Os homens olharam, boquiabertos, e as mulheres se empertigaram. Banks ainda não tinha conseguido escapar da mão de Daphne sobre seu braço esquerdo. Sentia-se acuado pelo Velho Marinheiro de Coleridge. À sua direita, ouviu uma voz feminina dizer:

— Perdoe-me. Estou muito atrasada.

Finalmente, Daphne o largou, e, sem ser rude, ele pôde ouvir Harriet dizendo que o atraso não era problema. Em seguida, arrumou outro lugar à mesa para a convidada recém-chegada, que olhou para Banks e sorriu. Então ele se lembrou: Sophia finalmente chegara.

Chelsea estava atrasada. Pusera muito rímel, mas não tinha tempo de fazer tudo outra vez. Ficaria assim mesmo. Ajeitou o sutiã por baixo do top até se sentir confortável, então desceu a escada correndo e calçou os sapatos de salto alto.

— Droga — disse o pai, tirando os olhos da TV por um raro momento enquanto Chelsea saltitava sobre um dos pés no corredor. — Tem ideia de como está vestida?

— Cale-se, Duane — disse a mãe. — Deixe a pobrezinha em paz. Você nunca saiu para se divertir quando era jovem?

— Talvez, mas não me vestia como uma droga de uma...

Chelsea não esperou que terminasse a frase. Já sabia o que ele diria: "vadia", "vulgar", "prostituta" ou algo assim. Ela pegou a bolsa onde guardava cigarros, maquiagem e algum dinheiro a mais, caso precisasse pagar uma rodada de bebida ou pegar um táxi de volta para casa, lançou um beijo para a mãe, que pediu que fosse cuidadosa e se lembrasse do que acontecera com aquela pobre menina, e saiu às pressas, ouvindo gritos quando a porta se fechou atrás dela. Ficariam naquilo algum tempo, ela o sabia, então a mãe desistiria e iria ao bingo, como sempre. Quando Chelsea voltasse para casa, sua mãe estaria dormindo e o pai roncando diante da TV, que estaria passando algum filme antigo de terror na Freeview, um cinzeiro cheio e algumas latas de cerveja vazias na mesa redonda ao seu lado. Eram previsíveis assim.

Como desejava morar em Leeds, Manchester ou Newcastle, de modo a poder ficar fora até tarde, a noite inteira, se desejasse! Em Eastvale, por outro lado, a maioria dos lugares fechava à meia-noite ou à 1 hora no sábado, com exceção do Bar None, onde havia um DJ de mau gosto que só tocava música ruim, e o Taj Mahal, que vivia cheio e era muito deprimente, com soldados bêbados tomando litros e mais litros de lager e comendo vindaloo* antes de serem enviados ao Iraque. No dia seguinte, iria ao show dos Long Blondes no Sage, em Gateshead, no carro de Shane, seu primeiro encontro sem mais ninguém por perto. Aquilo seria ótimo. Na segunda-feira, voltaria a trabalhar na loja. Assim era a vida.

Todos se encontrariam na praça do mercado. O ônibus não chegava. Tornavam-se raros após às 18 horas no East Side Estate, e ela teve de fazer uma caminhada de quinze minutos, atravessando o rio, subindo a colina, cruzando os jardins e o castelo. Já estava escuro e os saltos altos dificultavam seus passos. Eles se encontrariam no Red Lion e, caso não estivessem mais lá, com certeza estariam jogando sinuca no Trumpeter's antes de irem ao Horse and Hounds, onde geralmente havia uma banda tocando covers de canções antigas como "Satisfaction" e "Hey Jude". Às vezes não eram ruins. De qualquer modo, aquilo era melhor do que o jazz tradicional e decrépito que tocava ali nos almoços de sábado.

Chelsea acelerou o passo depois de subir a colina, desceu a Castle Road e chegou à praça do mercado, já repleta de jovens. Ela cumprimentou alguns conhecidos e atravessou a praça. Os sapatos sobre o calçamento de seixos quase a fizeram cair algumas vezes antes de chegar ao pub, abrir a porta e ver todos lá dentro. Shane sorriu para ela em meio à fumaça e ela sorriu de volta. Tudo ficaria bem. A noite de sábado tinha começado e seria boa.

Dizer que a chegada de Sophia mudou o tom da conversa à mesa de jantar seria pouco. Os homens visivelmente se mobilizaram para impressioná-la. Cohn começou a comentar a respeito do

---

* Tipo de curry indiano picante. (*N. do T.*)

vinho, sentindo tons de chocolate, baunilha e tabaco, o que ele claramente decorara de algum livro, e Graham Kirk começou um discurso sobre o futuro da informática, falando ostensivamente para Max, mas com olhares ocasionais em busca da aprovação de Sophia, que não estava ouvindo. Para Banks, Sophia parecia alheia a tudo aquilo. Sua postura confiante parecia dizer que não tinha culpa dos homens se derreterem por ela. Contudo, se achava isso divertido, não o demonstrava.

Banks se viu aproveitando o espetáculo. Sentia-se invisível, mais leve que o ar, como uma mosca na parede, notando expressões faciais, linguagens corporais de todo tipo, como se ninguém estivesse ciente de sua presença. Desaparecer era uma habilidade que ele tinha desde a infância e que muitas vezes se revelava útil em seu trabalho. Aquilo costumava deixar Sandra possessa, lembrou. Ela achava uma grosseria alguém não compartilhar: era muito sociável e estava sempre trocando experiências.

Desde a chegada de Sophia, Daphne soltou seu braço e deixou de conversar com ele. Ficou emburrada e passou a beber mais rápido do que antes. Alguém na cabeceira da mesa derrubou um cálice de vinho tinto sobre a toalha branca, e todos voltaram a atenção para lá durante algum tempo, enquanto Harriet tentava acalmar a todos dizendo que ignorassem, que aquilo sairia na próxima lavagem.

Na confusão, Banks lançou um olhar para Sophia. Sabia que era linda antes mesmo de poder olhá-la com atenção. Apenas sua entrada na sala fora o suficiente. Mas quanto mais a olhava, melhor compreendia. O cabelo escuro estava preso atrás de um longo pescoço, a pele amendoada macia e sem manchas. Vestia um top cor de jade, decotado apenas o suficiente para mostrar o vão entre os seios, embora sem revelar coisa alguma. Usava um fino colar de prata com um medalhão antigo, que ocasionalmente tocava com o polegar e com o indicador. Seus lábios eram fartos, e seus olhos eram escuros e cativantes. Um homem poderia se afogar naqueles olhos. Ela o pegou olhando e sorriu outra vez. Ele enrubesceu. Não estava mais invisível.

A conversa mudou de rumo, como era inevitável, passando a tratar de estatísticas de crimes, excessos alcoólicos, gangues, assaltos, ruas inseguras, assassinatos e tumultos em geral, e a aparente inabilidade da polícia em resolver até mesmo o crime mais simples e óbvio, ou garantir a segurança dos contribuintes contra assaltantes, arrombadores e estupradores. Embora nada disso fosse dirigido a Banks, ainda assim esperava-se que ele aceitasse o desafio. Como ele não mordeu a isca, Quentin, marido de Daphne, um dos idiotas pretensiosos, começou a tratar de assuntos mais concretos, como o caso Hayley Daniels.

— Vejam aquela pobre menina que foi morta aqui na cidade no último fim de semana — disse ele, a boca molhada de vinho tinto, um brilho de suor no lábio superior e na testa. Daphne empertigou-se ao lado de Banks, os braços cruzados, parecendo que acabara de chupar um limão. Ele continuou: — De acordo com todos os jornais, foi alguém próximo a ela, um ex-namorado ou algo assim. Sempre é, não é mesmo? Mas alguém foi preso? Não. Quero dizer, o que os detém? São idiotas ou algo assim? Era de se esperar que já tivessem descoberto a essa altura.

Alguém começou a atribuir a culpa aos juízes lenientes, ao serviço de promotoria da Coroa e aos escorregadios advogados de defesa. Ainda assim, Banks não se manifestou. Uma ou duas pessoas riram de nervoso e Max disse:

— Ah, provavelmente não se deram conta de alguma evidência. Estão sempre fazendo isso, não é mesmo? Ou forjando provas. — E olhou para Banks.

Então, a voz de Sophia se sobrepôs à dos demais.

— Pelo amor de Deus, você devia ouvir o que está dizendo. Será que é tão tolo a ponto de acreditar em tudo o que lê nos jornais ou vê na TV? Para mim, você tem assistido muitos programas policiais: muito Frost, Morse e Rebus. Como você acha que a coisa acontece? Realmente acredita que um policial desperta no meio da noite com uma ideia brilhante e diz: "Eureca, já sei! Tenho a solução!"? Cresça. É um trabalho árduo.

Aquilo os silenciou. Após uma breve pausa, Banks olhou para Sophia e disse:

— Bem, ocasionalmente desperto no meio da noite com uma ideia brilhante. Mas, na maioria das vezes, é apenas indigestão.

Houve outra pausa, então todos riram. Sophia manteve o olhar sobre Banks e pareceu estar revistando-o com aqueles olhos escuros. Então, ela voltou a sorrir, desta vez de modo diferente, com mais intimidade.

A conversa se dividiu em pequenos grupos. Banks ouviu Sophia dizer o quanto gostava de passear por Londres à noite e retribuiu contando-lhe sobre os seus passeios preferidos em Dale. Então Harriet entrou na conversa contando algumas histórias engraçadas do tempo em que ela administrava uma biblioteca móvel. A sobremesa chegou, um pudim de maçã e ruibarbo com creme de ovos, então todos voltaram à sala de estar para o café e o licor, que Banks não aceitou.

A festa estava no fim. Os bêbados acabaram se calando, e ouvia-se apenas um ronco ocasional de Trevor e um espreguiçar de Gemma. Os convidados remanescentes conversavam baixinho enquanto o vapor subia de suas xícaras de café, todo mundo satisfeito e sonolento por conta de tanta comida e vinho. Até mesmo o abajur na sala parecia mais fraco e quente. Bach fora substituído por *Graceland*, de Paul Simon, que tocava baixinho ao fundo. Banks sentia-se aquecido e confortável o bastante para adormecer na poltrona, o que não seria possível. As pessoas começavam a se levantar a caminho do hall de entrada. Era hora de ir embora, hora de pegar a longa estrada de volta a Gratly, talvez com algo tocando bem alto no iPod para mantê-lo acordado.

— É hora, senhoras e senhores, por favor — anunciou o proprietário do Horse and Hounds perto das 23h30. — Ora, vamos. Vocês não têm onde morar?

Chelsea ainda tinha meio Bacardi Breezer diante dela. O quinto — ou seria o sexto? — daquela noite. Não se lembrava. Os outros também tinham bebida em seus copos, lager, no caso dos rapazes, e vinho branco no das moças. A banda parara de tocar havia meia hora, mas o lugar ainda estava cheio e barulhento. Não haviam se portado muito mal naquela noite, pensou Chelsea, mas teria um troço se fosse obrigada a ouvir mais uma versão cover de "Satisfaction". Não gostava daquela canção, tampouco dos Rolling Stones, que já eram velhos e encarquilhados quando ela nasceu.

Chelsea acendeu um cigarro. Ela sabia que poderiam permanecer ali mais uns dez minutos caso se comportassem. Se chegasse em casa após a meia-noite, as coisas já estariam tranquilas. Na cama, poderia escutar o novo disco do The Killers com os fones de ouvido. Fora uma boa noite, e ela estava se sentindo um tanto cansada e sonolenta. Shane a beijara nas duas ocasiões em que passaram um pelo outro a caminho do banheiro, e a ida a Sage no dia seguinte estava confirmada. Teria de pensar no que vestir, verificar o guarda-roupa.

No momento, porém, todos pareciam estar terminando suas bebidas e indo embora. Lá fora, a praça do mercado estava lotada, e já havia duas mulheres se xingando, percebeu Chelsea. Uma van da polícia parou do outro lado, mas ninguém prestou atenção. A polícia só entraria em ação se começasse uma briga generalizada entre gangues.

Diante da delegacia de polícia, uma menina batia com a bolsa em um rapaz magricela, do que todo mundo ria, com exceção do rapaz. Outra jovem, aparentemente sozinha, parecia cambalear sobre os seixos do calçamento com um salto quebrado. Chorava e o rímel escorria pelo seu rosto. A caminho do Taj Mahal, ouviam-se gritos de júbilo de um ou outro grupo que caminhava em direção à York Road. No fim do beco, ao lado do pub, dois rapazes dividiam um baseado. Chelsea sentiu o cheiro ao passar por eles. Ela deu meia-volta. Não queria que voltassem a sua atenção entorpecida para ela. Deu os braços para Katrina e Paula, e as três começaram a cantar uma antiga música de Robbie Williams enquanto atravessavam a praça em direção à Castle Road. Chelsea odiava Robbie Williams quase tanto quanto odiava os Rolling Stones, mas não dava para se livrar dele. Era um tipo de instituição nacional, como o time do Manchester United, outra coisa que ela também detestava. O tempo ainda estava ameno, e a lua brilhava no céu limpo. Os meninos caminhavam na frente, fumando e cutucando uns aos outros.

— Podíamos ir ao Three Kings — disse Shane. — Provavelmente ficarão abertos uma meia hora ou mais. Vamos tomar outro drinque?

— O Three Kings é uma porcaria — disse Katrina. — Cheio de coroas. Fico toda arrepiada quanto entro ali por causa do modo como me olham.

— Não a essa hora da noite — disse Shane, caminhando de costas enquanto falava. — A essa altura os coroas já devem estar em casa dormindo. E quanto ao Fountain? Geralmente fica aberto até a meia-noite.

— Não — disse Chelsea. — Era lá que aquela garota estava. Hayley Daniels. A que foi morta.

Chelsea não conhecia Hayley, mas a via de vez em quando em um ou outro pub nas noites de sábado. Costumava brincar no Maze quando era criança, e a ideia de alguém ser assassinado ali era realmente assustadora para ela.

— Estraga-prazeres — disse Shane, voltando-se e aceitando um cigarro de Mickey.

— O que foi? — disse Mickey para Chelsea naquele tom de voz debochado e desafiador que ela odiava. — Com medo de passar muito perto do Maze? Medo do escuro? Dos fantasmas? De Hannibal, o Canibal?

— Ora, cale a boca — disse Chelsea. — Não estou com medo. De qualquer modo, está deserto. Veja.

— Apenas na entrada da Taylor's Yard — rebateu Mickey. — Dá para entrar facilmente pela Castle Road ou pelo estacionamento dos fundos. Aposto que não tem coragem. Aposto que está apavorada.

— Como assim? — perguntou Chelsea, sentindo o chão oscilar sob seus pés, embora não tivesse certeza se era porque estava bêbada ou com medo.

— Você ouviu — disse Mickey, piscando para os colegas. — Aposto que não tem coragem de entrar sozinha no Maze.

— Claro que tenho — disse Chelsea.

— Então, vá.

— O quê?

Todos haviam parado àquela altura, e Mickey voltou-se para as meninas.

— Eu desafio você a entrar ali sozinha durante cinco minutos.

— Aposta o quê? — perguntou Chelsea, esperando soar mais corajosa do que de fato se sentia.

— Se você fizer isso, eu a levo ao meu apartamento e lhe dou uma bela chupada.

— Espere um minuto, Mickey — disse Shane. — Isso está errado.

— Desculpe, cara. Mas basta ela recusar. — disse Mickey, sorrindo, e olhou para Chelsea outra vez. — E então, querida?

— Pode guardar a língua para as vadias com quem costuma se deitar — disse Chelsea. — Mas aposto dez libras com você que sou capaz de ficar cinco minutos sozinha no Maze.

— Você não precisa fazer isso, Chel — disse Shane. — Ele está bêbado. Como sempre, está agindo como um babaca. Só isso. Apenas o ignore.

— E qual é a novidade? — disse Chelsea, mãos à cintura. — Então, garotão? Ou não tem dez pratas para gastar?

— Não sabe o que está perdendo — disse Mickey, mostrando-lhe a língua e passando-a sobre os lábios borrachudos. — Mas tudo bem. Uma vez que é você. E se vier correndo antes de acabarem os cinco minutos, *você* fica me devendo dez libras. Certo?

— Claro.

Apertaram as mãos e o grupo se encaminhou para a Castle Road, passando diante do Fountain, que já estava fechado. Talvez o incidente da semana anterior tenha afetado os negócios do pub, pensou Chelsea.

Ela estava começando a desejar não ter sido tão impulsiva ao aceitar o desafio de Mickey. Mas o que tinha a temer? Todos estavam dizendo que quem matara Hayley Daniels fora um ex-namorado ou alguém que ela conhecia, e esta pessoa dificilmente faria o mesmo com Chelsea, não é mesmo? Além disso, ela conhecia atalhos e saídas do Maze que a maioria das pessoas nem sabia que existiam. E eram dez libras, afinal de contas. Aquele seria um extra que poderiam gastar em Sage no dia seguinte. Por que não? Faria aquilo, decidiu. Aceitaria o desafio do idiota do Mickey e ganharia as dez libras.

Banks não fazia ideia de por que sempre demorava uma eternidade para as pessoas se despedirem ao fim de um jantar. Parecia que novas e urgentes conversas começavam na última hora, e que as pessoas finalmente se decidiam a falar o que ficaram guardando a noite inteira. Afinal, uns 20 minutos depois de terem feito menção de se encaminharem à porta, todos partiram na direção de onde vieram. Trevor e Gemma precisaram de ajuda, que os vizinhos gentilmente deram. Helen parecia ser capaz de andar sem a ajuda de Quentin, embora estivesse um tanto cambaleante. Banks agradeceu a Harriet e David, prometeu não passar tanto tempo sem dar notícias e saiu ao ar suave da noite, olhando para o céu sem nuvens. Soprava uma brisa amena, mal fazendo tremular as novas folhas. Sentiu frio, em contraste com o calor da sala de jantar.

De algum modo, percebeu que saía ao mesmo tempo que Sophia, e ambos acabaram sob a luz de um poste. Sophia esperava Harriet, que havia corrido escada acima para buscar um antigo álbum de fotografias de família que prometera emprestar para ela. Era a primeira vez que ficavam a sós, e Banks não sabia o que dizer. Também era a primeira vez que a via em pé, e percebeu que ela usava um jeans apertado, que lhe caía muito bem sobre as pernas longas, e que era mais alta do que ele imaginara a princípio.

Finalmente, ambos falaram ao mesmo tempo. Foi um desses momentos engraçados e embaraçosos, e aquilo quebrou o gelo.

— Eu ia dizer — prosseguiu Sophia — que já fomos apresentados certa vez, há muitos anos.

— Não me lembro disso.

Ela fez um falso muxoxo.

— Estou magoada. — Então sorriu. — Foi há uns vinte anos. Eu estava na universidade, visitando Harriet. Acho que você tinha acabado de se mudar e ela me apresentou.

— Vinte anos — disse Banks. — Muita coisa mudou de lá para cá.

— Para nós dois. Veja, eu estava pensando. Até mesmo um grande detetive como você deve ter algumas horas de folga de vez em quando. Eu me pergunto se você gostaria de fazer uma daquelas longas caminhadas sobre as quais estava me falando. Talvez amanhã à tarde?

— Adoraria — disse Banks.

— Ótimo. Vou lhe dar o número do meu celular. Tem papel? Não o seu livrinho negro de policial. Não quero acabar lá junto com os suspeitos e pervertidos de sempre.

— Não se preocupe. — Banks tirou um recibo da Somerfield's do bolso da calça e uma caneta do casaco. — Diga.

Ela disse o número. Ele se apressou em escrevê-lo no verso, por algum motivo sentindo como se estivesse fazendo algo furtivo, algo que eles não queriam que Harriet visse.

— Ligo para você amanhã assim que souber como vão as coisas — disse ele. — Mas não creio que seja um problema.

— Excelente.

Estavam os dois sob a luz do poste. Por um momento, Banks teve a estranha sensação que o mundo lá fora não mais existia.

— Então está bem — disse ele. — Melhor eu ir. Posso lhe oferecer uma carona?

— Não precisa. Não é longe. E eu gosto de caminhar.

— Tem certeza?

— Absoluta. Aí vem Harriet. — Ela se virou e sussurrou sobre o ombro: — Vejo você amanhã.

— Sim — disse Banks.

Então ele saiu do alcance da luz, de volta ao mundo real das sombras, onde imediatamente ouviu gritos e uma garrafa se quebrando ao longe. Noite de sábado em Eastvale. Banks entrou no Porsche, ligou o iPod e aumentou o volume para ouvir "Just Like Honey", de Jesus & Mary Chain's, enquanto acelerava em direção a Gratly.

* * *

Apesar da bravata, Chelsea estava nervosa enquanto descia a galeria da Castle Road, passava diante das lojas fechadas — Past Times, Whittard's, Castle Books — e entrava no escuro Maze. Cinco minutos era um bom tempo, e muita coisa podia acontecer.

Seus passos ecoavam nas paredes altas, e uma lâmpada fraca sobre a porta de um depósito projetava a sua sombra sobre o calçamento de seixos. Quase tropeçou em um gato, que berrou e fugiu, o que aumentou seus batimentos cardíacos. Talvez não devesse ter aceitado a aposta de Mickey. Dez libras não davam para comprar muita coisa atualmente. Mas não era o dinheiro que estava em jogo, ela sabia, era o seu orgulho.

Um ex-namorado matara Hayley Daniels, repetia Chelsea para si mesma. Lembre-se disso. Então ela se perguntou se algum de seus ex-namorados poderia querer matá-la. Fora cruel o bastante com eles, deu-se conta. Traíra Derek Orton, para começo de conversa, e ele não ficara muito contente ao descobrir. E ela não respondera a nenhuma das cartas ou e-mails de Paul Jarvis quando ele fora para a Universidade de Strathclyde, na Escócia. Finalmente, ele acabara desistindo. Talvez tivesse começado a segui-la. Ele dissera diversas vezes que a amava. Depois, ela dormira com o melhor amigo de Ian McRae apenas para feri-lo — e fizera questão que ele soubesse. Aquilo havia sido o pior. Mas Ian ainda estava na cadeia por ter assaltado aquela velha.

Chelsea dobrou uma esquina e entrou ainda mais no Maze. Ela sabia aonde ia. Demoraria uns cinco minutos para ir da entrada da galeria da Castle Road até a saída do estacionamento. Mas quanto mais avançava, mais ansiosa ficava, sobressaltava-se a cada pequeno ruído ou sombra e xingava Mickey por tê-la desafiado a fazer aquilo.

Enquanto atravessava um trecho pequeno e sombrio, pensou ter ouvido um farfalhar atrás de si, como o ruído das roupas de alguém caminhando. Voltou-se e, ao ver um homem todo vestido de preto, o rosto nas sombras, ficou paralisada. Calculou: se corresse agora, provavelmente chegaria à saída antes que ele a alcançasse. Mas aqueles malditos saltos altos seriam um problema. Teria de se livrar deles.

Quando começou a chutar os sapatos para longe, ele veio em sua direção e começou a abrir a boca para dizer alguma coisa. Mas antes que ela percebesse o que estava acontecendo, outra figura apareceu por trás dele, também vestindo roupas pretas, impossíveis de discernir. A figura moveu-se com rapidez, estendendo uma das mãos em direção à garganta do sujeito. Ele estava a apenas um metro de distância então, e um esguicho quente, ligeiramente doce e metálico, atingiu o rosto e o peito de Chelsea. O homem pareceu confuso e levou os dedos ao pescoço. A outra figura desapareceu nas sombras.

Chelsea cambaleou alguns passos para trás. Estava a sós com o homem, mas este parecia paralisado no lugar. Ele tirou a mão da garganta, olhou-a, então abriu a boca como se tentasse dizer alguma coisa. Mas não saiu nenhum som. Então, ele tombou sobre os joelhos. Chelsea ouviu suas rótulas estalarem ao atingirem o calçamento. Enquanto ela estava ali, com a mão na boca, o homem tombou para a frente. Ela ouviu outro estalo quando o nariz dele bateu no chão. Somente então ela começou a gritar e a correr em direção à saída.

Josh Ritter cantava "Girl in the War" enquanto Banks atravessava a estrada escura e sinuosa ao longo do rio. Estava finalmente começando a gostar do Porsche. Sentia-se melhor dentro dele. O carro estava um pouco mais usado, menos ostensivo, e se saía muito bem em subidas sinuosas como aquela. Talvez acabasse ficando com ele. O vale se erguia abruptamente à sua esquerda, campos dando lugar a afloramentos de calcário e a charnecas de plantas agrestes, apenas vultos no escuro. O rio refletia a luz do luar e serpenteava pelo fundo do vale através de Leas. Passou pela montanha glacial com suas quatro árvores permanentemente curvadas pelo vento e soube que logo estaria em casa.

Enquanto dirigia e ouvia a música, pensou em Sophia e na lufada de ar fresco que ela trouxera ao jantar de Harriet. Perguntou-se se seria casada. Uma mulher atraente como ela, no mínimo tinha um namorado sério, talvez até morasse com ele. Sabia que não fazia sentido, nem mesmo por um instante, pensar que seu convite para passear significasse algo mais, e lembrou-se do conselho que dera para si mesmo de não se apaixonar por ela. Não via chance daquilo acontecer. Mas esperava ao menos ter tempo de voltar a vê-la no domingo. Como ela mesma dissera, de vez em quando até mesmo um grande detetive precisa de algumas horas para si mesmo. E ele era o chefe — ou quase isso.

A chamada seleção aleatória do iPod parecia ter entrado em modo folk, como ocorria de tempos em tempos. "Worcester City", de Eliza Carthy, foi seguida por "No Names", de Kate Rusby. Então, veio "O Love Is Teasin", de Isobel Campbell. Às vezes Banks acreditava que a ordem não era aleatória coisa nenhuma, e, sim que o aparelho tinha uma mente tortuosa. Quando começou a tocar "Here Come the Nice", dos Small Faces, e depois "America", do Nice, ninguém seria capaz de convencer Banks que aquilo era aleatório.

Uns dois quilômetros depois da montanha glacial, o celular de Banks tocou. Ele conseguiu encontrar o aparelho e levá-lo ao ouvido sem perder a direção. Estava em uma área de difícil cobertura, e o que ouviu foram chiados e uma voz distante, indo e vindo. Teve a impressão de que era Winsome e achou que ela tinha dito "*assassinato*" e "*Maze*", antes que a ligação se perdesse. Com grande ansiedade, desligou o celular e fez o retorno na primeira porteira de fazenda em direção a Eastvale.

CAPÍTULO 13

Foi com uma terrível sensação de déjà-vu que Banks estacionou na praça do mercado por volta da 1 hora da manhã e viu a multidão contida pelas barreiras policiais. Muitos dos curiosos estavam bêbados. Haviam acabado de sair dos pubs na hora do fechamento quando viram o movimento na entrada do Maze. Um ou dois deles haviam se tornado agressivos, e os policiais uniformizados estavam tendo dificuldade para contê-los. Quando Banks viu o sargento da delegacia, pediu que chamasse reforços. Podiam não precisar — bêbados costumam perder o interesse tão logo o encontram —, mas era melhor prevenir que remediar. Ainda com uma sensação de profunda ansiedade, Banks disse aos policiais para fecharem todas as saídas do Maze desta vez.

— Mas, senhor — argumentou um dos guardas. — Há quatro chalés nos fundos. Há gente morando ali.

— Nos preocuparemos com eles depois — disse Banks. — De qualquer modo, alguém terá de entrevistá-los assim que possível. No momento, quero toda a área isolada. Ninguém entra nem sai sem eu saber. Entendeu?

— Sim, senhor — respondeu o guarda antes de ir.

Banks bateu à porta do Fountain.

— Ele foi para casa, senhor — disse Winsome, emergindo da Taylor's Yard e passando por baixo da fita de isolamento da polícia. — O lugar está fechado.

Banks resmungou.

— Gostaria que o resto deles fizesse o mesmo.

Percebeu o espocar ocasional de flashes — imprensa, muito provavelmente — e uma ou duas pessoas erguendo os celulares e tirando fotos, até mesmo gravando a cena em vídeo, como fazem em shows de rock. De certa forma, era um gosto doentio, mas, às vezes, dava resultado: volta e meia alguém capturava algo que nenhuma das câmeras de circuito fechado ou os fotógrafos da polícia haviam conseguido, um suspeito na multidão, por exemplo, o que poderia levar a uma rápida solução do caso.

— Afinal, o que diabos está acontecendo? — perguntou Banks. — Não consegui ouvir uma palavra do que você disse ao telefone. Quem é a vítima? Ela está morta?

— Não, senhor — disse Winsome. — Ela sobreviveu. Se é que era a vítima. Mas alguém morreu. Ainda não vi o corpo. Está escuro e eu não queria mexer em nada antes de você chegar. Estamos esperando os OCCs, mas o Dr. Burns acabou de chegar.

— Muito bem. Acho que o Dr. Burns será mais do que suficiente. Pronta?

— Como sempre — disse Winsome.

Banks seguiu-a sob a fita e entrou no Maze, mais fundo do que na semana anterior. Atravessou a Taylor's Yard, dobrou esquinas, passou por pequenas praças pavimentadas com seixos e becos tão estreitos que quase tinha de andar de lado. Durante todo o tempo podia ver feixes de luz varrendo a escuridão e ouvir o chiado dos rádios da polícia. Aquilo era um labirinto, e Banks desejou ter trazido um rolo de linha. Lembrou-se de ter dito o mesmo sobre o chalé de Annie em Harkside na primeira vez que jantara lá — na primeira vez que fizeram amor. Dissera que o lugar estava escondido no centro de um labirinto e que ele jamais encontraria a saída sozinho. Fora um bom meio de sugerir que ficaria ali a noite inteira.

Havia pouca luz no Maze. Portanto, às vezes era difícil ver para onde exatamente estavam indo; mas Banks confiava em Winsome. Ela parecia saber o caminho sem a ajuda de um rolo de linha.

— Onde está Kev Templeton? — perguntou atrás dela.

— Não sei, senhor. Não consegui encontrá-lo. Talvez esteja em algum bar.

Chegaram a um beco que levava a uma praça. Banks viu luzes mais adiante e ouviu conversas e ruídos de rádios. Quando se aproximaram, percebeu que alguém já instalara arcos de luz e o lugar estava iluminado como uma árvore de Natal. Todo mundo ao redor parecia pálido e rosado. Banks reconheceu Jim Hatchley e Doug Wilson junto a uma parede, e uma dupla de policiais uniformizados tomando notas. Peter Darby tirava fotografias e gravava toda a cena em videoteipe, embora Banks visse que talvez não fossem exatamente um videoteipe — caso a câmera fosse digital, como costumava ser ultimamente. Todos olharam para Banks quando ele entrou na praça, para depois voltar ao silêncio. Seu coração estava na garganta. Algo estava acontecendo, algo para o que precisava se preparar.

O Dr. Burns curvou-se sobre o corpo, que estava caído com o rosto voltado para o chão, uma enorme poça de sangue espalhando-se da cabeça em direção à parede. O Dr. Burns, quase tão pálido e abalado quanto os demais, levantou-se para cumprimentar Banks e Winsome.

— Não quero tocar e nem mover o corpo antes que cheguem os OCCs — disse ele.

Do lugar onde estava, Banks podia ver claramente que não era o corpo de uma mulher.

— Podemos olhar agora? — perguntou.

— Claro — disse o Dr. Burns. — Apenas seja cuidadoso.

Banks e Winsome se ajoelharam. As pedras do chão estavam frias. Banks pegou uma lanterna que um dos policiais uniformizados lhe ofereceu, inclinou-se e iluminou o rosto o melhor que pôde. Quando viu o jovem e pálido perfil da vítima, caiu para trás sobre o traseiro e bateu as costas contra a parede como se tivesse sido empurrado.

Winsome agachou-se ao seu lado.

— Merda — disse ela. — É Kev. É Kev Templeton. O que diabos ele estava fazendo aqui?

Tudo em que Banks conseguia pensar no momento era que jamais ouvira Winsome dizer um palavrão.

Um dos policiais uniformizados foi encarregado de buscar um bule de café quente e fresco, mesmo que tivesse de acordar o dono de alguma cafeteria da praça do mercado, e o resto da equipe encheu a sala de reuniões do quartel-general da área oeste, a não mais de 500 metros do lugar onde jazia o corpo do colega, que, então, estava sendo analisado por Stefan Nowak e seus OCCs.

Quando o sargento-detetive Nowak e sua equipe chegaram ao Maze, deixaram claro que queriam a cena do crime isolada, e que havia gente demais na praça. Foi um alívio para a maioria dos policiais, e uma deixa para que dessem início à investigação.

Todos estavam chocados com o assassinato de Templeton, e ninguém parecia capaz de aceitá-lo, mas toda a confusão teria de ser transformada em ação o mais rapidamente possível.

Com o Dr. Burns e Peter Darby às voltas com os OCCs, o restante dos policiais, cerca de dez ao todo, incluindo Banks, Hatchley e Winsome, voltou para a delegacia. A superintendente Gervaise chegara sonolenta. Vestira às pressas um jeans preto e um casaco com gola de pele e estava ocupada preparando o quadro-branco enquanto os outros se acomodavam ao redor da longa mesa polida, blocos e canetas à sua frente. Não precisariam de uma van na cena do crime porque a delegacia era muito perto dali, mas sim arranjar uma sala exclusiva para o incidente, com linhas telefônicas extras, computadores e pessoal civil. No momento, trabalhariam na sala do caso Hayley Daniels, dadas as limitações de espaço e a idêntica locação de ambos os crimes.

Também teriam de designar os papéis habituais — chefe de escritório, contador, leitores de depoimentos, distribuidor de tarefas e daí por diante. Banks já se nomeara chefe da investigação e Gervaise faria a "interface com a mídia", como ela definira a sua função. Mas também deixou claro que queria agir ativamente no caso e que deveria ser informada de cada etapa da investigação. A vítima era um deles, e ela não precisava dizer que não haveria concessões ou trégua. Mas, primeiro, precisavam saber o que acontecera com Templeton, e por quê.

Quando o café chegou, todos pegaram um copinho de isopor. Passaram leite e açúcar, além de um pacote de biscoitos dormidos que alguém encontrara numa gaveta. Banks juntou-se a Gervaise à cabeceira da mesa, e a primeira coisa que pediram foi um relato do policial da cena do crime, um tal de Kerrigan, o guarda que estava de plantão no destacamento de ordem pública naquela noite.

— O que houve? — perguntou Banks. — Conte devagar, rapaz, passo a passo.

O jovem guarda parecia estar tonto — e provavelmente estava. Ao menos tivera a presença de espírito de vomitar longe da cena do crime. Inspirou profundamente, então disse:

— Eu estava fora de minha van, tentando decidir onde... — Ele olhou para Gervaise.

— Tudo bem, rapaz — disse ela. — No momento não me importo se você estava fumando ou recebendo um boquete. Prossiga.

O guarda corou e todos os demais ficaram chocados, até mesmo Banks. Nunca ouvira Gervaise falar assim, do mesmo modo como nunca ouvira Winsome xingar, mas já deveria saber, àquela altura, que a superintendente era cheia de surpresas. Aquela estava sendo uma noite de primeiras vezes.

— S-sim, senhora — disse Kerrigan. — Bem, havia um pequeno tumulto acontecendo no Trumpeter's, e estávamos pensando se deveríamos deixar que seguisse o seu curso natural ou intervir, correndo o risco de piorar as coisas. Por fim, decidimos deixar rolar. Justo neste momento, e eu verifiquei no relógio, senhora, que faltavam três minutos para a meia-noite, uma jovem saiu correndo do Maze coberta de sangue e gritando desesperadamente.

— O que você fez então? — perguntou Gervaise.

— Bem, senhora, pensei que ela tivesse sido atacada, especialmente por causa do que aconteceu na semana passada, e corri até ela. Ela parecia bem fisicamente, mas, como eu disse, havia muito sangue, e ela estava pálida como um fantasma e tremendo como uma folha.

— Poupe-nos dos clichês, guarda; prossiga com a história — disse Gervaise.

— Perdão, senhora. Perguntei-lhe o que havia de errado, e ela apenas apontou para o caminho de onde viera. Pedi que ela me levasse até lá, e ela não se moveu. Estava aterrorizada, balançando a cabeça. Disse que jamais voltaria lá. Perguntei o que ela tinha visto, mas ela não conseguia me dizer. Também não conseguia explicar onde fora. No fim, eu a convenci de que estaria em segurança ao meu lado. Ela se agarrou a mim como... como uma... — Ele olhou para Gervaise. — Ela ficou ao meu lado e me levou para, bem, todos sabem para onde.

— Use suas próprias palavras — disse Banks. — Acalme-se, Kerrigan. Vá devagar.

— Sim, senhor. — Kerrigan inspirou profundamente. — Vasculhamos a área onde estava o corpo. Não sabia quem era, claro. Não dava para ver, o rosto estava voltado para o chão. Havia muito sangue.

— Você ou a jovem chegaram perto do corpo? — perguntou Banks.

— Não, senhor. A não ser logo no início, para ver se ainda estava vivo.

— Vocês tocaram em alguma coisa?

— Não, senhor. Sabia que não devia, e ela jamais chegaria perto dele. Ficou encostada contra a parede.

— Muito bem — disse Banks. — Prossiga.

— Bem, é isso, senhor. Meus colegas da van não estavam muito atrás. Quando eu os ouvi se aglomerar na praça atrás de mim, disse para pararem, voltarem para a delegacia e chamarem todo mundo. Talvez não devesse ter entrado em pânico daquela maneira, mas...

— Você fez o certo — disse Gervaise. — Ficou com o corpo quando eles foram embora?

— Sim, senhora.

— E a jovem?

— Também ficou. Ela se agachou junto à parede e segurou a cabeça entre as mãos. Tenho o nome e o endereço dela: Chelsea Pilton. Nome engraçado. Soa como uma estação de metrô, não é mesmo? Coisa estranha dar a uma menina o nome de um tipo de pão ou de uma flor, se quer saber a minha opinião — acrescentou. — Mas parece que as coisas são assim atualmente, não é mesmo?

— Obrigada por suas sábias palavras — murmurou Gervaise com os olhos fechados e o nó do dedo médio da mão direita contra a testa.

— Talvez tenha recebido este nome por causa do time de futebol — sugeriu Banks.

Gervaise olhou feio para ele.

— Ela mora em East Side Estate — acrescentou Kerrigan.

— Onde ela está agora? — perguntou Gervaise.

— Mandei-a para o hospital com o guarda Carruthers, senhora. A jovem já estava se sentindo melhor. Não vi sentido em mantê-la lá, perto do... Bem, a senhora sabe.

— Fez certo — disse Banks. — Saberão o que fazer com ela. Suponho que Carruthers tenha instruções para ficar com ela até chegar alguém?

— Sim, senhor. Claro, senhor.

— Excelente. Os pais?

— Carruthers os informou, senhor. Acho que estão no hospital agora.

— Qual a idade dela?

— Ela tem 19 anos, senhor.

— Bom trabalho. — Banks chamou um guarda que estava no corredor: — Vá ao hospital e certifique-se de que Chelsea Pilton seja levada imediatamente para o Centro de Referência de Ataques Sexuais. Entendeu? Chelsea Pilton. Lá saberão o que fazer com ela. Procure Shirley Wong, se ela estiver lá esta noite. Ou seja, a Dra. Shirley Wong. — O novo centro de referência, único na área oeste, era anexo ao hospital e era visto por muitos como um triste sinal dos tempos. — E veja se conseguem tirar os pais do caminho. A jovem tem 19 anos; portanto, eles não precisam estar presentes durante as entrevistas ou os exames; até prefiro que não estejam. Sua presença pode fazê-la se fechar. Falarei com eles depois, em separado.

— Sim, senhor.

O guarda se foi.

— Ela não é suspeita, não é mesmo, senhor? — perguntou Kerrigan.

— No momento, até mesmo você é suspeito — disse Banks, então sorriu. — Temos de seguir certos procedimentos. Devia saber disso, policial.

Kerrigan engoliu em seco.

— Sim, senhor.

— Você disse que ela estava suja de sangue — disse Banks.

— Sim. Parece que espirrou no rosto e no peito dela. Engraçado, pareciam sardas, à pouca luz.

Kerrigan olhou nervoso para Gervaise, que revirou os olhos e murmurou:

— Deus nos ajude, um guarda poeta.

— Ela disse de onde vinha? — perguntou Banks.

— Não, senhor. Apenas supus, bem, que ela estava por perto quando aquilo aconteceu.

— Você perguntou?

— Sim, senhor, mas ela não respondeu.

— Você viu ou ouviu mais alguém no Maze enquanto estava lá? — prosseguiu Banks.

— Ninguém, senhor.

— Alguma música ou algo parecido?

— Não, senhor. Só alguns bate-bocas na praça do mercado. Bêbados cantando, carros acelerando, vidro quebrando, esse tipo de coisa.

Chegou mais café, uma grande chaleira com torneiras desta vez, indicando que aquela seria uma longa noite para todos. Dois guardas a instalaram na extremidade da mesa. Alguém obviamente conseguira acesso à cantina da delegacia. Também trouxeram uma pilha maior de copos de isopor, leite fresco, um saco de açúcar e um pacote de Fig Newtons. Todos se serviram. Definitivamente, era café de cantina, fraco e amargo, mas funcionou. Banks notou que sua mão tremia ligeiramente ao levar o copo à boca. Choque retardado. Ainda achava impossível aceitar que Kevin Templeton estivesse morto, embora tivesse visto com os próprios olhos. Não fazia sentido. Comeu um biscoito. Talvez o açúcar ajudasse.

— Chelsea disse algo sobre o que viu? — perguntou Banks.

— Não, senhor — disse Kerrigan. — Ela estava muito chocada. Quase muda de pavor. Vai demorar um bom tempo até ela poder voltar a dormir em paz, tenho certeza.

Eu também, pensou Banks.

— Certo — disse ele. — Fez um bom trabalho, guarda Kerrigan. Pode ir agora. Fique por perto da delegacia por enquanto. Talvez precisemos falar com você outra vez.

— Claro, senhor. Obrigado, senhor.

Kerrigan foi embora e ninguém falou durante algum tempo. Finalmente, Gervaise disse:

— Alguém avisou os pais de Templeton? Acho que moram em Salford.

— Exato — disse Banks. — Eu os conheci há alguns anos, quando vieram visitá-lo em Eastvale. Belo casal. Mas tive a impressão de que ele não se dava bem com eles. Nunca falou muito a respeito dos pais. Precisam ser avisados.

— Providenciarei isso — disse Gervaise. — Sei que o sargento-detetive Templeton não era exatamente o detetive mais popular da delegacia, mas isso não vai impedir ninguém de fazer o trabalho. — Olhou diretamente para Winsome, que nada disse. — Certo, então — disse Gervaise. — Sendo assim, podemos começar a trabalhar. Alguma ideia?

— Bem, primeiramente, precisamos nos perguntar o que Kev estava fazendo no Maze por volta da meia-noite — disse Banks.

— Está dizendo que ele estava a ponto de estuprar e matar Chelsea Pilton? — perguntou Gervaise.

— De modo algum — respondeu Banks. — Embora sejamos negligentes com nosso trabalho se ignoraremos essa possibilidade.

— Deixando um pouco de lado este pensamento desagradável — disse Gervaise —, você tem alguma outra teoria que possamos considerar?

— Supondo que Kev não era o assassino do Maze — disse Banks —, creio que uma boa suposição é a de que ele estava lá porque esperava poder pegá-lo. Lembram que na última reunião ele estava convencido de que era um assassino em série que voltaria a atacar na mesma área?

— E eu o ridicularizei — disse Gervaise. — Sim, não preciso que me lembrem.

— Não pretendi fazer isso — disse Banks. — Você estava certa. Não tínhamos evidências que justificassem a despesa de uma operação como aquela. Mas parece que Templeton resolveu assumir a responsabilidade.

— Pelo que me lembro, nossa Dra. Wallace também concordou com ele — disse Gervaise.

— Não estou querendo definir o certo ou o errado aqui — disse Banks. — Só estou tentando saber por que Templeton estava lá.

Gervaise meneou a cabeça bruscamente.

— Prossiga.

— Creio que também deva ter estado lá na madrugada de sexta-feira — acrescentou Banks. — Lembro que ontem ele estava um pouco devagar e cansado, arrastando os pés. Achei que tivesse ido a uma boate, acordado de ressaca, e dei-lhe uma bronca. Ele não me contestou.

Banks sabia que seu último diálogo com Templeton fora um tanto grosseiro, algo sobre crescer e agir como um profissional. Também sabia que fora injusto. Mas era profissional vagar sozinho e desarmado por uma possível cena do crime? Ainda assim, aquilo não fazia Banks se sentir nem um pouco melhor.

Ele sabia que Templeton tratava de forma errada a maioria das pessoas — mulheres bem-sucedidas, como Winsome e Annie, e pais de adolescente difíceis. Sem dúvida, havia algo de pessoal naquilo. Ele também podia ser um racista, um cretino em relação ao sexo e não vacilava em passar por cima dos sentimentos de alguém para obter o que desejava. Às vezes era preciso fazer isso em certo grau, o que Banks sabia, pois ele mesmo chegara a fazê-lo com Malcolm Austin. Mas Templeton não agia assim apenas por necessidade. Também parecia gostar de ser daquele jeito. Até mesmo Banks o vira levar testemunhas às lágrimas ou à fúria em algumas ocasiões, situações que Winsome e Annie haviam presenciado ainda com mais frequência.

Também era inteligente, trabalhador e ambicioso, mas Banks não sabia se ele amadureceria com a idade. Agora, tudo acabara: ele se fora, estava morto, e aquilo não estava certo. Até mesmo Winsome parecia abalada, o que Banks percebeu ao lançar breves olhares em direção a ela. Precisavam conversar. Ela devia estar acumulando um bocado de culpa por causa do modo como se sentia a respeito de Templeton, e aquilo não ajudaria a investigação. Lembrou-se de que um dos assuntos que ela e Annie haviam discutido no jantar fora o modo como Templeton se comportara com os pais de Hayley Daniels. Winsome não contara a Banks exatamente o que acontecera entre eles, mas ele sabia que um limite fora ultrapassado, uma ponte fora queimada. Aquilo podia estar consumindo Winsome agora, quando todos precisavam estar concentrados e pensando com clareza.

— Também me pergunto se ele estava no Maze apenas esperando — disse Banks — ou se ele sabia de alguma coisa.

— Como assim? — perguntou Gervaise.

— Talvez ele tivesse uma pista ou soubesse de alguma coisa, algo em que ele estivesse trabalhando e que não compartilhara com a equipe.

— Isso é a cara de Templeton — disse Gervaise. — Quer dizer que talvez ele soubesse quem estava fazendo aquilo, que aconteceria outra vez esta noite, e que estava em busca de glória pessoal?

— Algo assim — disse Banks. — Precisamos saber precisamente os seus movimentos desde o início do caso Hayley Daniels.

— Estamos sobrecarregados — disse Gervaise. — Primeiro Hayley Daniels, agora isso. Vou ver se consigo pessoal extra.

— Tem certeza de que não é a mesma investigação? — perguntou Banks.

— No momento — disse Gervaise —, não sabemos o bastante para decidir. Vamos esperar até conseguirmos algum resultado da perícia e falar com a jovem. Então, faremos outra reunião.

— Falarei com ela agora — disse Banks. — E tem mais outra coisa.

— O quê?

— A garganta de Kev foi cortada. Dá para ver claramente. Foi o mesmo modo como Lucy Payne foi morta em Whitby.

— Ah, droga — disse Gervaise. — Outro problema de que não precisávamos. Certo, acho que é melhor você começar a descobrir alguma coisa. — Ela olhou para a equipe com tristeza. — Quero todo mundo na rua, a noite inteira, se necessário. Batendo em portas, verificando as câmeras de segurança. Acordem toda a cidade se for preciso. Eu não me importo. Tem de haver algo. Kevin Templeton pode ter sido um babaca, mas não vamos nos esquecer de que era o *nosso* babaca e que ele merece nossos melhores esforços. — Ela bateu palmas. — Agora, vamos!

Banks fez outra visita à cena do crime antes de ir para o hospital para ver Chelsea Pilton. Eram 2h30, e a praça do mercado estava deserta com exceção dos carros de polícia, a van dos OCCs e os guardas de prontidão na entrada do Maze, que anotaram o nome de Banks e o deixaram passar. Algum sujeito esperto fizera marcas no chão com giz amarelo para indicar o caminho. Não era exatamente um rolo de linha, mas servia, e tornava bem mais fácil andar pelo Maze.

Os OCCs ergueram uma lona cobrindo a praça na qual o corpo de Templeton fora encontrado, e o lugar estava bastante iluminado. Policiais percorriam os becos e passagens com lanternas, procurando pistas. A área ao redor do corpo já havia sido inteiramente revistada, e o coordenador de cena do crime Stefan Nowak acenou para que Banks entrasse na área coberta.

— Alan — disse ele. — Lamento.

— Eu também — disse Banks. — Eu também. Alguma coisa?

— Ainda é cedo. Pelo que pudemos ver até agora pela análise das manchas de sangue, ele foi atacado por trás. Não deve ter sabido o que o atingiu. Ou o que o cortou.

— Mas saberia que estava morrendo?

— Durante alguns segundos, sim, mas não há nenhuma mensagem rabiscada com sangue, se é o que está pensando.

— A esperança é a última que morre. Conteúdo dos bolsos?

Stefan pegou um saco plástico. Lá dentro, Banks viu a carteira de Templeton, alguns chicletes, chaves, um canivete suíço, credencial, caneta esferográfica e um bloco de notas.

— Posso? — ele perguntou, apontando para o bloco de notas.

Stefan deu-lhe um par de luvas de látex e entregou-lhe o bloco. A letra estava difícil de ler, talvez porque tivesse sido escrito às pressas, mas parecia que Templeton gostava de fazer breves anotações, como esboços de um artista. Também não escrevera o nome do assassino ali. Não havia nada desde a noite anterior, quando, aparentemente, como Banks suspeitara, ele também estivera rondando o Maze, sem resultado. Mais tarde, examinaria o bloco de notas com mais atenção, para ver se havia algo que confirmasse a teoria de que Templeton estava seguindo pistas por conta própria, mas por enquanto ele o devolveu.

— Obrigado. O Dr. Burns já terminou?

— Está logo ali.

Banks não percebera o médico em uma esquina da praça, vestindo roupas azul-marinho ou pretas e fazendo anotações em seu bloco. Ele foi até lá.

— Inspetor-chefe-detetive Banks. O que posso fazer por você?

— Esperava que me dissesse alguma coisa.

— Não posso dizer muito — disse Burns, cansado. — Terá de esperar a Dra. Wallace levá-lo à mesa.

— Podemos começar com o básico? A garganta foi cortada, não é mesmo?

Burns suspirou.

— É o que parece.

— Por trás?

— O tipo de ferimento certamente corrobora a análise das manchas de sangue feita pelo sargento-detetive Nowak.

— Canhoto ou destro?

— Impossível dizer a essa altura. Terá de esperar a autópsia, e talvez nem assim venha a saber.

Banks resmungou.

— Arma?

— Uma lâmina muito afiada. Navalha ou bisturi, algo assim. Mas não foi uma faca comum. Pelo que posso ver em um exame superficial, foi um corte limpo e profundo. Ao que parece, ele simplesmente sangrou até morrer. A lâmina seccionou a carótida e a jugular e cortou a traqueia. O coitado não teve a menor chance.

— Como acha que aconteceu?

— Sei tanto quanto você. Suponho que haja uma testemunha, não é?

— Sim — disse Banks. — Uma menina. Ela viu acontecer. Estou indo falar com ela.

— Então ela poderá dizer mais. Talvez Templeton a estivesse seguindo?

— Para quê? Para avisá-la, protegê-la?

— Ou atacá-la.

Kev Templeton, o assassino do Maze? Banks não queria acreditar nisso, embora tivesse sido o primeiro a aventar a possibilidade.

— Não creio — disse ele.

— Só estou tentando manter a mente aberta — disse Dr. Burns.

— Eu sei — disse Banks. — Todos estamos. Mas me pergunto: o que o *assassino* achou que Kev estava fazendo?

— Como assim?

— Nada. Estava pensando em outra coisa.

O caso de Annie voltara-lhe à mente. Lucy Payne sentada em sua cadeira de rodas, a garganta cortada com uma lâmina afiada, navalha ou bisturi, arma similar à que matara Templeton.

— Estou certo de que a Dra. Wallace fará a autópsia assim que puder — disse o Dr. Burns. — Ela poderá lhe dar mais respostas.

— Certo — disse Banks. — E obrigado. Agora é melhor eu ir para o hospital e conversar com a testemunha.

Ao se afastar, ainda pensava em Lucy Payne. Assim que pudesse, ligaria para Annie em Whitby e veria se poderiam se encontrar para comparar anotações.

Não que Annie estivesse dormindo bem. Na verdade, nem mesmo estava dormindo. Banks poderia ter ligado para ela naquela hora, e ela estaria acordada o bastante para conversarem. Um som a despertara de um pesadelo e ela ficara ali, deitada e imóvel, ouvindo atentamente, até ter certeza de que era um estalo da casa antiga e nada mais. Afinal, o que mais poderia ser? Eric vindo pegá-la? A volta de Phil Keane? Do homem que a estuprara? Não podia deixar sua vida ser dominada pelo medo. Por mais que tentasse, já não conseguia se lembrar do pesadelo.

Incapaz de dormir, ela saiu da cama e pôs uma chaleira no fogo. Sua boca estava seca, e ela se lembrou de que bebera quase toda uma garrafa de Sauvignon Blanc na noite anterior. Estava começando a se tornar um hábito, um mau hábito.

Olhou através das cortinas para os telhados lá embaixo no porto, onde o luar pontilhava a superfície da água. Perguntou-se se deveria ter ido para casa em Harkside naquela noite. Mas gostava de ficar perto do mar. Lembrava a sua infância, em St. Ives, os bons passeios ao longo dos penhascos ao lado do pai, que parava aqui e ali para fazer um esboço de um instrumento agrícola enferrujado ou de uma formação rochosa peculiar enquanto ela era deixada sozinha com seus pensamentos. Foi quando Annie aprendeu a criar o seu próprio mundo interior, um lugar onde poderia se refugiar quando o mundo real ficasse muito difícil, como quando sua mãe morreu. Só se lembrava de um único passeio com a mãe, que morrera quando ela tinha 6 anos. Durante todo o trajeto ao longo da beira do penhasco, a mãe segurara sua mão enquanto avançavam contra a chuva e o vento. Ela falava sobre os lugares que visitariam um dia:

São Francisco, Marrakesh, Angkor Wat. Como diversas outras coisas em sua vida, aquilo jamais aconteceria.

A chaleira ferveu e Annie jogou a água sobre o saquinho de chá de jasmim que repousava no fundo da caneca. Quando o chá ficou pronto, ela ergueu o saco com uma colher, colocou açúcar e sentou-se com a bebida fragrante, inalando o perfume enquanto olhava para o mar. Percebeu que a lua iluminava as ondas reproduzindo a textura e a cor prata-acinzentada das nuvens contra o céu azul-escuro.

Ali sentada, observando a noite, Annie sentiu uma estranha ligação com a jovem que viera para Whitby havia 18 anos. Seria Kirsten Farrow? Teria ela olhado para uma vista igual àquela, durante todos esses anos, planejando um assassinato? Annie certamente não a perdoava pelo que fizera, mas compreendia sua psique abalada. Ela não sabia pelo que a jovem passara, mas se ela havia feito o que Annie pensava, e se ela de fato era Kirsten Farrow, ela o matara porque aquela era a única maneira de se vingar do homem que a condenara a um tipo de morte em vida. Há certos tipos de dano que o levam a ultrapassar os sistemas éticos e morais: "além deste ponto, monstros", como costumavam dizer os navegadores antigos. A jovem estivera lá. Annie apenas chegara à borda do mundo e olhara para o abismo. Mas fora o bastante.

Annie tinha a esmagadora sensação de que estava em uma importante encruzilhada de sua vida, mas não sabia que direção tomar. As placas estavam borradas ou em branco. A única coisa que ela sabia é que andava agindo e se sentindo muito estranha ultimamente. Não podia confiar em si mesma ao se aproximar de um homem. Por isso, bebera demais e fora para a casa de um menino. Fossem quais fossem os demônios que a estavam incitando, precisava cair em si, dominar-se, desenvolver uma nova perspectiva e, talvez, até mesmo um plano. Talvez até precisasse de ajuda externa, embora a ideia a fizesse tremer de medo. Então, talvez pudesse ler as placas. O que quer que fizesse, teria de romper o círculo de loucura e ilusão no qual se enredara.

E havia Banks, é claro. Parecia que sempre havia Banks. Por que o mantivera por perto tanto tempo? Por que ela abusara tanto de sua amizade na última semana, entregando-se a um tipo de fúria embriagada, e então, quando ele tentara ajudar, mentira descaradamente ao dizer que tivera uma discussão com o namorado? Porque ele a procurara? Porque ela...? Não adiantava. Não importando o quanto tentasse, Annie não conseguia lembrar por que se separaram. Teria sido assim tão insuperável? Teria sido apenas o trabalho? Ou isso seria uma desculpa? Sabia que ficara com medo da súbita intensidade de seus sentimentos por ele, de sua intimidade, e isso fora algo que a fizera começar a recuar, além da ligação que ele inevitavelmente tinha com a ex-mulher e com a família. Aquilo era muito forte na época. Bebeu um gole de chá de jasmim e olhou para o horizonte. Pensou no corpo de Lucy Payne, sentado à beira do penhasco. Sua última visão provavelmente fora aquele mesmo horizonte.

Precisava voltar a ver as coisas mais friamente, de um ponto de vista profissional, conversar com Banks a respeito do caso de Kirsten Farrow, especialmente sobre sua conversa com Sarah Bingham. Se Kirsten sumiu por algum tempo, havia uma boa chance dela ter ido a Whitby para matar Eastcote, o homem que roubara o seu futuro. Sarah Bingham mentira sobre o paradeiro de Kirsten, e a verdade a deixara sem nenhum álibi.

Annie terminou de tomar o seu chá e percebeu que chovia fino. Talvez o som das gotas contra a janela a ajudasse a voltar a dormir, como quando era criança, após a morte da mãe. Mas duvidava que isso fosse possível.

O Centro de Referência de Ataques Sexuais, novo orgulho do Hospital Geral de Eastvale, fora projetado para que suas pacientes se sentissem à vontade. A luz era suave — nada de luminárias fluorescentes ou lâmpadas expostas no teto. As cores eram amenas, tonalidades de verde e azul com um toque de laranja para aquecer. Havia um grande vaso de tulipas em uma mesinha de vidro e paisagens marinhas e terrestres nas paredes. As poltronas eram confortáveis, e Banks sabia que até mesmo os divãs usados nos exames na sala anexa também eram bastante relaxantes. As cores ali eram igualmente suaves, tudo projetado para fazer a segunda experiência penosa da noite o menos indolor possível.

Banks e Winsome estavam juntos à porta com a Dra. Shirley Wong. Banks a encontrara em diversas ocasiões anteriores e chegara a tomar alguns drinques com ela, embora apenas como colegas. A Dra. Wong era uma mulher dedicada e gentil, perfeita para o trabalho. Também fazia questão de manter contato com todo mundo que passasse por sua porta e tinha uma memória para detalhes que Banks invejava. Era uma mulher *mignon*, cabelo curto, 40 e poucos anos de idade, e usava óculos com aros de prata. Banks sempre se surpreendeu com seu sotaque de Newcastle, mas ela nascera e fora criada em Durham. Ele a apresentou a Winsome e ambas se cumprimentaram com um aperto de mãos.

— Lamento por seu amigo — disse a Dra. Wong. — Sargento-detetive Templeton, não é? Não creio que o conhecesse.

— Na verdade, não era um amigo — disse Banks. — Era mais um colega. Mas obrigado. — Apontou para a sala. — Como ela está?

A Dra. Wong ergueu as sobrancelhas.

— Fisicamente? Está bem. Pelo que eu vi, não há sinal de ferimentos ou agressão sexual, nem mesmo de atividade sexual. Mas suspeito de que já saibam disso. O que me leva à pergunta...

— Por que ela está aqui?

— Sim.

Banks explicou a caótica situação no Maze, e a opção duvidosa de levar Chelsea à delegacia e oferecer-lhe um jogo de aventais de papel enquanto ensacavam as suas roupas, sem dúvida com os pais por perto, tudo sob fortes luzes fluorescentes.

— Então fez bem — disse a Dra. Wong. — A propósito, os pais dela estão na sala de familiares se precisar falar com eles.

— Então não vai nos denunciar à direção por estarmos desperdiçando recursos do hospital?

— Acho que não. Não desta vez. Desde que receba uma boa doação para o fundo das vítimas, é claro, e um puro malte de minha escolha. Mas, falando sério, ela está bem fisicamente. Mas teve um choque terrível. O susto a fez ficar sóbria imediatamente, eu diria. Dei-lhe um sedativo suave, nada que a derrube ou reaja mal com o álcool que ela evidentemente andou tomando. Portanto, deve estar lúcida o bastante se quiser falar com ela.

— Quero sim.

A Dra. Wong abriu a porta com o ombro.

— Siga-me.

Ela apresentou Banks e Winsome para Chelsea, e Banks sentou-se diante da jovem, em uma poltrona. Winsome ficou ao lado e pegou discretamente seu bloco de notas. Música suave tocava ao fundo. Nada que Banks reconhecesse, mas que, sem dúvida, tinha o objetivo de relaxar ao máximo e dar mais calma. Podiam ao menos usar música ambiente de Brian Eno, pensou, por exemplo a *Ambient 1: Music for Airports* ou *Thursday Afternoon*. Qualquer um desses álbuns teria funcionado bem.

Chelsea usava um avental hospitalar azul, e seu longo cabelo estava amarrado para trás em um rabo de cavalo, fazendo-a parecer mais uma garota perdida do que uma jovem mulher. Seus olhos estavam vermelhos, embora vivos e sóbrios. Tinha uma bela estrutura óssea, Banks percebeu, maçãs do rosto salientes, maxilar forte e uma pele pálida repleta de sardas. Estava sentada com as pernas cruzadas sob o corpo e as mãos apoiadas nos braços da poltrona.

— Café? — perguntou a Dra. Wong.

Chelsea recusou, mas Banks e Winsome aceitaram.

— Mas não vou buscá-lo eu mesma — disse a Dra. Wong. — Não desceria tão baixo.

— Não me importa quem o traga — disse Banks —, desde que seja preto e forte.

A Dra. Wong sorriu.

— Só queria que soubesse.

Ela saiu da sala.

Banks sorriu para Chelsea, que parecia estar com medo dele.

— Médicos — disse ele, dando de ombros.

Ela assentiu, e um ligeiro sorriso surgiu no canto de seus lábios.

— Sei que isso é difícil para você — prosseguiu Banks —, mas gostaria que me dissesse com suas próprias palavras, e no seu ritmo, exatamente o que aconteceu no Maze esta noite, enquanto minha amiga Winsome vai escrever o que você disser. Pode começar dizendo por que estava lá.

Chelsea olhou para Winsome, então baixou os olhos.

— Foi tão estúpido de minha parte — disse ela. — Um desafio. Mickey Johnston me desafiou. Apenas cinco minutos. Os jornais disseram que foi o ex-namorado dela quem fez aquilo. Minha mãe me disse para tomar cuidado, mas eu realmente não acreditava que estaria correndo perigo.

Banks memorizou o nome. Em breve, o Sr. Mickey Johnston teria um bocado de aborrecimento.

— Pois bem — disse ele. — Mas deve ter sido um tanto assustador, não foi?

Uma enfermeira entrou silenciosamente na sala com dois cafés em uma bandeja, a qual pousou na mesa junto ao vaso de tulipas. Antes mesmo de provar, Banks intuiu que vinham da máquina no corredor, por causa dos copos de plástico. Tinham leite e açúcar. Deixou o seu na bandeja, mas Winsome pegou o dela.

— Eu estava apavorada — disse Chelsea. — Não via a hora de sair dali.

— Conhecia o lugar?

— Sim. Eu costumava brincar lá quando era pequena.

— Diga o que houve.

Chelsea fez uma pausa.

— Estava no fim dos cinco minutos, e ouvi... — Ela fez uma pausa. — Bem, acho que não ouvi nada, a princípio. Foi mais uma sensação, algo coçando e subindo pelo meu couro cabeludo. Certa vez houve uma infestação de piolhos na escola, e a enfermeira que tratava disso veio nos ver. Eu não peguei, mas a minha melhor amiga, Siobhan, sim, e ela me disse como era.

— Sei o que quer dizer — disse Banks. A enfermeira que tratava de infestação de piolhos também visitara a sua escola mais de uma vez, e ele não tivera a mesma sorte de Chelsea. — Prossiga.

— Bem, foi o que senti a princípio, então achei ter ouvido um ruído.

— De que tipo?

Ela deu de ombros.

— Não sei. Atrás de mim. Como se houvesse alguém ali. Um casaco roçando na parede, talvez. Algo assim.

— Ouviu alguma música?

— Não.

— E passos?

— Não, foi mais um farfalhar, como os jeans de alguém caminhando.

— Tudo bem — disse Banks. — O que fez depois?

— Eu quis correr, mas algo me disse para olhar para trás, e foi isso que eu estava fazendo quando... quando... — Levou o punho fechado à boca.

— Está tudo bem, Chelsea — disse Banks. — Inspire profundamente algumas vezes. Isso. Sem pressa. Vá com calma.

— Foi quando eu o vi.

— Quão perto ele estava?

— Não sei. Alguns metros, talvez dois. Mas sabia que, se desse as costas para ele naquela hora e corresse, eu poderia me livrar.

— Por que não correu?

— Tive de tirar os sapatos primeiro, e então... ele não era a única pessoa ali. E nós dois estávamos paralisados. Eu não conseguia me mover. É difícil explicar. Ele parou quando percebeu que eu o tinha visto, e ele parecia, não sei, quero dizer, ele não estava usando uma máscara nem nada. Estava escuro, mas os meus olhos estavam se adaptando. Sei que isso soa estúpido, mas ele era bem bonito, o rosto, você sabe, a expressão era de *preocupação,* como se ele estivesse apreensivo, não como se quisesse... você sabe...

— Ele disse alguma coisa?

— Não, ele... Ele estava prestes a abrir a boca para dizer algo quando...

— Prossiga — disse Banks. — O que houve?

Ela abraçou os joelhos com mais força.

— Foi tudo muito rápido, mas em câmera lenta ao mesmo tempo. Um borrão. Vi movimento atrás dele, outra pessoa.

— Viu o rosto dessa pessoa?

— Não.

— Estava usando uma máscara?

— Não. Talvez um cachecol ou algo parecido, cobrindo a boca, como quando você volta do dentista no inverno. Tive a impressão de que a maior parte do rosto estava coberto. É engraçado, na hora achei parecido com um super-herói de histórias em quadrinhos.

— Essa pessoa era mais alta ou mais baixa que o homem?

— Mais baixa.

— Quanto?

— Talvez uns 13 ou 15 centímetros.

Templeton tinha 1,78m, o que fazia com que seu agressor tivesse cerca de 1,63 ou 1,65m, calculou Banks.

— E o que houve?

— Como eu disse, foi tudo muito rápido. Essa outra pessoa pôs o braço ao redor do pescoço do homem e correu a mão pelo pescoço dele, como se... — Ela demonstrou em seu próprio pescoço. — Bem suavemente, como se estivesse lhe fazendo cócegas.

— Viu algum tipo de lâmina?

— Algo brilhou, mas realmente não vi o que era.

— Você está indo bem, Chelsea — disse Banks. — Estamos quase lá.

— Vou poder ir logo para casa?

— Sim — disse Banks. — Seus pais a estão esperando no corredor.

Chelsea fez uma careta.

— Algum problema?

— Não. Não mesmo. Quer dizer, minha mãe é legal, mas meu pai...

— O que tem ele?

— Ah, ele está sempre implicando comigo, pelo modo como me visto, como falo, como mastigo chicletes, a música que ouço.

Banks sorriu.

— O meu também. Ainda é assim.

— Verdade?

— Verdade.

— Engraçado — prosseguiu ela. — Digo para mim mesma que não gosto deles, que são caretas e tudo o mais, mas em momentos assim...

Uma lágrima rolou pelo seu rosto.

— Eu sei — disse Banks. — Não se preocupe. Você logo estará com eles e ficará a salvo e aquecida em sua cama.

Chelsea enxugou o rosto com as costas das mãos.

— Eu estava paralisada. Não sabia o que estava acontecendo. O homem que estava me seguindo apenas parou, parecendo surpreso. Não creio que tenha entendido o que aconteceu com ele. *Eu* não sabia. Senti algo quente espirrar no meu rosto e acho que gritei. Foi tudo muito rápido, muito automático.

— O que ele fez depois?

— Caiu de joelhos. Ouvi um estalo. Lembro que pensei que devia ter doído, mas ele não gritou nem nada. Apenas pareceu surpreso. Então, levou a mão à garganta, olhou e caiu de cara no chão. Foi terrível. Eu apenas fiquei ali parada. Não sabia o que fazer. Sentia aquela... *coisa* em mim, quente e pegajosa, como um borrifo. Eu não sabia que era sangue. É bobo, mas achei que ele tivesse espirrado ou algo assim, e pensei, ótimo, agora vou pegar uma gripe e não vou poder trabalhar. Não recebo se não comparecer.

— Você conseguiu ver o agressor alguma vez?

— Não. Como eu disse, ela era menor que ele. Na maior parte do tempo, ele estava na frente dela, bloqueando a visão. Depois, quando ele caiu, ela simplesmente desapareceu na escuridão e não pude mais vê-la.

— Você disse ela.

— É mesmo?

— Sim.

Chelsea franziu as sobrancelhas.

— Bem, eu não sei. Deve ter sido a impressão que tive. Talvez porque fosse tão pequena e magra. Mas não tenho certeza.

— Poderia ser um homem?

— Creio que sim. Mas tive a impressão de que era uma mulher. Realmente não sei por quê, e não poderia jurar, é claro.

— Viu algum de seus traços faciais?

— Não. Ela estava usando um chapéu. Lembro disso também. Tipo uma boina ou algo parecido. Deve ter sido o modo como ela se movia que me fez achar que era uma mulher. Mas não tenho certeza. Talvez eu esteja enganada.

— Talvez — disse Banks, com um olhar para Winsome, que indicou estar anotando tudo. — Mas *poderia* ser uma mulher?

Chelsea pensou um momento e respondeu:

— Sim. Sim, acho que poderia ser.

— O que ela estava vestindo?

— Roupas escuras. Jeans e um casaco preto. Talvez couro.

— Tem ideia da idade dela?

— Não consegui olhar para ela. Desculpe. Mas não era velha, quero dizer, você sabe, ela se movia com rapidez.

— O que aconteceu depois? — perguntou Banks.

— Acho que gritei outra vez, então corri para a praça do mercado, junto ao Fountain. Sabia que era onde eu teria a melhor chance de encontrar um policial, e mesmo que não houvesse um por lá controlando a bagunça, a delegacia ficava do outro lado da praça. Bem, você sabe disso.

— Bem pensado — disse Banks.

Chelsea estremeceu.

— Ainda não consigo acreditar. O que aconteceu, Sr. Banks? O que foi que eu vi?

— Não sei — disse Banks. — Tudo o que sei é que está em segurança agora.

Ele olhou para Winsome, que pegou a mão de Chelsea.

— Venha, querida — disse ela. — Vou levá-la até seus pais. Vão levá-la de volta para casa.

— E as minhas roupas?

— Vamos ter de ficar com elas algum tempo para fazer alguns exames — disse Banks. — Por causa do sangue. Ajuda os peritos. Veremos se a Dra. Wong pode arranjar algo temporário para você.

De saída, Chelsea olhou para Banks.

— O homem — disse ela. — Ele ia me matar?

— Não — disse Banks. — Acho que estava lá para protegê-la.

Depois que Chelsea e Winsome se foram, Banks ficou sentado um longo tempo na sala silenciosa, refletindo sobre o que acabara de ouvir. Agora, ainda mais do que antes, sabia que teria de entrar em contato com Annie Cabbot.

Possivelmente uma assassina. Uma lâmina afiada. Uma garganta cortada. Banks não acreditava em tais coincidências — e sabia que Annie também não.

CAPÍTULO 14

Quando o telefone tocou, às 7h30 de domingo, Annie mal conseguira dormir desde que o barulho e o pesadelo a haviam despertado às 3 horas. Ficara acordada, deitada, pensando em Banks, Eric, Lucy Payne, Kirsten Farrow e Maggie Forrest, até todos se misturarem em sua mente. Então, cochilara durante algum tempo. Agora, o telefone.

Annie atendeu, dizendo o seu nome.

— Desculpe, eu a acordei? — perguntou a voz do outro lado.

Percebeu que havia algo de estranho naquilo. Pelo menos não era Eric.

— Está tudo bem — disse ela. — De qualquer modo, já era mesmo hora de acordar.

— Esperei até uma hora razoável. Liguei para a delegacia primeiro e me disseram que você estaria neste número. São 7h30 aí, certo? Policiais acordam cedo.

— Ah, é isso — disse Annie. Agora conseguia identificar o sotaque australiano. — Você deve ser Keith McLaren — disse ela.

— Isso. Estou ligando de Sydney. São 18h30 aqui.

— Queria que aqui também fosse. Assim meu dia de trabalho estaria terminando.

McLaren riu. Soava como se estivesse no quarto com ela.

— Mas hoje é domingo.

— Essa é boa! — disse Annie. — Como se isso fizesse alguma diferença para o superintendente Brough. De qualquer modo, foi bom ter respondido tão prontamente. Obrigada por ligar.

— Não sei se posso lhe dizer algo de novo, mas o policial que me ligou disse que era importante.

Ginger entrara em contato com McLaren por meio da polícia de Sydney. Não que ele tivesse ficha na polícia, mas eles haviam sido informados sobre o que acontecera com ele em Yorkshire havia 18 anos, e ele constava dos arquivos.

— Pode ser — disse Annie, segurando o telefone sem fio com o queixo enquanto enchia uma chaleira de água e a punha no fogo. Estava nua, o que lhe fazia sentir desprotegida. Mas ninguém podia vê-la, disse para si mesma, e seria difícil falar ao telefone e se vestir ao mesmo tempo. Bebeu um pouco de água e abriu o bloco na mesa à sua frente. A chaleira começou a ferver.

— Espero que não sejam memórias tristes para você — prosseguiu Annie —, mas quero falar sobre o que lhe aconteceu na Inglaterra há 18 anos.

— Por quê? Finalmente descobriram quem fez aquilo?

— Ainda não sabemos, mas pode haver uma ligação com o caso em que estou trabalhando agora. Conseguiu se lembrar de mais alguma coisa com o passar dos anos?

— Algumas coisas, sim. Pequenos detalhes de que agora me lembro. Escrevia as coisas à medida que me lembrava. Meu médico me disse que seria uma boa terapia e realmente ajudou. Quando estou escrevendo um detalhe, às vezes me lembro de outro. É estranho. No geral, lembro-me bem das coisas até Staithes, então tudo fica nebuloso. Não é engraçado? Lembro-me tão pouco das férias de minha vida. Dinheiro jogado fora, pensando bem. Talvez devesse pedir para ser indenizado.

Annie riu.

— Acho que sim. E quanto àquele dia em Staithes? Alguém o teria visto passeando perto do porto com uma jovem.

— Eu sei. Como disse, é nebuloso. Tudo o que tenho é uma vaga sensação de estar falando com alguém no porto e *acho* que era alguém que eu conhecia. Mas nem mesmo sei se era homem ou mulher.

— Era uma mulher — disse Annie. — De onde acha que a conhecia?

— Isso eu não sei dizer. É apenas uma sensação sem fundamento. A polícia me disse que conheci uma mulher na pousada em Whitby. Agora eu me lembro dela. Acho que dizem que era a mesma jovem, mas eu não tenho certeza. Tenho tido sonhos recorrentes, pesadelos, creio eu, mas não sei se são fiéis à realidade.

— Que pesadelos?

— É um tanto, você sabe, inconveniente.

— Sou uma policial — disse Annie. — Pense em mim como um médico.

— Mas ainda assim é uma mulher.

— Lamento, mas não posso fazer nada quanto a isso.

McLaren riu.

— Farei o melhor que puder. É um tanto erótico, entende... O sonho. Estávamos no bosque, você sabe, no chão, nos beijando e tudo mais.

— Entendi até agora — disse Annie. — E, se quer saber, não fiquei constrangida.

A chaleira estava fervendo e ela prendeu o telefone sob o queixo enquanto derramava água sobre o saco de chá dentro da xícara, cuidando para não derramá-la sobre sua pele, exposta.

— Bem, depois, a coisa vira uma história de terror — prosseguiu McLaren. — De repente, ela não é mais uma jovem, mas um monstro, com um tipo de cabeça de cachorro, ou lobo, algo como um lobisomem, acho, mas o peito dela parece de pele humana, só que só tem um mamilo, sangrando, e o resto está todo marcado de linhas vermelhas no lugar onde o seio e o outro mamilo deveriam estar. Então, minha cabeça se abre. Eu disse que era bem esquisito.

— Os sonhos são assim mesmo — disse Annie. — Mas não se preocupe, não vou analisá-lo.

— Não me preocupo. Já passei por isso. De qualquer modo, isso é tudo. Acordo todo suado.

Pela conversa que teve com Sarah Bingham, Annie sabia que Kirsten Farrow fizera uma cirurgia no seio após ter sido atacada, assim como na vagina e na região pubiana.

— O que acha que isso quer dizer?

— Foi o que meu psiquiatra me perguntou. Não faço ideia.

— O que estava fazendo em Whitby?

— Tinha acabado a universidade e queria ver um pouco do mundo antes de me acomodar em casa. Tinha algum dinheiro guardado e fui para a Europa, como fazem tantos australianos. Estamos tão longe de tudo, é um país tão grande, que sentimos que temos de fazer uma longa viagem antes de nos estabelecermos por aqui. Tenho um ancestral que veio de Whitby. Um degredado. Roubou um pão ou algo assim. Portanto, era um lugar sobre o qual eu ouvira falar um bocado quando era criança e que eu queria visitar.

— Fale da jovem que conheceu.

— Pode esperar um minuto? Vou pegar o meu bloco de notas. Tudo o que me lembro está anotado ali.

— Ótimo — disse Annie, que esperou trinta segundos até McLaren voltar a falar.

— Está aqui — disse ele. — Conheci-a no café da manhã. Ela disse que seu nome era Mary, ou Martha, ou algo assim. Nunca consegui me lembrar ao certo.

Annie sentiu um surto de ânimo. A mulher que levara Lucy de Mapston Hall também disse que se chamava Mary.

— Não era Kirsten? — perguntou.

— Este nome não me diz nada.

— Que tipo de impressão ela lhe causou? — perguntou Annie, esboçando em um bloco a vista que tinha da janela, a névoa como plumas sobre os telhados vermelhos corrugados, o mar uma vaga neblina, cinza sobre cinza, e um sol tão pálido e tão fraco que era possível olhar para ele sem ficar ofuscada.

— Lembro-me de ter achado que era uma garota interessante — disse McLaren. — Não me lembro como ela era, mas tinha olhos gentis. Eu não conhecia ninguém no lugar. Só estava sendo gentil, verdade, não estava tentando cantá-la. Bem, não muito. Ela era muito defensiva, eu me lembro. Evasiva. Como se quisesse ficar sozinha. Talvez eu tenha pegado um pouco pesado. Nós, australianos, somos assim. Diretos. De qualquer modo, sugeri que ela me mostrasse a cidade, mas ela disse que estava ocupada. Algo a ver com um projeto de pesquisa. Então eu a convidei para sair e beber naquela noite.

— Você não desiste fácil, não é mesmo?

McLaren riu.

— Foi difícil. De qualquer modo, ela concordou em ir comigo a um pub. Só um instante... Sim, aqui está... o Lucky Fisherman. Ela parecia conhecer bem o lugar.

— "O" Lucky Fisherman? — Annie aguçou o ouvido, pois era o bar de onde Jack Grimley saíra na noite em que desapareceu. — Você disse isso à polícia?

— Não. Foi algo de que me lembrei anos depois, e eles nunca voltaram a me procurar. Não achei que fosse importante.

— Não importa — disse Annie, pensando que havia mais buracos neste caso do que em um pedaço de queijo suíço. Mas Ferris estava certo: eles não tinham a obsessão de solucionar todos os mistérios, como os tiras na TV. — Ela apareceu?

— Sim. Não era fácil conversar com ela. Parecia muito distraída, pensando em outra coisa. E ela nunca ouvira falar do Crocodilo Dundee. Isso foi algo que me lembrei anos depois. E ele era famoso na época.

— Até eu ouvi falar do Crocodilo Dundee — disse Annie.

— Bem, aí está. De qualquer modo, eu rapidamente estava tendo a impressão de que ela preferia estar em outro lugar. Exceto...

— O quê?

— Bem, ela queria saber sobre pesca. Você sabe, sobre os barcos, quando e onde descarregam os peixes e tudo o mais. Quero dizer, eu não sabia, mas achei que aquilo era outra coisa esquisita a respeito dela. Para ser bem honesto, estava começando a achar que cometera um grande erro. De qualquer modo, fui ao banheiro e quando voltei, tive a nítida impressão de que ela estava olhando para outro sujeito.

— Quem? — perguntou Annie.

— Não sei. Um sujeito local. Vestia uma daquelas camisetas de pescador. Bem-apessoado, uma beleza rude, creio eu, mas realmente...

Jack Grimley, pensou Annie, embora ele não fosse realmente um pescador. Ela também duvidava que Kirsten, se é que era ela, o estivesse olhando por causa de sua beleza rude.

— Então, o que houve?

— Fomos embora dali. Passear pela cidade. Acabamos sentados em um banco, conversando, mas outra vez tive a impressão de que ela estava em outro lugar.

— Aconteceu alguma coisa?

— Não. Ah, eu fiz minhas tentativas, você sabe. Pus o braço ao redor dos ombros dela, dei um beijo. Mas aquilo obviamente não daria em nada, então desisti e voltei à pousada.

— Para o seu quarto?

— Claro.

— Você voltou a vê-la?

— Não que eu saiba, embora, como já disse, a polícia diga que sim.

— Você não se lembra de mais nada sobre aquele dia em Staithes?

— Não. Desculpe.

— Soube que você ficou entre a vida e a morte.

— Tenho sorte de estar aqui. Todo mundo diz isso. Tenho ainda mais sorte por ter conseguido levar a minha vida adiante, tornar-me advogado, conseguir um bom emprego, tudo isso. Tudo exceto casamento e filhos. E aquilo pareceu nunca ter acontecido. Na época, falaram da possibilidade de dano cerebral permanente. Acho que não compreendem o cérebro dos australianos por aí. É mais forte do que vocês, ingleses, pensam.

Annie riu.

— Estou feliz que seja assim. — Ela gostara de Keith McLaren, ao menos pelo que podia perceber ao telefone. Parecia ser um cara divertido para sair. Teria a idade ideal para ela. E era solteiro. Annie se perguntou se seria bonito. Mas Sidney ficava muito, muito longe. Mas foi legal ter a fantasia. — Você deve se perguntar por que isso aconteceu. Por que você.

— Quase todo dia.

— Alguma resposta?

McLaren fez uma pausa antes de dizer:

— Ninguém se adiantou e disse isso na época, talvez porque eu estivesse em coma ou me recuperando, mas eu tive a nítida impressão de que a polícia não descartou a hipótese de eu ter pegado um pouco pesado e ela ter se defendido.

Aquilo não surpreendeu Annie. Não queria admiti-lo, especialmente depois de conversar com McLaren e ter gostado dele, mas foi uma das primeiras coisas que lhe ocorreu. Talvez porque fosse mulher, policial, ou ambas as coisas, não sabia ao certo. Talvez porque tivesse sido estuprada.

— Eles sugeriram que você a atacou, que tentou estuprá-la?

— Não explicitamente, mas recebi a mensagem bem clara. Só não fui preso porque havia dois cadáveres inexplicáveis por perto e ela pareceu ter fugido.

— Você a viu nua?

— Que pergunta!

— Pode ser importante.

— Bem, a resposta é não. Não que eu me lembre. Como eu disse, não sei o que houve naquele dia no bosque, mas acho que minha memória a esse respeito é bem clara. Quer dizer, ela simplesmente não queria saber. Eu a beijei uma vez, no banco perto da estátua de Cook, mas foi só.

Então, pensou Annie, ele não poderia saber dos ferimentos no peito de Kirsten — se é que de fato era ela — até estarem juntos no bosque, o que ele não se lembrava, momento em que McLaren de algum modo a fizera perder a cabeça. Mas o sonho indicava que ele tinha algum conhecimento subconsciente dos ferimentos dela. McLaren devia ter tentado algo, ou talvez tivesse sido algo mútuo até certo ponto, depois ela tinha começado a reagir, a entrar em pânico. Àquela altura Kirsten sabia que não podia fazer sexo. Portanto, o que estava acontecendo?

Se McLaren descobrira quem ela era — como bem pode ter acontecido, mesmo que ela tivesse modificado a aparência —, e tivesse visto através de seu disfarce ou ameaçado seu plano de vingança, então não haveria uma chance de ela tê-lo persuadido a ir ao bosque e se livrado dele? Será que ela o levara até lá e, então, quando ele estava suficientemente distraído, tentara matá-lo? Com que tipo de criatura Annie estava lidando? No momento em que achava que tinha alguma ligação com Kirsten, a maldita mulher escapava de novo à sua compreensão e simpatia.

— O que acha da tese da polícia? — perguntou Annie.

— Não concordo com ela — disse McLaren. — Quero dizer, pode soar estranho para você, mas não sou assim. Não creio ter isso em mim. Você pode até achar que todo homem é assim, não sei. Imagino que deva ter visto de tudo em seu trabalho, e você é mulher, mas eu não. Eu honestamente creio que jamais atacaria ou tentaria estuprar uma mulher.

Embora Annie também tivesse sido estuprada, ela não acreditava que todo homem fosse um estuprador em potencial.

— Obrigada por seu tempo, Keith — disse ela. — Você foi muito útil. E, se é algum consolo, também não creio que você seja esse tipo de pessoa.

— De nada — disse Keith. — Se algum dia vier a Sydney, procure por mim. Vou lhe oferecer os melhores frutos do mar que já comeu em sua vida.

Annie riu.

— Com certeza — disse ela. — Cuide-se.

Quando desligou, Annie apertou a xícara morna contra a pele e olhou para o mar. Sydney. Seria divertido. Imagens que vira na televisão da Harbour Bridge e da Opera House vieram-lhe à mente. A névoa começava a se dissipar subindo em finos filetes para desaparecer no ar, o sol estava mais claro, mais difícil de olhar, e uma traineira de pesca verde voltava à costa. Alguns minutos depois, seu telefone voltou a tocar.

Kevin Templeton morava em um apartamento de quarto e sala em uma escola transformada em imóvel residencial perto do Green, do outro lado do rio, não muito longe do lugar onde a especialista em perfis psicológicos, Jenny Fuller, ficava quando estava na cidade. De sua janela no terceiro andar, uma porta levava a uma pequena varanda com uma vista magnífica dos jardins suspensos e das majestosas ruínas do castelo no alto da colina. Além do Green, ficava o East Side Estate, uma chaga na paisagem de Eastvale, mas uma fonte de emprego para Banks e para o resto do pessoal do quartel-general da área oeste. Estava quase oculto pelas árvores, mas dava para se ver as fileiras de prédios idênticos de tijolos vermelhos entre os galhos nus.

O apartamento era uma concha vazia, pensou Banks na sala de estar, e não revelava muito sobre o seu ocupante. A mobília era moderna, provavelmente da Ikea ou de outro fabricante de móveis modulados, sem dúvida montados em um único fim de semana, com uma chave sextavada, um pacote de cerveja barata e um bocado de suor. Havia um rádio digital, mas nenhum CD ou aparelho de som. Uma televisão de tela grande dominava uma parede, ao lado de uma estante repleta de DVDs. Um monte de vídeos esportivos, alguns filmes populares e algumas séries americanas de TV, como *Os Simpsons*, *24 horas* e *CSI*. Havia alguns livros também, a maior parte brochuras surradas de Ken Follett, Jack Higgins, Chris Ryan ou Andy McNab, além de alguns textos sobre direito penal e livros americanos sobre procedimento investigativo. Não havia fotografias emolduradas da família sobre a lareira, e a única decoração nas paredes era um cartaz barato de *Um corpo que cai*, que Banks lembrava ter sido oferecido como brinde por um jornal local no ano anterior.

O banheiro tinha as coisas de sempre, como xampu, pasta de dente, paracetamol, gel de cabelo, lâmina e creme de barbear e daí por diante. Nenhum remédio que precisasse de prescrição. A toalha pendurada ainda estava úmida, e gotas de umidade pontilhavam as laterais e o fundo da banheira, assim como os azulejos da parede.

Na cozinha, o congelador de Templeton estava vazio, com exceção de uma bandeja de gelo. Na geladeira, Banks encontrou leite, ovos, queijo, molho HP, molho de tomate, restos de comida indiana para viagem e uma vasilha de plástico com restos de espaguete à bolonhesa. Também havia uma estante repleta de vinhos de Sainsbury comprados na Tesco — bons vinhos, Banks percebeu — e uma caríssima máquina de café expresso.

O quarto pequeno tinha uma cama de casal, mesa de cabeceira, abajur e um grande armário repleto de roupas e sapatos. Os ternos eram de boa qualidade. Não exatamente Armani ou Paul Smith, mas Banks ficaria desconfiado se Templeton possuísse roupas assim tão caras ganhando salário de sargento-detetive. A única fotografia no apartamento ficava em uma mesa junto à janela. Mostrava uma jovem sorrindo para a câmera, com seus 18 ou 19 anos, ligeiramente ofuscada pelo sol, o cabelo longo levado pelo vento, as mãos erguidas para que os cachos não cobrissem os olhos, flores de outono voando ao seu redor. Banks não fazia ideia de quem era ou de por que Templeton guardava a fotografia no quarto. Uma namorada, talvez? Ele nunca falava sobre sua vida particular.

Na mesa de cabeceira não havia nada além de dinheiro trocado, preservativos, papel, caneta e um despertador digital programado para as 6 horas.

Banks voltou à sala e sentou-se à escrivaninha de Templeton. O laptop tinha senha e deveria ser levado ao suporte técnico para análise. Banks remexeu as gavetas e encontrou uma pilha de blocos de notas preenchidos com a caligrafia clara, embora ruim, de Templeton. As anotações eram datadas, como em um diário, mas tudo que Templeton escrevia era sobre os casos nos quais trabalhava. Banks verificou o bloco mais recente e descobriu o que Templeton escrevera na sexta-feira à noite:

> 0 hora. Entrei no Maze pela entrada do estacionamento. Luz ruim. Prédios altos, muitas esquinas. Impossível enxergar todo o lugar. Sons distantes da praça e dos pubs próximos. Ninguém aqui. Não ouço passos.
> 0h23. Ouvi trechos da música "Fit But You Know It", do The Streets, vinda de um carro que passava ou de uma porta que se abria e fechava. Parou subitamente. Som de música abafado vindo do Bar None. Mais espera. Mais coisa nenhuma. Ainda sei que estou certo. O assassino vai atacar novamente, e que vergonha seria para nós caso atacasse na semana seguinte, no mesmo lugar!
> Resumo: fiquei lá até as 2 horas e nada aconteceu. Quando a cidade ficou silenciosa por mais de meia hora e tornou-se evidente que nem o assassino nem nenhuma vítima viriam até lá, decidi encerrar a vigilância.

Então, a teoria de Banks sobre Templeton estar policiando o Maze secretamente estava correta. Não que fosse grande consolo, haja vista o assassinato do rapaz. Banks deu mais uma olhada no apartamento, então trancou tudo e voltou para a delegacia, levando o bloco com ele.

Era uma longa viagem até Eastvale, e Annie não estava inteiramente certa de que era justificável, mas o que Banks dissera ao telefone a intrigara e a perturbara o bastante. De qualquer modo, não havia como voltar a dormir depois do telefonema de Keith

McLaren, não importando o quanto estivesse cansada. Portanto, atravessava as charnecas em uma manhã de domingo, quase sem nenhum tráfego para atrasá-la. Àquela altura o sol evaporara a neblina matinal, revelando um belo dia de primavera.

Quando Annie entrou no quartel-general da área oeste por volta das 10h30, pôde sentir o clima tenso e melancólico do lugar. Mesmo se Banks não tivesse lhe contado, ela teria percebido imediatamente que um policial fora assassinado. Não havia um clima igual àquele. As pessoas mergulhavam em suas tarefas com os dentes trincados, os ânimos estavam exaltados e pairava no ar um sentimento de revolta.

Banks estava no seu escritório com Winsome ao seu lado, remexendo uma pilha de papéis em sua escrivaninha. Levantou-se para cumprimentá-la, e Annie não percebeu nenhuma hostilidade da parte dele, apesar de seu último encontro. Aquilo apenas a fez se sentir pior. Ele deveria estar com ódio dela. Apenas Winsome parecia fria. Disse um seco "olá" e se retirou. Banks fez sinal para que Annie se sentasse e pediu café.

— Desculpe-me por ter ligado tão cedo — disse ele. — Espero que não tenha tido uma noite muito movimentada na cidade.

— Por que pensa assim? — perguntou Annie.

— Por nada. Era noite de sábado, só isso. As pessoas tendem a sair. Ou será que ficou com seu namorado?

— Qual namorado?

— O que você me falou na outra noite. O rapaz.

Annie corou.

— Ah, ele. É, bem, já ouviu falar de alguma noite movimentada em Whitby?

— Muitas vezes — disse Banks, com um sorriso.

— Então você sabe mais do que eu sobre os encantos ocultos de lá. De qualquer modo, eu já estava acordada e trabalhando quando você ligou. — Ela fez uma pausa. — Lamento o que houve com Kev. Eu não simpatizava muito com ele, como sabe, mas independente do que eu achasse dele como homem ou como detetive, lamento o que aconteceu.

— Na verdade, ele não era um homem — disse Banks. — O coitado era apenas um menino. Muitos de nós esquecemos isso.

— Como assim?

— Ele era teimoso, impetuoso, imaturo.

Annie conseguiu esboçar um sorriso.

— De uma hora para a outra isso virou prerrogativa da juventude?

— *Touché* — disse Banks. — De qualquer modo, é sobre isso que quero conversar com você. Sobre o que houve com Kev. — Banks fez um rápido resumo do que sabia até então, a maior parte contada por Chelsea Pilton, pelo guarda Kerrigan, por Stefan Nowak e pelo Dr. Burns. — Concorda que há semelhanças com o assassinato de Lucy Payne?

— Meu Deus, sim. — Annie correu os dedos pelo cabelo despenteado. — Não fazia ideia. — Ela contou a Banks sobre sua conversa com Sarah Bingham e Keith McLaren, e como o nome da misteriosa Kirsten Farrow insistia em aparecer. — O que diabos está acontecendo, Alan?

— É o que quero saber — disse Banks. — Mas, seja o que for, não gosto disso.

— Nem eu. Alguma ideia de quem é essa mulher misteriosa?

— Acho que pode ser Kirsten. Alguma coisa sobre Maggie Forrest?

— Sim. Ginger a encontrou por intermédio de seus editores. Está de volta a Leeds. Eu estava pensando em visitá-la esta tarde. Mas o que o faz pensar nela? Quer dizer, ela até poderia ter uma boa razão para matar Lucy Payne, mas não tinha nenhum motivo para matar Templeton, pelo que sei.

— Verdade — disse Banks. — Podem ter sido dois assassinos diferentes. Tentaremos manter em aberto. Mas a minha aposta, assim como a sua, é que, se não for Maggie, pode ser que Kirsten Farrow, por algum motivo, tenha retornado, remodelada. Mas como, por que, quem ela é ou onde está, eu não faço ideia. Nem mesmo sei como conseguir essa pista. Ela desapareceu há anos. É uma pena que a memória do australiano não tenha melhorado.

— A única coisa que consigo pensar é em descobrir a fonte do vazamento — disse Annie.

— Vazamento?

— Sim. Foi uma das primeiras coisas que começamos a pensar quando descobrimos que Karen Drew era Lucy Payne. Quem sabia? E como?

— E?

— Ainda não sabemos. Nosso pessoal está interrogando o pessoal de Mapston Hall, e a polícia de Nottingham tem nos ajudado no hospital e com o serviço social. Quer dizer, é uma coisa complicada. Qualquer um pode estar mentindo, o que é difícil provar.

— O que precisamos — disse Banks — é de uma conexão entre uma das pessoas que sabiam que Karen era Lucy e alguém que possivelmente possa ser Kirsten Farrow ou Maggie Forrest. Ou que *conheça* uma delas.

— Sim — disse Annie —, mas como descobrir isso? E como saberemos que encontramos? Nem mesmo sabemos onde começar a procurar por Kirsten. Pelo amor de Deus, sequer sabemos se foi mesmo ela quem matou aqueles homens há 18 anos.

— Mas tem um forte pressentimento de que foi, não é mesmo?

— Sim.

— O que *você* acha que aconteceu com ela?

Annie pensou por um instante. Seu cérebro parecia estar lento, mas ela se lembrou da história de Les Ferris e daquilo que ouvira de Keith McLaren e de Sarah Bingham, tentando encadear seus pensamentos de maneira lógica.

— Pelo que consigo intuir — disse ela —, de algum modo Kirsten deve ter descoberto a identidade de quem a atacou, só que não passou essa informação para a polícia. Resolveu fazer justiça por conta própria. Ela finalmente o encontrou em Whitby... como, não sei... e, após uma tentativa em falso com Jack Grimley, o pobre coitado, ela o matou.

— E o australiano?

— Não sei. Falamos sobre isso. É possível que ele tenha chegado perto de descobrir o que estava acontecendo. Se ele soubesse que ela era a mesma pessoa que estava em Whitby quando Grimley morreu, se pudesse ligá-la a ele, e Keith McLaren disse ter percebido que Kirsten estava olhando para outra pessoa no Lucky Fisherman, algo que ele só lembrou recentemente, então talvez ela tenha achado que ele era um perigo para ela. Ou...

— O quê?

— Bem, sabemos que ele foi encontrado em um bosque na periferia de Staithes e que foi visto com uma jovem. Digamos que eles foram dar uma volta no bosque, as coisas foram longe demais para Kirsten, e, lembre-se, ela estava totalmente traumatizada e mutilada por suas experiências, e ela o matou... ou pensou ter matado.

— Autodefesa?

— Aos olhos dela. Talvez violência excessiva, sob o nosso ponto de vista. Realmente não creio que Keith McLaren seja um estuprador.

— Muito bem — disse Banks. — E depois?

— Não consigo imaginar como ela deve ter se sentido quando fez o que queria e finalmente matou Eastcote, mas o fato é que não podia voltar à sua antiga vida. Ficou no limite durante um tempo, visitou Sarah mais algumas vezes, os pais, talvez tenha fingido estar normal, então finalmente desapareceu alguns anos depois. Ela não era uma grande suspeita na época, lembre-se. Ela tinha um álibi e, ao que todo mundo achasse, não tinha como saber que Greg Eastcote era o seu agressor. Isso só surgiu mais tarde, quando a polícia revistou a casa dele. Somente agora ela parece ter se tornado suspeita de quatro assassinatos, dois deles 18 anos depois dos anteriores. Qualquer coisa pode ter acontecido desde então. Ela pode ter ido para qualquer lugar, se tornado ou feito qualquer coisa.

— Então, o que sabemos sobre ela? — perguntou Banks. — Ela teria uns 40 anos agora?

— Por aí. Ela terminou a faculdade em 1988.

— Então ela pode ser qualquer pessoa, exercendo qualquer profissão?

— Sim. Mas não nos esqueçamos de que ela tem formação universitária. Apenas literatura inglesa, mas, ainda assim... Segundo todos os depoimentos, era uma jovem inteligente, que tinha um grande futuro pela frente. Quer dizer, há chances de estarmos lidando com uma profissional liberal.

— A não ser que as suas experiências tenham destruído completamente as suas ambições — argumentou Banks. — Mas é um bom ponto. Se ela realmente fez o que achamos, é extremamente concentrada, determinada e capaz. De qualquer modo, isso facilita um pouco as coisas. Podemos verificar os registros da universidade. Estamos atrás de uma profissional liberal que pode ter descoberto que Karen Drew era Lucy Payne.

— Julia Ford, advogada de Lucy, é um bom começo. Ginger foi falar com ela outra vez, sexta-feira à tarde, e não se convenceu de que ela estava dizendo tudo o que sabia.

— Advogados costumam ser fechados no que diz respeito a dar informações.

— Eu sei — disse Annie. — Mas Ginger acha que, no caso de Julia Ford, é mais que isso. Confio nos instintos dela.

— Talvez eu devesse conversar com a Sra. Ford — disse Banks. — Faz algum tempo desde que nos encontramos pela última vez.

— Sarah Bingham também é advogada, embora diga que não vê Kirsten há anos.

— Acredita nela?

— Acho que sim — respondeu Annie.

— Muito bem. Quem mais?

— Um médico? — sugeriu Annie. — Talvez alguém do hospital em que ela esteve, perto de Nottingham. Ou Mapston Hall. Há médicos e enfermeiros lá.

— Boa ideia — disse Banks.

— Mas uma coisa ainda me intriga — disse Annie. — Se estamos no caminho certo, por que ela matou Templeton?

— Outro erro? — sugeriu Banks. — Será que ela achou que fosse o assassino seguindo a jovem, quando na verdade ele a estava protegendo, assim como deve ter achado que Grimley era o seu agressor há 18 anos? Mas você está certa. Precisamos de muito mais conexões entre os assassinatos do que as que temos até agora. Quem é o seu coordenador de cena do crime?

— Liam McCullough.

— É um cara legal — disse Banks. — Diga-lhe para falar com Stefan sobre isso. Deve haver provas residuais em comum: cabelos, fibras, sangue, dimensões dos ferimentos, algo que ligue Lucy Payne e Kev. Também vamos fazer os patologistas conversarem entre si quando a Dra. Wallace terminar com Kev.

— Certo — disse Annie. — Les Ferris conseguiu as amostras de cabelo do caso Greg Eastcote, para comparar os fios de Kirsten com aqueles que Liam e sua equipe recolheram de Lucy Payne. Disse que conseguirá marcar uma comparação para amanhã de manhã. Isso ao menos poderá nos dizer de uma vez por todas se é com ela que estamos lidando. Caso seja mesmo Kirsten, também precisamos saber por que ela começou a agir novamente, depois de todo esse tempo.

— Se estivermos certos sobre a motivação dela — disse Banks —, então creio que é porque ela não esteve perto de nenhum outro assassino sexual nos últimos 18 anos. Vou a Leeds novamente esta semana. Enquanto estiver por lá, falarei com Julia Ford, para ver se consigo tirar algo dela, e darei uma lida nos relatórios de autópsia do caso Camaleão que Phil Hartnell conseguiu. Terei de verificar, mas acho que os ferimentos que os Payne fizeram em suas vítimas foram semelhantes àqueles que o agressor de Kirsten infligiu nela, pelo que você me disse. Sei que não pode ter sido o mesmo assassino. Terence Payne está morto, e este Greg Eastcote parece mesmo ter sido o culpado das mortes há 18 anos. Mas talvez a semelhança a tenha motivado.

— Mas como Kirsten podia saber que os Payne fizeram aqueles ferimentos em suas vítimas? — perguntou Annie.

— Na época saiu muita coisa na imprensa e, depois, quando Lucy Payne foi solta. A imprensa não perdeu tempo em lembrar à opinião pública quem era exatamente aquela pessoa que estava sendo absolvida pela justiça, pudesse ela andar ou não. Kirsten Farrow também é deformada fisicamente, lembre-se, e isso pode nos ajudar.

— Não vejo como — disse Annie. — Não podemos pedir que todas as mulheres ligadas ao caso nos mostrem os seios.

— Pena — disse Banks. — Mas você tem razão.

Annie revirou os olhos.

— De qualquer modo — prosseguiu Banks —, temos mais que o suficiente para começar. Vamos comparar as nossas anotações outra vez quando você tiver falado com Maggie Forrest.

Annie levantou-se.

— Está certo — disse, parando à porta. — Alan?

— Sim?

— É bom estarmos trabalhando juntos outra vez.

O resto do domingo de Banks foi uma sucessão de reuniões e entrevistas, e nenhuma delas lançou qualquer luz sobre os assassinatos de Hayley Daniels ou Kevin Templeton — mortos, aparentemente, por pessoas diferentes e por motivos diferentes, embora no mesmo lugar.

Os pais de Templeton chegaram de Salford para identificar o corpo do filho, e Banks teve um breve encontro com eles na capela. Era o mínimo de cortesia que poderia dispensar sob tais circunstâncias. Também achou que seria uma boa ideia deixá-los crer que o filho morrera no exercício do dever em vez de agindo por iniciativa própria. A mãe de Templeton irrompeu em lágrimas e falou sobre como fora negligente com os filhos, a começar por quando a irmã de Kevin fugira de casa aos 17 anos de idade, embora jurasse que, na verdade, não era culpa sua. Tinham uma casa de respeito e, portanto, não podiam ficar com uma filha que andava dormindo com homens do modo como ela vinha fazendo. Tentaram encontrá-la depois, explicou o pai, e chegaram a notificar o seu desaparecimento à polícia. Mas não adiantara. Agora, também perdiam o filho.

Banks achou ter descoberto quem era a jovem na fotografia na mesa de cabeceira de Templeton e por que Kev era tão duro nas entrevistas com familiares. Meu Deus, pensou, quantos segredos e fardos as pessoas carregam consigo.

Precisava falar com Stuart Kinsey outra vez sobre o trecho de música que ele ouvira no Maze na noite em que Hayley fora morta. Em suas anotações, Templeton disse que ouvira algo similar, e Banks tinha uma teoria que queria testar.

Em consequência de tudo isso, já passava das 18 horas quando se lembrou de que devia ligar para Sophia e falar sobre o passeio combinado. Não que não tivesse se lembrado dela constantemente ao longo do dia — na verdade, a lembrança foi poderosa e esteve presente de um modo incomum para alguém que ele acabara de conhecer —, mas o tempo e os acontecimentos conspiraram para apagá-la de sua mente. Era muito tarde para passearem agora, percebeu, pegando o telefone, mas ao menos podia se desculpar. Ele discou o número que Sophia lhe dera. Ela atendeu no quarto toque.

— Sophia? É Alan. Alan Banks.

— Oh, Alan. Obrigada por ligar. Ouvi as notícias sobre o que aconteceu ontem à noite. Achei que estivesse ocupado.

— Desculpe quanto ao passeio — disse Banks.

— Bem, talvez em outra oportunidade.

— Volta para casa na terça-feira?

— Sim. Mas voltarei.

— Veja — disse Banks —, mesmo com tudo isso, estava pensando que preciso comer alguma coisa. Não comi nada o dia inteiro, fora um Fig Newtons. Tem um belo bistrô em Castle Hill. Café de Provence. Gostaria de jantar comigo lá?

Após uma breve pausa, ela disse:

— Sim, seria legal. Vou gostar. Se tiver certeza de que vai poder estar lá.

Banks sentiu um nó de excitação no peito.

— Tenho certeza. Talvez não possa ficar muito tempo, mas é melhor do que nada. — Olhou para o relógio. — Que tal às 19 horas? É muito cedo?

— Não, está bem.

— Devo buscá-la?

— Vou à pé. Não é longe.

— Muito bem. Vejo você lá. Às 19 horas.

— Certo.

Quando desligou, a palma da mão de Banks estava suada e seu coração batia rápido. Cresça, disse para si mesmo, e foi pegar o casaco.

Maggie Forrest não apenas estava morando e trabalhando como ilustradora de livros infantis na Grã-Bretanha, como também ainda morava em Leeds. Passara três anos em Toronto antes de voltar, dividir um apartamento no porto, canal abaixo, e retornar ao seu ramo de trabalho.

Granary Wharf fora construído em fins da década de 1980, em uma área de depósitos velhos e decrépitos ao longo do rio Aire e dos canais de Leeds e Liverpool, nos fundos da estação municipal. Atualmente, o lugar prosperava: possuía lojas, mercado, prédios de apartamentos, restaurantes, área de lazer e um passeio pavimentado com seixos. Naquela tarde de domingo, quando Annie chegou ao estacionamento junto ao canal, o lugar estava calmo. Encontrou Maggie Forrest em um apartamento de terceiro andar. Haviam se conhecido brevemente durante o caso Camaleão, mas Maggie parecia não se lembrar dela. Annie mostrou-lhe a credencial e Maggie deixou-a entrar.

O apartamento era espaçoso, decorado com tonalidades claras e quentes de laranja e amarelo. Também havia muita luz atravessando uma ampla claraboia. Algo que Maggie deveria aproveitar em seu trabalho artístico, pensou Annie.

— Do que se trata? — perguntou Maggie, quando Annie se sentou em um sofá modulado bege. Maggie sentou-se de pernas cruzadas em uma poltrona diante dela. A janela era voltada para os fundos do prédio dos correios de Yorkshire, onde mais prédios estavam sendo construídos. Annie achou que Maggie Forrest certamente tinha aquela constituição física mirrada que Chelsea Pilton percebera no assassino de Templeton e que Mel Danvers, em Mapston Hall, percebera em Mary. Seu nariz era um tanto longo, e seu queixo, muito pontudo. Mas, fora isso, era uma mulher atraente. O cabelo era curto e ligeiramente grisalho. Seus olhos pareciam assustados, nervosos. Annie se perguntava se alguém — Mel ou Chelsea — poderia identificá-la em uma sessão de reconhecimento.

— Belo apartamento — disse Annie. — Há quanto tempo está aqui?

— Dezoito meses — respondeu Maggie.

— Nunca visita os seus amigos em The Hill, Ruth e Charles? Não fica longe daqui. Eles nem mesmo sabem que você está na cidade.

Maggie desviou o olhar.

— Lamento. Negligenciei Ruth e Charles — disse ela. — Foram bons para mim.

— E quanto a Claire Toth? Ela sente sua falta.

— Ela me odeia. Eu a decepcionei.

— Ela precisa de ajuda, Maggie. Ela cresceu, e o que aconteceu com a amiga dela a deixou cheia de problemas. Talvez pudesse ajudá-la.

— Droga, não sou psiquiatra. Não acha que já fiz mal o bastante? Aquela parte da minha vida terminou. Não posso voltar.

— Então, por que não se muda para mais longe, faz uma ruptura completa?

— Porque sou daqui. Preciso estar próxima às minhas raízes. E aqui é longe o bastante. — Apontou para a janela. — Poderia ser qualquer condomínio moderno em qualquer cidade do mundo.

Aquilo era verdade, pensou Annie.

— Casada?

— Não. E isso não é da sua conta — respondeu Maggie. — E também não tenho namorado. Não tenho nenhum homem na minha vida. Estou feliz assim.

— Ótimo — disse Annie, que talvez também pudesse ser feliz assim. Não fora feliz *estando* com um. Contudo, talvez estivesse fadada a repetir seus antigos erros.

Maggie não ofereceu chá ou café, e Annie estava com sede. Mais tarde tomaria algo em um dos cafés no centro da cidade.

— Você tem carro? — ela perguntou.

— Sim. Um Megane vermelho. O que eu fiz agora?

— É o que estou tentando descobrir — disse Annie. — Onde estava na manhã de domingo, 18 de março? No Dia das Mães.

— Aqui, claro. Onde mais estaria?

— E quanto à área de Whitby? Esteve por lá?

— Algumas vezes, sim, mas não na manhã de domingo.

— Conhece um lugar chamado Mapston Hall?

— Só pelos jornais — disse Maggie. — É sobre Lucy Payne, não é? Eu devia saber.

— Achei que soubesse — disse Annie. — De qualquer modo, sim. É sobre Lucy Payne.

— Acha que eu a matei?

— Nunca disse isso.

— Mas acha, não é?

— Você matou?

— Não. Eu estava aqui. Já disse.

— Só?

— Sim. Sozinha. Estou sempre só. Gosto mais assim. Quando estamos sós, não podemos ferir ninguém e ninguém pode nos ferir.

— A não ser a si mesma.

— Isso não conta.

Um trem a diesel apitou ao entrar na estação de Leeds.

— Então, não tem como *provar* que estava aqui? — perguntou Annie.

— Nunca achei que precisasse.

— O que você fez?

— Não me lembro.

— Foi há apenas uma semana — disse Annie. — Tente. Não visitou sua mãe?

— Minha mãe morreu. Provavelmente eu estava lendo os jornais. É o que faço nas manhãs de domingo. Às vezes, se o tempo estiver bom, levo os jornais até aquele café com mesas ao ar livre, mas acho que naquela manhã estava frio e ventando.

— Lembra-se disso, então? — perguntou Annie.

— Foi por isso que fiquei em casa lendo os jornais.

— Já ouviu falar em Karen Drew?

Maggie pareceu surpresa com a pergunta.

— Não — disse ela. — Não posso dizer que sim.

— Engraçado — disse Annie. — Isso saiu nos jornais quando publicaram a matéria sobre o assassinato de Lucy Payne. Era o nome que ela estava usando.

— Não sabia. Deve ter me escapado.

— Como se sente quanto a Lucy?

— Aquela mulher tentou me matar. Mas quando chegou a hora de ela ir a julgamento, soube que a promotoria da Coroa nem mesmo a processaria. Como acha que me sinto?

— Ressentida?

— Talvez. Lucy Payne traiu a minha confiança, pediu ajuda quando mais precisava, então não apenas me traiu, como teria me matado caso a polícia não tivesse chegado a tempo. Então, como acha que eu me sinto?

— Furiosa o bastante para matá-la?

— Sim. Mas não matei. Para começo de conversa, nem sabia onde ela estava.

— Conhece Julia Ford?

— Conheci. Era advogada de Lucy.

— Manteve contato com ela?

— Uso a empresa dela sempre que preciso tratar de assuntos legais, o que não é frequente. Mas quer saber se jogamos golfe ou vamos juntas ao pub? Não. De qualquer modo, não preciso de uma advogada especializada em direito penal. Trato mais com Constance. Constance Wells. Somos muito amigas, creio. Ela me ajudou a encontrar este lugar.

Claro, pensou Annie, lembrando-se da ilustração na parede de Constance Wells. Era de Maggie, sem dúvida.

— Você deu para ela aquela ilustração de *João e Maria*.

Maggie pareceu surpresa.

— Sim. Você a viu?

— Estive no escritório dela na semana passada. Belo trabalho.

— Não precisa exagerar.

— Não estou exagerando. Falo sério.

Maggie deu de ombros.

— Onde estava por volta da meia-noite de ontem?

— Havia acabado de chegar de Londres. Eu tive uma reunião com meu editor na tarde de sexta-feira e decidi ficar por lá até sábado, para fazer compras. Isso é o máximo de Londres que consigo suportar atualmente.

— Onde ficou?

— No Hazlitt. Frith Street. Meu editor sempre me hospeda ali. É muito conveniente.

— E eles confirmarão isso?

— Claro.

Bem, pensou Annie enquanto se preparava para sair, fora uma especulação. Contudo, a depender da confirmação de seu álibi, não parecia que Maggie Forrest matara Kevin Templeton. No que dizia respeito a Lucy Payne, entretanto, Maggie ainda estava no topo da lista. E ela não tinha álibi para aquilo.

Banks chegou primeiro ao bistrô, que estava vazio a ponto de Marcel, o genuíno maître francês, dar-lhe uma calorosa recepção em uma mesa tranquila e isolada, com toalha de linho branco e uma rosa de caule comprido em um vaso de vidro. Esperava que não fosse muito exagerado, para que Sophia não pensasse que ele a estava tentando impressionar. Ele não tinha qualquer tipo de expectativa, mas era agradável jantar com uma mulher bonita e inteligente. Não conseguia se lembrar de quando fora a última vez que fizera aquilo.

Sophia chegou na hora, entregou o casaco para Marcel e caminhou até a mesa. Vestia um jeans de grife e um top frente única. As mulheres tinham de ser muito boas no uso das mãos atrás das costas, percebera Banks ao longo dos anos. Passavam muito tempo amarrando coisas como rabos de cavalo, sutiãs, roupas e presilhas de colares.

Sophia caminhou elegantemente em direção a ele, com graça e sem pressa, e sentou-se. Outra vez tinha o cabelo preso à nuca, e alguns cachos escuros caíam-lhe sobre a testa e sobre o rosto. Seus olhos eram tão escuros quanto ele se lembrava e brilhavam como obsidianas à luz da vela. Não usava batom, mas seus lábios cheios tinham uma coloração natural que combinava com sua pele amendoada e sem mácula.

— Fico feliz que tenha vindo — disse Banks.

— Eu também. Eu sabia que nosso passeio estava fora de questão quando ouvi as notícias. Olhe para você. Aposto que não conseguiu dormir muito.

— Não dormi nada — disse Banks.

Ao dizer isso, percebeu que ele não apenas não dormira e nem comera desde que vira Sophia na noite anterior, como também não estivera em casa. Ainda usava as mesmas roupas com que fora ao jantar de Harriet. Tinha de se lembrar de deixar uma muda de roupas na delegacia. Era constrangedor, mas Sophia certamente era uma dama e não diria nada a respeito. Olharam o cardápio, discutiram alguns itens — Sophia, ele descobriu, era uma hábil cozinheira e adorava comer —, e Banks pediu uma garrafa de bom clarete.

— Então é Sophia, certo? — perguntou Banks, quando fizeram o pedido.

Filé com fritas para ele, linguado para Sophia, com Stilton e salada de pera e nozes de entrada.

— Sophia Katerina Morton.

— Não Sophie?

— Não.

— Kate?

— Nunca.

— Que seja Sophia, então.

— Só não me chame de "docinho".

— O quê?

Ela riu.

— É de uma canção. Thea Gilmore. Na verdade, é uma música um tanto metida.

— Eu conheço — disse Banks. — Gravou uma canção dos Beatles num daqueles brindes da revista *MOJO*. Gostei o bastante para comprar um CD dela com outras versões.

— *Loft Music* — disse Sophia. — É bom, mas devia ouvir as canções que ela compõe.

— Tentarei. Você trabalha com música?

— Não, sou produtora da rádio de artes da BBC. Por isso, ocasionalmente me envolvo com especiais musicais. Fiz uma série com John Peel não faz muito tempo. Também fiz alguns programas com Bob Harris.

— Bob Harris do *The Old Grey Whistle Test*?

— Ele mesmo. Ele me apresentou a Thea em sua festa de aniversário.

— Estou impressionado.

— Teria ficado mesmo. Robert Plant também estava lá. Mas eu não conheço Brian, seu filho.

— Ah, entendi. Está me bajulando só para ter acesso ao meu filho. Todas fazem o mesmo. Mas não vai funcionar, vou logo avisando.

Sophia riu, e seus traços se iluminaram.

— Não chamaria isso de bajulação.

Banks sentiu-se corar.

— Você sabe o que quero dizer.

— Sei. Mas Brian é um sucesso. Bonito, também. Você deve se orgulhar muito dele.

— Eu me orgulho. Mas demora um pouco para a gente se habituar. Não sei quanto a ele ser bonito. Devia vê-lo quando era um adolescente irascível e espinhento. Mas não é fácil quando os filhos decidem sair de casa para montar uma banda de rock.

— Acho que não deve ser mesmo — disse Sophia.

— Se não se importa que eu pergunte — disse Banks —, o que fazia no jantar de Harriet ontem à noite? Devo admitir que aquilo não parecia ser a sua praia.

— Não era mesmo. E eu nem ia.

— Então por que foi?

— Não perderia a chance de conhecer o melhor policial de Eastvale.

— Fale sério.

— É verdade! Ouvi falar muito de você ao longo dos anos. Pode soar tolo, mas sinto como se o conhecesse desde aquele primeiro encontro. Quando Harriet me disse que o convidaria para o jantar, respondi que faria o possível para estar lá. É sério, eu não ia. Foi por isso que me atrasei. Mas não me perdoaria caso não aproveitasse a chance. Poderia ser algo horrivelmente tedioso, mas...

— Mas?

— Não foi. — Ela sorriu. — De qualquer modo, você evidentemente gostou tanto que nem mesmo trocou de roupa. Devo dizer, é a primeira vez que saio com um homem que veste a mesma roupa duas noites seguidas.

Então, ela não era tão elegante assim. Banks gostou disso. E retribuiu o sorriso.

As entradas chegaram, ambos brindaram com as taças de vinho e começaram a comer. Banks achava que estaria melhor comendo um hambúrguer com fritas em vez daquela salada delicada e belamente apresentada, mas tentou não demonstrar a fome que sentia. Ao menos o filé com fritas o saciaria. Sophia comia em pequenos bocados e parecia saborear cada um deles. Enquanto comiam, falavam de música, Londres, passeios — tudo menos assassinatos —, e Banks descobriu que Sophia morava em uma pequena casa em Chelsea, que já fora casada com um produtor musical de sucesso, mas que agora estava divorciada, que não tinha filhos, adorava o emprego e que se hospedava no luxuoso apartamento do pai em Eastvale sempre que necessário.

Era meio grega meio inglesa. Banks lembrou-se de Harriet ter dito algo a respeito de ter um irmão no serviço diplomático. Este era o pai de Sophia. Conhecera a mãe dela quando estava servindo em Atenas, onde ela trabalhava na taberna do pai. Contrariando todos os conselhos, casaram-se e acabavam de celebrar as bodas de rubi. No momento, estavam na Grécia.

Sophia passara boa parte da infância de cidade em cidade, nunca ficando tempo o bastante em uma escola ou cidade para fazer amizades. Agora, valorizava mais os amigos que tinha. Por meio de seu trabalho, conhecia muita gente interessante em diversas artes: literatura, música, pintura e escultura, e ia a muitos eventos, como concertos, exposições e festivais.

Parecia uma vida cansativa para Banks, uma verdadeira roda-viva social, e ele percebeu que não teria tempo para esse tipo de coisa. Seu trabalho ocupava todo o tempo que tinha, e o pouco que restava, ele usava para relaxar com música, um filme e uma taça de vinho. Ia ao Opera North quando podia, fazia longas caminhadas nas montanhas quando o tempo estava bom, e de vez em quando ia ao pub local de Helmthorpe para a noite de música folk, embora menos frequentemente, agora que Penny Cartwright, a *femme fatale* local, o desprezara.

À medida que a noite passava e eles enchiam suas taças de vinho, Banks sentia a mesma sensação que sentira quando estavam sob a luz daquele poste diante da casa de Harriet: como se aquele círculo iluminado que os cercava fosse o único lugar real, e tudo o mais fosse tão impalpável quando as sombras. Aquela ilusão foi quebrada quando Marcel trouxe a conta. Banks pagou, apesar das objeções de Sophia, e mais uma vez estavam na rua, despedindo-se. Banks tinha de voltar à delegacia para ver se houvera algum progresso. Sentia-se um homem de sorte, pois seu celular não tocara durante o jantar.

Sophia agradeceu-lhe o jantar, então ambos se inclinaram para fazer aquela coisa desajeitada de dar beijinhos no rosto um do outro, que se tornara tão popular ultimamente. Mas antes que Banks percebesse o que estava acontecendo, seus lábios já se tocavam em um longo e doce beijo de verdade. Quando acabou, caminharam em direções opostas. Banks desceu a colina rumo à delegacia, dando-se conta de que não haviam combinado se ver novamente. Após dar dez passos, voltou-se. No mesmo momento, Sophia também olhou para trás, e sorriram um para o outro. Que estranho, pensou Banks. Ele *nunca* olhava para trás, e apostava que Sophia também não.

CAPÍTULO 15

Naquela manhã de segunda-feira, Annie chegou cedo à delegacia após uma bela noite de sono na qual não tomara nada mais forte do que uma xícara de chocolate quente. Chutava a máquina de café, do modo que se deve fazer para conseguir tirar alguma coisa dali de dentro, quando o superintendente Brough passou e disse:

— Meu escritório, inspetora-detetive Cabbot. Agora.

Annie sentiu um calafrio. Teria Brough tomado as dores da máquina de café ou Eric teria tentado prejudicar a sua carreira? Será que ele tinha mais fotos além daquelas que ela vira? Será que as enviara para Brough ou para o chefe de polícia? Ou teria denunciado o seu comportamento na outra noite? Ela não fazia ideia.

O escritório de Brough era espaçoso e bem mobiliado, como cabe a um policial do alto escalão. Ele sentou-se atrás de sua escrivaninha e, mal-humorado, gesticulou para que ela também se sentasse. Annie sentou-se diante dele em uma cadeira dura. Seu coração estava aos saltos. Ela podia argumentar que estava bêbada, mas aquilo pegaria tão bem quanto o fato de ela ter dormido com uma cobra como Eric.

— O que tem a dizer em seu favor? — perguntou Brough, o que não ajudou muito.

— Sobre o quê? — perguntou Annie.

— Você sabe muito bem. O assassinato de Lucy Payne. A imprensa está pegando no meu pé e não tenho absolutamente nada a dizer para eles. Já faz uma semana, e, pelo que vejo, só temos esperado o tempo passar.

Estranhamente, Annie sentiu-se aliviada ao ver que o assunto era o caso e não Eric. Ele não entrara em contato desde que ela o visitara na sexta-feira, e isso, pensou, era um bom sinal. Talvez ele tivesse entendido a mensagem, que fora tão sutil quanto um golpe na cabeça com um martelo.

Aquele era um assunto profissional do qual ela podia cuidar.

— Com todo respeito, senhor — disse ela —, fizemos tudo o que pudemos para encontrar aquela mulher misteriosa, mas ela parece ter desaparecido. Interrogamos todo mundo em Mapston Hall duas vezes, tanto funcionários quanto pacientes, mas ninguém parece capaz de nos dar qualquer pista ou informação até agora. Ninguém sabe nada sobre Karen Drew. A maioria das pessoas daquele lugar não tem o que se pode chamar de uma vida social.

Brough resmungou.

— Alguém está mentindo?

— Talvez, senhor. Mas todos os funcionários têm álibis para a hora do assassinato. Se alguém de lá *está* envolvido, foi por passar a informação de que Karen Drew era Lucy Payne, não pelo homicídio. Acredite, senhor, estamos trabalhando nisso.

— Por que está demorando tanto?

— Essas coisas demandam tempo, senhor. Verificações de antecedentes. Levantamento de informações. Ginger e o sargento-detetive Naylor são bons policiais, mas isso demora, porque há desdobramentos e mais desdobramentos.

— Ouvi dizer que você tem escapado pela tangente com um caso antigo e que foi a Leeds e Eastvale para falar com um ex-namorado. Não administro um serviço de encontro de casais, inspetora-detetive Cabbot. É bom se lembrar disso.

— Não gostei da insinuação — disse Annie. Respeitava a autoridade até certo ponto, então a anarquia e a rebeldia de seu pai vinham à tona. Danem-se as consequências. — E você não tem o direito de falar assim comigo — continuou.

Brough pareceu surpreso com o rompante, mas aquilo o conteve. Ajeitou a gravata e seu rosto deixou de ficar vermelho.

— Você não sabe a pressão que estou sofrendo para obter um resultado neste caso — justificou-se.

— Então sugiro que incentive sua equipe e a apoie, em vez de recorrer a insultos pessoais, senhor.

Brough ficou sem graça. Confuso, gaguejou, depois perguntou a Annie exatamente onde ela pretendia chegar com o foco em Kirsten Farrow.

— Ainda não tenho certeza se chegarei a algum lugar — disse Annie —, mas está começando a parecer que o mesmo assassino, seja lá quem for, voltou a matar.

— O detetive de Eastvale, sim. Templeton. Coisa feia.

— Sim, senhor. Eu conhecia Kev Templeton. — disse Annie, evitando dizer se era ou não amiga dele, mas apelando para as reservas de solidariedade e simpatia policial que Brough pudesse vir a ter. — Na minha opinião, ele foi morto pela mesma pessoa que matou Lucy Payne. Não temos muitos homicídios por aqui, para começo de conversa, a distância não é grande, e quantos desses homicídios foram cometidos por uma mulher misteriosa usando uma navalha ou coisa parecida para cortar a garganta de suas vítimas?

— Mas Templeton não é nosso caso, droga.

— Será, se for o mesmo assassino, senhor. Realmente acredita que há duas mulheres por aí cortando a garganta das pessoas... pessoas que ela *acredita* que sejam assassinos perigosos?

— Dito assim, parece...

— E acha tão difícil crer que esses homicídios possam estar relacionados com um caso não resolvido no qual uma mulher também pode ter matado dois homens, um dos quais um assassino em série e outro que ela pode ter confundido com ele?

— Pode ter. Você disse "pode ter". Li os arquivos, inspetora-detetive Cabbot. Não há qualquer prova de que Greg Eastcote tenha sido assassinado, seja por uma mulher ou por qualquer outra pessoa. Ele pode ter forjado o seu desaparecimento porque achou que a polícia estava chegando muito perto. Na verdade, esta é a explicação mais lógica.

— Pode ter — concordou Annie. — Mas a polícia *não estava* chegando perto. Uma mulher foi vista com Jack Grimley e com o rapaz australiano, Keith McLaren, e esta, convenientemente, também desapareceu.

— Mas isso foi há 18 anos, pelo amor de Deus. Você não pode nem provar que a tal Kirsten, ou seja lá quem for, sabia que Eastcote a tinha atacado. É absurdo.

— Não mais do que a maioria dos casos quando não temos todas as peças do quebra-cabeça, senhor. Também estou tentando localizar o psiquiatra de Kirsten. Ela fez um tratamento de hipnose em Bath em 1988, e isso pode tê-la ajudado a recuperar ao menos parte de sua lembrança do agressor.

Brough resmungou. Não se impressionou com a ideia da hipnoterapia, pensou Annie.

— O *modus operandi* é completamente diferente — prosseguiu ele. — O agressor usou uma pedra em Keith McLaren e algum tipo de lâmina afiada em Lucy Payne.

— Os métodos podem mudar. E se ela só mata assassinos ou pessoas com as quais os confunde, talvez não tenha topado com nenhum nos últimos 18 anos. Talvez tenha estado no exterior.

— São apenas especulações.

— Se não especularmos, senhor, não vamos a lugar nenhum.

— Mas preciso de algo para dizer à imprensa. Algo real. Algo substancial.

— Desde quando a imprensa se importa com realismo ou substância?

— Inspetora-detetive Cabbot!

— Desculpe, senhor. Por que não diz para eles que estamos seguindo uma nova pista, mas que não pode dizer mais nada no momento? Eles vão entender.

— Qual nova pista?

— Kirsten Farrow. Vamos entrevistar todo mundo que esteve ligado a Karen/Lucy até encontrarmos uma ligação com o assassino.

— Que você acredita ser Kirsten Farrow?

— Sim — disse Annie. — Mas não precisa dizer isso. Mesmo que eu esteja errada, estamos na direção certa. Não estou usando antolhos, senhor. *Alguém* sabia que Karen era Lucy, e este alguém ou é o assassino ou é a pessoa que contou isso para o assassino. E estou tentando encontrar provas de que Kirsten matou Lucy Payne. Com alguma sorte, eu as terei até o fim do dia.

— Muito bem — disse Brough. — Esse é o tipo de coisa que eu queria ouvir. E entendo o seu ponto de vista. Começa a fazer sentido quando você se livra de toda aquela baboseira de 1989. Apenas tenha cuidado onde pisa. Lembre-se, são profissionais liberais, você sabe, médicos e afins.

— Ah, não se preocupe, senhor, não comerei nenhum deles — disse Annie. — Posso ir?

Ele moveu a cabeça bruscamente.

— Vá em frente. Ao trabalho. E apresse-se. Quanto à prova, não se esqueça de que espero algum resultado positivo antes do fim do dia.

— Sim, senhor — disse Annie, saindo do escritório com os dedos cruzados.

Apesar de muito cansado, Banks não dormira nada ao voltar da delegacia para casa, bem depois da meia-noite de segunda-feira. Não estavam nem perto de encontrarem o assassino de Templeton ou de Hayley Daniels, e parte do programa do dia seria começar uma completa recapitulação de ambos os casos.

No caso do assassinato de Hayley Daniels, tudo sugeria um estuprador amedrontado, alguém que a vítima conhecia, que estrangulara Hayley para evitar ser identificado e pego, alguém que possivelmente estava envergonhado do que fizera e deixara o corpo em uma pose que mais sugeria sono do que uma pessoa morta. Em um interrogatório posterior, Joseph Randall finalmente admitira ter tocado Hayley e se masturbado na cena, mas insistia em não ter mudado a posição do corpo, e Banks acreditava nele. Àquela altura, Randall não tinha razão para mentir.

O assassinato de Templeton, eficiente e prático como fora, parecia ter sido um erro de alguém que, na escuridão do Maze, achou estar protegendo Chelsea Pilton e livrando o mundo de um assassino em potencial.

Quando perguntou a si mesmo quem poderia pensar assim, e por que, Banks voltou a Kirsten Farrow. E ninguém sabia o que aconteceira com ela. A única coisa que levantava alguma dúvida em Banks a respeito dela era o fato de os primeiros assassinatos, de 1989, envolverem alguém que ferira Kirsten diretamente, que a mutilara. Mas ela *não* tinha sido vítima de Lucy e Terence Payne, o que significava que ela ampliara os seus parâmetros.

Ou, pensou Banks com uma pontada de empolgação, talvez ela tivesse *alguma* ligação com os Payne. Que ligação seria essa, ele não fazia a menor ideia. Mas era uma hipótese que merecia ser investigada, algo que ele precisava contar para Annie, se é que ela já não pensara naquilo. Annie estava certa na véspera ao dizer que era bom estarem trabalhando juntos outra vez. Era mesmo. Problemas pessoais à parte, ele não fazia ideia do quanto sentiria falta dela após sua transferência para a área leste.

A primeira coisa em sua agenda seria dar outra olhada nas gravações das câmeras de segurança de ambos os casos. Hayley Daniels primeiro. Assim que a equipe se reunisse — Banks, Winsome, Hatchley, Wilson e a absurda ausência de Templeton e de seus comentários bizarros —, começariam a assistir às fitas.

Lá estava outra vez, a cena familiar da praça do mercado na hora do fechamento, jovens vomitando, discutindo e cantando abraçados uns aos outros. Então, o grupo saindo do Fountain e se reunindo rapidamente enquanto Hayley explicava que ia entrar na Taylor's Yard para urinar e então...? Bem, ela não disse para eles para onde iria depois. Para a casa de Malcolm Austin, talvez?

Mas por que desejaria ir até lá? Ela tinha 19 anos, estava bêbada como um gambá e saíra com os amigos para passar a noite na cidade. Por que desejaria visitar um amante sóbrio e idoso, que provavelmente estava vestindo pantufas, bebendo xerez e assistindo a filmes que foram feitos muito antes de ela nascer? Bem, o amor é cego, como dizem. Às vezes, porém, Banks achava que também devia ser bêbado. Mas não importava. Onde quer que Hayley pretendesse ir, ela não chegou. Alguém a interceptou e, a não ser que fosse alguém esperando passar *alguma* jovem, como Templeton acreditava ser o caso, então esse alguém deveria saber que ela estaria lá, o que ela decidiu só no último minuto.

Banks voltou a olhar para as pessoas ao redor da vítima. Reconheceu Stuart Kinsey, Zack Lane e alguns outros. Seus nomes estavam todos no arquivo. Seus álibis haviam sido verificados diversas vezes, seus depoimentos, anotados. Todos podiam ser entrevistados outra vez. Alguém tinha de saber alguma coisa. Quem sabe alguém estivesse encobrindo um amigo que *talvez* tivesse feito aquilo?

O carro do casal que comemorava o aniversário de casamento passou, e outra vez lá estava aquela faixa de luz brilhante e incômoda, como as que vemos em cópias restauradas de antigos filmes em preto e branco. Banks fez uma anotação para se lembrar de pedir aos técnicos que consertassem aquilo, embora talvez não desse em nada. Então Hayley cambaleou Taylor's Yard adentro, e o resto do grupo se encaminhou para o Bar None.

Banks sabia que Stuart Kinsey saíra pelos fundos quase imediatamente para espionar Hayley, mas e quanto aos outros? Disseram ter ficado no Bar None até quase as 2 horas, e diversos funcionários, clientes e porteiros disseram tê-los visto neste período. Mas não demora muito para alguém escapulir, e se você fosse esperto o bastante, podia deixar a porta dos fundos encostada, sair e voltar sem que ninguém percebesse. Mas por que Hayley se demoraria no Maze ao terminar de urinar? Ela não tinha motivo para isso, a não ser que fosse se encontrar com alguém. E por que faria isso, se tinha Malcolm Austin esperando por ela? A não ser que houvesse outra pessoa...

Não fazia sentido. O assassino tinha de ser alguém que sabia que Hayley ia entrar no Maze, o que significava que, seja lá quem fosse, tinha de agir rápido. Quanto tempo demora para uma mulher descer um beco e se aliviar no escuro? Ela estava bêbada, o que definitivamente a faria demorar mais. E estava enjoada também. Por outro lado, tinha pouca roupa para estorvá-la. Podia pedir a uma policial para simular a cena e contar o tempo. Isso seria tão simples quanto pedir a todas as mulheres ligadas ao assassinato de Lucy Payne para mostrarem os seios. Às vezes, o caminho mais fácil e óbvio é o único que você *não pode* seguir.

Banks calculou cerca de cinco minutos para ela entrar e sair... e achou que era uma estimativa bem generosa. Aquilo dava ao assassino de três a quatro minutos para seguir Hayley e agarrá-la antes de ela terminar. Stuart Kinsey foi até lá uns três ou quatro minutos depois que ela entrou, portanto, era improvável que alguém mais no Bar None pudesse ter saído pelo mesmo caminho ao mesmo tempo. Teriam se encontrado. E Stuart Kinsey ouvira ao menos parte do ataque a Hayley, e disse não ter visto ninguém mais no Maze.

As fitas se sucediam, Jamie Murdoch indo embora com a sua bicicleta às 2h30, alguns frequentadores do Bar None se empurrando e, depois, nada mais. O detetive Doug Wilson desligou o aparelho, ligou as luzes, e todos se espreguiçaram. Mais de três horas haviam se passado, e nada. Era hora de mandar a equipe para a rua para começar a falar com as pessoas outra vez, e Banks tinha um compromisso que não queria cumprir.

Banks inclinou-se num muro do lado de fora do Hospital Geral de Eastvale, sentindo-se nauseado, e inspirou lenta e profundamente algumas vezes. A Dra. Wallace fizera a autópsia em Kevin Templeton com a rapidez e a eficiência habituais, mas aquilo era algo difícil de se olhar. Não houvera deboches, nenhum humor negro — na verdade, mal se pronunciara uma palavra —, e ela parecera trabalhar com concentração e frieza ainda maiores.

E nada de novo resultara de seus esforços.

A causa da morte fora a garganta cortada, e o tempo, estimado pela testemunha ocular Chelsea Pilton. Fora o fato de estar morto, Templeton gozava de boa saúde. A autópsia também nada revelou à Dra. Wallace sobre a arma, embora ela tendesse a pensar que uma navalha fora usada, provavelmente em um golpe da direita para a esquerda ao longo da garganta de Templeton, cortando a carótida, a jugular e a traqueia. Fora rápido, como o Dr. Burns observara na cena do crime, mas durara o bastante para Templeton saber o que estava acontecendo com ele enquanto lutava para respirar e sentia-se enfraquecer pela perda de sangue e oxigênio. O consolo era que ele não sentira muita dor. Ao pensar nisso, porém, Banks concluiu que apenas Templeton poderia saber com certeza.

Banks parou nos degraus da enfermaria, encostado junto à porta, com o frio vento de março soprando contra si e, quando se recuperou, decidiu ir até a universidade em Eastvale para falar outra vez com Stuart Kinsey. No caminho, criou coragem para ligar para Sophia e perguntar se ela gostaria de tomar um drinque depois. Ela aceitou.

Procurou Kinsey no salão de café. Encontrou-o em um canto escuro e tranquilo. Banks comprou dois *lattes* e alguns KitKats no balcão e sentou-se.

— O que foi agora? — perguntou Stuart. — Achei que você tivesse acreditado em mim.

— E acredito — disse Banks. — Pelo menos, acredito que você não matou Hayley Daniels.

— Então, o que é?

— Apenas mais algumas perguntas.

— Tenho aula às 15 horas.

— Está tudo bem. Terei terminado muito antes disso, se começarmos agora.

— Tudo bem — disse Stuart, pegando um cigarro. — O que quer saber?

— É sobre a noite em que você seguiu Hayley no Maze.

— Eu não a segui.

— Mas foi espioná-la. Você sabia que ela estava lá.

A fumaça soprou na direção de Banks, e pela primeira vez em muito tempo aquilo não o incomodou. Na verdade, fez com que tivesse vontade de fumar. Devia ser por causa do estresse de ter visto Templeton aberto sobre a mesa. Lutou contra a vontade, que acabou diminuindo.

— Eu não estava espionando! — disse Stuart, olhando ao redor para se certificar de que ninguém estava ouvindo. — Não sou um pervertido. Eu já disse, queria ver aonde ela ia.

— Achou que ela ia se encontrar com alguém?

— Ali não. Seja lá o que eu pensasse de Hayley, não achava que fosse do tipo que gostasse de trepar bêbada em um beco escuro. Não, ela foi até lá para urinar, é isso. Achei que ela ia se encontrar com alguém depois, em algum outro lugar.

Banks tirou o papel alumínio de seu KitKat.

— Hayley deu alguma indicação, naquela noite ou antes, de que havia alguém a incomodando?

— Não. Não que eu me lembre. Por quê?

— Ela não estava preocupada com coisa alguma?

— Você já me perguntou isso antes. Ou foi a outra policial?

— Bem, estou perguntando outra vez.

— Não. Nada. Hayley era uma pessoa muito feliz. Quero dizer, eu nunca a vi deprimida.

— Estava com raiva?

— Ela era um tanto temperamental. Tinha uma boca muito suja. Mas era raro alguém conseguir tirá-la do sério.

— Ela estava furiosa no Fountain, certo? E descontou em Jamie Murdoch.

— É, um pouco. Quero dizer, ele era o único ali além de nós. Ela o xingou de alguns nomes. Brocha, babaca, coisas assim. Ela estava bem alterada.

— Como ele reagiu?

— Como *você* reagiria? Ele não ficou muito satisfeito.

— Ele me disse que não foi nada demais.

— Bem, o que esperava que dissesse? Ele não queria que você achasse que ele tinha um motivo para machucar Hayley.

— E tinha? Ele ficou assim furioso?

— Não sei. Ficou foi mais envergonhado. Ele nos pôs para fora logo depois daquilo.

— Eles tinham alguma proximidade, Hayley e Jamie?

— De modo algum! Jamie é um derrotado. Abandonou a faculdade. Quer dizer, olhe para ele, enfiado naquele pub horroroso noite após noite, a metade do tempo sozinho enquanto o dono pega sol na Flórida.

— Havia alguém em algum dos pubs naquela noite, especialmente no Fountain, que prestou bastante atenção em Hayley, fora o dono da loja de couro?

— Sim, os homens olhavam para ela. Mas nada anormal, que eu me lembre. De qualquer modo, nada que já não tivéssemos visto. E, como eu disse, fomos os últimos a sair do Fountain. Ninguém nos seguiu.

— Muito bem, Stuart, voltemos ao Maze.

Stuart se remexeu na cadeira.

— Precisamos?

— É importante. — Banks apontou para o segundo KitKat sobre a mesa. — Quer?

Stuart balançou a cabeça. Banks pegou o doce e começou a comer. Esquecera quão faminto estava.

— Não me sinto bem a esse respeito — disse Stuart. — Desde que nos falamos pela última vez, andei pensando; *sei* que ouvi a coisa acontecer. Sei que poderia ter interrompido aquilo caso tivesse feito alguma coisa. Fazer um bocado de barulho, bater com a tampa de uma lata de lixo na parede. Eu não sei. Em vez disso, recuei. Fiquei com medo e fugi. Por causa disso, Hayley morreu.

— Você não tinha como saber — disse Banks. — Pare de se torturar com isso. Estou interessado no que você ouviu.

— Já lhe disse.

— Sim, mas também disse que ouviu uma música, um trecho de uma canção, como se viesse de um carro em movimento. Rap, segundo falou. Era familiar, mas na ocasião não conseguia se lembrar qual era. Tem alguma ideia agora?

— Ah, sim, aquilo. Acho que sim... Sabe, desde que conversamos, aquilo se repete na minha cabeça, a coisa toda, e acho que era o The Streets, "Fit But You Know It".

— Conheço — disse Banks. — Tem certeza?

Se Stuart se surpreendeu com o fato de Banks conhecer a canção, não demonstrou.

— Sim — disse ele. — Tenho o CD. Mas não o ouço faz algum tempo.

— E você certamente ouviu a canção quase na mesma hora que ouviu os outros sons, não é?

— Sim. Por quê? É importante?

— Talvez — disse Banks, que olhou para o relógio e levantou-se. — Você vai se atrasar para a sua aula. Obrigado por seu tempo.

— Isso é tudo?

— Sim.

Banks terminou o *latte*, amassou os papéis dos KitKats, jogou-os no cinzeiro e se foi, achando ter uma boa ideia de por que Stuart Kinsey e Kevin Templeton ouviram a mesma música em noites diferentes.

Pouco depois de escurecer, Annie estava vagando pelo cais de St. Ann's ao longo do estuário, atravessando a curta ponte que liga o leste ao oeste e passando diante do quadro-negro com a tabela das marés. As luzes vermelhas e amarelas do porto tremulavam sobre os estreitos canais da maré vazante e emanavam um brilho nebuloso em meio à suave névoa noturna. Havia barcos de pesca inclinados em ângulos abruptos sobre a areia, seus mastros voltados em direção à luz que se esvaía, velas farfalhando ao capricho da brisa amena. Uma lua fantasmagórica acabara de se erguer do horizonte marinho. O ar cheirava a sal e a peixes podres. Fazia frio, e Annie estava feliz por usar um casaco de lã e uma pashmina ao redor do pescoço.

Caminhou ao longo da cerca, com as lojas do outro lado já fechadas, um brilho emanando dos pubs e de um ou dois cafés que ainda serviam peixe e fritas. O cheiro de vinagre e óleo de fritura misturava-se aos aromas do porto. Um grupo de góticos vestidos de preto, os rostos pálidos, fumava e conversava junto aos depósitos, perto da atração Dracula Experience. Embora ainda faltasse muito tempo para a temporada de férias, já havia grupos de turistas caminhando de mãos dadas; alguns pais tentavam controlar os filhos desobedientes. A galeria estava lotada, percebeu Annie. Quase sentiu vontade de entrar e gastar algumas moedas nos caça-níqueis. Mas resistiu à tentação.

Estava empolgada porque Les Ferris telefonara no fim da tarde e dissera-lhe que o perito em cabelos e fibras, Famke Larsen, comparara uma amostra de 18 anos atrás de Kirsten Farrow com um cabelo recolhido do cobertor de Lucy Payne na semana anterior e que dera positivo. Então *era* ela. De volta à ação. A especulação de Annie se confirmara, e ela podia voltar a confiar em seu instinto de policial. Aquilo dava o enfoque de que precisava, acalmando o superintendente Brough durante algum tempo.

De acordo com Famke, as semelhanças de cor, diâmetro, padrão de medula e intensidade dos grãos de pigmento eram enormes, mas não o bastante para serem apresentadas como provas no tribunal. Annie não se importou. Talvez porque esperasse por isso. Les Ferris lembrou-a que cabelos eram evidências de *classe* — que não era possível associar um fio de cabelo a uma única pessoa. Mas, para ela, a identificação positiva era suficiente. Ambas as amostras eram finas, caucasianas, com pigmentação igualmente distribuída e um corte transversal ligeiramente ovalado.

Um bônus inesperado foi que o cabelo encontrado no cobertor de Lucy Payne não fora cortado. Estava inteiro, com a raiz. O único empecilho, como Famke explicara para Liam e Les, estava no chamado estágio telogênico. Em outras palavras, o fio não fora arrancado, mas caíra sozinho. Isso significava que não havia células saudáveis na raiz e nem matéria agregada. O melhor que podiam esperar, concluiu Les, era DNA mitocondrial, material que vem do lado de fora do núcleo das células, da mãe. Ainda assim, isso poderia ajudá-los a traçar o perfil genético de Kirsten Farrow, a assassina de Lucy Payne.

A maré estava baixa, e Annie desceu a escada até a praia. Não havia ninguém mais por perto, talvez por causa do frio de fim de março. Enquanto caminhava, pensou em Jack Grimley. Teria morrido na queda? A praia não tinha muitas pedras. Annie olhou para o penhasco atrás dela. Devia ter morrido. Mas se ficara caído algum tempo na areia, não era provável que alguém o tivesse visto? E se Kirsten o tivesse atraído até lá e o matado por acreditar que ele era o seu agressor? Havia algumas pequenas cavernas ao pé do penhasco. Annie entrou em uma delas. A escuridão era total e o lugar cheirava a algas e a água parada. Não era muito funda, pelo que viu, mas podia ocultar um corpo atrás de uma pedra, ainda mais à noite, até a maré subir e levá-lo para o alto-mar.

Ela saiu da praia pela escada que levava à Pier Road e foi até a estátua de Cook. Por um instante, sentou-se em um banco e pensou: foi aqui que Keith e Kirsten se sentaram, onde ele a beijou e não foi correspondido. Estaria tão preocupada com vingança que ultrapassara os limites do humano? Uma mulher também fora vista ali perto com Jack Grimley, e, embora ela não tivesse sido identificada como Kirsten, Annie estava certa de que era ela. Sobre o que eles haviam falado? Teria ela atraído o sujeito até a praia com promessas de sexo e o matado? Teria sido também assim que ela atraíra Keith McLaren ao bosque?

Não muito longe dali, Annie percebeu luzes e uma placa de pub. Ao se aproximar, viu que era o Lucky Fisherman. Curiosa, foi até lá e entrou. A porta à sua esquerda abria-se para um bar público, pequeno e fumarento, onde homens conversavam, alguns deles fumando cachimbos. Uma pequena TV sobre a porta transmitia um jogo de futebol, mas ninguém estava prestando muita atenção. Quando Annie entrou, todos olharam para ela, ficaram em silêncio um instante e voltaram a conversar. Havia apenas algumas mesas, uma delas ocupada por uma velha e seu cão, e Annie voltou a sair e entrou pela porta à direita. Ali era o salão, um pouco maior, embora com menos gente. Dois jovens colocavam moedas nos caça-níqueis e quatro pessoas jogavam dardos. Estava quente. Annie tirou o casaco e pediu uma caneca de cerveja, levando-a para uma mesa em um canto. Ninguém prestou atenção nela.

Então foi ali que Keith se encontrara com Kirsten naquela noite, lugar onde ela também vira Jack Grimley e, por algum motivo, acreditara ser ele o homem que a atacara. Ao que Keith se lembrasse, ela não se aproximara do sujeito. Portanto, ela devia ter voltado ali outra noite e, talvez, esperado por ele do lado de fora. Não é difícil levar um homem para onde você quer, quando se é jovem e bonita. Ele também vai querer ir.

Annie ficou ali sentada, bebendo cerveja e pensando no passado enquanto folheava a última edição da revista *Hello!* que comprara mais cedo e deixara na bolsa. Após alguns instantes, sentiu alguém perto dela. Lentamente, ergueu a cabeça e viu um homem de ombros largos com a cabeça raspada e um bigode em forma de guidão de bicicleta, provavelmente com 50 e poucos anos.

— Posso ajudá-lo? — perguntou ela.

— Você é a nova policial?

— Sou a inspetora-detetive Cabbot, sim. Por quê?

— Acho que vi a sua foto no jornal esta manhã. Então, está atrás da pessoa que matou aquela mulher na cadeira de rodas, não é mesmo?

— É um de meus trabalhos, sim. — Annie baixou a revista. — Por quê? Sabe de algo que possa ajudar?

Ele a olhou com uma expressão de dúvida, e ela percebeu que ele estava perguntando se poderia sentar-se um instante. Ela meneou a cabeça.

— Não — disse ele. — Não sei de nada. E, pelo que ouvi dizer, acho que ela teve o que merecia. Mas é um modo terrível de morrer, em uma cadeira de rodas e tudo o mais, sem poder se defender. Diria que foi trabalho de um covarde.

— Talvez — disse Annie, tomando um gole de cerveja.

— Mas queria perguntar outra coisa. Ouvi um rumor de que a polícia estava fazendo perguntas sobre um crime antigo, algo que envolve um velho amigo meu.

— Ah, é? — exclamou Annie. — Quem seria?

— Jack Grimley.

— Você conheceu Jack Grimley?

— Melhor amigo. Bem, estou certo?

— Não sei onde obteve a informação — disse Annie —, mas estamos interessados no caso.

— Mais do que os policiais na época.

— Eu não estava aqui, então.

Ele a olhou, divertido.

— É, dá para notar.

Annie riu.

— Senhor...

— Kilbride.

— Sr. Kilbride, embora adorasse ficar aqui conversando com você, devo voltar ao trabalho. Quer me dizer alguma coisa?

Ele coçou a barba sob o lábio.

— O que aconteceu com Jack. Aquilo nunca me soou bem.

— A polícia falou com você na época?

— Ah, sim. Falaram com todos os amigos dele. Posso lhe oferecer outra bebida?

Annie tinha um terço da caneca ainda cheio. Não beberia mais.

— Não, obrigada — disse ela. — Vou ficar só nessa.

— Como quiser.

— Você estava falando sobre Jack Grimley.

— Fui eu quem o viu com a mulher, junto à cerca, perto da estátua do capitão Cook.

— Tem certeza de que era uma mulher?

— Ah, sim. Eu sabia a diferença. — Ele sorriu. — Ainda sei. Podia ser muito magra, mas era uma mulher, com certeza. Nosso Jack era um sortudo. Não sou como ele.

— O que quer dizer?

— Jack era um sujeito sério no que dizia respeito às mulheres. Não podia ver uma que o agradasse que se apaixonava. Costumávamos debochar dele com alguma crueldade, e ele ficava vermelho como uma beterraba.

— Mas ele nunca mencionou aquela mulher?

— Não. Não para mim. Para nenhum de nós. Mas era algo que teria feito.

— Mas ela era nova por aqui. Ele tinha acabado de encontrá-la. Estavam se conhecendo.

— Ah, ela era nova, com certeza. Mas já tinha passado por aqui alguns dias antes, com um rapaz. Eu a reconheci. Nem tanto pelo rosto, mas pelo modo como andava. E lá estava ela, de volta outra vez, com Jack.

— Mas ela não entrou no pub da segunda vez?

— Não. Deve ter esperado do lado de fora.

— E você tem certeza de que ele nunca falou sobre uma nova namorada, alguém que conhecera e com quem conversara?

— Não.

— Você voltou a vê-la?

— Não. Nem o Jack.

— Lamento por seu amigo — disse Annie.

— É. A polícia disse que ele deve ter caído do penhasco, mas Jack era muito cuidadoso para deixar que isso acontecesse. Ele cresceu aqui, conhecia o lugar como a palma da mão.

— Acabei de vir da praia — disse Annie. — Acha que uma queda o mataria? Não há muitas pedras lá embaixo.

— É uma queda e tanto — disse Kilbride. — Mas teve gente que escapou com uma ou duas pernas quebradas.

— Uma versão diz que ele poderia ter pulado.

— Isso é ainda mais ridículo. Jack tinha muito pelo que viver. Era um sujeito simples, que gostava das coisas simples da vida. Acreditava em um trabalho bem feito. Seria um bom pai e um bom marido algum dia, caso tivesse tido chance. — Ele balançou a cabeça. — Não, não há como Jack ter se matado.

— Então, o que acha que aconteceu?

— Ela o matou, pura e simplesmente.

— Por quê?

— Vocês nunca nos dizem o que estão pensando, então como posso saber? Talvez ela não precisasse de um motivo. Talvez fosse uma assassina em série. Mas ela o matou com certeza. Jack iria a qualquer lugar com uma mulher jovem e bonita. Um brinquedo em suas mãos. O bobalhão provavelmente estava apaixonado quando foi morto. — Ele se levantou. — De qualquer modo, não queria aborrecê-la, querida. Apenas a reconheci e achei que se estivesse investigando o que aconteceu com Jack Grimley, seja lá pelo motivo que for, você poderia acreditar em mim: alguém o matou.

Annie terminou a cerveja.

— Obrigada, Sr. Kilbride — disse ela. — Vou me lembrar disso.

— E, minha jovem...

— Sim — disse Annie, muito mais impressionada com aquela gentileza do que com todos os elogios de Eric.

— Você parece ser do tipo determinado. Quando descobrir, poderia nos dizer? Estou aqui quase toda noite.

— Sim — disse ela, apertando-lhe a mão. — Sim, prometo que farei isso.

Ao voltar para seu quarto, Annie fez uma anotação para se lembrar de contar a Kilbride e a Keith McLaren o resultado da investigação.

Sophia já estava lá quando Banks chegou à nova adega em Market Street, lugar combinado para se encontrarem. Ele pediu desculpas por estar cinco minutos atrasado e sentou-se diante dela. Era mais tranquilo e muito menos enfumaçado que os pubs, um ambiente muito mais íntimo, de mesas brilhantes com tampo preto e vela flutuando entre pétalas de flores, tamboretes cromados, espelhos, gravuras espanholas coloridas e decoração contemporânea. O lugar abrira havia menos de um mês, e Banks não o conhecia. Fora sugestão de Sophia. Quando ela estivera ali antes, ou com quem, ele não fazia ideia. A música que tocava era um jazz suave, e Banks reconheceu Madeleine Peyroux cantando "You're Gonna Make Me Lonesome When You Go", de Dylan. Era um sentimento que poderiam compartilhar, porque Sophia voltaria para Londres no dia seguinte e Banks não sabia quando, ou se, voltaria a vê-la.

— Dia atribulado? — perguntou Sophia quando ele se sentou.

— Já tive melhores — disse Banks, massageando as têmporas e pensando na autópsia de Templeton e na conversa que tivera com os pais de Kev. — E você?

— Uma longa corrida pela manhã e um pouco de trabalho à tarde.

— Trabalho de verdade?

— Sim. Tenho de produzir uma série de cinco capítulos sobre a história do Booker Prize, que ocorrerá em breve, e devo ler todos os vencedores. Bem, a maioria deles, de qualquer forma. Quer dizer, quem se lembra de Percy Howard Newby ou James Gordon Farrell? — Levou a mão à boca e bocejou. — Você quer comer?

— Eles têm hambúrgueres e batatas fritas?

Sophia riu.

— Vejo que é um homem de refinamento culinário. Não, não têm, mas podemos conseguir queijo brie com alho e uma baguete se eu pedir com jeitinho. O dono é um antigo amigo de meu pai.

— Que seja, então — disse Banks. — Alguma chance de conseguirmos algo para beber?

— Ora, ora, como você é impaciente. Você, *certamente*, deve ter tido um dia ruim. — Sophia chamou o garçom e pediu um Rioja para Banks. Quando chegou, ela ergueu a taça para brindar. — Por grandes ideias no meio da noite — disse ela.

Banks sorriu e ambos brindaram.

— Trouxe um presente — disse Sophia, dando-lhe um pacote.

— Ah?

— Pode abrir.

Banks rasgou o papel de embrulho e viu um CD, *Burning Dorothy*, de Thea Gilmore.

— Obrigado — disse ele. — Eu ia comprar mesmo.

— Bem, agora não precisa mais.

Ele sentiu que relaxava, os estresses do dia se dissipando, as terríveis imagens e todo o sofrimento humano afastando-se. A adega fora uma boa escolha, tinha de admitir. Estava cheia de casais discretos conversando baixinho, e a música continuava no mesmo estilo. Sophia falou sobre o seu trabalho e Banks esqueceu o seu. Falaram um pouco de política, descobriram que ambos odiavam Bush, Blair e a Guerra do Iraque, então passaram a falar da Grécia, que Banks adorava e que Sophia conhecia bem. Ambos achavam que Delfos era o lugar mais mágico do mundo.

O brie com alho veio e acabou. Quase no fim da segunda taça de vinho, não havia mais ninguém ao redor, exceto os funcionários do lugar. A conversa variou entre música, filmes, vinhos e família. Sophia adorava coisas dos anos 1960 e seus imitadores contemporâneos, gostava de filmes de Kurosawa, Bergman e Truffaut, bebia Amarone sempre que podia e tinha uma família grande e muito unida. Ela adorava o emprego que tinha, porque lhe dava um bocado de tempo livre caso fizesse as coisas direito. Gostava de passá-lo na Grécia, com a família materna.

Banks contentou-se em beber vinho, ouvir a voz de Sophia e observar as expressões passando por seu rosto e por trás de seus olhos escuros. Excitação em um momento, pontada de tristeza logo a seguir. Às vezes ele olhava para a boca de Sophia e lembrava-se do beijo, da sensação dos lábios dela, embora nenhum dos dois tenha falado sobre isso durante a noite. Também percebeu os seus ombros nus e o suave volume na frente de sua blusa, excitado sem nem mesmo pensar a respeito. Tudo lhe parecia tão natural que não conseguia acreditar que conhecia aquela mulher havia apenas três dias. *Conhecer* era um tremendo exagero. Ele ainda não sabia praticamente nada sobre ela.

A noite estava acabando, e o vinho também. Corinne Bailey Rae, a garota do Leeds, cantava "Till It Happens to You". Sophia insistiu em pagar e desapareceu durante alguns instantes no banheiro feminino. Banks olhou para a cena espanhola emoldurada na parede e deixou a música tomar conta de sua mente. Sophia voltou e sentou com os braços apoiados sobre a mesa. Banks segurou-lhe a mão. A pele dela era quente e macia. Sentiu que ela retribuía o toque, apertando levemente a sua mão.

Ficaram ali sentados em silêncio durante algum tempo, apenas olhando um para o outro.

— Venha comigo — disse Banks, por fim.

Sophia não disse nada, mas seus olhos falaram por ela. Levantaram-se ao mesmo tempo e se foram.

CAPÍTULO 16

— Parece animado, inspetor-chefe-detetive Banks — disse a superintendente Gervaise quando Banks bateu à porta e entrou em seu escritório no fim da manhã daquela terça-feira. — O que foi? Descobriu algo importante?

— Posso dizer que sim — respondeu Banks.

— Feche a porta — disse Gervaise.

— Quero lhe mostrar algo primeiro. Venha comigo.

Gervaise estreitou os olhos.

— É bom que seja mesmo importante. Estava começando a trabalhar nas estatísticas de crimes do mês passado.

— Recebi uma ligação do suporte técnico mais cedo esta manhã — disse Banks, enquanto desciam até o auditório no térreo.

— Eu havia perguntado se eles podiam reparar algumas fitas de segurança para mim.

— As do caso Hayley Daniels?

— Sim. — Banks abriu a porta para ela.

A sala estava na penumbra, e Don Munro, do suporte técnico, já esperava por eles. Gervaise sentou-se e ajeitou a saia.

— Sou toda ouvidos — disse ela. — Rode a fita.

— Isso aqui não roda, senhora — explicou Munro. — Mas acho que...

— Ora, apenas ligue esse negócio — disse Gervaise.

Munro mexeu na máquina, e as imagens de Hayley e seus amigos deixando o Fountain e se reunindo na praça do mercado apareceram na tela.

— Aí está — disse Banks, apontando para a faixa de luz tremeluzente.

— Sim? — perguntou Gervaise.

— Bem, senhora — disse Munro — o inspetor-chefe-detetive Banks perguntou se podíamos eliminar este brilho aqui.

— Entendo o que quer dizer — disse Gervaise. — Isso me faz lembrar a última vez em que assisti a *Casablanca*.

Munro olhou-a, admirado.

— Um de meus favoritos, senhora.

Gervaise sorriu para ele.

— Então, vamos com isso.

— Bem, quando tentei corrigir o problema, descobri que estava lidando com outra coisa além de um defeito, ou de um brilho de luz. Na verdade, isso faz parte da imagem.

— Parte da imagem? — Gervaise olhou para Banks. — Do que ele está falando?

— Bem, se você olhar atentamente — disse Banks —, poderá ver que isso, na verdade, é uma faixa de luz... tremeluzente, é óbvio, por causa da intensidade do brilho e da sensibilidade da câmera. Mas apenas *parece* um defeito.

— Então o que é?

Banks olhou para Munro.

— É uma faixa de luz vinda de uma porta um pouco aberta — disse o técnico.

— E daí?

— E daí — prosseguiu Banks — que a porta do Fountain estava ligeiramente entreaberta quando Hayley e seus amigos saíram para discutir o que fariam e, o mais importante, quando Hayley disse que entraria no Maze para, bem, para...

— Para dar uma mijada — disse Gervaise. — Sim, eu sei. E?

— Jamie Murdoch disse que fechou a porta assim que eles foram embora e que não tinha ideia de para onde Hayley estava indo — Banks apontou para a tela —, mas isto nos mostra que ele estava ouvindo... e provavelmente olhando para eles... enquanto estavam lá fora. Jamie Murdoch mentiu. Ele sabia exatamente o que Hayley Daniels faria e que estaria sozinha.

— Ainda não vejo aonde isso pode nos levar — disse Gervaise. — Não há acesso do pub para o Maze que não seja monitorado por câmeras de segurança, e Jamie Murdoch não aparece em nenhuma das fitas.

— Eu sei — disse Banks. — Mas isso me fez pensar.

Munro desligou a televisão e acendeu as luzes.

— Ainda vai precisar de mim? — perguntou.

— Não — disse Banks. — Muito obrigado, Don, foi de grande ajuda.

Munro corou, inclinou-se ligeiramente para Gervaise e se foi.

— Vejo que este é o início de uma grande amizade* — murmurou Gervaise, seus ombros chacoalhando enquanto ria. — Então, inspetor-chefe-detetive Banks, o que ia dizer?

— Só uma teoria que eu gostaria de expor.

* Referência à famosa frase dita no filme *Casablanca*. (*N. do R.*)

Ela se remexeu na cadeira.

— Sou toda ouvidos.

— Jamie Murdoch nos disse que, assim que saíram os últimos clientes, ou seja, Hayley e os amigos, ele fechou o bar e foi limpar os banheiros destruídos.

— Bem, talvez tenha demorado alguns segundos para fechar a porta, mas isso não necessariamente significa algo.

— Demorou mais de um minuto — disse Banks. — E isso é muito tempo. Durante este período, Hayley anunciou a sua intenção e se foi, enquanto os outros, que tentaram dissuadi-la da ideia, foram para o Bar None. Sabemos que Stuart Kinsey saiu pelos fundos do bar e, muito possivelmente, ouviu Hayley sendo atacada.

— O que está querendo dizer? Ou estarei sendo obtusa?

— Não, senhora. Também demorei algum tempo para me dar conta.

— Ah, isso me faz sentir melhor. Bem? Ainda não vejo como Jamie Murdoch pode ter entrado no Maze sem ser visto, ter estuprado e matado Hayley Daniels e então voltado para limpar os banheiros.

— Eu também não, a princípio — disse Banks. — Até eu me dar conta de que ninguém fez uma revista completa no Fountain. Aquilo é um pequeno labirinto. Tem vários cômodos, sótãos, porões e o que mais se possa imaginar; é um prédio antigo. Século XVIII. Por este lado, é razoável crer que *pode* haver outra saída.

— Uma passagem secreta? Deve estar brincando.

— Não seria a primeira vez nesta parte do mundo — disse Banks. — Talvez algum meio de sair dali rapidamente quando chegassem convidados inoportunos?

— Tudo bem. Conheço a história. Esconderijos do padre* e coisas no gênero. Talvez esteja certo.

— E isso me fez pensar em outra coisa.

Gervaise ergueu uma sobrancelha.

— Diga.

— Quando Winsome falou com Jill Sutherland, a menina que trabalha no Fountain, Jill disse que um dos motivos para não gostar de lá era porque Jamie Murdoch fazia contrabando de bebidas e cigarros, e que até tentara convencê-la a trazer mercadorias quando ela esteve no exterior.

— Todo mundo faz isso — disse Gervaise. — Sei que é um crime, mas tentar impedir é inútil.

— Não é isso que quero dizer — disse Banks. — O ponto é que quando Kev Templeton deu uma olhada no Fountain, ele não encontrou nada. Nem Winsome e nem eu.

— Nada pode vir do nada. Quem foi que disse isso mesmo?

— Shakespeare, senhora.

— Sujeito esperto.

— Foi apenas um chute. Você tem ao menos 49 por cento de chance se disser que Shakespeare é o autor de alguma citação. Talvez mais.

— E os outros 51 por cento?

— A maioria, uns 49 por cento, vem da Bíblia, e o resto... bem, sei lá. Oscar Wilde, talvez.

— Teoria interessante. Prossiga.

— Bem, a princípio, achei que toda a atenção da polícia pudesse ter encorajado Jamie a se livrar da muamba ou transferi-la para outro lugar, mas então me ocorreu que, se ele tinha um bom esconderijo, e se a muamba não estava em...

---

* Os "*priest holes*" eram cômodos secretos construídos nas igrejas inglesas durante o reinado de Elisabeth I, época em que a prática do catolicismo era considerada ilegal na Inglaterra. (*N. do T.*)

— ... em nenhum dos lugares onde Templeton procurou, então tem que estar escondido em algum lugar. Uma sala secreta ou algo assim?

— Exato — disse Banks. — E esta sala pode levar ao Maze.

— Agora estamos especulando muito — disse Gervaise. — Não sei se gosto disso.

— Mas podemos verificar, não é mesmo? — perguntou Banks. — Se conseguirmos um mandado de busca, primeiro para a casa de Murdoch, para nos certificarmos de que ele não está escondendo a muamba lá, e depois para uma revista geral no Fountain, incluindo paredes, piso e tudo o mais, então nós o pegamos.

— Não sei se temos o suficiente para um mandado de busca.

— Mas podemos tentar, não podemos?

Gervaise levantou-se.

— Podemos tentar — disse ela.

— Também andei verificando algumas coisas esta manhã, e preciso fazer mais um teste, com a sua ajuda. Quem sabe, talvez isso até possa acrescentar ao nosso peso da evidência.

— A essa altura, até mesmo uma pena faria a balança pender para um lado — disse Gervaise. — Mas fale mesmo assim.

— Maggie Forrest passou pelo diabo — disse Annie para Ginger enquanto almoçavam em um pub em Flowergate. — Isso deve tê-la afetado.

— É o que você ganha fazendo amizade com maníacos sexuais — disse Ginger, cutucando as batatas fritas. — Mas se Liam tiver sucesso na comparação dos cabelos, ela sai de cena, não é mesmo?

— Não necessariamente. Talvez devamos manter a mente aberta — disse Annie. — Além disso, há algumas dúvidas quanto a Lucy Payne ser uma assassina sexual.

— Você não está tentando dizer que ela não fez aquilo, está?

Annie comeu outra garfada de salada, empurrou o prato para o lado e disse:

— Nós nunca acreditamos realmente que ela tivesse matado as suas vítimas, mas ela certamente participava por espontânea vontade da tortura. Terence Payne as matou, ao menos é o que apontam as evidências. Mas ela o ajudou a sequestrá-las. Aos meus olhos, isso a torna também culpada de tudo.

— As pessoas ficam menos desconfiadas quando uma mulher, ou um casal, as aborda.

— É verdade — concordou Annie. — Somos umas gracinhas.

Ginger fez uma careta e limpou a espuma de cerveja do lábio superior. O pub estava cheio, a maioria das mesas ocupadas por vendedores de loja e executivos desfrutando da hora do almoço.

— De qualquer modo — prosseguiu Ginger —, você está certa quanto a manter a mente aberta. O negócio do cabelo não é conclusivo. E só porque o encontramos no cobertor, e só porque pode combinar com os cabelos de Kirsten Farrow, isso não quer dizer que Maggie Forrest não tenha matado Lucy Payne, certo?

— Certo — concordou Annie. — Maggie Forrest não tem um álibi, para começo de conversa.

— Talvez devêssemos conversar com o psiquiatra dela?

— Psiquiatras não dizem nada — disse Annie. — São piores que padres e advogados. Mas acho que podemos tentar. Também quero falar com a psiquiatra de Kirsten Farrow. Aquela que a hipnotizou. Tenho o nome: Laura Henderson. Vou ver se falo com ela pelo telefone esta tarde. Mas e quanto a Templeton? Como ele se encaixa nisso tudo?

— Seu parceiro?

— Não era meu parceiro, e era um péssimo policial, verdade seja dita. Mas, coitado. Que forma de morrer.

— Ao menos foi rápido.

— Creio que sim — disse Annie.

Sentia pena de Templeton, com suas roupas finas, seu cabelo com gel e sua tentativa de ser o garanhão entre as mulheres. O pobre desgraçado arrastara uma asa enorme para Winsome desde que ela se juntara à equipe, mas ela nunca lhe dera a menor chance. Não que devesse. Annie também nunca daria, mesmo que ele tivesse tentado. Mas, ainda assim, às vezes era doloroso vê-lo sofrer de modo tão óbvio. Havia algumas noites que ela apostava que ele mal conseguia andar de volta para casa.

— Qual é a graça? — perguntou Ginger.

— Nada. Só estava pensando em Kev, é isso. Recordações. Vão fazer uma vigília para ele no Queen's Arms hoje à noite.

— Você vai?

— Talvez.

— É o que nos resta. Recordações.

— Este é um pensamento muito deprimente — disse Annie. — O que temos até agora? Estamos perto do vazamento de informação?

Ginger comeu a última batata e balançou a cabeça enquanto tinha a boca cheia. Então, deu um tapinha no peito e tomou um gole de cerveja. O sol apareceu entre as nuvens por um instante e brilhou através do vitral.

— Nada — disse ela. — Mas ainda não gosto de Julia Ford nem daquela outra, a que conhecemos primeiro.

— Constance Wells?

— Essa. Outra cretina dissimulada.

— Ora, Ginger. Vamos com calma.

— Bem...

— Então nenhuma delas admite ter contado para ninguém a identidade verdadeira de Karen Drew?

— Claro que não. Boca mais fechada que o esfíncter de um escocês, se me perdoa a linguagem.

— Algo interessante na verificação de antecedentes?

— Nada ainda. A coisa de sempre, universidade e tal. Acho que Constance Wells era membro da Sociedade Marxista quando era estudante, veja você. Aposto que ela não gostaria que soubessem disso na firma.

Annie sorriu.

— Você não faria isso, não é?

Ginger riu com malícia.

— Talvez. A gente nunca sabe. — Ela acabou a cerveja. — Fico feliz por não ter calorias aqui.

— Quer algo mais? Um pudim, talvez?

Ginger deu um tapinha no estômago.

— Não, estou satisfeita, chefe. Mas há uma coisa que me pareceu interessante em toda a investigação. Não é muito relevante, veja bem, mas é interessante.

— Mesmo? — disse Annie. — O que é?

— Bem, Julia Ford começou tarde. Ela só entrou na universidade com 20 e poucos anos.

— E daí?

— A maioria das pessoas sai da escola e entra direto na faculdade. Direito, medicina, o que for. Querem terminar logo os estudos e começar a ganhar dinheiro para pagar os empréstimos estudantis.

— Certo — disse Annie. — Faz sentido. Mas acho que naquela época havia bolsas, não empréstimos. Ainda assim, é interessante. Se houver uma chance de Maggie Forrest ser realmente Kirsten Farrow, há uma chance de Julia Ford também o ser, não é mesmo?

Ginger pareceu surpresa.

— Não era isso que eu estava...

— Mas espere um minuto — prosseguiu Annie. — Pode ser, não é mesmo? Ela tem a idade certa, é magra o bastante e, se esconder o cabelo com um chapéu, tirar as roupas elegantes e a maquiagem... *Poderia* ser ela, não é?

— Julia Ford? Droga! Mas ela *defendeu* Lucy Payne.

— Também conhecia a identidade dela e sabia onde ela estava. Tudo bem, temos um problema com a motivação. Parece que há um conflito aí. Mas talvez houvesse uma razão para isso. Algo que não sabemos.

— Acho que você pode estar certa — disse Ginger. — Quer que eu investigue um pouco mais os antecedentes dela?

Annie meneou a cabeça.

— Sim. Veja se consegue descobrir onde ela esteve entre 1985, que foi quando Kirsten entrou na faculdade, e 1991 ou 1992, quando ela foi vista pela última vez. Mas seja cuidadosa.

— E quanto a álibis?

— Será difícil sem ela saber, mas se você puder descobrir onde ela estava quando Lucy e Templeton foram assassinados, seria uma grande ajuda.

— Verei o que posso fazer. Mas o que eu queria lhe dizer...

— Sim?

— Julia Ford se formou em outra carreira antes de fazer direito. Não era literatura inglesa. Fez psicologia. Em Liverpool.

— Isso ainda não a isenta. E o direito?

— Bristol.

— Kirsten Farrow era de Bath. É muito perto.

— Nossa Sra. Ford dividiu um apartamento lá. No primeiro e no segundo ano.

— Estudantes costumam fazer isso.

— Só que consegui falar com uma jovem muito prestativa e faladeira do departamento de alojamento de estudantes, que tem registros de muitos anos. De qualquer modo, Julia Ford dividiu um apartamento com Elizabeth Wallace, que estava estudando medicina na época. Agora, corrija-me se eu estiver errada, Elizabeth Wallace não é a sua patologista na área oeste?

— Sim, de fato — disse Annie. — Dra. Elizabeth Wallace.

— Só um ponto interessante, é isso — disse Ginger. — Eram colegas, ela e Julia Ford. E...

— E o quê?

— Verifiquei mais um pouco, e ambas moram em Harrogate agora.

— Grande lugar.

— Ambas também são sócias do clube de golfe local.

— Colegas profissionais liberais. Faz sentido. Mas você está certa, Ginger, isso *é* interessante. Está pensando que Julia Ford pode ter contado à Dra. Wallace...

— E a Dra. Wallace deixou escapar em algum outro lugar? Bem, é possível, não é mesmo? Isso se Julia Ford não for quem estamos procurando.

— Será que a Dra. Wallace não pode nos dizer alguma coisa?

— Acho mais difícil ela falar mais que Julia Ford — disse Ginger. — Quero dizer, *médicos*. São piores que advogados. Isso se ela tiver o que dizer.

— Talvez não — disse Annie. — Mas quando voltarmos à delegacia, continue investigando os antecedentes de Julia Ford. Discretamente, claro. Volte a falar com a sua amiga em Bristol e veja se ela consegue mais nomes daquela época. Outros que possam ter dividido o apartamento, ter sido membros das mesmas sociedades, esse tipo de coisa. Pode valer à pena conversar com a Dra. Wallace mais tarde se você descobrir alguma coisa. Eu a vi algumas vezes. Parece uma pessoa legal.

— No que está pensando?

Annie pegou sua pasta e se levantou. Elas caminharam até Flowergate e juntaram-se ao fluxo de pessoas.

— Estava pensando, você sabe, alguns drinques no buraco 19. Tem feito um tempo bom para se jogar golfe ultimamente, as línguas ficam soltas. "Adivinhe quem é nossa cliente e o que fizemos com ela", diz Julia. "É mesmo?", diz a Dra. Wallace. E daí por diante.

— Conversa de mulher?

— Algo assim. E a Dra. Wallace deixa isso escapar em algum outro lugar, para outro velho colega de universidade ou... quem sabe? Qual o nome da psiquiatra de Maggie Forrest?

— Simms. Dra. Susan Simms.

— Onde ela estudou?

— Não sei.

— Descubra. Ela já fez psiquiatria forense?

— Vou verificar.

— Bom. Isso pode ligá-la a Julia Ford nos tribunais. A Dra. Simms já está ligada a Maggie Forrest. Tantas possibilidades...

— Certo, chefe — disse Ginger.

— Não sei aonde isso vai nos levar — disse Annie —, mas podemos ter topado com alguma coisa aqui. — Ela pegou o celular. — Acho que vou contar para Alan também.

— Se acha que deve.

— E... Ginger...

— Sim, chefe?

— Seja cuidadosa. Não estamos apenas investigando gente que é favorita do superintendente: médicos, advogados... Há também uma assassina à solta em algum lugar, e a última coisa que você vai querer fazer é pisar no rabo dela e incomodá-la sem saber.

Banks foi do quartel-general da área oeste até o Fountain, no fim da tarde, refletindo sobre o que ouvira de Annie pelo celular. Julia Ford e Elizabeth Wallace, antigas colegas de quarto e companheiras de golfe. Bem, fazia sentido. Se ambas se conheceram na universidade e se ambas eram profissionais liberais solteiras morando em Harrogate, provavelmente seriam amigas e sócias do mesmo clube de golfe.

Mas a conexão Maggie Forrest era a que realmente o interessava. De acordo com Annie, ela fora cliente de Constance Wells na empresa de Julia Ford, a quem também conhecia ligeiramente. Então, ela podia facilmente ter ouvido alguma coisa sobre Karen Drew quando esteve no seu escritório alguma vez, ou ter visto algum documento revelador. Julia Ford fora advogada de Lucy Payne, e Maggie, sua defensora e fantoche. Era tudo muito vago, é claro, mas havia uma conexão.

E ainda havia o cabelo. Annie lhe dissera que seu perito, Famke Larsen, encontrara semelhança entre o cabelo de Kirsten Farrow, encontrado na casa de Greg Eastcote em 1989, com um cabelo encontrado no cobertor que Lucy Payne usava quando foi morta. Não era conclusivo, é claro, mas era o bastante para confirmar as suas suspeitas de que Kirsten de algum modo reaparecera e que estava envolvida no assassinato de Lucy. Quem era ela continuava sendo um mistério. O cabelo no cobertor, Annie também o dissera, revelaria um perfil de DNA mitocondrial que posteriormente poderia ajudá-los a identificar o assassino. Mas aquilo demoraria alguns dias, e eles precisariam de amostras de todos os suspeitos para fazerem comparações. Ainda assim, com certeza era um progresso.

No momento, porém, ele precisava concentrar-se no caso Hayley Daniels. Sentia que estava chegando perto.

— Olá, Jamie — disse Banks ao entrar no bar. — Jill.

Jill Sutherland sorriu para ele, mas Jamie não. Um adolescente vestindo um longo casaco de gabardine levantou os olhos do caça-níqueis onde estava jogando, olhou em torno e imediatamente voltou a cabeça para a máquina. Banks reconheceu-o como um aluno da escola secundária. Matando aula. Mas ele não estava interessado naquilo. Talvez, caso se lembrasse, ligasse mais tarde para o diretor. Dava-se bem o bastante com Norman Lapkin, com quem tomava cerveja de vez em quando. Norman compreendia os problemas de lidar com jovens indisciplinados.

— O que é desta vez? — perguntou Murdoch. — Não podem me deixar em paz um minuto? Tenho um pub para cuidar.

— Não vou atrapalhar — disse Banks. — Na verdade, aumentarei seus lucros. Tomarei uma caneca de Black Sheep, se estiver tudo bem.

Jamie olhou para Jill, que pegou uma caneca e começou a extrair a cerveja.

— Como estão os negócios? — perguntou Banks.

— Uma droga — disse Jamie. — Especialmente depois do último fim de semana.

— Sim, que falta de consideração de Kev Templeton de ter a garganta cortada logo ali na esquina, não é mesmo? Quer dizer, um homicídio pode até ser bom para os negócios, atrair curiosos, mas dois...

Murdoch empalideceu.

— Não quis dizer isso. Você sabe que não. Você está pondo palavras na minha boca. Lamento o que aconteceu com o Sr. Templeton, realmente lamento. Era um bom tira.

— Não vamos tão longe, Jamie. Além do mais, isso não tem nada a ver com você, certo?

— Claro que não.

Jill sorriu quando Banks lhe deu uma nota de cinco libras e disse para tomar um drinque com o troco. Jamie voltou aos seus livros e cardápios, e Jill voltou a limpar os copos. Pareciam já terem sido limpos.

A velha fita, ou a estação via satélite, tocava "I Only Want to Be With You", de Dusty Springfield. Banks pensou em Sophia e em onde as coisas entre eles iriam dar. Ambos ouviram o CD de Thea Gilmore naquela manhã, e Banks finalmente compreendera a referência que Sophia fizera a respeito da música "Sugar" ser um tanto metida. Nela, a cantora dizia que o outro podia levá-la para casa, deitar-se com ela, mas *não* chamá-la de "docinho". Banks não chamou Sophia de docinho. Se pudesse, largaria tudo e iria com ela, como sentiu vontade de fazer. Agora, ela estaria de volta a Londres, à sua vida real, amigos, trabalho e uma vida social agitada. Talvez ela o esquecesse. Talvez resolvesse que fora apenas um caso sem futuro, que era melhor esquecer. Talvez tivesse sido. Mas por que Banks não conseguia parar de pensar nela, e por que subitamente ficou com tanto ciúme de todo mundo que fosse mais jovem e mais livre do que ele?

Banks olhou ao redor. Havia umas cinco ou seis pessoas no pub, mas o número logo aumentaria quando os escritórios do centro da cidade fechassem. Mas Jamie Murdoch estava certo. A melancolia tomara Eastvale desde o assassinato de Templeton, e aquilo não passaria completamente até o seu assassino ser descoberto. E se Banks não o encontrasse logo, diversos peritos de todo o país chegariam e assumiriam o caso, exatamente como a Scotland Yard costumava fazer antigamente. A imprensa já estava espumando: em um minuto denunciava a incompetência da polícia, no outro condenava o assassino de um policial.

Banks tomou um gole de cerveja. Dusty deu lugar a "Theme for Young Lovers", dos Shadows, outra música nostálgica. Banks roubara seu primeiro beijo junto ao rio em um belo domingo de primavera em 1964, ouvindo aquela música. Anita Longbottom era o nome dela. Mas não deixou que ele lhe tocasse os seios.

— Pode baixar o volume um pouquinho, Jill? — perguntou Banks. — Mal consigo ouvir os meus pensamentos.

Jill baixou a música. Ninguém reclamou. Banks se perguntou se alguém poderia sentir falta daquilo, mas sabia que o silêncio incomodava certas pessoas. Tomou um gole de cerveja e sorriu ao pensar que mesmo que a superintendente Gervaise entrasse ali naquele instante, ele não estaria enrascado. Na verdade, ela acatara sua sugestão e chegara a concordar que ele deveria parecer tão natural quanto possível. Esta talvez tenha sido a única coisa boa que resultou do assassinato de Templeton, fora o fato de Banks mais uma vez ter adiado a sua consulta com o médico e o dentista.

— Parece nervoso, Jamie — disse Banks. — Algo em mente?

— Minha consciência está tranquila, Sr. Banks — disse Jamie.

— É mesmo? Tem certeza de que não tem um quarto cheio de conhaque espanhol e cigarros franceses escondido em algum lugar? Achei ter sentido cheiro de Gauloises há um minuto.

— Muito engraçado. Você está brincando, não é?

— De modo algum.

— Bem, não, não tenho.

Jamie olhou feio para Jill, que voltou a se ocupar com os copos.

— Há algo mais que está me incomodando — prosseguiu Banks. — Temos uma testemunha que ouviu um trecho de música no Maze quase na hora em que Hayley Daniels foi morta.

— Você já disse isso. Não ouvi nada.

— Não sabemos de onde veio — prosseguiu Banks. — Um carro passando, uma porta se abrindo ou fechando... algo assim.

— Perdão, não posso ajudar.

— Então eu tenho uma ideia.

— É mesmo?

— Sim — disse Banks. — A testemunha lembra-se de que a música era "Fit But You Know It", do The Streets. Descobri que é possível comprá-la pela internet.

— Imagino que sim — disse Murdoch.

— Como um ringtone.

Murdoch não tinha resposta para aquilo, e antes que Banks pudesse dizer qualquer coisa, ouviu "Fit But You Know It" vindo do bolso de Murdoch. Era a superintendente Gervaise ligando para o número que eles haviam conseguido com a empresa de celular, como combinado. A cor se esvaiu do rosto de Murdoch, seus olhos se voltaram para Banks, então ele pulou a bancada do bar e correu em direção à praça do mercado.

Banks correu atrás dele.

— Jamie, não seja idiota! — gritou, enquanto o outro abria caminho em meio a um grupo de turistas mais velhos que saía de um ônibus perto da cruz. — Você não pode fugir.

Mas Jamie atravessou a praça. Os policiais uniformizados já posicionados do lado de fora da delegacia entraram em ação. Ao ver sua rota de fuga interceptada, Jamie mudou de direção, desviando-se para o Swainsdale Centre. Uma vez lá, pegou a escada rolante, Banks atrás, ofegante, e correu pela galeria de lojas do primeiro andar.

As mulheres agarravam os filhos pequenos e gritavam enquanto pacotes e pessoas voavam. Banks viu uma dupla de policiais uniformizados atrás dele e subitamente viu Winsome correndo à sua esquerda. Era uma visão impressionante, a cabeça inclinada para trás, os braços como pistões, as pernas movendo-se com vigor de atleta.

Murdoch desapareceu na entrada da seção de alimentos da Marks & Spencer, derrubando cestas de compras das mãos das pessoas à medida que avançava. Uma garrafa de vinho caiu no chão, espalhando o tinto em todas as direções. Alguém gritou, e Murdoch quase tropeçou em uma criança pequena, que começou a chorar, mas recuperou o equilíbrio e correu para a seção de roupa masculina.

Não havia como Banks pegá-lo. Ele estava muito fora de forma e nunca fora bom corredor. Mas Winsome correra em maratonas, e a cada passada graciosa se aproximava cada vez mais dele. Murdoch olhou para trás, viu quão perto ela estava, deu um encontrão em uma velha e acelerou em direção à saída.

Banks mal pôde crer no que aconteceu a seguir. Murdoch estava a uns dois metros de Winsome quando de repente ela se arremessou no ar, parecendo algo entre um mergulhador e um zagueiro de rúgbi, agarrou-o pelas coxas com seus braços longos e poderosos e levou-o ao chão. Alguns instantes depois, Banks estava sobre ele, ofegante, e Winsome mantinha o joelho nas costas de Murdoch imitando Christie Love:

— Você está preso, querido. — Então, recitou os direitos de Murdoch como se fosse uma policial americana. — Você tem o direito de permanecer em silêncio...

Apesar da dor no peito, Banks não conseguiu deixar de sorrir. Este não era o procedimento oficial, e certamente a série de TV *Get Christie Love!* não era do tempo de Winsome.

— Está tudo bem, Winsome — disse ele, ainda ofegante. — Muito bem. Pegue o desgraçado e o algeme. Cuidaremos dele na delegacia.

CAPÍTULO 17

Banks, Winsome e Jamie Murdoch estavam sentados na sala de interrogatório, o último vestindo um avental laranja de preso e roendo as unhas. A advogada de plantão, Sra. Olivia Melchior, estava sentada num canto. Ela já conversara com Jamie explicando a situação, dizendo-lhe que o melhor para ele seria responder às perguntas com sinceridade, a não ser que corresse o risco de se incriminar ou de perder seus direitos — o que caberia a ela julgar. Banks ligou os gravadores e a câmera de vídeo, fez o preâmbulo informando a hora, a data e o nome das pessoas presentes ao interrogatório, então informou Jamie a respeito das desvantagens de não dizer algo que posteriormente declarasse em juízo. Jamie continuou olhando para as unhas.

— Bem — disse Banks. — Por que você correu, Jamie?

— Vocês iam me enquadrar, não é mesmo?

— Como assim?

— Por contrabando. Cigarros e bebidas. Iam me enquadrar. Ouvi falar em coisas assim.

— Não se trata de contrabando, Jamie.

— Não?

— Não.

— Do que, então?

— Trata-se do estupro e da morte de Hayley Daniels.

Murdoch olhou para as unhas.

— Já disse que não sei nada sobre isso.

— Você estava por perto.

— As paredes são grossas. Não dá para ouvir muita coisa lá dentro.

— Mas daria caso a porta estivesse entreaberta, não é, Jamie? — disse Winsome.

Murdoch olhou para ela.

— Hein?

— Quando Hayley Daniels e seus amigos foram embora — prosseguiu Winsome. — Você deixou a porta entreaberta e pôde ouvir o que diziam. Achamos que ouviu Hayley dizer que entraria sozinha no Maze.

— E daí?

— Você admite isso? — pressionou Winsome.

— Posso ter ouvido. Você sabe, é falta de educação bater e trancar a porta no minuto que seu último cliente sai. Deve lhes dar alguns segundos. Alguém pode ter esquecido alguma coisa. Uma bolsa, um casaco.

— Muito atencioso de sua parte — disse Banks. — Achei que devia fechar logo para evitar uma invasão.

— Isso também. Mas...

— Hayley Daniels deu muito trabalho, não foi?

— Como assim?

— Quando você disse para ela que os banheiros estavam interditados e que ela não poderia usá-los, ela o ofendeu verbalmente, usou termos chulos. Vamos, Jamie, já passamos por isso antes.

— Ela de fato foi grosseira — disse Murdoch, balançando a cabeça lentamente. — Nunca ouvi palavras tão vulgares saindo de... de...

— De uma boca tão bonita? Ela era uma garota bonita, não era, Jamie? Corpo bonito, também.

— Não sei.

— Não diga que não reparou. Até eu notei, e olha que ela estava morta quando eu a vi.

Melchior lançou um olhar de advertência a Banks. É claro que ela sabia da tendência de Banks em sair por caminhos esquisitos, quase surreais, para levar os suspeitos a se desviarem de suas histórias decoradas.

— Ela estava em boa forma — disse Murdoch.

— Boa forma... E ela sabia disso, certo?*

— Geralmente elas sabem.

— Como assim, Jamie?

— Foi o que eu disse. Garotas como ela. Sabem que estão em boa forma.

— É por isso que você gosta daquela música e a colocou no toque do celular?

— É só uma brincadeira.

— Essas garotas em boa forma são metidas, não são?

— Precisa ver as roupas que elas vestem... ou não.

Ele riu de modo desagradável.

— Como Jill?

---

* Referência ao título da música "Fit But You Know it", em português: Está em boa forma e sabe disso. (*N. do E.*)

— Jill?

— Sim, a garota que trabalha com você. Jill Sutherland. Ela é uma bela jovem, não é mesmo? Costumava pegar o atalho para o estacionamento atravessando o Maze, não é? Foi daí que você tirou a ideia?

— Que ideia?

— De que ali era um lugar adequado para uma emboscada?

— Isso é ridículo.

— Mas é o suficiente para enlouquecer um sujeito de sangue quente, não é? — perguntou Banks. — O modo como elas se vestem e as coisas que dizem.

— Não responda a isso, Jamie. Ele o está conduzindo — disse Melchior, olhando com firmeza para Banks. — E você, pare com isso. Atenha-se a questões relevantes.

— Sim, senhora — disse Banks.

Melchior olhou feio para ele.

— Há quanto tempo conhece Hayley? — perguntou Winsome.

— Eu não a conhecia — disse Jamie. — Apenas a via no pub com os amigos.

— Mas, de acordo com os registros, vocês dois cursaram o primeiro ano da faculdade juntos antes de você desistir — disse Winsome.

Ela ajustou os óculos de leitura e deu um tapinha no arquivo à sua frente.

— Talvez eu a tenha visto por lá. É uma grande universidade.

— Já a convidou para sair?

— Posso ter convidado. O que tem isso?

— Nada. Só que vocês têm antecedentes.

Winsome tirou os óculos e se reclinou na cadeira.

— Você gostou dela desde o início, não foi? — perguntou Banks.

— E o que há de errado nisso?

— Mas ela não tinha nada a ver com você. Ela era seletiva com as pessoas com quem saía. Preferia homens mais velhos, professores, alguém com um pouco de experiência, dinheiro, cérebro.

Jamie bateu com o punho sobre a mesa.

— Acalme-se, Jamie — disse Melchior e, dirigindo-se a Banks: — Pretende chegar a algum lugar?

— Ah, sim — disse ele. — Não é mesmo, Jamie? Você sabe onde isso vai dar, não sabe? Sábado, 17 de março. Dia de St. Patrick. O que houve de especial neste dia?

— Nada. Eu não sei.

— Alguns vândalos destruíram os seus banheiros, não foi?

— Foi.

— O que houve? Descobriram o buraco que você fez no depósito para espionar o banheiro feminino?

Murdoch ficou pasmo.

— O quê?

Fora uma tentativa ousada de Banks. Ninguém mencionara tal coisa. Mas estava se revelando uma boa suposição. Era exatamente o tipo de coisa que ele achava que alguém como Murdoch faria.

— Deixemos isso de lado, no momento — prosseguiu Banks. — Hayley estava muito bonita naquela noite, não estava? Saia curta, top decotado. Parecia um pouco com uma prostituta, não parecia?

— Inspetor-chefe-detetive Banks — interrompeu Melchior. — Menos comentários desse tipo, por favor.

— Desculpe-me — disse Banks. — Mas você gostou dela, não foi, Jamie?

— Ela era muito atraente.

— E você a desejava havia muito tempo.

— Gostava dela, sim.

— E ela sabia disso?

— Creio que sim.

— Então, aconteceu aquilo com os banheiros.

— Ela não devia ter dito aquelas coisas.

— Ela o humilhou na frente de todo mundo, não foi?

— Ela não devia ter me xingado daquele jeito.

— Quais xingamentos, Jamie?

— Nomes terríveis. Sobre minha masculinidade, coisas assim.

Ela olhou de lado para Melchior, que parecia hipnotizada.

— Ela o chamou de impotente, não foi? Brocha. Isso realmente o ofendeu, não foi?

— Como ela pôde dizer algo assim? Ela sabia que eu... sabia que eu gostava dela. Como pôde ser tão cruel?

— Ela estava bêbada, Jamie. E precisava mijar.

— Sr. Banks!

Banks ergueu a mão.

— Desculpe-me.

— Eu não podia fazer nada quanto a isso, certo? — disse Jamie. — Não fui eu quem destruiu a droga dos banheiros!

Banks ouviu uma batida à porta. Winsome atendeu, voltou e sussurrou ao seu ouvido.

— Este interrogatório foi suspenso às 18h30 — disse Banks. — O inspetor-chefe-detetive Banks e a detetive Jackman deixarão a sala e o policial Mellors vai entrar para ficar de olho no suspeito. — Banks olhou para Melchior. — Você vem?

Ela parecia dividida entre o seu cliente e a possível nova revelação que acabara de surgir.

— Vai ficar bem, Jamie?

— Ele ficará bem, senhora — disse o policial.

Jamie meneou a cabeça sem olhar para ela.

— Muito bem, então.

Melchior recolheu os papéis e a pasta e saiu atrás de Banks e Winsome, atravessando a praça do mercado até o Fountain. Começara a ventar forte, e ela teve de segurar a saia lilás com a mão enquanto andava. Já havia uma multidão reunida do lado de fora do pub, e dois policiais uniformizados isolavam a cena do crime.

Depois de assinarem a lista, Banks e os outros tiveram permissão de entrar no Fountain, onde uma revista geral estava sendo feita desde que levaram Jamie Murdoch até a delegacia. Tudo legal e explícito. Os OCCs vestiam roupas protetoras e usavam máscaras com filtros por causa da poeira. Um assistente entregou o mesmo equipamento para Banks, Winsome e Melchior, que pareceu um tanto constrangida usando chapéu de proteção, avental e máscara.

O pub estava uma bagunça. Havia poeira e cacos de gesso por toda parte. O proprietário ficaria uma fera quando descobrisse, pensou Banks, embora, com alguma sorte, esse fosse o menor de seus problemas. Seguiram Stefan Nowak até o andar de cima, até um dos depósitos em cima do bar, adjacente à Taylor's Yard e ao Maze. Alguém retirara uma antiga parede divisória revelando um buraco grande o bastante para um homem entrar. Banks podia ouvir vozes e ver o brilho de uma lanterna do outro lado.

— Não tem interruptor de luz — disse Stefan, entregando as lanternas. — Nem janela.

Ele se curvou e atravessou o buraco. Banks o seguiu. Melchior parecia relutante, mas Winsome se afastou para que ela passasse primeiro e seguiu logo atrás. Com todas aquelas lanternas, a sala que encontraram estava razoavelmente iluminada. Cheirava a mofo e a ar viciado. Empilhadas contra uma parede, havia caixas de cerveja lager e pacotes de cigarros.

— É isso? — perguntou Banks, desapontado. — Não há um acesso ao Maze?

— Calma — disse Stefan, indo até o outro extremo do cômodo, onde puxou contra si um painel com dobradiças. — Siga-me.

Eles o seguiram. A sala anexa era tão estreita e mofada quanto a anterior, mas uma escada íngreme de madeira levava ao térreo, onde uma porta com dobradiças bem azeitadas e uma fechadura Yale recentemente instalada abria-se para o beco sem nome nos fundos da Taylor's Yard, onde nenhuma lente de câmera de segurança jamais chegou.

— Bingo — disse Banks.

— É como no maldito *Fantasma da ópera* — disse Stefan. — Passagens secretas e Deus sabe mais o quê.

— Só eram secretas para nós — destacou Banks. — Casas e áreas de armazenamento assim contíguas costumam ser conectadas por porões. Murdoch simplesmente descobriu um meio de remover a cobertura e substituí-la, de modo a poder entrar e sair quando quisesse. No início, servia apenas como esconderijo de muamba. Mas quando Hayley Daniels o provocou até o limite, tornou-se um meio ideal para lhe dar o troco. Ele sabia aonde ela ia e sabia que poderia chegar lá em segundos sem ser notado. Quanto tempo demoraria para ele ir da porta da frente do pub até o Maze por este caminho?

— Menos de cinco minutos — disse Stefan.

— Senhor? — Um dos OCCs se aproximou, lanterna brilhando em um canto.

— O que foi? — perguntou Banks.

— Um saco plástico — disse Stefan. Tirou algumas fotografias, o flash cegando-os temporariamente no espaço confinado, então pegou o saco cuidadosamente com mãos enluvadas e abriu-o. — *Voilà* — disse ele, mostrando o conteúdo para Banks. — Roupas. Preservativos. Escova de cabelo. Panos. Garrafa de água.

— É o kit dele — disse Banks. — Templeton estava certo. O desgraçado gostou tanto que estava planejando fazer outra vez.

— Ou vinha planejando isso já fazia algum tempo — acrescentou Stefan. — Talvez as duas hipóteses.

— Não creio que devam pensar assim — disse uma pálida Sra. Melchior, que claramente voltara a fazer o papel de advogada de defesa. Apenas tentava fazer seu trabalho, apesar da crescente culpa de seu cliente.

— Veremos o que o laboratório tem a dizer — disse Banks. — Bom trabalho, Stefan, rapazes. Vamos, voltemos à sala de interrogatório. Não queremos deixar o Sr. Murdoch esperando muito mais tempo, certo?

Após o almoço com Ginger, Annie voltou à delegacia para ver se algo novo surgira. Esperava boas notícias da perícia, mas, com os anos, aprendera a ser paciente. Nesse meio-tempo, ocupou-se em localizar a Dra. Laura Henderson, que, como descobriu, ainda atendia em Bath. Após algumas tentativas, uma vez que o telefone da médica estava dando sinal de ocupado, Annie finalmente conseguiu apresentar-se. Com alguma razão, a Dra. Henderson ficou desconfiada e insistiu em anotar o ramal de Annie e ligar de volta para a central telefônica automatizada da delegacia.

— Desculpe-me por isso — disse a Dra. Henderson, quando finalmente voltaram a se falar. — Mas nunca se é cuidadosa o bastante no meu trabalho.

— No meu também — disse Annie. — Sem problemas.

— De qualquer modo, em que posso ajudar?

— Lembra-se de uma paciente chamada Kirsten Farrow? Deve ter sido por volta de 1988, talvez início de 1989. Sei que faz muito tempo.

— Claro que me lembro de Kirsten — disse a Dra. Henderson. — Há pacientes que a gente nunca esquece. Por quê? Aconteceu alguma coisa com ela?

— Não que eu saiba — disse Annie. — Na verdade, este é o problema. Ninguém a vê há 18 anos. Ela entrou em contato com você?

— Não, não entrou.

— Quando a viu pela última vez?

— Pode esperar um minuto? Vou pegar o arquivo. Acho que coisas antigas assim não estão no computador. — Annie esperou, batendo com o lápis na mesa. Alguns instantes depois, a Dra. Henderson voltou. — Nossa última sessão foi em 9 de janeiro de 1989 — disse ela. — Não vejo Kirsten desde então.

Não era o que Annie esperava.

— Por que ela parou de vê-la?

Houve uma longa pausa no outro lado.

— Não sei se devo discutir isso com você — disse a Dra. Henderson.

— Estou tentando localizá-la — disse Annie. — Qualquer coisa que possa me dizer pode ajudar. Não pretendo que revele assuntos confidenciais.

— Por que está procurando por ela?

— Ela pode saber de algo sobre um caso no qual estou trabalhando.

— Que caso?

Annie teve vontade dizer que não podia divulgar tal informação, mas, fazendo isso, estaria no mesmo jogo idiota da doutora. Dê um pouco, talvez receba algo em troca.

— Uma mulher foi morta no mesmo lugar que Kirsten costumava visitar — disse ela. — Estávamos pensando...

— Oh, meu Deus! — disse a Dra. Henderson. — Você acha que ele está de volta, não é? O assassino.

Não era o que Annie ia dizer, mas ela sabia reconhecer uma boa brecha.

— É uma possibilidade — disse ela. — Eles nunca o pegaram.

— Mas ainda não vejo como possa ajudar.

— Por que Kirsten deixou de vê-la?

Houve outra pausa, e Annie quase conseguia ouvir a mente de Henderson resolvendo-se. Finalmente, os prós pareceram ter vencido os contras, e ela disse:

— A razão que me deu foi que nossas sessões estavam se tornando muito dolorosas para ela.

— De que modo?

— Você tem de se dar conta de que Kirsten bloqueou o que aconteceu com ela na noite em que foi atacada, e isso estava lhe causando topo tipo de problemas: depressão, pesadelos, ataques de ansiedade. Fora os outros problemas.

— A incapacidade de fazer sexo ou de ter filhos?

— Você sabe alguma coisa a esse respeito? — Henderson soou surpresa.

— Sei um pouco — disse Annie.

— Bem, sim. Além desses outros problemas, bem, você provavelmente sabe que ela tentou o suicídio. Com certeza deve constar dos arquivos da polícia.

— Sim — mentiu Annie.

Não havia por que deixar a Dra. Henderson pensar que fora longe demais. Isso apenas a faria se fechar.

— Sugeri hipnose, Kirsten concordou.

— Com que objetivo?

— A cura, é claro. Às vezes você precisa enfrentar seus demônios para vencê-los, e você não pode fazer isso se sua memória os está bloqueando.

Annie achou que sabia um pouco a esse respeito.

— Ela os venceu?

— Não. Como disse, acho que aquilo estava se tornando muito doloroso para ela. Ela estava chegando muito perto. A princípio, o progresso foi lento, então ela começou a se lembrar de muita coisa muito rapidamente. Acho que ela sentiu que estava perdendo o controle e começou a entrar em pânico.

— E quanto a enfrentar os demônios?

— Isso demora — disse a Dra. Henderson. — Às vezes é necessário um bocado de preparação. Você precisa estar pronto.

Não creio que Kirsten estivesse. Deve ter se sentido como alguém que ainda não aprendeu a dirigir em uma estrada movimentada.

— Até onde ela foi? — perguntou Annie. — Ela se lembrou de algo significativo sobre o agressor?

— Este não era o objetivo do tratamento.

— Sei disso, mas talvez lhe tenha ocorrido como consequência.

— Não estou certa — disse a Dra. Henderson.

— O que quer dizer?

— Na última sessão, a voz de Kirsten estava difícil de ouvir; as palavras, difíceis de entender. Depois, ao sair do transe, parecia chocada, atônita com o que se lembrou. Mais do que o habitual.

— Mas o que foi?

— Não sei. Não entende o que estou lhe dizendo? Eu não sei. Ela foi embora apressada e não voltou, a não ser para dizer à minha secretária que não viria mais.

— Mas o que *você* achou que era? O que acha que a chocou tanto?

A Dra. Henderson fez outra pausa, então Annie ouvi-a dizer em uma voz quase sussurrada:

— Acho que ela se lembrou de como ele era.

— Onde foram? — perguntou Murdoch. — Estou ficando de saco cheio disso aqui. Quero ir para casa.

— Ainda não, Jamie — disse Banks. — Mais algumas perguntas primeiro. Vamos começar com o mais importante. Talvez possamos ser breves. Você estuprou e matou Hayley Daniels?

— Não! Como poderia? Você viu. Não havia como sair do pub sem ser visto pelas câmeras de vigilância.

Banks olhou para Melchior, que pareceu incomodada. Ela não falou nada. Banks inclinou-se para a frente e cruzou as mãos sobre a mesa.

— Deixe-me dizer o que acho que aconteceu, Jamie, e você me diz se estou errado. Está bem?

Jamie assentiu, ainda sem erguer a cabeça.

— Você teve um dia ruim. Tem tido uma vida ruim ultimamente, verdade seja dita. Aquele pub miserável, sempre sozinho, o proprietário tomando sol na Flórida. Até mesmo Jill ficou doente. Ela não era apenas uma ajuda no bar, também era bonita, não é mesmo? Mas ela não queria nada com você. Nenhuma delas queria. Talvez você tenha alimentado a fantasia de pegar Jill sozinha no Maze. Você sabia que ela usava o lugar como atalho. Talvez tenha sido isso que havia planejado para a noite de sábado. Finalmente reuniu coragem. Mas Jill ligou dizendo que estava doente e estragou seu plano. Até Hayley Daniels chegar. Você a vira por perto durante anos, chegara a convidá-la para sair quando estava na faculdade, antes de ser reprovado em metade das matérias do primeiro ano e desistir. Estou certo, Jamie?

Murdoch não disse nada. Melchior escrevia em seu bloco de notas e Winsome olhava para um ponto na parede.

— Naquela noite de sábado, depois de ela tê-lo xingado e duvidado da sua masculinidade, você os pôs para fora e ouviu a conversa deles na frente do pub. Hayley tinha uma voz alta e estridente, especialmente quando estava bêbada e alterada. Você deixou a porta entreaberta e ouviu Hayley gritar que você era um cretino inútil, um "brocha", em público, na praça do mercado, para todo mundo ouvir. Como estou indo até agora, Jamie?

Murdoch continuou a roer as unhas.

— Você ouviu Hayley dizer que ia ao Maze se aliviar, embora duvido que tenha dito isso nessas palavras. Ela tinha uma boca suja, não é, Jamie?

Murdoch olhou para Banks um instante.

— Ela era muito grosseira — disse ele.

— E você não gosta disso numa mulher, certo?

Ele confirmou com a cabeça.

— Certo, então os amigos se dispersaram e Hayley foi sozinha até o Maze. Bem, não demorou muito até você pensar como chegar lá e dar o que ela merecia, certo?

— Já disse — falou Murdoch com a voz entediada, sem erguer a cabeça. — Não poderia chegar lá sem ser visto.

— Jamie — disse Banks —, você sabe alguma coisa sobre um depósito anexo ao Fountain, por trás de uma divisória no andar de cima?

A pausa antes de Murdoch responder revelou a Banks tudo o que ele precisava saber.

— Não — disse Murdoch, finalmente.

— Nós a encontramos, Jamie — disse Banks. — Não precisa mais manter essa mentira. Encontramos o quarto, a passagem secreta, as roupas que você guardava ali, seu "kit estupro", os preservativos, a escova de cabelo. Encontramos tudo. Planejava seguir carreira, não é mesmo?

Murdoch ficou muito pálido e parou de dar atenção à unha que roía, mas nada falou.

— Andou sonhando com algo assim um bocado de tempo, não foi? — prosseguiu Banks. — Fantasiando. Chegou a preparar aquele kit para limpar provas residuais do corpo, recolher todos os seus pelos pubianos. Muito esperto, Jamie. Mas não tinha ideia de que Hayley seria a primeira, não é? Achou que seria Jill. Talvez você até vagasse por lá após o fechamento do bar, esperando que alguém, qualquer pessoa, aparecesse, mas aquela era uma oportunidade boa demais para perder, não é mesmo? Que começo para uma brilhante carreira: aquela putinha sensual de boca suja, Hayley Daniels.

— Sr. Banks, poderia moderar um pouco a sua linguagem? — pediu Melchior, sem muita convicção.

— Desculpe. Prefere que eu use eufemismos? Soaria melhor? — disse Banks e virou-se para Jamie. — Você saiu pelo caminho de sempre, e viu Hayley fazendo aquilo no beco, como uma puta vulgar. Suponho que isso o tenha excitado, do mesmo modo que espionar o banheiro feminino o excitava. Provavelmente mal conseguiu esperar que ela terminasse. Você sabia do depósito de artigos de couro e da fechadura ruim, e era ali que ela estava agachada, não é? Bem junto à porta? Achamos resíduos da urina dela lá. Ela também estava enjoada. Você a pegou antes mesmo dela levantar a calcinha e a arrastou para o depósito, sobre a pilha macia de retalhos de couro. Muito romântico. Mas uma coisa deu errado, não é? No meio da excitação, você se esqueceu de desligar o seu celular, que tem um toque muito alto, uma música do The Streets chamada "Fit But You Know It" que você comprou pela internet. Muito apropriado, não acha? Alguém ouviu, Jamie. Não reconheceu a princípio, mas outra pessoa também ouviu, uma semana depois, quando você estava saindo do Fountain. Quem era, Jamie? Seu chefe, ligando da Flórida, como sempre faz ao fim da noite? Não o encontrou no número do Fountain e ligou para o seu celular. Foi isso? Lá eram apenas 19 horas e ele provavelmente estava se preparando para sua margarita depois do banho de sol, antes de jantar com alguma mulher de biquíni, e queria saber como andavam os negócios. O que disse para ele, Jamie? Que não estavam muito bem? Imagino que você tenha mentido, como costuma fazer. Mas esse foi o problema. Devia ter mudado o seu toque de celular depois de ter matado Hayley.

"Como aconteceu? Suponho que você tenha tapado a boca de Hayley com a mão, então a calou com alguns retalhos de couro, ameaçou-a de morte caso reagisse ou contasse para alguém. Então a estuprou. Meu Deus, você a estuprou. Vagina e ânus. Isso o fez se sentir bem? Poderoso? E quando terminou? Sentiu-se culpado, não foi? Quando se deu conta do que tinha feito. Fantasia é uma coisa, mas a realidade... Devo imaginar que deve ter sido um choque e tanto. Não havia como voltar atrás. Ela o conhecia. Sabia o que você havia feito. Algum dia, de um modo ou de outro, aquilo viria à tona, caso ela ficasse viva para contar a história. Então, você a estrangulou. Talvez não tenha gostado disso. Não sei. Ela parecia muito violada deitada ali, com as pernas abertas e a blusa abaixada. Mostrava com muita evidência o que você havia feito, era como olhar para um espelho. Então você a virou gentilmente de lado e juntou as pernas dela como se estivesse dormindo. Parecia melhor assim, não é? Nem tão horrível. Como estou indo, Jamie?

Murdoch não falou nada.

— Mas não importa — disse Banks, levantando-se e terminando a entrevista. — Temos todas as provas de que precisamos, e quando a perícia terminar, vamos prendê-lo e jogar a chave fora.

Jamie não se moveu. Ao olhar mais de perto, Banks viu lágrimas pingando na mesa arranhada.

— Jamie?

— Ela era tão bonita — disse Jamie. — E tão suja. Ela disse que faria qualquer coisa. Quando eu... quando nós... Ela disse que faria *qualquer coisa* se eu a deixasse ir embora.

— Mas você não deixou.

Murdoch olhou para Banks, os olhos vermelhos.

— Eu queria, realmente queria, mas não podia. Como poderia? Deve entender que não podia deixá-la ir. Não depois de tudo. Ela não manteria a palavra. Uma garota como aquela. Uma vadia como ela. Eu sabia que ela não manteria a palavra. Sabia que tinha de matá-la.

Banks olhou para Melchior e perguntou:

— Ouviu isso?

E saiu da sala.

* * *

Quando Annie chegou ao Queen's Arms, a vigília por Templeton estava no auge. Assim que chegou, descobriu que a vigília fora acrescida de uma celebração pela captura do assassino de Hayley Daniels, o que tornava aquilo um tipo de evento muito estranho. Banks, Hatchley, Gervaise e o resto estavam sentados em uma mesa comprida, bebendo cerveja e contando histórias sobre Templeton, como se faz em vigílias, a maioria delas engraçadas, algumas nem tanto. Annie não seria hipócrita a ponto de se juntar aos outros, mas não ia estragar o clima contando uma de suas histórias sobre Templeton. O pobre desgraçado estava morto, não merecia aquilo, deixe-o ter um bota-fora decente.

Por algum motivo, Annie se sentia muito bem-humorada naquela noite. Não era a ocasião, é claro, mas tinha algo a ver com estar de volta a Eastvale, ao Queen's Arms com o grupo antigo. A área leste era legal, mas ela sentia que pertencia àquele lugar. Winsome parecia estar se divertindo, encostada no bar e conversando com a Dra. Wallace. Annie foi até lá e se juntou a elas. Winsome pareceu um pouco tensa quando ela chegou, mas logo relaxou e ofereceu uma bebida para Annie.

— Uma caneca de Black Sheep Bitter, por favor — disse Annie.

— Sabe — disse Winsome —, você pode ficar na minha casa se... você sabe...

Em parte era um pedido de desculpas, em parte uma lembrança que ela não devia beber e dirigir.

— Obrigada, Winsome — disse Annie, brindando. — Vamos ver como será a noite. Não sei se quero me embriagar. Como vai, Dra. Wallace? Sou a inspetora-detetive Annie Cabbot. Nos encontramos algumas vezes antes de eu ser mandada para o leste.

A Dra. Wallace cumprimentou Annie.

— Eu me lembro — disse ela. — Estou bem. E, por favor, me trate por Liz.

— Tudo bem, Liz.

— Ouvi dizer que estão mantendo você ocupada por lá.

— Estão.

A bebida de Annie chegou e ela tomou um longo gole.

— Ah, assim está melhor — disse ela.

Hatchley acabara de contar uma história de Templeton, e toda a mesa caiu na gargalhada. Até mesmo a superintendente Gervaise se juntou a eles. Parecia até mesmo um pouco alta, percebeu Annie.

— Como vai o caso? — perguntou a Dra. Wallace.

— Lucy Payne? Ah, você sabe, vai indo. Veja. — Annie tocou-lhe o braço. Foi leve e breve, mas sentiu Liz recuar. — Realmente devemos nos reunir e falar sobre isso, comparar notas. — Apontou para o pub. — Mas não aqui. Não agora, claro. Não em uma ocasião assim. Mas há algumas semelhanças com o assassinato de Kevin Templeton.

— Estou ciente disso — falou a Dra. Wallace. — Conversei com o Dr. Clarke, seu patologista. As lâminas usadas, para começo de conversa, parecem semelhantes.

— Uma navalha, creio que foi a sua sugestão?

— Sim. Ao menos é o mais provável.

— Ou um bisturi?

— Acho que pode ter sido. Com esse tipo de ferimento, muitas vezes é impossível ter certeza. De qualquer modo, era muito afiado. Bisturis são apenas um pouco mais difíceis de ser manejados por um homem comum.

— Ou mulher?

— Claro. Como você disse, aqui não é o lugar nem a hora para isso. Por que não passa no necrotério? Geralmente estou lá. — Ela sorriu. — Se me permite, preciso falar com a superintendente Gervaise antes que ela caia.

— Então é melhor ir logo — disse Annie, erguendo o copo. — Saúde.

A Dra. Wallace sorriu, afastou-se e pegou a cadeira vaga ao lado de Gervaise.

— Estraga-prazeres — disse Winsome.

Annie olhou para ela.

— Fico feliz em ver que está se divertindo, Winsome. Deixe-me lhe pagar uma bebida. Que tal algo azul ou rosa com um guarda-chuva em cima?

— Ah, não sei — disse Winsome, agarrando a sua meia caneca de Guinness contra o peito.

— Ora, vamos. Solte-se. — Annie piscou. — A gente nunca sabe o que pode acontecer.

Annie inclinou-se no bar e pediu a Cyril um de seus drinques especiais. Cyril respondeu que estava a caminho.

— Olhe, quanto àquela noite — começou a dizer Winsome.

— Não precisa...

— Precisa. Desculpe. Não quis parecer puritana. O que você faz é problema seu, e eu não tenho o direito de julgá-la. Nem mesmo tinha o direito de julgar Kev do modo como fiz.

— Como assim?

— Bem, não sou nenhum anjinho. Mantive um sujeito nu amarrado a uma cama quando devia dizer que a filha dele estava morta.

— Winsome, você está bêbada? — perguntou Annie. — Do que diabos está falando?

Winsome explicou o que acontecera com Geoff Daniels e Martina Redfern no hotel Faversham, e Annie caiu na gargalhada.

— Realmente eu não me incomodaria com isso — disse ela. — Parece que o cretino mereceu. "Negra desgraçada." Realmente...

Winsome sorriu.

— Pensa mesmo assim?

— Sim. Você só me confundiu um pouco quando começou a falar. Quer dizer, eu estava tentando imaginar *você* amarrando um homem a uma cama num quarto de hotel.

— Mas eu não o amarrei!

— Sei disso agora. Foi apenas uma imagem divertida. Esqueça. — Annie tomou outro gole de cerveja. A bebida de Winsome chegou. Era cor-de-rosa *e* azul. Cantavam "Why Was He Born So Beautiful?" na mesa. Podia ouvir o tenor desafinado de Banks em meio às outras vozes. — Coral de gatos, hein? — disse ela.

Winsome sorriu.

— Mas falo sério — disse ela, tocando o braço de Annie. — Sobre a outra noite. Desculpe-me. Fui insensível.

— Veja — disse Annie. — Cá entre nós, fiz uma lambança. Você estava certa ao dizer aquilo. Foi um erro. Um grande erro. Mas acabou agora. Passado. Arquivado.

— Desculpas aceitas, então?

— Desculpas aceitas. E gostaria de lhe dar os parabéns. Ninguém sabia que você tinha aquela pegada de jogador de rúgbi. Vai acabar jogando pela seleção inglesa.

Winsome riu.

— Com o time que têm agora, a coisa não pode ficar muito pior.

— Vamos.

Annie pousou o braço sobre o ombro de Winsome, ambas pegaram suas bebidas e, juntas, caminharam até a mesa, ainda a tempo de se juntarem ao coro: "*He's no bloody use to anyone. He's no bloody use at all.*"

CAPÍTULO 18

Banks gostava de dirigir até Leeds. O tempo estava bom, o trânsito não estava muito ruim, e a função aleatória do iPod deu-lhe uma seleção realmente aleatória de David Crosby, John Cale, Pentangle e Grinderman, entre outros. Uma suave ressaca de cerveja por conta da vigília por Kev Templeton martelava insistentemente em sua cabeça, amenizada por uma aspirina extraforte e muita água. Ao menos tivera o bom senso de evitar destilados e dormir no sofá de Hatchley, embora as crianças o tenham despertado muito cedo pela manhã. Annie fora para casa cedo e dissera que voltaria a Eastvale para falar com Elizabeth Wallace. Banks e Annie combinaram se encontrar para um almoço tardio e comparar suas anotações.

Julia Ford concordara em ver Banks às 11 horas, um tanto perplexa ao ouvir o pedido ao telefone, embora tenha sido gentil e educada. Em Leeds, ele teve a sorte de encontrar uma vaga não muito longe de Park Square e chegou ao escritório a tempo. Uma jovem recepcionista que arranjava flores no vestíbulo quando ele chegou saudou-o, então ligou para a sala de Julia e o levou até lá.

Julia Ford levantou-se por trás de sua grande e organizada escrivaninha, inclinou-se para a frente, apertou-lhe a mão e sorriu. Usava um perfume muito suave e certamente muito caro.

— Inspetor-chefe-detetive Banks — disse ela. — Que prazer vê-lo outra vez. Parece bem.

— Você também, Julia. Posso chamá-la de Julia?

— Claro. E você é Alan, certo?

— Sim. Você não parece nem um dia mais velha desde a última vez que eu a vi.

Era verdade. Seu cabelo marrom-chocolate estava mais comprido, à altura dos ombros, com algumas mechas acinzentadas. Seus olhos eram atentos e desconfiados como sempre, indicando uma mente que nunca parava de funcionar. Ela se sentou e ajeitou a saia.

— Lisonjas não o levarão a lugar nenhum. O que posso fazer por você?

Julia era baixa e parecia ainda menor atrás da escrivaninha.

— É um assunto muito delicado — disse Banks.

— Ah, mas acho que estou habituada com isso. Você não? Desde que não me peça para revelar os meus segredos...

— Não pretendo — disse Banks. — Na verdade, são vários assuntos. Antes de tudo, você conhece uma mulher chamada Maggie, ou Margaret Forrest?

— O nome não me é estranho. Acho que fizemos algum trabalho para ela. Nada, já vou dizendo, relativo a direito penal. Esta é a minha área. Os outros membros da firma cobrem uma ampla gama de serviços legais. Creio que a Sra. Forrest é cliente de Constance.

— Falou com ela recentemente?

— Não pessoalmente.

— Talvez eu possa falar com Constance?

— Não creio que vá ajudar — disse Julia. — Meus colaboradores e sócios são tão reservados quanto eu.

— Alguém não foi — disse Banks.

Seus olhos se estreitaram.

— O que está querendo dizer?

— Sua firma sabia desde o início que Karen Drew era Lucy Payne. Vocês arranjaram a mudança de nomes, o falso motivo dela ser tetraplégica, a transferência para Mapston Hall. Lucy Payne era sua cliente. Vocês cuidavam de todos os seus negócios.

— Claro. Foi o que nos contrataram para fazer. Não estou entendendo.

— Alguém encontrou e matou Lucy.

— Talvez outra pessoa soubesse? Você não está tentando culpar a firma pelo que aconteceu, certo?

— Já falamos com todo mundo. — Banks fez uma pausa. — Tudo leva a vocês, Julia. Você pode nos ajudar nisso.

— Não entendo o que quer dizer.

— Achamos que Lucy Payne foi morta por Maggie Forrest ou pela mesma pessoa que matou dois homens na mesma área há 18 anos. Seu nome é Kirsten Farrow, embora seja pouco provável que use esse nome agora. Um fio de cabelo encontrado no cobertor de Lucy é idêntico aos tirados de Kirsten há 18 anos. Pelo cabelo encontrado também temos o material de DNA, que está sendo analisado. Ajudaria um bocado se pudéssemos descobrir quem sabia que Karen era Lucy, e como essa informação pode ter vazado. Você ou alguém de sua firma contou isso para Maggie Forrest?

— Bem, *eu* certamente não contei. Desculpe, mas não posso ajudá-lo. Nossos lábios estão selados.

— Ora vamos, Julia. Isso é importante. Pessoas estão mortas.

— Geralmente estão quando você aparece.

— Um policial está morto.

Julia ajeitou o cabelo.

— Sim. Fiquei triste ao saber. Gostaria de poder ajudar.

— Já ouviu falar em Kirsten Farrow, a mulher que acabo de mencionar?

— Nunca.

— Deve ter uns 40 anos agora. Mais ou menos a sua idade.

— Já disse que sua lisonja não o levará a parte alguma.

— Você conhece a Dra. Elizabeth Wallace?

Julia pareceu surpresa.

— Liz? Sim, claro. Nos conhecemos há anos. Por quê?

— Ela é a nossa patologista, só isso.

— Eu sei. Ela sempre foi muito ativa. Tenho certeza de que é muito boa no que faz, especialmente se considerarmos a sua habilidade no golfe.

— Também conheceu uma psiquiatra chamada Dra. Susan Simms?

— Sim. Na verdade, o escritório dela fica do outro lado da praça. Almoçamos juntas de vez em quando, quando nos cruzamos.

— Como se encontram?

— De vez em quando. Não creio que seja segredo que ela às vezes faz perícia psiquiátrica.

— Ela também conhece a Dra. Wallace?

— Como posso saber?

— Maggie Forrest era uma de suas pacientes.

— O que posso dizer? Esse mundo é muito pequeno. Realmente não sei onde pretende chegar com isso, Alan, mas não posso lhe dizer nada. — Ela olhou para seu pequeno relógio de ouro. — Veja, tenho outro compromisso em alguns minutos e gostaria de ter algum tempo para me preparar. Se não tiver mais nada a dizer...

Banks levantou-se.

— Como sempre, foi um prazer — disse ele.

— Ah, não minta. Você acha que vim ao mundo só para ficar no seu caminho e dificultar a sua vida. Realmente lamento por aquele policial que foi morto. Era seu amigo?

— Eu o conhecia — respondeu Banks.

Durante o longo trajeto pelas charnecas até Eastvale, Annie falou ao celular com Ginger, quando conseguiu sinal. Ainda era muito cedo para terem os resultados de DNA do cabelo, mas Ginger andara pendurada ao telefone, ao fax e ao e-mail. Não havia como Maggie Forrest ser Kirsten Farrow, concluíra. Maggie tinha a idade correta e nascera em Leeds, mas fora educada no Canadá e, em 1989, cursara faculdade de Artes em Toronto, especializando-se em ilustração gráfica. Casou-se com um jovem advogado, e seu relacionamento terminou em um divórcio litigioso alguns anos depois. Aparentemente, o sujeito a espancava. Após o divórcio, foi morar e trabalhar na Inglaterra, hospedando-se na casa de Ruth e Charles Everett, em The Hill, e tornou-se amiga de Lucy Payne, até que os famosos acontecimentos de seis anos atrás a fizeram voltar ao Canadá.

Mas Maggie estava trabalhando na Inglaterra outra vez e, de acordo com Ginger, voltara a ver a Dra. Simms. Aquilo pareceu estranho para Annie. Por que voltar? Certamente conseguiria algum trabalho de ilustração de livros no Canadá. Maggie dissera para Annie que era porque precisava estar perto de suas raízes, mas seria realmente porque decidira encontrar Lucy, obter a sua vingança? Só porque Maggie *não era* Kirsten Farrow, aquilo não queria dizer que não matara Lucy Payne.

A principal pergunta na mente de Annie, dadas as ligações entre Maggie Forrest, Susan Simms, Julia Ford e Elizabeth Wallace, era: será que ela tivera ajuda de algumas delas? Neste caso, por quê? E onde Kirsten Farrow se encaixava em tudo isso? Era possível que alguém *pudesse* ter plantado um de seus cabelos no cobertor de Lucy Payne; mas como e por quê? O cabelo também poderia ser de alguém em Mapston Hall, por exemplo. O pessoal do Mapston Hall fora verificado, mas ela achava que não faria mal verificar outra vez, ir mais fundo, talvez incluir os visitantes mais assíduos de outros pacientes, entregadores, empresas de manutenção, o carteiro, todos que colocavam os pés no lugar.

Annie estacionou na praça do mercado de Eastvale em vez de parar atrás da delegacia. Era uma pequena caminhada da King Street até o hospital, mas o ar fresco lhe faria bem. Depois, ligaria para a delegacia para saber como todos estavam se recuperando da vigília da noite anterior. Annie estava orgulhosa por ter bebido apenas uma caneca e voltado de carro para Whitby.

A recepcionista disse para Annie que a Dra. Wallace estava em seu consultório no porão. Annie não gostava do Hospital Geral de Eastvale, especialmente do porão. Os passos ecoavam pelos corredores altos e escuros com paredes revestidas de azulejos verdes. O lugar era uma monstruosidade gótica vitoriana, e, embora o necrotério e a sala de autópsia tivessem sido modernizados com o melhor equipamento, o entorno parecia antiquado para Annie, que o associava a tempos bárbaros, anteriores aos anestésicos e às condições de higiene. Ela estremeceu enquanto os saltos de seus sapatos estalavam no corredor azulejado. Outra coisa que a amedrontava no porão era que geralmente nunca havia alguém por perto. Ela não sabia o que mais havia lá além de depósitos e do necrotério. Talvez a lixeira onde eram jogados os membros amputados e os órgãos extraídos também ficasse ali.

A Dra. Wallace estava na sala de autópsia, misturando alguma substância sobre um bico de Bunsen quando Annie entrou. Havia um cadáver sobre a mesa. A incisão em Y já fora feita e os órgãos internos estavam à mostra. No ar, pairava o cheiro de carne de carneiro crua característico dos cadáveres, misturado ao fedor de desinfetante e formol. Annie sentiu-se um pouco nauseada.

— Desculpe-me — disse a Dra. Wallace, com um sorriso tímido. — Estava quase acabando a autópsia quando fui desviada por este exame. Wendy teve de sair mais cedo por causa de problemas com o namorado, ou ela o teria feito para mim.

Annie olhou para o cadáver. Aquilo é que era ter problemas com o namorado.

— Certo — disse ela. — Como eu disse, apenas algumas perguntas.

— Vou fechá-lo enquanto conversamos, se estiver tudo bem para você. Isso a incomoda? Você parece um tanto pálida.

— Estou bem.

A Dra. Wallace olhou-a com curiosidade.

— Então, quais perguntas a trazem até o meu humilde covil?

— Aquilo que estávamos conversando ontem à noite. Lucy Payne e Kevin Templeton.

— Não vejo como posso ajudá-la. Lucy Payne não foi caso meu. Concordamos que havia semelhanças, mas só isso.

— Não é bem isso — disse Annie, sentando-se e um tamborete giratório junto à bancada do laboratório. — Ao menos, não exatamente.

— Ah? Então é o quê? Estou curiosa. — A Dra. Wallace jogou os órgãos de volta na cavidade torácica sem cerimônia e preparou a agulha e a linha.

— Você cursou a universidade com aquela advogada, Julia Ford. Ainda são amigas, não são?

— Verdade — disse a Dra. Wallace. — Julia e eu nos conhecemos há muito tempo. Somos praticamente vizinhas e de vez em quando jogamos golfe juntas.

— O que fazia antes? — perguntou Annie.

— Antes de jogar golfe?

Annie riu.

— Não, antes de cursar medicina. Você foi uma estudante mais velha, não foi?

— Não diria que era assim tão velha, mas vivi uma vida interessante.

— Você viajou?

— Durante alguns anos.

— Onde esteve?

— Em toda parte. Extremo Oriente. Estados Unidos. África do Sul. Arranjava um emprego com salário baixo para me sustentar durante algum tempo, depois ia embora.

— E antes disso?

— Por que isso interessa?

— Não creio que interesse. Não se não quiser falar a respeito.

— Não quero. — A Dra. Wallace olhou para Annie. — Recebi um telefonema perturbador de uma velha amiga de faculdade há uma ou duas horas. Ela me disse que uma tal de detetive Helen Baker a procurou para fazer perguntas a meu respeito. É verdade?

— Como os boatos se espalham — disse Annie.

— É verdade?

— Muito bem. Veja, isso é um pouco delicado — disse Annie —, mas Julia Ford era uma das poucas pessoas que sabia a verdadeira identidade da mulher em Mapston Hall. Lucy Payne. A firma dela a internou lá, tomou conta de tudo. Como acabei de dizer, sabemos que vocês duas cursaram a faculdade juntas, que eram vizinhas e amigas. Você sabia alguma coisa sobre isso?

A Dra. Wallace se virou para o cadáver.

— Não — disse ela. — Por que deveria?

Annie achou estar ouvindo uma mentira ou, ao menos, uma evasiva. Havia algo no tom de voz da Dra. Wallace que não estava correto.

— Só estava pensando que, você sabe, talvez ela tenha deixado a informação escapar e que você pode ter feito o mesmo.

A Dra. Wallace parou de costurar e virou-se para Annie.

— Está sugerindo que Julia quebraria o sigilo profissional? Ou que eu o faria?

— Essas coisas acontecem — disse Annie. — Um pouco de álcool. Nada demais. Não é o fim do mundo.

— "Não é o fim do mundo." Que frase estranha. Não, não creio que fosse o fim do mundo.

E voltou a costurar a carne morta.

Annie sentia a tensão crescendo na sala, como se o próprio ar estivesse se contraindo. Também se sentia ainda mais nauseada pelo cheiro.

— Bem, ela contou? — pressionou.

A Dra. Wallace não ergueu a cabeça.

— Contou o quê?

— Sobre o que sua firma fizera por Lucy Payne?

— E o que importa se contou?

— Bem — disse Annie. — Quer dizer... que alguém mais sabia.

— E daí?

— Ela contou?

— Pode ter contado.

— E você disse isso para Maggie Forrest, por exemplo? Ou para a Dra. Susan Simms?

A Dra. Wallace pareceu surpresa.

— Não. Claro que não. Conheço vagamente a Dra. Susan Simms como colega de profissão e por alguns comparecimentos ao tribunal, mas não trabalhamos na mesma área. Não conheço nenhuma Maggie Forrest.

— Ela era a vizinha que ficou amiga de Lucy Payne e quase morreu por causa disso.

— Azar o dela. Mas isso não faz muito tempo?

— Seis anos. Mas Maggie está perturbada. Tinha um forte motivo para querer a morte de Lucy, e não tem álibi. Tudo o que estamos tentando descobrir é se ela...

— Sabia que Karen Drew era Lucy Payne. Sim, eu sei onde quer chegar com isso.

— Karen Drew?

— O quê?

— Você disse Karen Drew. Como sabia disso?

— Acho que li no jornal, depois que o corpo foi encontrado, como todo mundo.

— Certo — disse Annie.

Era possível, é claro. O corpo fora identificado como Karen Drew, mas era de se esperar que a segunda descoberta e toda a publicidade dada ao caso Camaleão e à Casa dos Payne afastasse este pequeno detalhe da mente das pessoas. Maggie Forrest dissera que não reconhecia o nome Karen Drew, só o de Lucy. Aos olhos do mundo, pensou Annie, a mulher morta na cadeira de rodas era Lucy Payne.

— Desculpe, mas não posso ajudá-la — disse a Dra. Wallace.

— Não pode ou não quer?

A Dra. Wallace fez uma pausa na costura e olhou para Annie.

— Bem, dá no mesmo, não é?

— Não, não dá. Ou você não sabe de nada ou está impedindo o andamento normal de uma investigação, o que acho um comportamento muito estranho para uma patologista da polícia. Você deveria estar do nosso lado.

A Dra. Wallace olhou para Annie.

— O que está dizendo?

— Estou perguntando se você passou esta informação para alguém, por algum motivo. — Annie controlou o tom de voz. — Veja, Liz. Você pode ter tido boas intenções. Talvez conhecesse a família de uma das vítimas ou alguém prejudicado pelos

Payne. Posso entender isso. Mas precisamos saber. Você falou para alguém que Lucy estava registrada no Mapston Hall como Karen Drew? Você sabia disso?

A Dra. Wallace suspirou, baixou a agulha e a linha e inclinou-se na beirada da mesa.

— Sim — disse ela. — Eu sabia.

No silêncio que se seguiu, Annie sentiu o peito se apertar cada vez mais.

— Mas isso significa...

— Sei o que significa — disse a Dra. Wallace. — Não sou idiota.

Annie percebeu que, antes de começar falar, a Dra. Wallace trocara a agulha por um bisturi e afastara-se do cadáver sobre a mesa.

— Que bom vê-lo de novo, Alan — disse o inspetor-detetive Ken Blackstone, ao encontrar Banks na recepção de Millgarth e ajudá-lo a passar pela segurança. — A que devo o prazer?

— Parece que pegamos o assassino de Hayley Daniels.

Banks falou sobre a confissão de Jamie Murdoch e da passagem secreta no Fountain.

— Então falta só mais um — disse Blackstone. — Fiquei triste ao saber de Kev Templeton.

— Todos ficamos — disse Banks.

— De qualquer modo, em que posso ajudá-lo?

— Você conseguiu os arquivos do Camaleão para Annie Cabbot?

— Por falar nisso, como estão vocês?

— Melhor, eu acho. Ao menos voltamos a trabalhar juntos. Mas ainda não sei o que está acontecendo com ela.

— Vocês não...

— Não. Isso acabou há muito tempo.

— Alguém mais?

— Talvez. Ken, e quanto àqueles arquivos?

Blackstone riu.

— Sim, claro. Estou ficando muito falastrão depois de velho, não é mesmo? Desculpe. Os arquivos estão no meu escritório. A maior parte deles, de qualquer modo. Não há espaço para tudo. Não se eu quiser me sentar ali. Por quê?

— Ficaria incomodado se eu desse uma olhada?

— De modo algum. O caso é seu. Ao menos em parte. Tem algo que eu possa fazer?

— Uma xícara de café cairia bem, Ken. Preto, sem açúcar. E talvez um KitKat. Gosto dos de chocolate.

— Sua dieta é horrível, alguém já lhe disse isso? Vou mandar vir. Quer que eu desapareça?

— De modo algum.

Foram até o escritório de Blackstone, e Banks imediatamente viu que ele não estava exagerando. Mas podiam se mexer.

— Sabe onde está tudo? — perguntou Banks.

— Não exatamente. — Blackstone pegou o telefone e pediu dois cafés e um pacote de KitKat de chocolate. — Procura algo em especial?

— Andei pensando no caso Kirsten Farrow — disse Banks. — De qualquer modo, lembro que os ferimentos eram bastante semelhantes em ambos os casos, e me pergunto se isso a levou de volta à ação após 18 anos. Isso e o fato de ter descoberto onde Lucy Payne estava escondida. Isso pode ter agido como um gatilho.

— Mas e quanto à outra mulher que você mencionou? Maggie Forrest?

— Ela ainda não foi descartada. Pode haver alguma ligação entre ela e Kirsten Farrow. Há diversas ligações estranhas neste caso, tangentes esquisitas, e não vou descansar até desvendar tudo.

— Então vai querer os relatórios do patologista?

— Isso. Dr. Mackenzie, acho.

O café e o KitKat chegaram enquanto eles remexiam as caixas. Após agradecer ao policial, Blackstone voltou a ajudar Banks. Finalmente encontraram os relatórios do patologista e Banks começou a lê-los enquanto Blackstone saía do escritório.

Foi como pensara. Muitos dos corpos estavam bastante decompostos, uma vez que haviam sido enterrados no porão ou no jardim dos fundos. Mas o Dr. Mackenzie conseguira identificar marcas de corte na área dos seios e na genitália das vítimas em todos os casos, provavelmente feitas com o mesmo facão que Terence Payne usara para atacar e matar o parceiro de Janet Taylor. Eram semelhantes aos ferimentos que Kirsten Farrow sofrera, embora a arma fosse diferente e fossem ferimentos que, infelizmente, não eram raros em ataques sexuais. Demonstravam um ódio profundo que certos homens tinham pelas mulheres que os traíram, humilharam e rejeitaram. Ao menos era o que diziam os especialistas em perfis. É claro que nem todos os homens que foram traídos, humilhados ou rejeitados por mulheres se tornavam estupradores assassinos, ou a população feminina seria bem menor e as cadeias estariam ainda mais cheias de homens, pensou Banks.

Passaram-se vinte minutos ou mais enquanto Banks lia os detalhes macabros, a maioria dos quais ele se lembrou de imediato, quando Blackstone voltou.

— Como está indo? — perguntou.

— É como pensei — disse Banks. — Agora só preciso saber quanto disto aqui foi divulgado para a imprensa na época.

— Um bocado, pelo que me lembro — disse Blackstone. — Alan, o que foi? Descobriu alguma coisa?

Banks deixou o último arquivo cair de sua mão. Não porque os detalhes fossem mais horripilantes do que os outros, mas por causa de uma folha de papel que vira anexada ao fim da pilha com um clipe. Era simplesmente um registro de todos os envolvidos na preparação de relatórios e autópsias, mantido para garantir a cadeia de custódia contínua. Incluía até mesmo os homens que transportaram os corpos para os necrotérios e os faxineiros que limparam tudo depois, a inicial ao lado de cada nome.

— Não acredito — disse Banks. — A coisa estava debaixo do meu nariz o tempo todo e eu não percebi.

Blackstone aproximou-se.

— O que estava debaixo de seu nariz? O que foi?

Banks pegou os papéis do chão e apontou com o indicador para o que havia lido. Na lista dos envolvidos com as autópsias das vítimas do Camaleão havia o nome de diversos auxiliares de laboratório, estagiários e patologistas assistentes. Um deles era o da Dra. Elizabeth Wallace.

— Eu devia saber — disse Banks. — Quando Kev Templeton falou em patrulhar o Maze em busca de um futuro assassino em série, Elizabeth Wallace foi a única a apoiar a tese de que estávamos lidando com alguém que voltaria a atacar. E ela tentou nos convencer de que a arma era uma navalha, não um bisturi.

— E daí? Não entendi.

— Não vê? Ela também estava lá. Elizabeth Wallace estava de olho no Maze e tinha fácil acesso a bisturis afiados. Era conveniente para ela que acreditássemos que a arma era uma navalha que qualquer um poderia conseguir. Ela e Kev estavam com propósitos conflitantes. Não se falaram. Nenhum dos dois sabia que o outro estaria lá. Elizabeth Wallace achou que Kev Templeton estupraria e mataria Chelsea Pilton. Não pôde reconhecê-lo pelas costas. Estava muito escuro. E só pode haver uma razão para ela estar lá.

— Qual?

— Matar o assassino. Ela é Kirsten Farrow, a mulher que estamos procurando. Ela foi estagiária nas autópsias das vítimas do Camaleão. Isso significa que ficou sabendo dos ferimentos em primeira mão. Trouxeram de volta as suas lembranças. Ela conhecia Julia Ford, que deve ter deixado escapar algo sobre Lucy Payne estar em Mapston Hall com um nome falso. É isso, Ken. Tudo se encaixa.

— Ela também matou Templeton?

— É quase certo que sim — disse Banks. — Por engano, claro, do mesmo modo que matou Jack Grimley há 18 anos. Mas ela o matou. Seu *modus operandi* está diferente agora, mas ela se formou em medicina de lá para cá; portanto, a coisa faz sentido. E quer saber?

Blackstone balançou a cabeça.

— Annie ficou de ir vê-la hoje para pressioná-la a falar de seu passado e de sua amizade com Julia Ford. Sozinha. Ela pode estar em perigo.

Banks pegou o celular e discou o número de Annie. Caixa postal.

— Merda — disse ele. — Ela com certeza não teria desligado.

— Por que não tenta a delegacia?

— Vou ligar para Winsome a caminho de Eastvale — disse Banks dirigindo-se à porta.

Sabia que podia chegar em 45 minutos, menos até, se pisasse fundo. Esperava ser rápido o bastante.

— Kirsten, o que está fazendo? — perguntou Annie, levantando-se do banco e aproximando-se da porta.

— Não se mova. Fique quieta. — A Dra. Wallace brandiu o bisturi, que brilhou sob a luz. — Volte a se sentar.

— Não faça nada estúpido — disse Annie, voltando ao banco. — Podemos resolver isso.

— Você fala um monte de clichês e de lugares-comuns, não é mesmo? Não vê que é tarde demais para isso agora?

— Nunca é tarde.

— Foi tarde demais há 18 anos — disse a Dra. Wallace.

— Então você é Kirsten — murmurou Annie.

De algum modo, em algum lugar de sua mente, ela já sabia disso ao falar com a Dra. Wallace no Queen's Arms, na noite anterior. Mas saber disso não lhe traria nenhum benefício agora.

— Sim. Elizabeth é o meu nome do meio. Wallace é por causa de um casamento precipitado no qual eu jamais deveria ter entrado. Um casamento de conveniência. Um estudante americano. Pelo menos ganhei o nome dele e ele ganhou de mim a cidadania britânica. Não preciso dizer, o casamento nunca se consumou. Se tivesse investigado mais a fundo, você teria descoberto tudo. Era uma questão de registros públicos. Tudo o que realmente deveria ter feito era verificar os registros de casamento. Nem tive tempo de me esconder. Quando fui para a faculdade de medicina, eu me matriculei como Elizabeth Wallace. Uma nova vida. Um novo nome. Causou um ou dois problemas com o meu histórico escolar anterior, mas a universidade era paciente e tudo se resolveu. Disse que estava tentando evitar um marido violento e que gostaria que fossem discretos. Mas acabariam falando.

— Então você se mudou, mudou de nome, tornou-se médica.

— Eu não sabia o que seria de mim. Não tinha planos. Fiz o que me ocorreu na hora. Realmente, uma coisa terrível. Um assassinato. Dizer que a vítima não merecia viver era uma péssima desculpa. E não foi a minha primeira vez. Também matei um inocente e feri um rapaz idiota.

— Falei com Keith McLaren — disse Annie. — Ele está bem. Recuperou-se. Mas por que ele?

A Dra. Wallace esboçou um sorriso apertado.

— Fico feliz — disse ela. — Por quê? O australiano me reconheceu em Staithes, embora eu estivesse disfarçada. Tive de pensar rápido. Ele se encontrara comigo no Lucky Fisherman, onde vi Jack Grimley. Se o interrogassem...

— Estive lá — disse Annie. — O Lucky Fisherman. Por que também matou Grimley?

— Um erro. Puro e simples. Ao tentar lembrar como era meu agressor, descobri que me lembrava melhor de sua voz, de seu sotaque, do que ele disse. Foi o que me levou a Whitby. Uma vez lá, sabia que era uma questão de tempo até encontrá-lo. Nada mais importava. Grimley tinha a voz parecida com a do homem que me atacou. Levei-o até a praia. Esta parte foi fácil. Então eu o atingi na cabeça com um peso de papel de vidro. Aquilo foi difícil. Tive que bater de novo. Ele não morria. Quando morreu, arrastei o corpo até uma caverna e deixei ali para o mar levar. A maré estava subindo. Ah, é claro que eu podia justificar tudo isso para mim mesma. Eu estava em uma missão, e havia a possibilidade de cometer erros. Acidentes. Era o preço da guerra. Mas acabei conseguindo. Peguei quem procurava. O cara certo. E, quando acabei, tudo pareceu diferente. Conhece a igreja de Santa Maria, em Whitby?

— Aquela na colina, perto do convento?

— Sim, aquela com o cemitério em que não dá para ler os nomes nas tumbas. O interior da igreja é dividido por fileiras de bancos fechados em boxes.* Alguns desses boxes são para visitantes e têm uma placa que diz: "Apenas para forasteiros." Depois que empurrei Greg Eastcote pelo penhasco, fui até lá, entrei num desses boxes e me encolhi como uma bola. Fiquei lá... ah, não sei quanto tempo. Achei que, se viessem atrás de mim e me pegassem, tudo bem, eu não fugiria, estava tudo certo, era como tinha que ser. Apenas esperava virem me pegar. Mas não veio ninguém. E quando eu saí daquele boxe, eu era uma pessoa diferente. Estava calma. Totalmente calma. Consegue acreditar

---

* *Box pew* é um tipo de banco de igreja fechado por painéis de madeira, comum nas igrejas inglesas de século XVI.

nisso? — Ela deu de ombros. — Deixei o que havia feito atrás de mim. Não sentia culpa. Não sentia medo. Portanto, a mudança de nome me parecia algo natural. Mas usei nomes diferentes todo o tempo. Martha Browne, Susan Bridehead. Era um tipo de jogo, como tudo. Eu era uma estudante inglesa. Meu nome foi Elizabeth Bennett durante algum tempo depois disso, mas acabei com o nome de meu marido, Wallace.

— Mas como encontrou Greg Eastcote? Como sabia que era ele?

— Como disse, lembrei algumas coisas. Em parte foi por causa da hipnose. — Ela fez uma pausa. — Ele disse coisas, você sabe. Durante todo o tempo que fazia aquilo comigo, ele falava, dizia coisas. Eu me lembrei. Falou de lugares, sobre o trabalho dele. E havia um cheiro que eu não conseguia esquecer. Peixe podre. Juntei tudo, no fim. Cometi erros, mas cheguei lá. Eu o peguei. O cara certo. Eu o fiz pagar pelo que fez com todas nós.

— O que fez depois?

— Primeiro, voltei a Leeds, para Sarah, então voltei a Bath, para ficar com meus pais. Tentei recomeçar, mas eu estava diferente. Não era mais um deles. Eu me excluí pelo que havia feito. Por isso fui embora. Viajei muito, pelo mundo inteiro. Por fim, decidi deixar o passado para trás e me tornar médica. Queria ajudar, curar as pessoas. Sei que isso soa estranho depois de tudo o que fiz, mas é a verdade. Dá para acreditar? No entanto, ao começar a estudar, decidi me especializar em patologia. Engraçado, não é? Trabalhar com os mortos. Sempre fiquei nervosa com os vivos, mas nunca tive problemas em lidar com os mortos. Há seis anos, quando vi os ferimentos das vítimas dos Payne, não tive alternativa senão relembrar minhas próprias experiências. Então, a coisa simplesmente veio a mim. Certa noite, após o jantar, após tomar alguns drinques, Julia me disse onde estava Lucy Payne. Ela não fazia ideia, claro, de para quem estava contando aquilo.

— Veja — disse Annie. — Por favor, abaixe este bisturi. Vamos parar com isso antes que alguém se machuque. Há gente que sabe onde estou e que virá até aqui me procurar.

— Isso não importa agora.

— Posso entender por que fez aquilo há tantos anos. Realmente, posso entender. Fui estuprada uma vez e quase morri. Eu o odiava. Eu queria matá-lo. Sentia muita raiva dentro de mim. Acho que ainda sinto. Não somos tão diferentes, você e eu.

— Ah, mas somos. Eu realmente *fiz* aquilo. Não senti raiva. E não me sinto culpada.

— Mas eu tento evitar que as pessoas façam coisas assim, ou levo-as à justiça caso as façam.

— Não é o mesmo. Você não compreende?

— Por que matou Lucy Payne? Pelo amor de Deus, ela estava em uma cadeira de rodas. Não podia se mover, não podia falar, não podia fazer nada. Por que você a matou? Ela não estava sofrendo o bastante?

A Dra. Wallace fez uma pausa e olhou para Annie como se esta fosse louca.

— Você não entendeu, não é? Não se trata de sofrimento. Nunca se tratou de sofrimento. Certamente, não do sofrimento *dela*. Não me importo se ela sofreu.

— Então, qual *era* o objetivo?

— Ela podia se *lembrar*, não podia? — murmurou a Dra. Wallace.

— Lembrar?

— Sim. É o que fazem. Com certeza você sabe disso. Esse é o objetivo. Lembram cada momento, cada corte, cada golpe, cada sensação que experimentaram, cada ejaculação, cada orgasmo, cada gota de sangue que derramaram. E revivem aquilo. Dia após dia. Enquanto puderem se lembrar daquilo, terão tudo de que precisam. — Deu um tapinha na têmpora. — Bem aqui. Como eu poderia deixá-la viver com as lembranças do que havia feito? Ela podia repetir aquilo quantas vezes quisesse em sua mente.

— Por que não a empurrou pela borda?

— Queria que ela soubesse o que eu estava fazendo e por que estava fazendo. Falei com ela todo o tempo, exatamente como Eastcote fez comigo, do momento em que a lâmina tocou a sua garganta até... até o fim. Se eu a empurrasse, algo poderia dar errado. Então eu não poderia ir até lá embaixo e fazer o que tinha de fazer. Ela podia não morrer.

— Mas e quanto a Kevin Templeton?

— Outro erro. Outro acidente. Eu estava tentando impedir que uma recordação se formasse e achei que era ele. Ele não devia estar ali. Como eu poderia saber que ele estava ali para proteger as pessoas? Acho que talvez ele tenha sentido a minha presença e tenha pensado que eu era o assassino. Quando começou a caminhar em direção à menina, ele ia falar para ela ir embora dali, mas achei que ele ia atacá-la. Lamento. Você tem o verdadeiro assassino agora. É igual a Eastcote e a Lucy Payne. Talvez ele pareça estar com remorso, mas espere. Isso é só porque foi pego e está com medo. Ainda pior, está começando a se dar conta de que não poderá fazer isso outra vez, experimentar este prazer outra vez. Mas ainda terá a lembrança daquele momento glorioso. Ficará sentado no canto da cela relembrando cada detalhe. Desfrutando do primeiro segundo que a tocou, do momento que a penetrou e ela ofegou de dor e medo, do momento que derramou a sua semente. Seu único remorso será não poder fazer aquilo outra vez.

— Você fala como se soubesse a sensação — disse Annie.

Antes que a Dra. Wallace pudesse responder, passos soaram no corredor e Winsome apareceu à porta com diversos policiais uniformizados atrás dela. A Dra. Wallace moveu-se abruptamente para frente, levando o bisturi à garganta.

— Parem! Parem aí mesmo.

Annie ergueu o braço e Winsome parou à soleira da porta.

— Recuem! — gritou Annie. — Todos vocês. Saiam de vista.

Eles sumiram, mas Annie sabia que não estavam longe, avaliando suas opções. Ela também sabia que logo chegaria uma unidade armada e, se tinha alguma esperança de convencer Kirsten a se render, teria de trabalhar rápido. Ela olhou para o relógio. Fazia meia hora desde que Kirsten pegara o bisturi.

— Vê o que eu queria dizer? — perguntou Annie, tentando parecer mais calma do que estava. — As pessoas sabem que estou aqui. Vieram atrás de mim. Não vão embora. Não piore as coisas. Entregue este bisturi.

A Dra. Wallace olhou para a porta e, não vendo ninguém lá, pareceu relaxar um pouco.

— Não importa — disse ela. — Está tudo acabado de qualquer jeito. Fiz tudo o que pude. Deus, estou cansada. Muitas recordações.

Ela se apoiava na canaleta ensanguentada da mesa de autópsia, um corpo parcialmente costurado atrás dela. Annie estava a cerca de 1,50m de distância e calculava se conseguiria chegar lá e arrancar o bisturi da mão de Kirsten. Por fim, viu que não conseguiria. Aquilo era muito afiado para ela se arriscar. Sabia o dano que podia causar.

— Veja — disse Annie. — Ainda há tempo. Você pode contar a sua história. As pessoas vão entender. Eu entendo. Mesmo. Podemos ajudá-la.

A Dra. Wallace sorriu, e por um momento Annie pôde ver o que restava do que provavelmente fora uma jovem adorável com um futuro brilhante, que enfrentaria o mundo com coragem e iria tão longe quanto quisesse. Meu Deus, quase fora morta por um monstro, conseguira a sua vingança e, depois disso, se reinventara como uma patologista. Mas parecia exausta agora, e havia fendas profundas em seu sorriso.

— Obrigada, Annie — disse ela. — Obrigada por ser compreensiva, embora ninguém possa entender. Quisera tê-la conhecido antes. Pode soar estranho, mas estou feliz por passar os meus últimos minutos no mundo ao seu lado. Você vai se cuidar, não é mesmo? Prometa. Dá para ver que foi ferida. Você sofreu. Temos espíritos semelhantes, de certo modo. Não deixe os desgraçados vencerem. Veja o que podem fazer.

Ela abriu a frente do avental, e Annie horrorizou-se ao ver o entrelaçado de linhas vermelhas, o mamilo fora do lugar, um seio remendado.

— Kirsten! — gritou Annie.

Mas tudo aconteceu muito rápido. Annie jogou-se para a frente enquanto a Dra. Wallace passava o bisturi pela própria garganta. O jato de sangue quente atingiu Annie no rosto, e ela gritou enquanto o sangue continuava a jorrar em sua camisa e em sua calça jeans. O bisturi caiu da mão da Dra. Wallace e escorregou pelo chão de azulejos brilhantes, deixando um ziguezague de sangue atrás de si. Annie ajoelhou-se ao lado dela e percebeu movimento ao seu redor, palavras reconfortantes, mãos que a tocavam, a voz de Winsome. Tentou se lembrar das aulas de primeiros socorros e pressionou a carótida cortada, mas era impossível. Ao fazê-lo, tudo o que aconteceu foi que o sangue começou a jorrar com mais força pela jugular. E a Dra. Wallace não podia respirar. Como em Templeton, cortara a carótida, a jugular e a traqueia. Annie não tinha três mãos, e estava um caos em volta.

Annie gritou pedindo ajuda. Estava em um hospital, afinal de contas. Tinha de haver médicos em algum lugar. E estavam tentando. As pessoas se multiplicavam ao seu redor e a puxaram, curvando-se sobre Kirsten com máscaras e agulhas. Mas quando tudo acabou, ela ficou ali deitada no chão sobre uma poça de sangue, os olhos arregalados, pálida, morta.

Annie ouviu alguém dizer que nada mais restava a ser feito. Esfregou a boca e os olhos com as costas da mão, mas ainda sentia o gosto metálico de sangue nos lábios e o sentia queimando seus olhos. Meu Deus, pensou, devo estar péssima, sentada no chão, balançando para a frente e para trás, chorando e coberta de sangue. Então, após o que pareceu ser uma eternidade, quem veio caminhando em direção a ela senão Banks?

Ele se ajoelhou ao lado dela, beijou-lhe as têmporas, então se sentou no chão e a abraçou. As pessoas ao redor estavam atarefadas, mas a presença de Banks pareceu silenciá-las e criar um campo de paz ao seu redor. Logo, parecia haver apenas Annie, Banks e Kirsten na sala, embora ela soubesse que devia ser uma ilusão. O corpo de Kirsten fora coberto, e as luzes pareciam mais fracas. Banks acariciou sua festa.

— Desculpe-me, Annie — disse ele. — Deveria ter percebido antes. Cheguei tarde demais.

— Eu também — disse Annie. — Não pude impedi-la.

— Eu sei. Não acho que alguém pudesse. Ela chegou ao fim. Ela não tinha mais para onde ir. Já tivera uma segunda chance na vida. Ela não queria mais viver. Pode imaginar como devia ser terrível cada dia para ela?

Banks fez menção de se levantar e ajudar Annie a sair do necrotério.

— Não me deixe! — gritou Annie, apertando-o com força, impedindo-o de se mover. — Não me deixe. Não agora. Fique. Por favor. Só mais um pouco. Mande-os embora.

— Tudo bem — disse Banks.

Então, Annie sentiu Banks acariciar o seu cabelo gentilmente e murmurar uma canção desafinada, enquanto ela o abraçava com força e enterrava a cabeça em seu peito. Por um momento, parecia realmente que o mundo inteiro, de fato, desaparecera.

AGRADECIMENTOS

Gostaria de agradecer a todas as pessoas que leram e comentaram as versões do manuscrito, em particular Dominick Abel, Dinah Forbes, Sheila Halladay, Carolyn Marino e Carolyn Mays, e os muitos copidesques e revisores que trabalharam duro para garantir que este livro acabasse com o menor número de erros possível.

Este livro foi composto na tipologia Chaparral Pro,
em corpo 11,3/15,4, impresso em papel off-white 80g/m²,
no Sistema Cameron da Divisão Gráfica
da Distribuidora Record.